昭和文学の位相 1930−45

佐藤 義雄

雄山閣

目次

▽昭和文学の位相 1930-45△

昭和文学の位相
1930-45

まえがき

「1930―45」は「思想」の時代であったが、私の関心は「思想」そのものよりも「思想」に蹂躙された人間の「個」の回復の問題にあった。「思想」の英知は様々な「恵み」をもたらしはしたが、一方ではそれと同等な、あるいはそれ以上の力で人間や社会を拘束し破壊もしてきた。「思想」をもてないのは人間の証しを放棄するものというべきだろうが、現実には「思想」は人間の証しを放棄させるような働きを持ってもきた。それは悪しき「思想」だなどという詭弁は許されない。

「文学」は時代を領導することなどできない。ただ、社会を先導する「思想」と格闘しつつ、「個」の領域で「ノン」と言い続けることはできる。それが「文学」のかけがえのない「自由」だと思う。「逃亡奴隷」などではなく、時代の「思想」に直面しつつ「個」を護ろうとした、そういうところに「1930―45」の作家やテキストの栄光がある。

第Ⅰ部「プロレタリア文学の行方」はいわゆる「転向文学」をめぐっての論考。依拠すべき「思想」

がそれ自体持続困難に陥った時にこそ、「個」がたちあらわれてくる。その時、「思想」は単純に守るべきものでも棄てるべきものでもなく、人間の存在そのものと関わる領域へと転化してくる。その「個」こそ文学そのものという思いはここに収録した論文を書いているさなかの感想であったが、そういう考えは今も変わらない。序章に置いた「一九四〇　池袋——小熊秀雄と中野重治——」は現在の論文だが、例えば若い時に書いた「三好十郎『斬られの仙太』の周辺」と姿勢は基本的には変わっていない。仙太に込めた、三好十郎の必死な、「思想」に蹂躙された自己の回復の劇は、ほとんど身動きできないなかで、それでも「個」の尊厳を守ろうとしたまま倒れていった死者小熊秀雄と語り合おうとする中野重治の、西池袋の奥のアパートで交わされたひそかな「個」の営みと交響する。「転向文学」は特殊な文学領域などではなく、限定された状況であるにもかかわらず、というより、限定された領域であるからこそ、極めて普遍的な文学領域に浮上してくる。

もう一度繰り返せば、「転向文学」とは結局、「個」とは何かを否応なくつきつけられた作家たちの、その回答そのものである。「斬られの仙太」も「白夜」も「村の家」も「生活の探求」も、そして「歌の別れ」も。つきつけられた「個」をそれぞれのテキストはそれぞれの領域で探ろうとする。このとき「転向文学」は、必然的に「人間とは何か」という普遍的なものに上昇する。むろんここにまとめた諸論文がそういう「普遍」的なものになっているとホラを吹くわけにはいかないが、この諸論文が肯定否定どちらでも構わないが、下火になったまま久しい「転向文学」研究の意味を問い返す契機になってくれることをひそかに願ってはいる。

第Ⅱ部「島木健作」は、右に記述したような「転向文学」のありかたを、島木健作の文学的な生涯を通して考えてきた、その軌跡である。島木健作の文学的感性の不足ないし欠落は多くの論者たちによって指弾されてきた。それ自体に間違いはないと私も思うのだが、文学エリートならぬいかにも不器用な島木健作のその文学のありかたは、結局は国家権力に吸収利用されて終わる、不器用に生きるしかない「庶民」の姿そのもののようにも見える。論文執筆からだいぶ後の事になるが、綱澤満昭が〈農本主義者〉島木健作について大変好意的な評価をしていて（『農の思想と日本近代』風媒社　二〇〇四）、やや我が意を得たという思いをした。執筆当時、〈農本主義〉の系譜に全く無知でもなかったと思うが、かといって明治以来のその系譜をまとめて考えていたわけでもなく、したがって、そのなかでの島木健作という読み方は出来ていない。特に第三章は書き直しが必要であろうが、余裕がないという理由だけではなく、こういう読み方をしていたのだという「軌跡」としてそのまま収録することとした。

〈農本主義〉の思想だけではなく、現在からみると、島木健作における満州開拓・満州移民の「意味」が十分に追求されていないという憾みもある。果たせるかどうかわからない私にとっての課題の一つである。数年前の夏、旧大日向村を訪ねたことがある。「高原列車」小海線の海瀬駅から車をだいぶ走らせた山間に村はある。野辺山に近いこの村は現在は高原野菜で潤い、きれいな村になっていて、面影などどこにもないかに見えて、しかし、午後早々に日暮れを迎える、そのことに茫然とした記憶が残っている。満州からの引揚者たちは戦後軽井沢に新しい村を開拓し、しかし資本による軽井沢の高級リゾート化の進行に村人たちは巻き込まれていった。大日向村の歴史は、戦前も戦後も、政治動向から無縁な〈農本主義〉など夢想でしかないという現実をまざまざと見せつけている。

第Ⅲ部の「井伏鱒二と太宰治」という二人の作家についても、「プロレタリア文学の行方」と同じく、『昭和文学の位相　1930－45』を代表する作家として書き続けてきた。収録に際して私には井伏鱒二の初期テキストをめぐっての論がないことに気づかされた。ぼんやりとしてきたというしかないが、井伏鱒二についても「1930－45」が気になり続けてきた結果のことだと思う。井伏鱒二の徴用体験のテキスト「花の町」と、戦前の村の構造を捉えた「多甚古村」について、書き下ろしの論文をと思ったが、現時点では見送るしかなかった。井伏の戦後文学については「ムラとマチの戦後の風景」（『文学の風景　都市の風景』収録）がある。案外にと言っていいかと思うが、中国地方の古い農村に育った井伏鱒二の「在所もの」には、村を構造的に捉えようとする視点が一貫してあって、そういう視点は近代を相対化するものとなってもいる。私として書きたいもののひとつ、「荻窪風土記」は、都市郊外の町に独自な「村」を作ろうとした、その軌跡だとすら思えてくる。井伏鱒二の苦みの利いた〈ユーモア〉は、鋭い批評性を内に孕んでいるが、そこにも「プロレタリア文学の行方」、プロレタリア文学の反作用の力が働いている。

太宰治のいわゆる中期のテキストとして、「お伽草紙」と「新釈諸国噺」だけに関心を持ってきたわけでもないが、論文としては収録論文のほかに、「〈引用〉の織物としての「赤い太鼓」」（『文学の風景　都市の風景』収録）、「『新釈諸国噺』「吉野山」」（『太宰治研究』第22号）があるだけである。磯貝英夫に「戦争という大状況の圧倒的な支配下」においてかえって「解放」された太宰治という指摘があるが（「「お伽草紙」論」『作品論　太宰治』双文社　一九七四）、「自意識」の主題がそのあざとさを「語り」によって巧みに包み込まれた、そういうものとしてこれらのテキストがある。ひとつの〈成熟〉のかたちであるが、むろん太宰治は〈成熟〉を拒否する作家であった。その拒否の姿をも描きださなければ私の論のそれなりの完結もないのだが、太宰治の「１９３０―４５」の一部分くらいは書いてきたという思いはある。

終章に置いた「一九四〇　堀辰雄――古典受容の位相――」も「序章」と同じく現在の論考。何も〈社会派〉と〈芸術派〉という対照を考えたわけではない。過去の論考を無理やり現在の論考で挟んだ強引な作為と自分ですら思うが、そういうことではなく、ぼんやりとながらエコールを越えての〈時代の力学〉を考えてきた私の軌跡と言いたいところである。田舎育ちの〈文学青年〉に日本古典への眼を開いてくれた旧師鈴木一雄先生に半世紀近く遅れて提出したレポートという、感傷めいた思いもある。

「１９３０―４５」の作家やテキストが、〈私なき私〉という混迷に陥っている複雑な現代的〈私〉の状況にどう連接するか、横光利一論や小林秀雄論を欠く以上、不明としておくしかない。〈私〉の〈解体〉こそ「現代文学」の主題ないし前提という言説が現れて久しいが、本書で考察した作家やテキストは、〈解体〉を強いる状況のなかで〈私〉という〈個〉を懸命に守ろうとした、その軌跡だと思う。彼らの格闘の軌跡は今も決して古びてなどいない。

序　章　一九四〇 池袋

——小熊秀雄と中野重治——

〈一〉 はじめに

小熊秀雄や山之口貘の詩はいわば〈無頼の自由〉とでも称すべき独自のものである。それは彼らの生育状況と放浪から生まれたものであると同時に、彼らがそこに住み続けた〈自由空間池袋〉によって鍛えられたものでもある。池袋の〈自由〉は徐々に明らかにしていくしかないが、池袋は何物にも拘束されない町。芸術的ボヘミアンには大変住みやすい町であったはずである。〈拘束〉を何よりも嫌う詩人たちが遍歴の果てにたどりついたのも、社会的規範の〈拘束〉を離れて〈自由〉を創造の源とした売れない画家たちが寄り集まってコロニーをなしたのも、〈自由空間〉池袋に誘引されてのものであろう。その〈自由空間池袋〉の形成には、直接には池袋アトリエ村の存在が、また、大正デモクラシーのなかにあった「自由学園」と「婦人の友」社、鈴木三重吉と「赤い鳥」社、「池袋児童の村小学校」、「新しき村」出版部「曠野社」などがかかわっていたというのが私の判断である。

池袋は都市としての伝統をほとんど全く持っていない町、都市化したのも、目白駅に代わっての駅の設置という、かなり偶発的な理由が大きいようである。都市池袋の形成に及んで、〈自由空間池袋〉と小熊秀雄という問題にアプローチしたい。

〈二〉　中野重治「古今的新古今的」

中野重治に「千早町三十番地」という詩がある。「古今的新古今的」（『改造』一九四一・一）という連詩の最初、太平洋戦争のはじまった前年、一九四〇年一一月二〇日に亡くなった、小熊秀雄弔問の詩である。「落合にもなし／長崎にもなし／千川にもなし」と歩き続け、ようやく探し当てた「千早町三十番地東荘」、そこは新開の庶民の町であり、「東荘」は「崖に寄せかけ／一つの五味箱の如くかなしく」建っていたという。続いて中野は「そこに君は」と歌う。「君」の遺体を前に、「君の死は何なりや」と問いかけ、「まだ朝の道をかへりつつ／君がやはりつぼめたる口して死ぬるならんと思ふ」と結ぶ。最後に「君は歩いて行くらん」と、三途の川を渡る故小熊秀雄に語りかける。「君」の家を訪ね、「君」の遺体に直面し、そして「君」の行方＝〈三途の川〉に思いを致す、という連作であるが、死者小熊に語りかける「君は歩いて行くらん」が最も秀逸であろう。

君は歩いて行くらん
をかしなステッキを持ちて
途中で自動車が追ひ越すらん
そして美しい老人が会釈するらん
西園寺公望公の車なり

君は歩いて行くらん
きよろりきよろりと
そしてやがて三途の川に着くらん
君は渡し銭を出さねばならぬ
君はにやりとして支払ふらん
やがて婆アが着物を脱げといふ
そこで君が一層にやりとして止せよと言ふらん

君は歩いて行くらん
どこまでもどこまでも
そしてとうとう着くらん

大きな門に
そこで君は例のステッキをあげ
つぼめた口して開門々々といふらん
どうれと中からいふらん
切符があるか
切符はこれだといつて
君が片足で立つてくるりと一まはりすらん

そしておひおひと
香川不抱などに逢ふらん
ポール・フォールにも逢ふらん
今野大力にも逢ふらん
今野の中耳炎は直つたか

多少注を打っておくと、西園寺の死は小熊の死に四日遅れる一九四〇年一一月二四日。今野大力（一九〇四―一九三五）は小熊と同郷の旭川育ちで、交友関係が深かった非転向のプロレタリア詩人。中耳炎は、コップ大弾圧によって収監された駒込署での拷問によるもの。香川不抱（一八八九―一九一七）は、貧窮生活のなかで、啄木ばりの生活短歌を作り続けた明星系の詩人。ポール・フォール（一八七二―一九六〇）はフランスのバラードの詩人（注1）。自由主義的貴族政治家、非転向プロレタリア詩人、貧窮の生活歌人、民衆的叙事詩人という系譜のなかに小熊秀雄を位置づけようとしているのである。「例のステッキ」は、晩年ほとんど身動きすることもかなわないなかで、それでも活動し続けた小熊の行動力をうかがわせる道具。「婆ア」は言うまでもなく奪衣婆。三途の川で六門銭を持たずにやってきた亡者の衣を剥ぐ。境界空間、内藤新宿正受院のそれが有名である。

死んだ小熊を悼む悲しみの中に、貧困のうちに、しかしその貧困にめげることなく〈抵抗〉し続けた、不逞な小熊の姿をよく浮かび上がらせる詩である。小熊には、沈黙させられた中野をからかい、愛情込めて批判した詩「なぜ歌ひださないのか」がある。そこで小熊は「私は大歓喜のために／死を選ぶといふことも考へられるのだ／生も肯定し／死をも肯定する／私は何といふ欲張りだらう」と歌い、「君は君の魅力ある詩のタイプを／再び示せ／たたかひは／けつして渋滞してはゐない／たたかひはいまたけなはだ」と、中野を励ましたのであった。「らん、らん、らんとまるで遠足にでも出かけていくような調子」（木村幸雄『中野重治論　詩と評論』桜楓社　一九七九）で、冥土への道中を歩き「婆ア」をも軽くあしらう不逞な諷刺の詩人の姿を想像の中で描くことで、中野重治は小熊秀雄を送ったのである。小熊も中野も、執筆禁止その他で表現の営みそれ自体が追いつめられた時、画家と文学者の抵抗集団〈サンチョクラブ〉を組織し、諷刺で権力に向かい合おうとした時期があった。この鎮魂の詩は、いわば〈サンチョクラブ〉のスタイルを踏んでいるのである。

国がファシズムに駆け込む大速度、戦争拡大の大速度、貧しさの急激で大幅な拡大、これとの抗争には私たちの力にあまるところがありました。そこで、正面から挑んで行けなければせめてわきからでも行こうというので「サンチョクラブ」というのが出来たのだつたと記憶します。おもに詩と絵とで風刺の道を行こうとしたのでしたが、それもいわば蹴散らされるというなかで私は小熊を知つたのでした。これは整然と隊伍を組んで、どしどし前進するという状態での知合い関係ではありません。逆の状態のなかでしたから、ここではいろんな人間の弱点、欠点が出て来ずにはすみません。そのなかでいつしよに仕事したのですから、小熊という人間、友人としての彼の人間ということが、いま現在も私のなかに在る重さをもつて残つています。(「小熊の思い出」『旭川市民文藝』一九六七・一一)

〈サンチョクラブ〉は、結成早々に「自発的に解散」(中野全集第二八巻「年譜」)せざるを得なかったのだが、小熊の本領である諷刺詩で、中野は小熊を送ったのである。それは、沈黙を余儀なくされ、屈折に屈折を重ねながら、なおも小熊に励まされつつ、「表現」に賭けようとする中野重治の懸命の、しかし、悲しい〈抵抗〉の姿でもあった。「注」に挙げたような様々な〈記号〉は、それぞれが単なる死者に対する懐かしさにおいてではなく、諷刺としての実質を伴っている。例えば「今野の中耳炎は直つたか」という何げない叙述は、ほとんど獄中死のような形で殺されていった今野大力を悼んだものであり、今野を殺していった国家権力への憤りを表出したもので、この時期に可能な精一杯の中野の〈抵抗〉なのである。中野は「小熊秀雄について」で、じつは僕は、小熊秀雄について、彼の死について、詩を書こうと思つている。ところが、それが書きにくい気がしてならぬ。そこで、話をとばしていうと、彼が死んで、それについて僕が詩を書こうとすると、なんだか書きにくい気がするというような時だから彼自身死んでしまつたということにもなりはせぬか。（『現代文学』一九四〇・一二）

と、いかにも中野らしい文体で語っていた。その「書きにくい気がするというような時」に、中野は小熊秀雄に励まされてこの詩を仕上げたのである。小熊の詩の特徴のひとつについて語った中野の、「ぎつぎつした政治的文句をいたずらには一つも入れていない、なんとも愉快な、なんともおもしろい、いわば非常におもしろくユーモラスな形のバラード」（「小熊の思い出」）という評は、そのまま「君は歩いて行くらん」についての、小熊の批評を受けての「ユーモラス」なバラード風の哀悼詩ともなっている。

戦時下での中野の執筆活動についてはこの稿の枠外だが、小熊ふうの諷刺も全く閉ざされたなか、例えば「以後、一九四五年六月〈召集〉のときまで、東京警視庁、のち世田谷警察署に出頭、取り調べを受ける」（「年譜」一九四二・一）というような状況下で、『斉藤茂吉ノート』（一九四二・六）や戦後『鷗外その側面』（一九五二・六）にまとめることになる鷗外ノートなどを営々と書き継いでいった。諷刺もかなわない状況下で、小熊の存在に「在る重さ」を感じつつ、こうした論稿は書き続けられたのである。

小熊秀雄の本領が生き生きと生動してきたのは、プロレタリア文学・プロレタリア詩の後退期、『小熊秀雄詩集』と『飛ぶ橇』が出版された一九三五年ころからであった。そうした様相を、事典解説としては破格の言説として、講談社『近代文学大事典』において、中野重治はみごとにまとめてくれている。

〈三〉　饒舌と風刺

こうして一般に文学者、詩人の活動に消極的な傾向が強まってきた中で、極めて鮮やかに量的にも極めて精力的にその特性を発揮してくる。うまず女の寡黙にたいして、生産的な多弁を、無目標の警戒に対して目標狙いうちの突進を、じめついて吝嗇な泣き言に対して豊穣で連打する哄笑をという方式で、憎悪して寄せてくる悪条件をむしろ餌食として詩作する。

くりかえせば、中野自身、自分が陥っていた状況の向こうに小熊秀雄という新たな〈民衆詩派〉の存在を見ることは、特別な思いであったはずである。「うまず女の寡黙」「無目標の警戒」「じめついて吝嗇な泣き言」とは、行方を失いつつあるプロレタリア文壇のみならず、〈転向〉と執筆禁止の状況にあって、自分自身の状況を振りかえってのことでもあろう。多喜二の道がすでに全く閉ざされたなかで、しかし、それとは違う作家・詩人のありかたとして、心ひそかに中野重治は、小熊秀雄に勇気づけられていたというのが私としての判断である。『中野重治全集』第二八巻には、小熊に関するエッセイが合計九本（ほかに「トルラーと小熊秀雄」がある）も収められおり（注2）、これらを通読してみると、じつは中野は小熊最晩年の詩に最も高い評価を与えている模様なのだが、哀悼詩としての傑作「古今的新古今的」には、こういう中野重治と小熊秀雄の内的交流が前提としてある。

「うまず女の寡黙にたいして、生産的な多弁を、」というのは、小熊の詩全体に言えることだが、とりわけて、『飛ぶ橇』に収録された長編叙事詩が、小熊の残した仕事として、今日もなお燦然とした輝きを放っている。岩田宏は、「日本のルンペン、中国の兵士、ソビエトからの亡命者、アイヌ人、朝鮮の老婆、ロシアのテロリスト」を主人公とするこれらの詩について、「ここでは小熊のほとんど全面的で熱烈な共感が語られている。単に昭和十年代の思想や感情を披歴しただけではなく、人間的な熱気によって時代に逆らいつつ時代を超えて生きた詩人の、これは最高の作品群であろう」（岩波文庫『小熊秀雄詩集』解説）と評しているが、「飛ぶ橇」をはじめとする、これらの驚くべき脱国境的な詩群は、透谷などわずかな例外を除いて、長詩、物語詩の伝統のない日本の近代詩史に屹立するテキストとなっている。なぜこういう詩群が誕生したか、その経緯をひも解くことは容易ではないが、「民衆はいま最大の狂騒と、底知れぬ沈鬱と現実の底なる尽きることのない哄笑をもつて、生活してゐる、一見愚鈍であり、神経の鈍磨を思はせる一九三五年代の民衆の意思を代弁したい」（『小熊秀雄詩集』序）という詩人としての決意、「「悲しみの歌は尽きてしまつた／残つてゐるものは喜びの歌ばかりだ」という「首尾一貫した」「若い鶯」（「鶯の歌」）としての詩人の自覚が、こういう詩群を可能にしたと、とりあえずは、言っていいだろう。

「無目標の警戒に対して目標狙いうちの突進を、」というのは、やや解りにくいが、小熊の詩に即して言えば、例えば、「日本的精神」に最も鋭い形でその痕跡が残されている。

「今更　日本的精神とは何か――、と／僕は疑ふほど、非国民ではない、／常識的な議論のテーマを持ち出して／彼等は日本人を強調する、／少くとも議論に加はつてゐない人が／非国民であるかのように――、」と語りだし、「ソロバンを弾」きながら「日本的精神」を語る「可哀さうな子供」の姿を諷刺し、「現実の痛さを知らぬものだけが／理由を附して復古主義を復活させる／自分で脇の下をくすぐつて／一人で猿のやうに／日本主義を騒いでゐる」と日本浪曼派を批判し、「諸君も日本的とは何か――と／疑ふほど非国民であってはいけない、／日本の土の上でオギァと鳴いたものは／みんな日本的だ――。」と喝破する。

たった一編の詩が、高邁な〈理論〉を装ったイデオロギーの欺瞞性を一挙に暴き出している。とりわけて、「日本の土の上でオギァと鳴いたものは／みんな日本的だ――。」という二行は、支配的イデオロギーと、それに忠実に従って華やかにイデオロギーを〈理論〉づけようとする、日本浪曼派をはじめとする、一連の時代の動向に対しての、見事な鉄槌のことばとなっている。

「じめついて吝嗇な泣き言に対して豊穣で連打する哄笑を」というのも小熊の全詩篇について言えることだろうが、「じめつい」た「吝嗇な泣き言」を繰り返しているのが、哀しい日本の「民衆」一般の姿であることは仕方のない当然として、とりわけて「転向」状況下の作家・詩人たちの姿でもあり、中野はこの一節を個人的な重さにおいて記述していると言えるかもしれない。小熊は「中野重治へ」において、中野を、

裾の乱れを気にばかりせず／気宇闊達の／小説を書き給へ、／『小説の書けない小説家』／『小さい一つの記録』／などと妙に遠慮ぶつた／標題をつけず、／誰かのやうに『風雲』と／大きく出るさ、／君も詩を掻き廻して／小説へ逃げて行つた前科者だ／少しは詩の手土産を／散文のなかで拡げるさ／棒鱈のやうに突張らずに／田作のやうにコチコチにならずに／少しは思想奔放症でやり給へ、／狭心症は生命を縮めるよ／釣銭の来るやうな／利口ぶりを見せないで、／馬鹿か利口か／けじめのつかないやうな／作品を書き給へ。

と評していた。『小説の書けない小説家』（正しくは『小説の書けぬ小説家』）と『小さい一つの記録』（正しくは『一つの小さい記録』）は中野の〈転向五部作〉（平野謙）のうちの二つ。『風雲』は窪川鶴次郎の転向小説。「ブルジョア詩の技術の引き継ぎ」で「我々の陣営」での「クライマックス」を遂げた中野重治（「君はなぜ歌ひださないのか」）が、〈転向〉にこだわって（「妙に遠慮ぶつ」て）書けなくなっている状況を、ともかく書くことによって打開せよと、小熊は扇動しているわけである。『小説の書けぬ小説家』も『一つの小さい記録』も、〈転向〉小説が実際は己の弱さを感傷的に語る〈転向私小説〉へと堕してしまったなかで、自己の内部に起こった現象を、思想の問題として追及し

た類まれな転向小説だが、しかし、思想や文学における強いリゴリズムを原理とする中野重治の姿は、小熊秀雄にとっては「棒鱈のやうに突張」った、「田作のやうにコチコチ」な、「思想」にがんじがらめの不自由な姿に映っていた。「中野重治へ」は、読売新聞の求めに応じたジャーナリスティックな軽い「文壇諷刺詩」のひとつ。「諷刺の針が対象にうまく突きささらない」（岩田）ものだが、それでも中野重治の本体をよくつかんでいる。小熊秀雄は諷刺について、

抽象的な知性主義者は、これまでも風刺文学の直情的方法が生んだ、攻撃力と効果を抹殺するために、下品だとか、野卑な表現であるとかの非難を投げかけて来たし、今後に於ても洗練された紳士のお上品な知性を騒がすといふ意味で非難されるだろう。この種の紳士のためには知性の贅沢が生みだすところの特殊な風刺作家をお抱へ作家にしたらい々、我々はまた別なところに『我々の諷刺作家』を対立させるだけである。（「雑記帳」一九三七・一二・一）

と考えていた。諷刺はその性格上、間接的であるしかなく、その間接性が「洗練された」「知性」を磨きあげていくもの、と一般には言えるのであろうが、小熊にとってそれは、「お上品」な「贅沢」にすぎないものであった。つまり諷刺とは、直情的な方法であり、直接的な攻撃力を持ったものでなければならなかったのである。プロレタリア詩が不可能な状況にあって、小熊は〈諷刺〉の手法を駆使し、戦いを後退させることはなかった。結局戦前には出版されることなく、中野重治の手によって戦後にまとめ上げられた『流民詩集』（小熊は『心の城』という表題を考えていた）には、例えば「時

よ、早く去れ」や「画帳」などが、今日、さほど注目されてはいないと思われるが、記念碑的な諷刺〈抵抗詩〉として残されている。

「時よ、早く去れ」は、出征風景を描きつつ、「時よ、前へ」と願い、また、それを実際に表出した日本人がいたという確かな時代の証言となって、私たちの前に残されたテキストである。

「雑然とした音響の中で／弱い人々の心を／鉄の輪で緊めるやうな／硬い、遁れることの不可能な／人々の群れたざわめきと／合唱とを今日もきいた」と詩は始まる。「無反省な者達が／一人の人間を囲んで列を作り／愛情のあるものは／人々の眼だたぬところでそつと見送つてゐる」出征風景。戦争遂行のイデオローグの、幻想の「新しい世紀」への掛け声、それとはまったく別の戦地の風景を、詩人は描き出していく。そこは「悪魔も窒息するほどの／動揺する空気」につつまれ、「地面の中に智恵は埋没され／理性は空にむかつて射ち出され」、樹木も家畜も、建築物や河水さえ、「人間の競技場」の前に姿を変えてしまったかのような世界。

そこで「楽しい食事が始まった」。食事は「食ふものと、喰はれるものとの／計画された配分通りに行はれる／ただ次ぎ次ぎと皿と肉とナイフとは／運ばれてくる」。「魂をとろかす快感を求め／倦まず撓まず饗宴にむかう列」、その饗宴の招待を拒むものは「鈍器を持つて撃たれる」。

こういう現実は今や防ぎようもない。詩人はただ「新しい時」を願って、「時よ、早く去れ、／時よ、前へ」、と祈り続ける。

遺稿として残された「画帳」は長詩だが、今野大力は拷問の挙句に死に、「間島パルチザンの歌」を歌いあげた槙村浩も拘禁の果て、ほとんど獄死に近い形で亡くなり、というような状況のなかで書かれた激しい反戦詩である。

平原では／豆腐の上に南瓜が落ちた／クリークの泥鰌の上に／鶏卵が炸裂した／コックは料理した／だが南瓜のアンカケと／泥鰌の卵トジは／生臭くて喰へない／盃の上に毒を散らし／敷布の上に酸をまく／罪なき旅人が／その床の上に眠らなければならぬ／太陽の光輝は消えて／月のみ徒らに光るとき／木の影を選んで／丸い帽子が襲つてくる、／堅い帽子はカンカンと石をはねとばし／羅紗の上着は悲鳴をあげる／ズボンは駈けだし／靴が高く飛行する／立派な歴史の作り手達だ／精々美しく空や地面を飾り給へ／豪胆な目的のために／運命をきりひらくものよ、／君達は知つてゐるか／画帳の中の人物となることを、／然も後代の利巧な子供達が／怖ろしがつて手も触れない／画帳の中の／主人公となることを。

「南瓜」や「鶏卵」が銃弾などの隠喩であることは言うまでもない。戦争によって略奪した銃弾まみれの料理の、「毒」と「酸」にまみれた「生臭」さは鼻を突くばかりだ。「丸い帽子」はパルチザンの鉄兜であろうか。戦争遂行の行為がいかに「美しく」「立派な歴史」の理念で彩られようが、あるいは「近代の終焉」の「運命」を「きりひらく」哲学として理念化されようが、必ず「後代の利巧な子供達」によって暴かれ、怖ろしがつて手も触れない「画帳」となって残るしかないことを確信してやまない詩人の不逞な精神の緊張で、この詩は成り立っている。

戦後数十年、ようやく最近になって見直しが始まっているようだが、「豪胆な目的のために」描かれた多くの戦争絵画は、長い間「怖ろしがつて手も触れない」まま放置された。諷刺の詩人の目は、その始原において、戦争絵画の行方をしっかりと見据えていたのである。
『小熊秀雄詩集』と『飛ぶ橇』という二つの詩集のあと、「第三の『流民詩集』にいたるあいだは、詩人としての小熊の仕事のいちじるしく深まって行った時期」（「小熊秀雄の詩」）、というのが中野の評価だが、小熊の詩の方向は「日本帝国主義がすすんでいった方向と逆を行くものであったから、政府の検閲はしばしば彼の詩作の発表を妨げた」（同）。『流民詩集』は一九四〇年に出るはずだったが、出版社への圧力によって叶わず、一九四七年五月、中野の手によってようやく世に出た詩集である。割愛するしかないが、小熊が残した諷刺のスケッチ画もまた、そういうものであった。
中野重治は〈饒舌〉の詩人小熊の残した多くの詩編のなかで、結核の悪化と生活苦の進行のなかで書かれた晩年の詩稿が、特別な様相を呈していることについても、様々な文章で語っている。病状の進行については、「今年（一九四〇年〈引用者〉のはじめごろ」新宿の中村屋で会った時、喀血を知らされて、「病気が来るところまでじりいツと来てしまつているという気がした」（「小熊秀雄について」）という。病状の進行と生活の逼塞、そして、戦時体制へとひたすら走って行く「国の状態」の「変化」とが重なっていた。二つの詩集を出したころは、「持つてうまれた」小熊の奔放さが開花した時期だった。が、しかし、
その時から国の状態が変化していった。帝国主義侵略戦争の時期が始まり、詩の発表場所が彼に閉ざされ、彼の発想そのものにかんぬきのかけられる時期が始まった。管楽器と打楽器の合奏の

ようであった歌が一本笛の音楽のようになっていった。そしてそれさえもとぎれがちにならねばならなかった。(「『小熊秀雄詩集』について」)

晩年の詩篇には、「元気」を「最後の逃げ込み場」とすらした小熊(「小熊秀雄について」)には珍しく、「一本笛の音楽」のような美しく哀しい「ものう」さが流れることもあった。

あゝ、こゝに／現実もなく／夢もなく／たゞ瞳孔にうつるもの／五色の形、ものうけれ／夢の道筋耕さん／つかれて／寝汗浴びるほど／鍬を持つて私は夢の畑を耕しまはる／こゝに理想の煉瓦を積み／こゝに自由のせきを切り／こゝに生命の畦をつくる／つかれて寝汗掻くまでに／夢の中でも耕さん／さればこの哀れな男に／助太刀するものもなく／大口あいて飯をくらひ／おちよぼ口でコオヒイをのみ／みる夢もなく／語る人生もなく／毎日ぼんやりとあるき／腰かけてゐる／おどろき易い者は／たゞ一人もこの世にゐなくなつた／都会の掘割の灰色の水の溜りに／三つばかり水の泡／なにやらちよつと／語りたさうに顔をだして／姿をけして影もない
(遺稿「無題」『現代文学』一九四〇・一二)

だが、小熊の詩がやせていったわけではない。沈鬱な表情を浮かべつつ、小熊の詩は、むしろ、より深い調子を帯びていった。この遺稿「無題」も、倒れてなお、夢の中で「こゝに理想の煉瓦を積み／こゝに自由のせきを切り／こゝに生命の畦をつくる」、そういう〈夢の畑〉への意思を捨てていな

い。奇抜な表題の「馬の胴体の中で考へてゐたい」もそういったテキストである。

ふるさとの馬の、「お前の傍のゆりかごの中で」、「私は言葉を覚えた」。やがて村を出て、「私は詩人にな」り、「人民の意志の代弁者」になろうとした。が、「突然大泥棒奴に、／――静かにしろ／声を立てるな――」と、「短刀をつきつけられ」、「かつてあのやうに強く語つた私が／勇敢と力を失つて／しだいに沈黙勝にならうとしてゐる」……。「故郷の馬よ／お前の胴体の中で／じつと考へ込んでゐたくなつたよ／『自由』といふたつた二語も／満足にしやべらして貰へない位なら」。

ことばを奪われ「人間の姿も嫌になつた」と故郷に自閉しようとする、そういう弱弱しい詩人の姿は、しかし、言葉を奪うものを「大泥棒奴」と呼んではばからない不逞な詩人でもある。故郷の馬の胴体のなかに閉じこもろうという、突拍子もない自閉的な〈弱さ〉の表現自体が、ことばを奪う者への激しい糾弾になっている。「大日本帝国」が言葉を奪う「大泥棒奴」だというのである。〈饒舌〉によって、闘い続けてきた小熊は、最晩年に至ってこういう世界を築きあげていった。こういう小熊晩年の詩について中野は、

　小熊の詩のうちでは、特に晩年のものがすぐれている。大体そういつて間違いないだろうと思う。病気がだんだん悪くなつて、死が近づいてきていたせいかも知れない。こういうことはありきたりの解釈でもあるが、しかしありきたりの解釈だから浅いとは限らぬ。そうして、死が近づいてきていい詩が出来るということは、人によつては、いい詩を書くことで死を手もとへ手ぐりよせるのでもあるが、なんとしても辛いことだ。（「小熊秀雄について」）

と述べている。そういう状況の中で、絶唱「馬車の出発の歌」が書かれた。晩年のもっともすぐれたテキストであるというより、小熊秀雄生涯を代表する詩篇である。これはもう、詩をして語らしめるしかない世界であろう。「小熊の詩そのものの、この肉体的な美をとおして小熊的なものをとらえることが必要でしょう。またそれは、だれにも素直にできることだと私は思います」。（中野重治「小熊の思い出」）

仮りに暗黒が／永遠に地球をとらへてゐようとも／権利はいつも／目覚めてゐるだらう、／薔薇は暗の中で／まつくろに見えるだけだ、／もし陽がいつぺんに射したら／薔薇色であつたことを証明するだらう／嘆きと苦しみは我々のもので／あの人々のものではない／まして喜びや感動がどうして／あの人々のものといへるだらう、／私は暗黒を知つてゐるから／その向ふに明るみの／あることも信じてゐる／君よ、拳を打ちつけて／火を求めるやうな努力にさへも／大きな意義をかんじてくれ

幾千の声は／くらがりの中で叫んでゐる／空気はふるへ／窓の在りかを知る、／そこから糸口のやうに／光りと勝利をひきだすことができる

徒らに薔薇の傍にあつて／沈黙をしてゐるな／行為こそ希望の代名詞だ／君の感情は立派なムコ

だ／花嫁を迎えるために／馬車をしたくしろ／いますぐ出発しろ／らっぱを突撃的に／鞭を苦しそうに／わだちの歌を高く鳴らせ。

詩は扇動ではないなどという通り一遍の〈詩論〉をこの詩は軽々と打ち砕く。暗黒と明るみ、沈黙と行為、嘆き・苦しみと喜び・感動、暗がりと窓、これらの詩的技巧が高邁な〈技巧〉としてではなく、「だれにも素直に」受け止められる、「肉体的な美」として読者を扇動する。戦中下という枠を外しても十分に現代詩として生き続け得るだろう。そういう高みへと小熊の詩は上昇していった。

〈四〉〈自由空間〉池袋

『小熊秀雄とその時代』（せらび書房　二〇〇二）は、「大正モダニズムの雰囲気を残す池袋モンパルナスでの芸術家との自由な精神の交流の中でこそ、小熊秀雄はファシズムの暗雲がたれこめる日本でかろうじて抵抗の精神を維持できたのかもしれない」と記している（河合修「詩人の生きた時代」）。幼年時代から放浪を余儀なくされた小熊は、家賃も払えないまま住まいを転々としたが、しかし、池袋を離れることはなかった。西池袋の〈自由空間〉から小熊は〈自由〉になれなかった。その〈自由空間〉としての池袋の様相を把握してみたい。大正モダニズム、大正リベラリズムの雰囲気の形成や〈池袋モンパルナス〉を中心として。

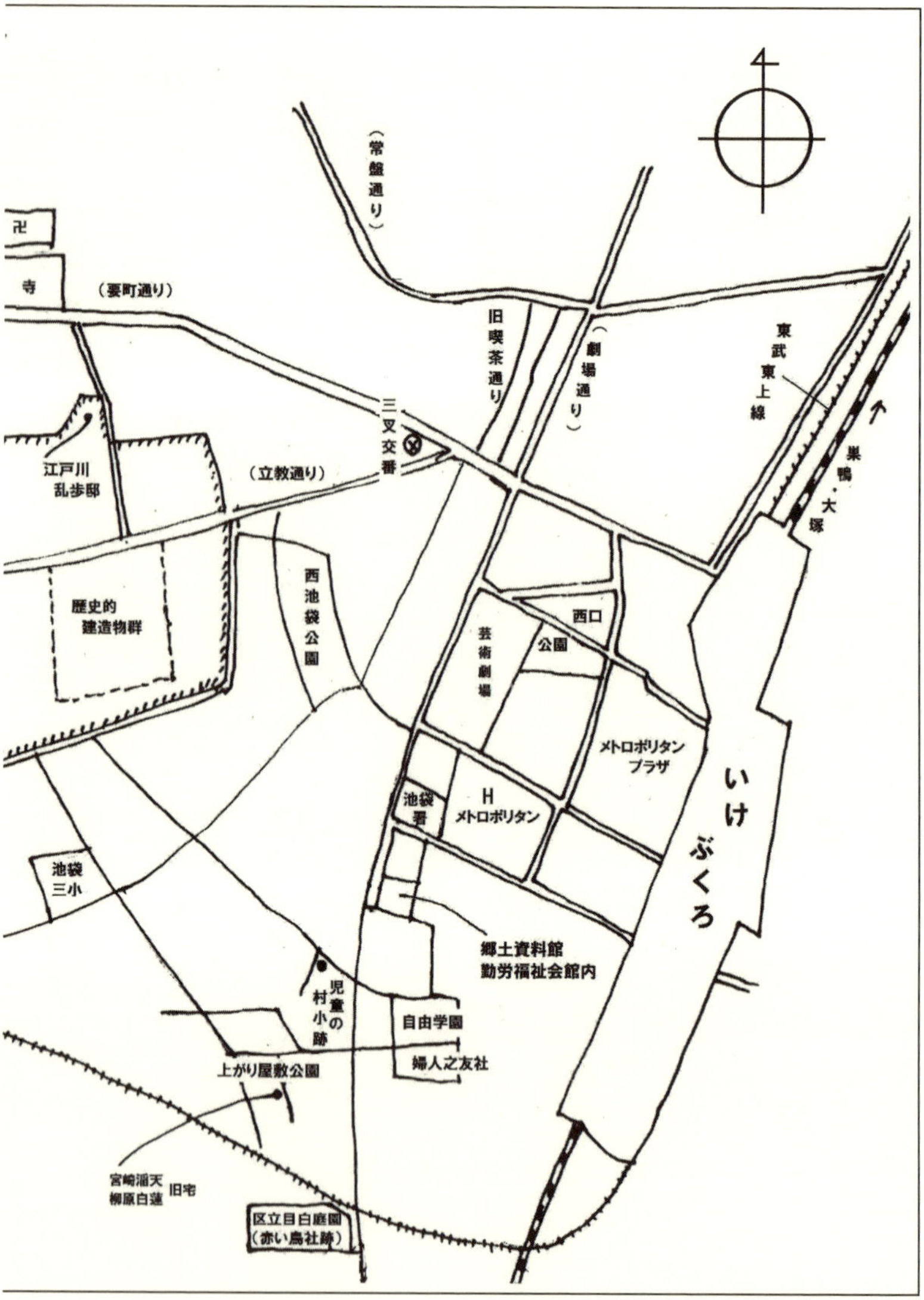
卍
寺
（要町通り）
（常盤通り）
旧喫茶通り
（劇場通り）
東武東上線
巣鴨・大塚
三叉交番
江戸川乱歩邸
（立教通り）
歴史的建造物群
西池袋公園
西口公園
芸術劇場
メトロポリタンプラザ
いけぶくろ
H
メトロポリタン
池袋署
池袋三小
郷土資料館
勤労福祉会館内
児童の村小跡
自由学園
婦人之友社
上がり屋敷公園
宮崎滔天
柳原白蓮
旧宅
区立目白庭園
（赤い鳥社跡）

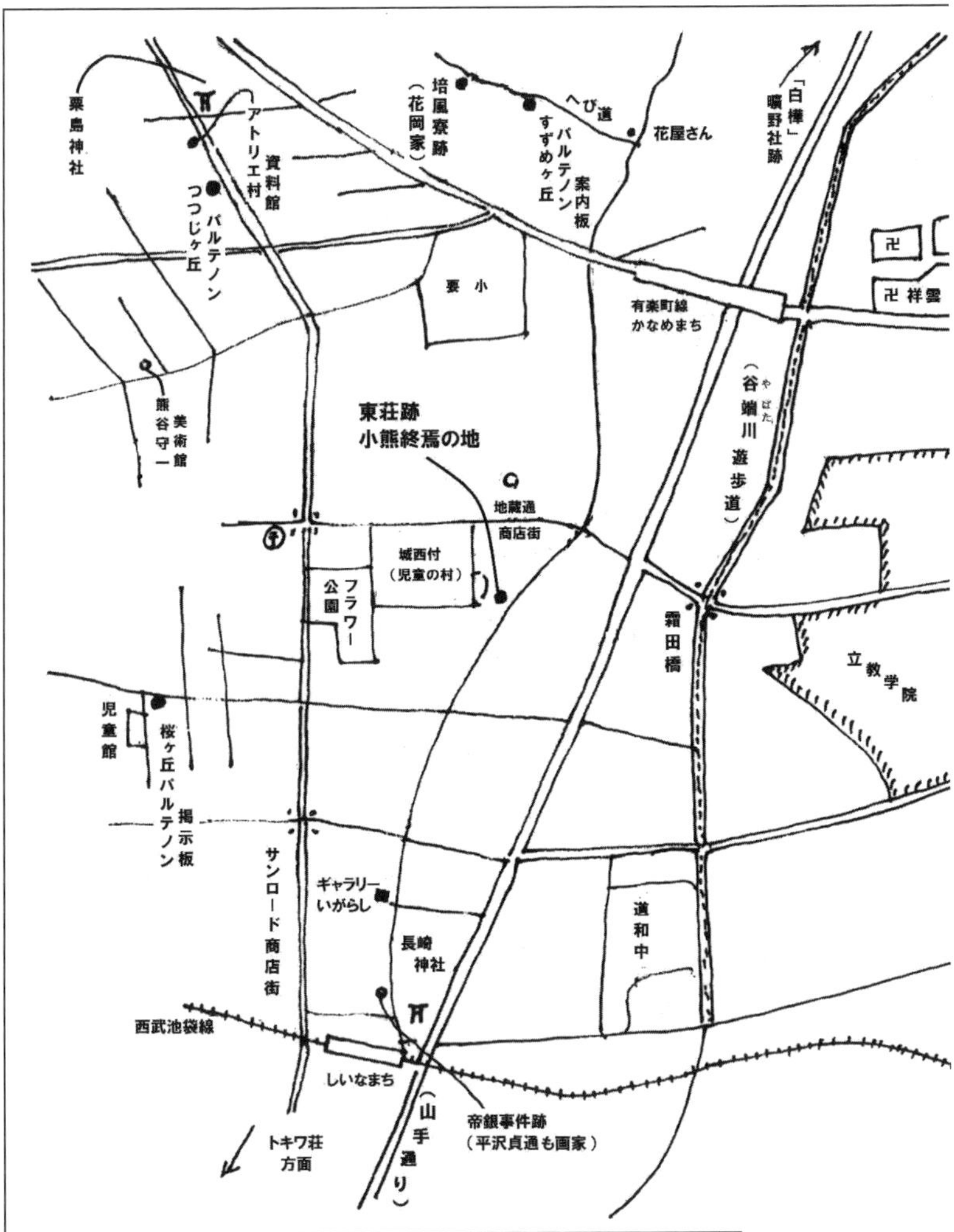

池袋モンパルナス関連地図

日本鉄道が高崎線、東北線と品川を結ぶために計画した田端・目白間の敷設認可が下りたのは明治三二年。「しかし、目白駅付近の住民の反対や目白駅の拡張が困難なこともあって、目白駅での分岐ではなく、目白駅と板橋駅の中間に池袋駅を設置して、そこから分岐するように計画を変更した」（『豊島区史』「資本主義の発展と豊島」のうち「豊島線の開設」）。蒸気鉄道初期によくあった事情での、偶発的な駅の設置が、都市池袋のスタートである。軽便鉄道「東上鉄道」の「池袋支線」の開設が大正三年、同じく軽便鉄道「武蔵野鉄道」池袋駅の開設が大正四年、明治七年、築地居留地にアメリカの聖公会宣教師ウィリアムズによって創立された立教学校が移転して、「校舎は震災前より東洋第一と称する、コレヂエート＝ゴチク式のもの、遠く富嶽と相対して都の郊外池袋に屹立」（『立教学院百年史』）したのは大正七年の事。その後、駅西口に豊島師範学校が開校し、遅れて自由学園なども開かれ、特殊なものとしては池袋児童学校なども開設され、池袋は学園都市の様相を呈し、都市化が進んだが、それまでの池袋は近在の沼袋などと同じく、「池」・「袋」という地名に明らかなように、沼沢の多い荒蕪雑地にすぎなかった。この付近の中心地は中山道の宿場板橋であり、あるいは早く郊外化した目白であり、巣鴨であった。つまり池袋は〈伝統〉と呼ぶべき何物も持たない、全くの新開地であったのである。むろん、地代・家賃・物価の安さが人々の人気を集めたのだが、〈伝統〉を持たない池袋はなにものにもとらわれない〈自由〉な雰囲気を作り出していった。

〈自由空間〉池袋を象徴するのはなんといっても、小熊秀雄の命名になるらしい〈池袋モンパルナス〉と呼ばれるいくつかの画家たちの集落であろう。昭和十一年「豊島区在住ノ進歩的美術家・彫刻家ノ親睦ヲ図ルヲ目的」とする「池袋美術家クラブ」の展覧会の目録に小熊が書いた「池袋モンパルナスに夜が来た／学生、無頼漢、芸術家が／街に出てくる／彼女のために／神経を使え／あまり、太くもなく、細くもなく／在り合わせの神経を——」という「池袋風景」は、ほとんど伝説的な意味合いを帯びて語り継がれている。靉光《あいみつ》や松本竣介、あるいは丸木位里・俊などをはじめとする幾多の画家たちが、〈仙人さん〉熊谷守一などに守られながら、独特の雰囲気の中でその才能を開花させて言った事情は宇佐美承『池袋モンパルナス』（集英社　一九九〇）に詳しい。池袋にアトリエ村が最初にできたのは「雀が丘パルテノン」。今は要町一丁目、当時は長崎町北新井、詩人花岡謙二が営んでいた「培風荘」には靉光（一九〇七—一九四六）が住んでいた。続いて形成され、池袋アトリエ村最大のコロニーになったのが「桜が丘パルテノン」。六〇〜七〇棟が建った。葦の生い茂った沼（袋）の埋め立て地に丸木位里・俊や麻生三郎、名取満四郎などが住んだ。最も遅れてできたのが千早町二丁目の「つつじヶ丘パルテノン」。桜が丘のスタイルで十軒ほど、昭和一四・一五年の頃であった。

赤いスレートの屋根、暗緑色に塗つた板壁、北側の屋根から下へかけてひろくとつてある窓、窓には大きな磨ガラスが白く光つてゐる。それが二軒づつの棟割になつて、左右に十軒づつ、七列にならんで立つている。まだ建つてから間もなく、狭い庭に小さな植木が二三本づつ立つてゐるだけで、礫と石炭殻を敷きつめた周囲はひどく殺風景だつた。そこはまだ冬の終わり頃までは、いつも灰色のよどんだ水がたまつて、葦がぼうぼうと生えている。ひどい湿地であつたが、いつの間にかすつかり埋め立てられ、またたくうちに七十何軒からアトリエが並んでしまつたのであ

る。（堀田昇一『自由が丘パルテノン』　一九三九・一〇　大観堂）

安価な「文化住宅」は、むろん時代のモードでもあるが、桜が丘の家主初見六蔵の、「若いころアメリカにわたりカリフォルニアの農園で働き、大金（一万ドルともいう）を手に入れて帰国、大正六年五月には高田村村会議員に当選、熱心なカトリック信者であった」（『豊島区史』）という経歴にもよっている。「礫と石炭殻を敷きつめた周囲」は粟島神社を水源とする「ドブ川」、今は暗渠の遊歩道になっている谷端川に囲まれている、沼沢地であったこの地の名残である。建物はアメリカ的「文化住宅」の一種なのだが、それとして大変機能的合理的な建築であったらしい。天窓を大きくとったアトリエ、採光のためだけではない、号数の大きい絵画あるいは彫刻の搬出のための大きな窓、彫刻家のためには粘土庫さえあった。

こういう〈村〉に集まってきたのはむろん売れない美術家たちである。貧しい画家たちにとって、ともかくアトリエは大きな魅力であり、それが池袋アトリエ村形成の具体的理由だろうが、宇佐美によれば「上野」への〈抵抗〉もあったという。上野から離れ、しかし、展覧会の開かれる上野に、出品のため近くなくてはならずということもあったようである。少数の例外を除いて池袋の画家たちは、池袋の放浪の詩人たちと同じく、「正規」の、ということはつまり「美校」出身のということになるのだが、美術教育を受けていない。規範的な「美術」とは全く別な地点で芸術に取りつかれた人間たちにとって、ここに溢れる濃密な〈自由〉の空気は、何物にも代えがたいものであったのである。その「空気」は、例えば小熊の次のような詩やエッセイに生き生きと描きだされている。

夜が明るいので店子である画家達はアトリエの中から、前の道路に出てきた、そこにこのアトリエの差配をしている背が小さくて顔の丸い女、発育期が過ぎているので、縦にはのびないが脂肪がジワジワと彼を横に肥えさせてゐる三十四五の妻君が、画家達にまじつてはしやいでゐた、やがて人々は自分達の体重がどれだけあって、どれだけ重たいか、とお互いに背負いあつてみる遊びを始めたのであつた。……するとオバさんと呼ばれた差配の妻君は、今度は画家の一人を、ちよつとオンブして見るのであつたが、背負われた画家は、小豚を抱へ込んだゴリラのやうに、空中に手を泳がせてオバさんなるものが前のめりになつたので、画家たちは声を合せて笑い出した。私はじつとこの光景を見ていたが、一つの哀しみ、それは『時代の哀愁』と言ふべきものが胸に湧いてきた。差配の妻君を中心にして、背負つたり、背負はれたり、月の夜を戯れる画家達といふものを考へてみたのであった。(「池袋モンパルナス――月下の一群の画家――」)

小熊の『流民詩集』には、画家たちの中で絵を描く己の姿を捉えた「デッサン」(『槐』一九三九・九)がある。

大馬鹿者、画家の仲間にまぢつて／デッサンなるものを描いてみる／女、素裸で立ち／何の変哲もなし／前を向き、後ろを向き、横を向く、／ひざを立て／ひざを下す／刻々に姿態を変化させる／これを称してクロッキーといふ／画家達、眼をつり上げ／あわただしく紙を／サラサラと鳴らす、／大馬鹿者つくづくと／女の肉体の中心をみる／そこに臍あり／臍とは肉体の／永久のほころびの如し／子供のころ／ここのゴマといふものを取出して噛み／ほのかにわが肉体の味を始めて知つたことがある／大馬鹿者つくづくと／モデルのほころびを眺め／感極まる、／画家たち眼を怒らし／鉛筆を噛み／かくて百千の女を／画けども／天国は／遂に来らず

池袋アトリエ村の住人の中には画家を志し、しかし画家とは別のコースで名を成していった人々も多い。文化学院出の典型的な「モダンボーイ」で、戦時下でもその〈モダン〉を貫き、屈することのなかったファッションイラストの長沢節（一九一七―一九九九）、画業の傍ら円谷プロの怪獣製作の中心となり「大魔神」などを作った高山良策（一九一七―一九八二）などが代表的であろう。彼らは〈上野の拘束〉はむろんのこと、「絵画こそ正統」という拘束からも自由であったのである。時代は戦後の事になるが、漫画家集団やマンガオタク達の聖地「トキワ荘」も西武池袋線椎名町駅を挟んで長崎町の向かいにあった。池袋の画家たちは一説にすぎないが、九百人を数えたという。巣鴨には映画のスタジオもあったから、映画人も客層の一部であり、立教だけではなく、文教地区にもなっており、豊島師範や高等師範学校などの学生達の〈盛り場〉にもなっていった。池袋駅西口、三叉交番手前から常盤通りに向かう通りを中心とした喫茶店街は、こういうボヘミヤンたちやモダニストを気取る学生たちのサロン的様相を呈していた。以下は池袋アトリエ村の住人の一人古沢岩美の回想である。

一九三五（昭和十）年前後の池袋西口駅前は……ミルク・ホールから転じて音楽喫茶の店が次々

に出来てきた。セルパン、紫薫荘、香蘭荘、六号室などであり喫茶ガールには絵描きが着るブルーズを着せた。それも画家用のゴツイ生地でなくビロードでなかなかしゃれていた。そして喫茶ガールはインテリが多かった。画家や詩人は山之口獏がいうように貧乏まで売った程貧乏であったが、暇は持て余すほどあった。絵を描いていないときは十銭だけ都合してベートーベンだ、プロコフィエフだ、ラベルだストラヴィンスキーだとリクエストして長々とねばった。(『美の放浪』文化出版局　一九七九)

〈自由空間〉池袋を演出していったのは、むろん若い画家たちだけではない。こういう〈自由〉は、詩人たちのものでもあり、小熊のほかにも山之口獏・高橋新吉・岡本潤そして「白樺派の理念を最も徹底して生きた人」千家元麿（長与善郎『千家元麿詩集』序文）が、放浪的人生の晩年に、それぞれの個性をこの地の周辺で発揮していった。画家たちと同じく、というより画家たち以上に、彼らはエコールとしてはひとりひとり全く別の流れにあるというべきだが、ボヘミヤン的生涯を貫き、何物にもとらわれることなく己の詩だけを書き続けていったという一点では全く一致する。アトリエ村の大親分格の熊谷守一が「仙人さん」と呼ばれたように、千家元麿を「詩仙人」と長与は呼んだ。

千家元麿について、戦後そのもとで〈民衆詩派〉ふうの詩を書いた、詩人でもある文学史家分銅惇作は、「いわゆる詩的技巧よりも、表現の真実を重んじ、のっぴきならない言葉の輝きが美しい。今日からみて、いささか平板冗長の感もあるが、大正期の詩壇でこれほど平易な口語を大胆に自由に使って、充溢した詩的表現を試みた詩人はほかにいず、その純粋で緊張したヒューマニズムの詩精神の発露で、詩の形でなされた「白樺」の文学の代表的な成果と見なすことができよう」と概括し（講談社『近代文学大事典』）、「生涯を詩に徹して生きた詩魂は尋常なものではなく、少青年期の人生的彷徨から晩年の脱俗の詩境に至るまで、日本の詩人では他に類を見ない詩精神の美しくはげしい燃焼を持続しており、簡単におめでたい人などと割り切って評価することのできない複雑深遠なものを持っている」と評価している。

かつてのダダの詩人岡本潤には、戦後の混乱の中での池袋風景をヒューマニスティックに描いた、「池袋地下道」がある。

1　晩春／くもり日の午後。／地下道の東の入口に／人がたふれてゐた。／片がはの壁によりかかつたまま／くずほれてうごけないのだ。／ぐつたり首を垂れてゐるので顔は見えない。／よごれた戦闘帽の下から半白の毛がのびてゐる。／泥だらけのぼろぼろの背広。／泥だらけの黒い素足。／片脚は折りまげ／片足はだらりとのび／ねぢれた胴体がぴくりぴくり痙攣する。／頭のうへを電車がごうごうと通過する。／通行人はちらと見て／つらさうに目をそらしていく

2　地下道の西の入口には／あたまもひげも白い／骸骨のやうに痩せためくらの老人が／地べたにきちんと座つて尺八を吹いてゐた。／そのわきには／七つくらゐの男の子が泣きさうな顔で／老人にぴつたり身をよせてゐた。／学校がへりの中学生の一団が／てんでに札を出し、／五十銭一円と子供の前に置いた。／子供はだまつて札をそろへ／老人のふところへ押しこんだ。／老人は見えない目を振り向け、／ていねいにおじぎをし、／尺八をふきつづける。／その音

いろは嫋々と／地下道をとほり、／むかふで死につつある男の方へ流れてゐた（岡本潤『檻褸の旗』所収　一九四七・一）

既成詩壇に反逆するアナーキスト詩人、破壊へのエネルギッシュな渇望をたたきつけていたダダの詩人が、「夜の機関車」（一九四一）など、リアリスティックな詩風に転じたのは戦中下のことであり、岡本潤は戦後コミュニズムに転じていったのだが、その根底にはこの詩に見られるようなヒューマニズムが流れていた。描かれたのは志賀直哉が「灰色の月」で捉えたものと同じく、凄惨な戦後風景だが、しかしそれ自体は都市の焼け跡にあって、ありふれた光景であっただろう。この詩がその位置を明らかにしているのは、通行人の「つらさう」な視線であり、また、中学生の集団の無言の行為であると、私として思う。平凡な庶民のなかに流れる平凡なヒューマニズム。日雇労務者などをしつつ詩を書き続けてきた岡本潤が最終的にたどり着いた世界だが、混沌とした〈自由空間〉はこういう詩人も抱え込んでいた。

山之口泉によれば、山之口貘にとっての池袋は「一種の巣のようなものであったと言える。寝ぐらこそ、母や私と一緒だったけれど、眠る時間を含めてさえ、家でのそれよりも池袋で過す時間の方が長いのである」というような場所であった（「父の巣・池袋」『父山之口貘』思潮社　一九八五・八）。山之口貘の詩は「いっさいの権力的なもの威力的なものを、地面に引きずり下ろして均質化してしまい、そこに諷刺的批判や庶民的感情にもとづく人生論を形成した」（伊藤信吉『日本近代文学大事典』「山之口貘」の項）といった風のものだが、『思辯の苑』（一九三八）に収められた、戦前の代表作「襤褸は寐てゐる」などの、都市の巷を生きる自己を諷刺的に描いた詩に、放浪の果てのこの詩人特有の〈自由〉が息づいている。

野良犬・野良猫・古下駄どもの／入れかはり立ちかはる／夜の底／まひるの空から舞ひ降りて／襤褸は寐てゐる／夜の底／見れば見るほどひろがるやう／ひらたくなって地球を抱いてゐる

放浪的人生の果て、山之口貘がつかみとったのは、こういう突き抜けた〈自由〉の世界であった。「躓づいたら転んでゐたいのである／する話も咽喉の都合で話してゐたいのである」（「大儀」『思辯の苑』所収）という、わがままの極まりのような〈自由〉。山之口を高く評価する草野心平は「斜視の人生論」とするが、山之口の感性からすれば、むしろ「正視の人生論」だろう。池袋というトポスは、「躓づい」て「転んで」そのままでも、「咽喉の都合で」黙し続けても、「夜の底」大地に寝たまま「ひらたくなって地球を抱いてゐる」ても、それを奇矯ともせず、干渉もしない、そういう居心地のいい〈自由空間〉として、意識されていたのである。

〈五〉　おわりに

放浪無頼の詩人たちや画家たちを魅きつけてやまなかったのは、単なる都市の盛り場ではない、独自な〈自由共同体〉の雰囲気があったからだが、その雰囲気はすでに大正モダニズム・大正デモクラシーによって醸成されていた。大正モダニズムの流れが、地価その他が安く都心に近い池袋を拠点として流れていたのである。池袋周辺で展開された大正デモクラシーとしては、『赤い鳥』、『婦人之友』と「自由学園」、「生活つづり方」と「児童学校」、白樺派の出版部「曠野社」の運動などがあった。地域におけるその展開については『豊島区史』に詳しい。

漱石門下の作家を中心として、白秋や未明、あるいは有島兄弟、さらには藤村や秋声なども巻き込んで「世間の小さな人たちのために、芸術として、真価のある純麗な童話と童謡を創作する、最初の運動」（創刊時のパンフレット）『赤い鳥』が大正七年に産声を上げたのは高田村巣鴨代地においてであった。現在の目白三丁目、区立目白庭園の近くである。三重吉による綴方選、白秋による児童詩選、山本鼎による児童自由画選などによって、「大正中期以後全国にわたる自由教育思潮にも大きな影響を及ぼすことになった」ことについては、あらためて述べるまでもない。

『婦人之友』やその運動体「友の会」から生まれた自由学園の創立は大正十年のこと。場所は高田町雑司ヶ谷上り屋敷、現在の西池袋二丁目。自由学園は昭和九年に東久留米に移転したが、フランク・ライトによる〈プレーリースタイル〉の重要文化財「明日館」が現在も動態保存されている。学習院や立教学院にも近い、池袋界隈でも目白に近い閑静な住宅地、文教地区にある。創立者は羽仁吉一・もと子夫妻。もと子は明治女学校の卒業生だが、「新時代ノ女性トシテ必要アル教育ヲナス」ことを目的として、「生活即教育」を理念として、自由学園は発足した。家事・裁縫・料理などの「実際科」を特徴としたが、それは『婦人之友』や「友の会」と同じく、良妻賢母教育とは別の、生活の「合理化」をめざしての、広く言って大正自由主義教育の流れの中に位置づけられる学校であった。「友の会」など、羽仁の起こした運動は全国に拡がり、現在も着実な運動体として命脈を保っている。

池袋は生活綴り方運動の発生の地であり、それと連動して池袋児童の村小学校という短命に終わったが、教育史に名を残す特別な学校があった。「生活綴方運動の基盤となったものには、（一）芦田恵之助の首唱による自由選題の綴方、（二）鈴木三重吉の『赤い鳥』にみられた投稿綴り方運動、（三）東京高師の綴方指導と生活指導の結合、（四）大正自由教育運動の流れをあげることができる」（『豊島区史』）が、「（四）の流れのなかに、「児童の村小学校」の教育理念とその実践がふくまれている」（同）という。「デモクラシー」から社会主義へという思想の変遷のなかで、池袋児童の村小学校は、やや複雑な経緯をとって、城西学園の中等部となっていったが、小熊終焉のアパート「東荘」の西に、学校はあった。その一部は現在、「フラワー公園」となっている。

西池袋「雀が丘パルテノン」の奥、長崎町高松（豊島区高松二丁目）には白樺派の拠点の一つ、「新しき村」出版部「曠野社」が大正九年に設けられた。この地に拠点が設けられたのは、耕作地が豊富な郊外であったことが、その最大の理由であっただろうが、一五〇〇坪余の敷地には出版印刷のほか、農園が置かれ、宮崎の村には参加できない会員にとっては〈心の故郷〉であったという。素人商売がうまくいくはずもなく、会員の自覚もない人々も〈村〉に加わり、労働争議が起るなどして、昭和二年には解散している。七年ほどの活動期間であったが、にもかかわらず、この運動もまた、〈自由空間池袋〉を彩った運動のひとつである。

池袋で展開された大正デモクラシーを淵源とする文化運動の概略を確認してきたが、こういう一筆書きでも、池袋がそのグラウンドとしていかに大きな役割を果たしてきたか、瞭然としていると言っていいと思う。大正デモクラシーは昭和に入って、さまざまに変質したのだが、それは、「思想」というより、ある生活の感覚となって、アジール的な都市空間池袋に生きる詩人や画家たちに作用し続けた。千早町三十番地東荘の詩人は、こういう空間を彷徨しつつ、最後の最後まで自由の歌を歌い続けたのである。

〈注〉

（1）ポール・フォール。事典には「ポール・フォール（一八七二―一九六〇）」、「中世以来の伝統にささえられた独特なリズミカルな散文、バラード形式をかりて、フランスの自然に対する深い愛情と生きる喜びを歌いあげたその詩は、詩人の象徴主義への訣別と自然と生への愛着というその未来の道筋をはっきりと示したものということができる。彼は以後このバラード形式を終生捨てることなく、母なる国のさまざまなイメージを明るすぎると思われるほど鮮やかに時代を超越して歌いつづける」とある（白水社『フランス文学辞典』項目執筆は綾部友治郎・渡辺一民）。中野重治がここでポール・フォールを〈引用〉しているのは、「飛ぶ橇」などの民衆的な長編叙事詩を小熊の本領と見、「バラード形式を終生捨てることな」かったポール・フォールを小熊の同行者として置いてのことだろうか。しかし、ポール・フォールの死は一九六〇年、一九四〇年時点では六八歳、「ポール・フォールにも逢ふらん」はつじつまが合わない。

（2）中野重治の小熊秀雄論は以下の通り。

1「トルラーと小熊秀雄」　『文学者』　一九四〇・三
2「小熊秀雄について」　『現代文学』一九四〇・一二
3「『流民詩集』序」　『流民詩集』（三一書房）一九四七・五
4「小熊秀雄の詩」　中野重治編『小熊秀雄詩集』（筑摩書房）　一九五三・三
5「『小熊秀雄詩集』について」　『小熊秀雄詩集』（新書版　筑摩書房）　一九五五・九
6「健康な眼」　『小熊秀雄その人と作品』（旭川小熊秀雄詩碑建立期成会）　一九六七・五
7「小熊の思い出」　『旭川市民文藝』　一九六七・一一・一七　講演は五・二七
8「一九三五年の小熊の詩一編」　『ちくま』　一九七〇・一
9「死後三三年に」　『三彩』　一九七三・八
10「小熊秀雄」　『日本近代文学大事典』（講談社）　一九七七・一一

第Ⅰ部　プロレタリア文学の行方

第一章　三好十郎『斬られの仙太』の周辺

〈一〉　はじめに

『斬られの仙太』は昭和九年四月ナウカ社から上梓され、「左翼劇場」改名「中央劇場」により同年五月に初公演がもたれた。藤田満雄によれば（「戯曲仙太について」『テアトロ』昭9・7）、この戯曲は八年夏に脱稿されたというが、そもそも当初から「中央劇場」のレパートリーとして準備されていたのではなく、久板栄二郎「烟る安治川」の上演中止の結果、その交替に「中央劇場」の初公演としてもたれたのだという。その経緯は複雑で上演反対の意見も多かったらしいが(注1)、基因は、もちろん、昭和九年という特殊な時点の含みもつ問題にあった。九年二月二二日――ナルプ解散決定、四月――コップ加盟下十団体の解散宣言、六月一五日――プロット解散、と続くプロレタリア芸術運動の後退戦の中に、『斬られの仙太』も位置づけうるのである。

こういう状況下でともかくも上演された『斬られの仙太』には、久保栄と村山知義から激しい論難が集中され、ついには上演自体が誤りであったとの結論が下される。村山は「虚無的な芝居だ。ファッショ的、アナーキズム的な傾向も多分にある。中央劇場も意外な芝居をやるものである」(『東京朝日』昭9・5・13)とし、久保も「天狗騒動と自由党左派との実践的意義を混同するやうな反動的歴史観」(「迷へるリアリズム」『都新聞』昭10・1)と断罪した。

これらの批判の指摘している問題点は、多喜二虐殺をはじめとするプロレタリア芸術運動への激しい弾圧から生じた運動主体の動揺、社会主義リアリズムの導入をめぐっての理論的混乱、コップの組織的崩壊等々の混迷と壊滅的状況への危機意識から提出された、その中における演劇人の主体的在り方の模索と概括しえよう。

村山は「進歩的な、芸術的に良心的な、観客に追随せぬ、演出上に統一ある演劇」を創造すべく、演劇人の大同団結を提唱し(「新劇団大同団結の提唱」『改造』昭9・9)、久保栄はプロット解散を見こして、そのメンバーを築地の周辺につなぎとめ、そこから新しいリアリズム演劇の攻勢に転じようと「新劇人協会」設立のために奔走していた。そして、三好十郎は『斬られの仙太』脱稿当時は、既に早くプロットから離反していた(注2)。

久保・村山ともに『斬られの仙太』をめぐってリアリズム論を展開しているのは、この時期の創作方法論が唯物弁証法的創作方法から社会主義リアリズム論へと移行していく過程であったことを考慮すると、単なる偶然ではないように思われる(注3)。村山は「発展的リアリズム」を提唱した。「発展的リアリズム」とは、彼によれば、「明日への発展のリアルな想念を含み、現実のうちに発展を生み出す諸条件を生み出す」(月刊『新協劇団』第18号)ものであるという。また、久保は、唯物弁証法的創作方法の党派性を克服すべく、社会主義リアリズムを反省的に摂取し、「唯物史観とそれに照応する新しいリアリズムの手法」(『五稜郭血書』自序)を探索し、『火山灰地』の「科学理論と詩的形象の統一」へとつながる独自のリアリズム論形成の途を峻烈につき進んだのであった。

一方、三好十郎は、理論や政治的意図による現実認識と創作とを否定し、自己の生を中心に据え、赤裸々な人間の視点から現実認識に迫り、形象に至ろうとする、いわば、異端のリアリズムをつくりあげていく。その理論的表明が「バルザックに就ての第一のノート」(『文化』昭8・9)と、その続論である「打砕かるる人——バルザック論(2)」(『文学界』昭8・12)であり、実作的表明のひとつが『斬られの仙太』であったのである。

戦前の『斬られの仙太』論は、村山、久保の如上の評に尽されている。それはリアリズム演劇主流のほとんど決定的な批判であった。また、その評は、昭和九年という特殊な時点での三好の独自相を浮び上らせたと同時に、それ以降の三好と久保・村山の分岐の出発点ともなったのである。すなわち、社会主義リアリズムの反省的摂取に立ち、日本リアリズム演劇運動の主流を形成した、「日本農業の特質の概括化」をめざした『火山灰地』の久保と、自己の生の極限を峻烈に追求した——「インサン極まるイッヒドラマ」(八田元夫宛書簡　昭14・11・10)——『浮標《ブイ》』(昭15年3月初演)の三好との分岐はここに端を発している。またその分岐は劇団史的には村山・久保の新協と三好の新築地の分岐の端緒でもあったのである。

この局面を日本リアリズム演劇史上の一つの大きな転換点と考えていいと思うが、その転換の具体相を主に三好の側から検討してみたい。まず三好の昭和八・九年前後のリアリズム論を検討し、続いてその具体化としての『斬られの仙太』を分析する、という方法をとる。

〈二〉三好十郎のリアリズム論

昭和八年に三好は二つのバルザック論、「バルザックに就ての第一のノート」・「打砕かるる人――バルザック論（2）」を書いている。これらはもちろん、単なる『従兄ポンス』の読後感ではなく、また、単なるバルザック論でもなく、「自分にとってバルがどうであつたかを語ることに依つて、その相関の中に含まれてゐる妥当な真理をテキ出しやう」としたものであり、プロット脱退後、プロレタリアリアリズムや唯物弁証法的創作方法から解放された時点で、自己の拠って立つリアリズム論を打ち出している点、荒正人の、仙太は「三好十郎という人間の自画像」であるという指摘（月刊『民芸の仲間』第一七三号）とからめ、注目すべき評論である。

この論の前提には、当然三好の転向の問題がある。八田元夫によれば（注4）、八田が、昭和八年夏、『浮標』の久我五郎のように夫人操《みさを》の病をみとっていた三好を訪ねて、『斬られの仙太』を新築地のレパートリーとしてもらい受けるべく交渉したところ、「すわるやいなや、当地の極左的逸脱のあらわになったプロットに対する攻撃がはじま」り、「三好の話すところによれば、彼は、そんな組織に愛想をつかして脱退したという」ことを聞かされたという。

とすると、この時期に書かれた『斬られの仙太』と二つのバルザック論は、コップ、プロットの政治の優位性理論への反逆の開始を意味しており、同時に三好の言う「それを自分が保持し得ないならば、その自分は全く敗北し失はれたものになると思はれるほどのもの」であったマルクス主義を保持し得ず、「血のやうなものが、したたり落ちた」（河出版作品集第一巻あとがき）転向の苦悶を底に秘めているとみて差支えあるまい。

三好の転向は、多くの転向文学が結局非転向作家への拝跪という相での転向私文学に回帰したのと異なり、また、「革命運動の革命的批判」という目標のもと、一途に「第一義の道」を追い求めた中野重治とも異なり、荒正人（月刊『民芸の仲間』第一七三号）の指摘する如く、日本には極めて稀な「西洋型自発転向」であった点が重要で、マルクス主義の、いわば主体的放棄であったのである（注5）。

三好は第一のバルザック論で、まず次のように述べる。

芸術を創作すると言ふことは、自分の目の前に、美と真とで強い印象を自分に与へた景色を見た子供が、これを画に描きたいと言ふ烈しい欲望以外に大した面倒な反省に暇をつぶす事なく、クレイヨンを紙の上になすりつけ始める事である――と解釈してどこに間違ひがあらう。少くとも、その子供の姿が、あらゆる芸術家の原型である。間違ひはないのだ！

三好はここで芸術家としての己の本来的意味を確認しているわけだが、注意すべきは、文学芸術論上の主張や概念、公式的な社会主義理論等の「色眼鏡」を否定し、「美と真とで強い印象を自分に与へた景色を見た子供」の「これを画に描きたいといふ激しい欲望」を創作上の優位に置いている点である。

こういう立場は、当然「プロレタリア前衛の「眼をもつて」世界を見」、「厳正なるレアリストの態度をもつて描け」とするプロレタリアリアリズムや（蔵原惟人「プロレタリア・レアリズムへの道」）、その発展である唯物弁証法的創作方法の、

弁証法的唯物論の方法によつて整理され統一された現実は、それが現実を認識する唯一の正しい観点であり方法である限り、現実における客観的なるものと一致し、現実の本質の表現となる。（蔵原惟人「芸術的方法についての感想」）

という立論を根本的に否定するものであり、また、「劇的境遇と性格との対立のなかで、主導的地位に立つものは境遇である」とし、境遇に対する唯物史観的分析を要請した久保栄の典型的形象論とも無縁のものである（注6）。

現実の触発による創作主体の表現衝動こそ芸術創作上の主導的位置に立つ、という三好の立場は、必ずしも彼の転向によったものとのみは言えない。たとえば、三好は全身を傾けてプロレタリア芸術運動にのめりこんでいた昭和四年、次のような発言を行っている。「唯美派の詩」「人道主義の詩」に比較して、「プロレタリア詩」の立場を述べている部分である。

次に第三の人間がゐる。何処にゐるか。それは鉄工場の中だ。……短い休息の時間に彼は何か考へる。又、自分達の仲間全体を十重二十重に縛り附けてゐる鉄の鎖を感じる。……第一の人間にも第二の人間にも無かった処の「自分は自由でない」という意識が強く彼を打つ。彼のよごれた仕事着の下に心臓が震え始める。彼は何事かを叫びたくなる。そこに彼の詩が生れる。（「プロレタリア詩の内容」『プロレタリア芸術教程』第一輯）

同じ論の中で、三好は「云ふ迄もなくプロレタリア芸術運動は一つのイズムではない」として、イズムと芸術は別だとする見解を述べてもいる。ただし三好は、その独自の立場を押し通すことはできなかった。もって蔵原理論に代表される既成プロレタリア文学理論の圧倒的優位の現状をうかがうことができる。三好は独自の創作論の芽を持ちつつ、それを自覚的に発展させ得なかった。

唯物弁証法的創作方法によって現実を整理統一しなければならない、ということになれば、それは現実への最初の反応（衝動）を抹殺することになる。三好にとって、蔵原理論は、所詮、「面倒な理屈」であったにすぎず、後にプロットから離脱せざるをえない根本的矛盾は、彼が「自分の能力と技術で以つて解放戦線上の一雑兵たらんことを最大の目的としてゐる」（「小伝」昭3・10）と高らかに宣言していたその時に、既にあったのである。

政治の優位性の論理の否定は第一のノートで次の様にくり返される。

「意図」だけからは、形象は、従つて芸術は、生れてこない。……意図のみあつて未だ芸術家としての自己に取つては「不可能」な又は「不自然」な主題や題材にのみ固執してゐる事実が、それらの作家達の作品群から多様性や、面白さに裏付けられた現実性を――一口に言へば芸術の持つ魅力を――剥奪してゐる真の原因ではあるまいか。

政治は常に存在する全現実の中のテーゼから出発するか、又は、アンティテーゼから出発する。芸術家・リアリストは常に全現実自体を発足点にする。それ故に芸術家・リアリストが、少くとも創作行動をする場合には、全現実の中の全要素は彼に取つて均等の価値を以て取上げられる。彼は一個のブルジョアを見、描いたのと同じ冷酷さで一個のプロレタリアを見、描くのである。

この論の中に、久保田芳太郎の言う（「三好十郎論」『プロレタリア文学研究』芳賀書店　昭41・10）、「いままで、テーゼとか方法論とかいった他律性のなかで内面の自律性をおしまげられおし殺されていたものの、一挙に噴出した三好の怒り」を読みとることの妥当性は明らかであろう。だが、今ここで主要な問題として、論をさらに進めて考えねばならぬのは、「意図」＝政治の優位性を否定し尽した後、三好は如何にして「内面の自律性」を恢復し、作品として形象しえたか、という問題である。

再び第一のノートをひいてみる。

彼（＝バルザック、引用者）は自分に身近かな事を（これは前にも言つた様に次第に拡大していつた＝可能性の拡充）、面白く、正確に、冷静に描いた。

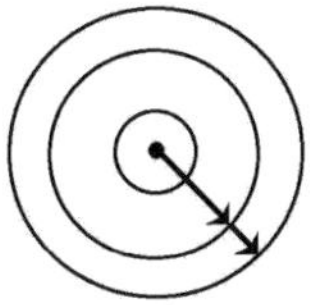

作家の認識と理解は此の図の方向へ拡大される。逆の方向へではない。そして作家が大きくなればなるほど此の同心円は外へ拡がつて行く。自分の身近かに……居る一人の人間を理解せず、認識しない者が、どうして万人を理解し認識し得るだらう？　これは鉄則だ。

ここから見出しうることは、三好は現実認識の中核に、「唯物弁証法」に変え、あくまでも自己を据えているということである。すなわち、三好は、ある個性、しかも知悉しきっている自己を核に、そこから社会認識へと拡大していく方法をめざしているのである。「作家が大きくなればなるほど」、あるいは「可能性の拡充」などの言葉も、自己の追求を中心とした彼の文学論を裏づけるものに他ならない。

この立場は第二のバルザック論「打砕かるる人」では次のように発展させられている。

自分にしんから腹の空いた経験を持たぬ人間に他人への同感は有り得ぬ。同感とは、別の言葉で言へば、想像力のことだ。想像力は、言つて見れば、右の不滅の財産から生れる利息である。そしてこの利息は、次第に蓄積されて行けば、その結果、自分が直接経験せぬ事柄にさへも、それの実感にまで迫つて行けるだけの力を人に賦与する。

三好の、自己の生活体験を重視するこの立場は、芸術は客観的現実の中から、作家の豊富な生活体験によつて創り出される。弁証法的世界観がいかに作家をたすけるとはいへ、基本的なのは前者だ。

という、徳永直のセンセイショナルな理論（「創作方法上の新転換」『中央公論』昭8・9）と相似ているが本質的に異なる。三好の生活体験には作家の「自我」が核としてこめられてあり、赤裸々な自我と現実界の苦痛との格闘を通して作家としての「可能性の拡充」、すなわち豊かな想像力が獲得され、作品にも「切実な形象」「リアリティー」が与えられる、という意味としての生活であり、単なる「豊富」さということとは根本的に異なっている。

芸術における政治的意図、理論による現実認識を否定した三好は、赤裸々な、いわば人間的視点から、生身の皮膚感覚による現実認識・自我の拡大の方向における現実認識を対置させ主張することにより「内面の自律性」の恢復を図ったのである。

三好は後、日記（昭11・11・20付）に、

……自我の Realization ――それだけが意義がある。戯曲も絵もそれだ。自我の発現――生かしきることだ。それが出発点であり、そしてそれのみが到達点である。

と書き誌しているが、そこに至る萌芽は昭和八年の「打砕かるる人」に既に見出しうる。

どんなにリアリステイツクな作家でも！　いやリアリステイツクであればあるほど、彼が芸術の中で取上げる人物なり心理なりの形象は、作者の精神の無意識界をも貫いて生れて来たものであり、従つて表現されたものの中にも作家の意識下の世界は必然的に織込まれている。

劇作という仕事が外へ対しての闘ひであると同時に自身に向つての闘ひで無くなれば、それは劇作ではなくて戯作だ。

このような自我の顕在化の方向は純粋培養されれば、作者の自我の葛藤がそのまま劇的葛藤として描き出されるイッヒドラマの形式がとられることになる。ここに、『斬られの仙太』から、自ら「インサン極まるイツヒドラマ」と言い、

この作品を書きあげて、はじめて私は自分の内に、「天職」としての劇作家を感じ、今後も私が自我を最もよく実現して行く場は劇作であることを知り、戯曲を書くという仕事を抜きにしては自分の生は完全なものになり得ないと思つた。（河出版作品集第一巻解説）

と言う、『浮標』に至るレールが引かれたのである。それは「科学理論と詩的形象の統一」として『火山灰地』を書き上げた近代リアリズム演劇の主流である久保栄を主軸とした観点からみれば、明らか

に異端のコースであった。

〈三〉　転向戯曲『斬られの仙太』

上記の三好のリアリズム論と『斬られの仙太』が密接な関連をもつことは言うまでもない。二つのバルザック論は、三好のマルクス主義的世界観、芸術観からの転向の理念的表明であり、『斬られの仙太』は、一人の百姓仙太に自己のプロレタリア芸術運動から離反する姿を托した転向声明であったと言える。また、内面の自律をおし殺していたマルクス主義の他律性を否定した時に志向された、作品における自我の発現の方向が、主人公仙太に結実したものとも言える。

「せき」から「バルザックに就ての第一のノート」、『斬られの仙太』、「打砕かるる人」、と昭和八年に三好の書いたものをたどってみると、遮二無二マルクス主義芸術理論の否定に邁進し、自己にそれを定着させようと苦闘する三好の姿が浮び上ってくる。すなわち、三好十郎にとって昭和八年という年は、マルクス主義芸術論とその否定の上に立って打ち出した独自のリアリズム論との鋭い対決の年であった。彼の二つのバルザック論から判断すると、それは「意図」や「理論」「党派性」等による他律的現実認識に対しての、「現実の重い歯車」の下で呻吟する赤裸々な人間の肉声による、反逆の開始の年であったとも言い換え得よう。

『斬られの仙太』の劇的葛藤の構図は、右に述べた三好の状況をいかに反映しているか、以下はそうした観点からの作品分析である。

水戸藩士天狗党隊士加多源次郎が「百姓は国の基だ」という時の「百姓」と、仙太が肌で感じとった「百姓」との相違を、三好十郎は遂に相容れないものとして設定している。両者の葛藤は、クライマックス第九場で仙太が加多に斬られるに至って頂点に達し、そこで仙太は初めて真の覚醒を得る、という形でドラマは作られているが、斬られてめざめ、後日譚的な第十場に蘇生する仙太は独言をつぶやく。

何の事でも、上に立ってワアワア言つてやる人間は当てにわならねえものよ。多勢の中にや欲得離れてやる立派な人も一人や二人はあるかも知れねえが、そんな人でさえも頭ん中の理屈だけで事をやつてゐるもんだから、ドタン場になれば、食ふや食はずでやつてゐる下々の人間の事あ忘れてしまふがオチだ。……昔から、下々の百姓町人、貧乏な人間は、うつちやらかしてあつた。御一新の時にも忘られて居つた。今でもさうだ。……百姓町人下々の貧乏人が自分で考へてしだす事でなけりや、貧乏人の役に立つもんで無えて。

加多の言う「百姓」には実体がなく、観念としての「百姓」があるに過ぎない。また、仙太を引き摺り廻した「要は世情一新のための急先鋒となれば足りる」、「蒼空皇天のもと、九尺の腸を擲つて一個の烽火とならん」というラディカリズムも、理屈の上に立った新たな理念でしかなく、そこにはすでに加多自身が第一場で語った「百姓」への思いの痕跡すらない。その観念の故に満身に創痍を浴び、辛くも第十場に貧農として蘇生した仙太は、加多の観念論に対し、「百姓町人下々の貧乏人が自分で考へてしだす事」を対置する。いわば苦しい生活の下で呻吟する赤裸々な人間の実感に支えられた行動をこそ不屈なものと仙太は考える。

仙太の言う「百姓」は観念としてのそれではなく、現実に眼前に存在する百姓そのものである。「地べたに叩きつけられ踏みつぶされた蛙の姿」（第一場ト書き）のように悲惨な程に弱い百姓、権力からの後難を恐れてオドオドする百姓（第一場）、田地を舐めるように可愛がるタンボ気違い（兄仙右衛門・段六）、「阿呆でフヌケで先に立つてゐるのも御存じねえで、ただ押しやいいと思つてゐる、手も無く豚」のように無知な百姓（第二場）等々。仙太はそれらの百姓を「理屈」ではなく愛憎の感情で認識判断し、行動する。その仙太が加多の理屈に踊らされたところにクライマックス第九場が成立したのである。

前引「打砕かるる人」の中で、三好は、

自身の生命、生活をくわへ込んでゐる「現実の歯車」を見た者こそ、他人の歯車、社会全体の歯車の真の姿は見えて来る。自分にしんから腹の空いた経験を持たぬ人間に他人の飢餓への同感は有り得ぬ。

と述べているが、仙太と加多の「百姓」認識の相違も結局ここに帰着する。

理屈や大義名分を自らの行動原理とした加多源次郎は、結局、「百姓」を裏切らざるを得なかった。だからこそ、斬られて蘇生した第十場の仙太は、

ふところ手をして食つて行ける人間のする事はそんなものよ。当てにはならねえ。トコトンの一番しめえに人をぶつ倒しても、こんだ他人からぶつ倒されねえ者と言へば、百姓・人足・職人・穢多・非人なんどのホントの文無しの者だ。

と言いきるのである。

「百姓・人足・職人・穢多・非人」とは三好独自の語彙で一括すれば、「打砕かるる人」そのものであって、理論・理屈を介在させず裸身で「現実の歯車」に立ち向わざるを得ない人間であり、これらが三好の描くリアリストの原型なのである。この、「現実の歯車」の最下層で呻吟する民衆に確固不動の主体性の基盤を置き前衛党の存在を否定するのは、久保田芳太郎の指摘するごとくアナルコサンジカリズムの立場に極めて近い思想かもしれない。

アナルコサンジカリズムかどうか、その当否はともかく、この仙太の立場は二つのバルザック論の内容と全く符合を一にする。理論や意図への激しい憎悪と実感性の専重、裸身で現実に立ち向い、打ち砕かれ、耐えうる者こそが真のリアリストたりうるとする把握。これら二つのバルザックに述べられた内容は、ほとんどそのまま仙太と仙太を描く作者の姿勢そのままである。「人間、人に依れば、

ホントの事をウヌが目で見ようとすれば、殺される事だつてあるものよ」、「俺のこの身内の切り疵が、そう言つて教へてくれらよ」という仙太の台詞も自ずとそれに関連してくる。

仙太がそのような確固不動の姿勢を把持している第十場から逆照射して、第一場から第九場までをふり返って考えてみると、『斬られの仙太』は、良心的な加多にさえみられる天狗党の「理屈」に対して仙太が生身の実感の優位性を語るまでの、言い換えれば、「理屈」にふり回されぬ主体性の基盤を発見するまでのドラマであることが判明しよう。すなわち、一編のテーマは、天狗党隊士加多源次郎の言う「百姓は国の基だ」という言葉や、天狗党のスローガン「天狗党は天下無辜の者の味方だ」に魅かれ天狗党の運動に飛び込んだ仙太が、如何にして敗れ、かつ、第十場に描かれる如き主体性の基盤を発見するかにこそ置かれているのである。

第五場、仙太が天狗党のもとで行動するのは、「少しでもいゝから民百姓によく響けばと思へばこそ」だ。仙太は「五分の魂」しかもちあわせていないが、その「五分の魂」の地点から懸命に、天狗党の民衆離反を攻撃する。だが、加多はたたみかけるように仙太の「五分の魂」をおし潰す。

- 本組の隊士は何びとと雖も、本組の大義に就て、又本組の行動に就て、勝手な臆測、論判、上下するを許さぬ。
- 要は尊攘の大旆の下に、世情一新のための急先鋒となれば足りる。

仙太はこういうラディカルなリゴリズムの犠牲者であったのだ。大義としての「革命」のために、民衆としての仙太の「五分の魂」が圧殺されるところに仙太の悲劇はあろう。そこにプロレタリア芸術運動の錯誤の中に生きた、他ならぬ三好自身の悔恨がこめられていると見るのは自然であろう。くり返しになるが、ここには三好が第一のバルザック論で述べた、意図だけでは芸術の形象は不可能だ、芸術家としての自己にとって不自然な主題や題材にのみかかわっていると作のリアリティも魅力も放棄せざるを得ない、という思考が顕著になっている。

加多の「理屈」に威圧され、天狗党と別行動をとるに至った吉田軍之進と、利根の甚伍左を斬る使命をおびて迷いつつ江戸に赴く仙太の後姿に、「党派的な効用意識」にふりまわされた三好自身の悔恨がこめられているのは、ほぼまちがいなかろう。だから、戯曲は第六場以後、自己喪失に陥った仙太の行く末はどうなるか、おし殺された仙太の「五分の魂」は回復可能なのか、に焦点があわされて進行していくことになる。

第六場、仙太に斬られる甚伍左は、激しく仙太を叱責する。

人の為、世の為、国の為を思つてする事ならば、為になる様には、なぜしねえんだつ！　一党一派を立てるための、差し当たりの邪魔になる者は皆斬るのかつ！　それのダシに使はれて、それが、それが、デク人形め！

甚伍左の叱責は仙太の主体性の空隙を激しく抉り、仙太は己の「デク人形」たる思いを鬱々と反芻する。この叱責とそれへの仙太の反応は、第九場、木の芽峠で奈落の底に転落する仙太の絶叫の伏線になっている。この甚伍左について、小笠原克は、甚伍左は「仙太を掌中に客体化する作者の眼」であり、「甚伍左と仙太の距離をどの方向にどう縮めてゆくのか。そこにこそ一編に必然の主題が存する」ると述べているが（「『斬られの仙太』論」『久保栄研究』第九号）、どうであろうか。

小笠原の指摘の微細をあげつらうことになるが、甚伍左は昭和八年の時点の三好のひとつの理想像であるにすぎないのであって、作の中においても、甚伍左の形象には十分のスペースがわりあてられてはいない。しかも理想像であるということは、同時に、仙太がその立場に移行することは「不可能」で「不自然」なことになることを意味するのである。問題はやはり甚伍左をひとつのメルクマールとして、仙太が仙太自身の主体性をいかに再構築するかにあるのである。

仙太があらゆる「大義」を投げ捨て、正確に自己を認識し、そこから主体性を回復するという作の後半のテーマの頂点は第九場、及び後日譚としての第十場に顕著に形象される。

第九場は作の展開上クライマックスに当る。クライマックスとは、J・H・ローソンによれば、ドラマトゥルギイの頂点としての劇の統一を支配する点であり、具体的には「出来事による主題の具体化」ということになる(注7)。第九場の中でさらに微細視してクライマックスの地点を求めれば、仙太が天狗党上層部の延命のため加多の手に倒れ、

だましたな！　犬畜生！　い、い、命が惜しいと、だ、だ、誰が言つたんだ！　そ、それを、い、い、今更だましやがつて！

と呪詛するくだりであり、ここにドラマトゥルギイ上のいわゆる発見と急転が置かれている。「デク人形」である仙太の帰結は、結局「理屈」によって犬死にすることである。「こんな目に会っては、死に、たくねえ」「助けてくれーっ！」という絶叫は、土壇場で「百姓は国の基」といい「天下無辜の者の味方」と自称する天狗党の大義、加多の言う「要は世情一新のための急先鋒となれば足りる」というラディカリズムの偽瞞性を確認した仙太の、いわば起死回生への絶叫である。仙太を斬ったのは、つまるところ、仙太をだまし続けてきた天狗党の大義名分や理屈に他ならぬ。そこに身命を賭して生きてきた仙太がその虚偽を発見した時、ドラマは急転する。従容として天狗党に斬られてゆく仙太ではなくして、「こんな目に会っては、死に、たくねえ」という叫びをあげる仙太像にしたのは、いってみれば三好の主体性の置き所の転換の最初の宣言なのである。

藤田満雄「戯曲仙太に就いて」によれば、第十場の最初の構想は現行のものとは相違していた。藤田は、

最初のプランでは斬り落された仙太は、気狂ひになり、筑波門前町に女郎になってゐるお妙に会ひに行くと言ふ、非常に悲劇的な結末になつてゐるのだとのこと、あまりに、むごたらしくて作者の気持がたまらずに、あの水田の場に変へたのだとのこと。

と伝えている。この筑波門前町女郎のお妙は、父甚伍左の「お前は生きて居れ。まさかとなれば女郎にでも何にでもなつて生きて居れ」（第八場）という遺志を体現し、生への強靭な意志をもつ女性像であることを窺わせているが、このお妙像には、三好の初期の佳篇「疵だらけのお秋」の主人公、淫売婦お秋のイメージがあろう。疵だらけの肉体以外何ものも所有しない淫売婦お秋は、同じ仲間の初子を救出し結婚しようとしている町田に毒づく。

一度地獄ん中におつこちた者は、神様の手ぢや上へ昇れないわ。地獄へ落ちた者同志で助け合つて、這ひ上る以外に途は無いんだわ。あんた、もつと、極道な気持にならなきや駄目だわ。もつと悪徒な、どぎつい気持にならなきや。（第三場）

お秋が、どん底にまで落ち込んでも失わなかったのは、生への無条件の意志である。「疵だらけのお秋」のドラマの要は終始このお秋の意志である。この意志によって、妹に死なれ仲間に失望し虚無的な心情に彷徨う労働運動の指導者阪井は再起する。原第十場で満身創痍でお妙を求めてさまよう仙太を描いたのは、いわば仙太がお秋の地点から反撃を開始しようとすることだったであろう。しかし、このような構想では、結局、初期プロレタリア戯曲への遡行にすぎなくなる。天狗騒動に挫折する仙太の形象を通して、プロレタリア文化運動の批判に挑んだ三好が、昭和八年の時点で志向していた主体性の確保は自ら別の方向にあった。

原第十場のそのような構想に変えて、三好は現第十場に、大義名分から百姓に「オイ、コラ」と居丈高に命じる自由党員に、「お前さん等、田へ踏み込んではいけねえ！」「タンボは百姓の命だ。どんな名目で田を荒して行かうと言ふんだ」と、土を楯にとって反逆する百姓仙太を書きこんだ。つまり、帰農実践の姿に、三好は主体性の回復の基盤を模索したのである。これを「反動的歴史観」（久保）と批判するのは、「進歩的歴史観」に拘束された意見でしかない。反動的であろうがなかろうが、三好にとって大切なものは既に、確固とした土台をもった個としての生活意識だけなのである。

このような「農」への関心に注目し、小笠原克は、「三好十郎の現実＝実感性尊重の根拠は何か。それは「農」であり、「農」としての大衆である」とし、例証として「独語風自伝」（昭13－14）、「天狗党余燼　襲はれた町」（昭13）を挙げているが、プロレタリア文学史・転向文学論上に一つの新視点を投げかけたものになっている。理念としての「農」という観念。

たとえば久保は、『火山灰地』において雨宮技師の良心を見事に描き上げたが、「農」への執着を見せたとは決して言えない。昭和十年前後には、島木健作「生活の探求」、中野重治「村の家」あるいは森山啓等の農民文学懇話会結成など、「農」への関心が拡まっているのだが、その前提にはほとんどすべて転向の問題がからんでいる。三好の場合も例外ではなかろう。

ただし、三好の場合、性急に言えば、小笠原克の言うようには「「農」としての大衆」という意識はさほど顕著でもなく主要にも思えない。むしろ自己の実感性の基盤としての「農」という視点が重要なのであって、それ故にこそ三好は以後、森山啓のような方向はもちろん、島木のように農民文学に自己の拠って立つ場を求めることもなく、あくまで苦悩する芸術家としての己を描くイッヒドラマを構築していくことになったのである（注8）。

斬られて狂う仙太から斬られて帰農する仙太への変化の中に、再生の道を模索する三好の苦悩のありかがあると見るのは容易である。そして、現第十場の仙太像は、三好自身の苦闘のはてにほのかに見えてきた自己の生と文学の可能性の一形態と言えそうだ。「砲声と放屁の音をダブらせての終幕は、稲穂を照り返す陽光のように明るい」（小笠原克、前記論文）。陰惨なまでに暗い原第十場から初夏の陽ざしに照らされた明るい現第十場への転移に、三好の祈りにも似た願いを読みとることは決して恣意的ではなかろうし、そこに第九場、雪の木の芽峠から、一挙に明治二十年夏の真壁在水田を「なりふりかまわず「劇的効果」を殺ぐ後日譚的一場と承知のうえでしつらえた三好の真意」（小笠原克）があったのであろう。

〈四〉おわりに

述べてきたように、『斬られの仙太』は、三好の昭和八年の状況と深く結びつきつつ成立した作品であった。『斬られの仙太』は、一方に日本のプロレタリア芸術理論を見据え、それに二つのバルザック論で到達した自己のリアリズム論を対置させて、新たな「実感主義戯曲」とでも言うべきものにまとめ上げたものと言っていい。それはまた、かつてプロレタリア芸術運動に全身を傾けてのめりこみ、やがて離脱せざるをえなかった自己を主人公仙太に托し、転向後の生々しい傷からの蘇生を企り、三好が新たな主体性の基盤を模索した戯曲でもあった。

そして、こうした『斬られの仙太』の実感主義志向は、必然的に、以降の彼の作劇の方法を私戯曲の方向へと向かわせ、自ら後に「インサン極まるイッヒドラマ」と呼び、

事件の切り取り方や構成などに戯曲的処理はしてあるが、それも半ば無意識のものであつて、意識的に増減したことは一つもない。

と言う、名品『浮標《ブイ》』として完成するのである。

左翼芸術の全面後退、転向と、昭和八年は作家三好にとって苦難が重なったが、その不幸に加えて、三好はその年十一月十二日に愛妻操の死という、私人としての不幸にも遭遇しなければならなかった(注9)。『斬られの仙太』も「打砕かるる人」も命旦夕に迫っていた操の枕頭で書かれたものであったという(注10)。「打砕かるる人」冒頭には次のことばがある。

……しばらく経ち、苦しみが少し薄らぐ。病人は、「あゝホントに戦争だ」と言つて、うらめしそうでもあり、悲しそうでもあり、頼もしそうでもあり、寂しそうでもあるが同時にそのどれでも無いと言った様な、不思議に充実した目付で四辺を見廻す。僕はそれを感ずる――一寸の身動きも出来ない方六尺のフトンの上にも亦「なつかしい現実」は存在してゐるのだ、と。われわれは、どんな目に合はされても自分の事を「徹頭徹尾不幸だ」と思ふ理由は存在しない。生命はその最後の瞬間まで無限に豊饒だ。

この文章はそのまま『斬られの仙太』の——わけても第十場の——見事なインデクスたりえている。不幸と絶望と死、それらは極点にまで押しつめていけばそのまま幸福と希望と生に転化しうるものだという、「打砕かるる人」冒頭の三好十郎の一種背理的な観想は、『斬られの仙太』の第九場から第十場へのつながりに顕著である。第十場の「明」の世界は、辛酸をなめつくしたあげく斬られ、谷底に転落する第九場の「暗」の世界を前提とすることによって一層明るい。

この背理的観想は、三好にとって本然的な思考でもあった。従来のプロレタリア戯曲とは別方向への歩みを、三好が昭和八年を境に開始したとみるのはほとんど戯曲史的常識であろうし、私としても疑義を持つこともない。ただし、だからといってこの時期に突如こういう背理的志向が形成されたとみるのは誤りであろう。その志向は早くプロレタリア戯曲時代からの三好の方法としてあった。それはたとえば永平和雄が、「「ニヒリズムそのものを体現する生き方」からのみつくりだされる無産階級の愛と連帯のかたちに、三好十郎はみごとな劇的表現を与えた」（「初期三好戯曲の世界」『古典と近代文学』昭45・10）と評価する「疵だらけのお秋」にも見られる。手短かに言えば、お秋の意志的な世界は、「疵だらけ」という状況ぬきには成立しえないのである。

この観点からプロレタリア戯曲時代の作品を整理してみると、三好の戯曲には一種の二重構造が根底に流れているように考えられる。たとえば「唸れロボット」（昭7—推定）には、社会民主主義者を敵とするプロットの党派性の論理が際立っている。しかし、一方ではむしろ、労働者群像の暗さや病人・淫売婦等を描く時こそ三好の筆は冴えを見せている、という一面がある。それはたとえば「恐山トンネル」にも見出すことができる。このドラマのテーマそのものはもちろん労働者の決起にあるのだが、三好の筆はむしろ労働者の虚無的な心情や、赤ん坊づれの病人の夫婦の哀感を描く時に自由闊達に働いている（注11）。

初期戯曲の中で特に「疵だらけのお秋」を高く評価し得るのはこの二面が見事に止揚されているからに他ならない。すなわち、初期プロレタリア戯曲の二重性も、一方にマルクス主義という「光」を置き、他方に「現実の重い歯車」に呻吟するする民衆の虚無的な「闇」を配し、両者の止揚を企てる、という思考があるのである。

こういう思考の原型が後に自覚的思考となって、三好戯曲の中核を形づくっていくのである。それにもかかわらず、初期戯曲から「イッヒドラマ」へと転換せざるをえなかったのは、「光りは、借り物であつた」（「幽霊荘」順一の台詞）からであり、「自分の生身に叩き込まれた所から来てる光りなら、消えはしない」（詩「棺の後ろから」）という、己から発する光を追い求めざるを得なかったからである。

転向の苦悶に加え、愛妻の死を目前に、貧窮の底に沈み、なおかつ、「自分の事を「徹頭徹尾不幸だ」と思ふ理由」はなく、「生命はその最後の瞬間まで無限に豊饒」（「打砕かるる人」）だとすれば、全てを放出した生身の自己の視点から、必死に自己の蘇生を企るより他にない。三好はその背理的な均衡の上に『斬られの仙太』を成立させたのである。

『斬られの仙太』は、「実感主義戯曲」とでも言うべき一つの方法の確立を意味する作品であり、『浮標』において完成される「実感主義的私戯曲」の端緒を意味する作品だと言えよう（注12）。それはまた、「人間的な恢復の可能を追求する武器としての戯曲」（永平和雄前記論文）の、日本における誕生でもあった。

＊付記　『斬られの仙太』本文は『三好十郎著作集』第七巻（三好十郎著作集刊行会　昭36・5）によった。

〈注〉

（1）「烟る安治川」上演中止については久保栄の日記（昭8・2・12付）に詳しい。また、『斬られの仙太』上演に関しては、佐々木孝丸の回想（月刊『民芸の仲間』第一七四号）等がある。

（2）三好のプロット脱退について、宍戸恭一は、三好が昭和七年三月以降機関誌『プロット』に執筆していないことを根拠にして、その頃と推定している（『三好十郎との対話』深夜叢書社　昭58・12）。しかし、機関誌『プロット』はその年一月から九月迄しか出されていないのだから根拠にはならない。永平和雄は「熊手隊」（昭7・8）と「せき」（昭8・5）の分析にたち、その差異から昭和七年下半期から昭和八年はじめにしぼられる、としている。妥当であろう。

（3）社会主義リアリズムを創作方法論とするのは厳密には正しくなかろう。社会主義リアリズムは認識（過程）論にすぎない。すなわち、そこには世界観・方法と作品自体の間に存在すべき「表現過程」が全く語られていない。

（4）八田元夫『三好十郎覚え書』（未来社　昭45）。

（5）三好の思想転換を「転向」とよぶにはためらいを感ずる。日本における「転向」とは、非合法日本共産党の否定ではあってもマルクス主義の心情的放棄を意味していないからで、だからこそ、転向小説が現実的には転向私小説であるという特殊な相が浮び上るのである。

（6）「迷へるリアリズム」（『都新聞』昭10・1）、「社会主義リアリズムと革命的（反資本主義）リアリズム」（『文学評論』昭10・5）、「リアリズムの一般的表象」（『都新聞』昭10・12）等に体系的に述べられている。

（7）J・H・ロースン／岩崎昶・小田島雄志訳『劇作とシナリオ創作』（岩波書店　昭33・9）。

（8）転向文学と「農」の問題は、本書第Ⅱ部島木健作で主題的に論じている。また、三好における「私」への回帰は、後、「実感主義私戯曲」という形で完成するが、それは「浮標」を中心として別個に論じられなければならないだろう。

（9）妻操の死を悼んだ、ほとんど絶唱ともいうべき詩に「水尾」（詩誌『麺麭』昭10・11）がある。「お別れだ、お前の白い胸の上に／おれは手を置く。／ミサヲよ。／風が鳴る。／海がなる。」と結ばれている。

（10）「打砕かるる人」冒頭。また、満田郁夫もこのことに注目している（「書評『三好十郎の仕事』」『日本文学』昭44・6）。

（11）このことについては、久保田芳太郎「三好十郎論」（現代文学研究叢書Ⅰ『プロレタリア文学研究』芳賀

書店　昭41・10）と永平和雄「初期三好戯曲の世界」（『古典と近代文学』昭45・10）の指摘がある。

（12）　注（8）参照。

第二章　転向文学の構造
――「白夜」と「村の家」――

〈一〉　はじめに

昭和十年前後の文壇現象として転向小説をとらえ、そこにひとつの統一的イメージを結像させることは、思うほど簡単ではない。たとえば等しく「転向小説の白眉」（本多秋五『転向文学論』）と高く評される「白夜」と、「転向文学の極北」（『現代日本文学大辞典』明治書院）と評される「村の家」とを読み比べてみる時、そこからその同質性よりも異質性の方を際立って印象づけられるのは必ずしも私だけではあるまい。

現象としての多くの転向小説を総体として考える場合、「白夜」の方向がより一般的であることは確かだが、同時に「村の家」が転向文学の本質を衝いた作品であることもまぎれもない事実である。では一体この二つの作品はどこがどう違い、またそのことと関連して、この二つの作品から、二人の作家の昭和十年前後の姿勢のどのような差異が確認しうるのか。そのような問題を中心に作品および作品の周辺を検討してみたい。

〈二〉　転向文学と社会主義リアリズム論

「白夜」は昭和九年五月『中央公論』に発表された。村山知義の転向後の第一作であるが、その執筆の状況はたとえば「作家的再出発」（『新潮』昭9・11）から窺うことができる。長い引用になるが、そこからいくつかの問題点をひきだしてみたい。

去年の十二月の末に刑務所から出た時、私は全く文学から絶ち切られて呆然として立ちすくんでゐた。刑務所の中で零細な材料から私が想像してゐた文化反動は最も激しいものだつたから。転向した以上は主観的にも客観的にも真にすぐれた文学を生む能力も権利もないのではあるまいかと思はれたから。……鎌倉の家へ私を引き取つてくれた林は……私を一つの座敷の前に坐らせた。……だが幾日坐つても何一つ書けはしなかつた。文芸復興だといふ。林にしろ、武田にしろ、徳永にしろ、藤沢にしろ、みんな張り切つて書いてゐる。一方、あれ程の努力の結晶だつた文化諸組織は壊滅し、転向しない同志達は苦しみに耐へてゐた。私はペンを放棄して、創作以前の問題にころがりまはつた。三ケ月のころがりまはりののち、結局私は書くことができるやうになつた。

……（転向について）私はそれはわれわれの道徳においてであり、その他のいかなるものさしに依つてでもない。われわれは嘗て政治と文学、組織活動と創作活動の連関について、基本的には正しくとも、具体的実践において機械的誤りに陥つてゐた。更に、社会の動きと文学の動きとについてもまた機械的な誤りを持つてゐた。これらの問題の解決ののち、私が得た結論は、かかるものとしての私が、かかる現状の中において、妥協するのでなく、水を割るのでなく、また退却するのでなく、真に立派な小説すら書けるのだといふことであつた。……われわれは最早や自己を甘やかし、隠し、だまし等々することからまつたく離れ去らなければ駄目なのだ。あらゆる弱点をすつかり自己の眼の前にさらけ出し切つてしまはなければ駄目なのだ。さうしてさういふ赤裸々生一本のものとして現実に向ひ、文学に向つて行かなければ駄目なのだ。……私は今ほど作家的自負に燃えてゐる時はない。もし私に立派な小説が書けるとすれば、かかる心構へと自負の基礎の上に立つてのことなのだ。（括弧・傍点引用者）

「去年の十二月」とは村山が昭和八年十二月末に第一審で懲役三年の判決を受け、保釈出獄した月である。村山は昭和六年五月下旬、蔵原惟人の勧誘を受けて共産党に入り、杉本良吉、生江健次らとともにプロット内党フラクションをつくり、コップ結成後は中野重治、大河内信威らとコップ内党フラクションを形成していた。このことがいわゆるコップ大弾圧（昭7・3－4）において検知され検挙された。「志村夏江」舞台稽古の日に逮捕された村山は、以後保釈されるまで豊多摩刑務所の未決監に収容されていた。ここで村山は「マルクス主義はどうしても正しいものと思ふから、社会主義的芸術運動は相変らずやるが、実際面の政治活動はしない」という転向を表明、翌九年三月十五日、控訴審で懲役二年執行猶予三年の判決を受ける。

この一年前、すなわち村山が獄中にあった間に、プロレタリア文学運動に対する弾圧と文学運動自体の解体の旋風が吹きあれていた。七年二月――多喜二虐殺、八年七月――佐野・鍋山の「共同被告同志に告ぐる書」発表、十月――ナルプ機関誌『プロレタリア文学』終刊、十一月――徳永直・渡辺順三・藤森成吉らナルプ脱退、と続き、作家同盟は事実上機能停止の状態にあった。加えて運動を内側から支える理論面でも唯物弁証法的創作方法にとってかわり、ソヴェトで提起された社会主義リアリズム論がナルプ指導部批判の理論としてもち出されて、それが転向作家の創作方法としてとらえられるようになっていった。

徳永の論文「創作方法上の新転換」は、そのような背景のもとに成立したものに他ならない。社会主義リアリズム論は、日本においては、ナルプ指導部の「政治偏重」「図式主義」への批判の武器として、はじめは主にナルプ離脱者によって支持され、「文化集団」等の反指導部的雑誌によって精力的に紹介されていったのである。そしてその一方、昭和八年十月にはプロ派・芸術派の「呉越同舟」といわれた『文学界』が発刊され、踵を接して『行動』（10月）、『文芸』（11月）も創刊、いわゆる「文芸復興期」をむかえていく。

村山が逮捕された七年四月が、コップ結成のもと文化全領域にわたって激しい戦いが展開されようとしていた時期だけに、保釈出獄した彼が「呆然として立ちすくんだ」のも無理はなかった。もっとも村山が「呆然として立ちすくんだ」のは、外的な運動の混乱によっただけではなかった。マルクス主義者としての他ならぬ己が、転向によって「あれ程の努力の結晶だった文化諸組織」の「壊滅」に手を下した、という認識を起点として、村山は作家として人間としての自己の崩壊をいやというほど思い知らされていたはずである。その結果、「客観的にも主観的にも真にすぐれた文学を生む能力も権利もあるまい」という無力感に襲われることになる。

このような村山を作家として再生させたのが林房雄であったという記述は意味深い。林は、いわゆる学連事件で（注1）、昭和五年七月から治安維持法下初の被告として豊多摩に下獄していたのだが、七年四月、村山といれかわりに出獄、その年の暮に鎌倉へ移っていた。出獄するやいなや、林は「作家のために」（『東京朝日』昭7・5）、「文学のために」（『改造』昭7・7）、「作家として」（『新潮』昭7・9）等を矢つぎばやに発表、ナルプ指導部の「政治主義的傾向」に対し、「作家の資格と任務と権利」を「「資本論」にひきずられてはだめだ、「資本論」の著者を感心させるやうな作品を書かねばならぬ」というような視点から対置しようとしていた。

この林の説は徳永の論と重なる側面が強く、社会主義リアリズム論が紹介される以前に、社会主義リアリズム論の観点を日本流に先取りしている点で注目するに足りる。が、このことは逆に、社会主義リアリズム論が受けいれられ歓迎される基盤が、ナルプ中枢に対する反感として既に存していたということでもある。こういう先駆性において林は常に文壇を一歩先に歩いていたのだが、一方では「右翼的偏向」として、徳永などとともに小林多喜二から痛烈な批判を加えられもしたのである（注2）。

このような状況の下に村山は出獄し、一方では林や徳永が社会主義リアリズム論に依処しつつ「自由にのびのびと大いに創作」している様を仰望し、しかし一方では転向の傷から「すぐれた文学を生む能力も権利」もないと思わざるを得ない、というジレンマにおちこむ。そして「三ケ月のころがりまはり」ののち、この状態から脱出する論理を発見する。村山はまず、転向を政治的敗北ととらえ、それは「われわれの道徳」において弁解の余地がないとする。「マルクス主義や党は正しい」、「が私が駄目な人間」だから転向が起ったとする（『村山知義戯曲集』（上）解説）。

しかし、「以前の政治偏重から作家が転向」するのは誤りではない、なぜならプロレタリア文学の歩んできた道は「政治と文学、組織活動と創作活動」について「具体的実践において機械的な誤りに陥」っていたのだから。すなわち、転向は自分の「道徳」的恥辱ではあるが、蔵原に代表されるプロレタリア文学理論の放棄そのものは正しい。だからこの方法を放棄し新しい創作原理をつかみとることによって再出発は可能なのだ、と村山は主張する。そしてそのような創作原理は、たとえば徳永の「創作方法上の新転換」の主張に傾斜していると見ることができる。

徳永はほぼ全面的にキルポーチンの報告（注3）に依拠し、唯物弁証法的創作方法を蔵原惟人の「芸術的方法についての感想」――ナルプの正統的創作方法論――に即して否定する。

- イデオロギーがなくとも階級的人間を描くことが、それがすぐれたリアリストであればあるほど可能だ。
- 芸術は客観的現実の中から、作家の豊富な生活経験によつて創り出される。弁証法的世界観がいかに作家をたすけるとはいへ、基本的なのは前者だ。
- 作家の実践を、創作を政治にスリかへたりするならば、冗談ぢやない、日本国土からプロレタリア作家は地をハラふであらう。

そして徳永は次のように結論づける。

現実を真の姿において描写するためには、個々の生活に即して現実を研究しそれを描写すれば良いのであり、そのような姿勢で創作実践をすれば自から唯物弁証法的世界観も獲得しうる。文学者の実践は政治的実践ではなく創作実践である。文学は政治に従属してはならぬ。「のびのびと自由に、ぼくらは大いに創作しやうではないか」。（カギ括弧内原文）

このような徳永の言が、冒頭に引用した「作家的再出発」の傍点部、「赤裸々生一本のものとして現実に向ひ、文学に向つて行」く、という主張と重なるのは言うまでもない。こうして村山は、社会主義リアリズム論の「生きた現実を描け」というスローガンを転向の恥辱を剔抉することと結合し、自己の文学のモティフを、転向に至った自己の「あらゆる弱点」の剔抉とその上での「生きた現実」への立ちむかい、とすることになる。この結合によって生み出されたものが、本多秋五が「転向小説の白眉」とする「白夜」であり、ひいてはそれを先頭として、昭和十年前後の文壇の流行現象となった転向文学であった。

しかし「生きた現実」のありのままの姿が、他ならぬ己の屈伏と恥辱でしかない限り、また、「あらゆる弱点」がただひたすら己の受けた屈辱の感性的反発から処理されるに停まる限り、転向小説は、転向に到る自我の生成、発展、挫折という生々しく総体的な歴史の過程の表現にはなりえない。社会主義リアリズムは、その具体的適用にあたって大きく屈折させられているのである。

　こうして生れた転向小説に〈私〉の概念が根太くからみついてしまったことは言うまでもない。転向作家達の前には、かつて戦ったはずの私小説的リアリズムの伝統が大きく口をあけて待ちうけていた。自己の敗北の姿を感傷的にうたい、「ただ転向という新しい心境」（小笠原克「私小説論の成立をめぐって」『群像』昭37・5）を表現するにすぎない陥穽におちこむことから転向作家達はまぬがれえなかった。個々の作家の転向や組織の壊滅がプロレタリア文学の敗北なのではない。方法的転換こそがプロレタリア文学の終焉というべきなのである。

〈三〉　村山知義「白夜」の構造

　徳永などの社会主義リアリズム論は、いわば転向作家の文学論に他ならなかった。多くの転向作家達は、人間失格の烙印を押されつつ、しかしその方法によって作家として再出発しうると考えていたようである。冒頭に引いた村山の一文はそのことを窺わせる例だが、もうひとつの姿を細田源吉に見ることができる。以下の文は『転向作家の手記』（健文社　昭10・10）である。

　たとへ文学を政治に置き換へたやうな過誤を敢てしたとしても、やつぱり私たちは文学の使徒であつたことに変りがなかつた。……私達は、ともあれ破産はした。しかし文学の使徒である私たちは鋭く自分自身の上に立ち上がる必要がある。私たちは単に素裸体になるといふだけでなしに、私たちでなければ摑みとれない現実を、文学の上に摑みとつてみせる必要がある。

転向者に対する内外の圧力の前に自己の破産を認めつつも、自己の本質は「文学の使徒」であって、「政治家」ではなかった。ただ「文学を政治に置き換へたやうな過誤」を犯しただけである、自己の本筋が「文学の使徒」たる以上、文学を放棄することは許されない、という主張である。この主張が徳永による文学者の「政治」へのかかわりの切断――そのような意味での文学の自律性論――に依拠しているのは言うまでもない。「私達でなければ摑みとれない現実」を「文学の上に摑み」とる、という方向は、日本における社会主義リアリズム論の方向とそのまま重なるのである。

日本において社会主義リアリズム論は、世界観によって現象をとらえることを排し、生活に即して現実を認識し描写することとして受容され主張されてきたのだから、その方法をとる作家に負わされた課題は、個々の生活実態に即し、個々の視点で現実を認識描写すること以外にはなかった。そして、転向作家達のその生活実態とは、まず敗北し破産した己の姿に他ならず、したがって、そこに視点を定めようとすれば「「自分自身を語る」といふ形式でなくとも「自分自身を凝視する」ことを避けられ」なかったのである。

こうして社会主義リアリズム論に触発されて生まれてきた転向小説は、一般的に私的舞台設定を離れ得ず、敗北した己を凝視し、「あらゆる弱点をすっかり自己の前にさらけ出し切ってしまふ」こと、自己剔抉をしつくすことの中から作家的再出発の原点をつくり出す、というモティーフを共通にもつことになる。しかし、この自己凝視と自己剔抉とは同義ではなかった。転向作家達の前には大正期来の私小説の伝統が待ち構え、「ただ転向という眼新しい心境」を感傷的にうたうにすぎなくする陥穽が用意されていたのである。

「白夜」はこういう陥穽におちこんだ小説として代表的なものだろうし、中野重治はたとえば「村の家」の勉次の姿を通し、そこにおちこむ危険性にさらされながらかろうじてそこを脱し、悪気流の中に生きる自己の姿勢を立て直しえた、と私は考える。以下この両作を具体的に分析することの中からその相違を検討してみたい。

「白夜」は村山が、保釈後の「三ケ月のころがりまはりののち」、「私は今ほど、作家的自負に燃えてゐる時はない」と「作家的再出発」に書いたような心境下で書いた転向後の第一作である。作品は、鹿野、のり子、木村の三人の間の確執を中心軸として、そこにみづほや松井がからまって展開されている。

自分勝手な生き方しかしない鹿野に愛想をつかし、聡明な理論家木村に心ひかれていくのり子の姿、新劇女優みづほへの鹿野の浮気とその失敗、そこからおこってくる家庭の崩壊等が冒頭に書かれ、続いて木村、松井とともに逮捕された警察や刑務所内での鹿野の姿が描かれていく。そこで鹿野は、木村はおろか、幾分軽蔑していた松井さえ、自分と違って取り調べに口を割らなかったことを知って、自己への確信を失っていく。のり子からはそのエゴイズムを衝いた手紙を受けとったりもする。

その手紙を受けとってから二ヵ月後、鹿野は「可能性の誘惑」(注4)によって転向出獄する。二年以上の獄中生活と転向で鹿野は現実の動きについていけず、のり子との確執も続いている。のり子はそのような鹿野を前にして、木村との関係を静かに話し出す。そののり子の長い話によって、鹿野―のり子の愛情と、のり子―木村の愛情のレヴェルの相違が明らかにされていく。理屈の上では、のり子は鹿野をほとんど見限っている。しかし話し終えたのり子の顔にただならぬ混乱がひろがってくる。のり子の心中には、倫理的意味あいでの鹿野へのみきりと、それにもかかわらず意識の底から浮び上ってくる「長い間に相剋しながらも積み重ねられた夫婦の愛ともいふべきもの」への執着とが渦巻いていた。のり子もまた自分と同じく「長い白夜のなかを彷徨」しているのだ、と鹿野は思う。

このようなプロットのもとで、まず問題点のひとつが私小説的な舞台設定であろう。鹿野の相貌、閲歴ともに（戯画化されてはいるが）村山その人のものであるし、のり子も若干の変更を除けば村山籌子と重なる（注5）。木村が蔵原であることも（理想化をのぞけば）一読して明らかである。松井はや侮蔑的に描かれてはいるが、やはりモデルがあるのだろう。作中事件も事実に即している。鹿野の転向についてはいうまでもなく（もっとも転向に至る心理的経過はほとんど触れられていない。その点、心理的葛藤がねちねちと描かれた「村の家」との距離は決定的に大きい）、芸術運動へのかかわりから出獄の時期に至るまで事実そのままである。さらにまた、この作品の中心テーマのひとつとなっている木村とのり子の愛も、木村―のり子の獄をへだてた手紙の交渉も含めてほぼありのままと考えてよかろう（注6）。

つぎに問題になるのが、木村の理想化とそれに必然的に伴う鹿野の戯画化である。木村＝蔵原が「考へ深さうな小さな眼や、せいの低い人への好意から幾分猫背の五尺八寸の高さや、四角い理智的の顎や、生毛の生えた耳朶」というように描かれているのと対照的に、鹿野＝村山は「頭でつかちの顔に、眼の上の凹んだ二重瞼と精力的な唇」の持主で、「この人は物を考へる時にはいつも今のやうに、眼をみぎひだりにキョロキョロ動かして」というように描写される。またのり子と眼を合わせて「「あんたはとても綺麗だねえ、なぜそんなに沈んでゐるの？」などといふのであつた」と鹿野が言う場面など、戯画そのものである（そしてこういう描写と文体がこの作のひとつの基調にさえなっている、ということがより重要であろう）。

非転向者木村への無条件な肯定と戯画化による自己の全面否定の底には、もちろん自己の敗北感がある。そしてこの敗北感をそのまま実感的に描くことによって、村山は自己の姿勢を立て直すことを小説家として放棄してしまっている。この姿勢は一見、「あらゆる弱点をすつかり自己の眼の前にさらけ出し切」り「赤裸々生一本のもの」を描くかに見えて、結局は自己の内心で行われたはずの転向の心理的ドラマを自嘲的に隠弊するものに他ならない。

多喜二、蔵原の無条件の理想化と自己の戯画化という図式は転向小説に一般的な形態なのだが、そもそもそういう図式を設定した時、転向作家達は「自己剔抉」を通しての己の姿勢の立て直しを放棄してしまったことになる。「生きた現実を描け」という徳永流の社会主義リアリズム論の当否はともかくとして、「生きた現実」をとらえることは、結局は感傷と自嘲とに陥り、現実認識の放棄に転落していくことになる。

作品は、三つの恋愛を軸として構成され進行していく。木村―のり子の愛が一方にあり、一方には鹿野―みづほの愛がある。そして前者を明、後者を暗とするならば、もうひとつの鹿野―のり子の愛は、いわば明暗がらみの愛ということができよう。そのようないわば転向恋愛小説という独自の性格をこの作品はもっている。鹿野―みづほの愛は徹底的に卑小なものとして意図的に描かれている。いうまでもなくこの相は村山の転向軸をさし示すものに他ならない。この恋愛には功利があるはかりで倫理もナイーブな感情も全くない。みづほは「忘れられかけた彼女の名をこのロマンスでもう一度新鮮ならしむることによって芸術的地位を恢復しようという腹」からのものだし、鹿野にもエゴイスティックな功利意識が強く作用している。

自分には成しとげなければならぬ大きな仕事がある。このためにはほかのすべてのことは従属的意義を要求しうるに過ぎない。明らかに劣つた存在である女はその当の遂行者である自分を援助することによつて、価値ある仕事をしているのだし、またかうして彼女等自身を磨くことができるのだ。

というような性格の愛である（注7）。このような、愛へのエゴイスティックな姿勢は、もちろん恋愛場面においてのみならず、鹿野の生のあらゆる局面に渉っている。「俺は芸術運動の指導者なんぢやぞ、偉いもんぢや、どうぢや、俺の偉さがわかつたか」というような鹿野の巻くクダはその事情を示している。そのような転向者の卑小さを、戯画化しながら村山は描こうとしている。

木村―のり子の恋愛はその対局に立つものである。木村はのり子に「たとえあなたが同志の細君であつても真の愛情によつて結合されるのであれば、それはわれわれの立場から見れば最も道徳的なのです」と主張し、のり子もまた「私もあなたと生活することによって私の生活を向上させることも可能だといふことが解りました」と語る。木村—のり子の愛は個性の発展を可能にする「道徳的」な愛であり、「真の愛情」によって結ばれているわけである。

このような二人の関係は、運動に対する「原則性」にも結びつけられている。木村は潜行する際、のり子に「僕と行動を共にして欲しい」と要求するが、のり子は「私は相当世間に注目されているのだから」よくないと批判し、木村もそれを納得する。この例に限らずすべての局面にわたって、運動の理論・原則に忠実なのである。このように木村—のり子の愛は理念に支えられたものであり、鹿野—みづほの功利的な愛とは対照的に設定されている。木村—のり子をこのように描く村山の姿は次のような鹿野の姿と同一である。

警察にゐる間に鹿野は木村が、自分とちがつて、最後まで一と言も云はなかつたことを知り……とどのつまりは崩れ落ちるだらうことを結局みとめなければならなかつた。……彼は暗い長い日の間、木村と松井のあらゆる部分を、生い立ちを学歴を、顔を、姿態を、癖を、文章を、片言隻句を解剖しつくし、一々自分と比較してみるのであつた。

このように村山は鹿野を通し木村＝蔵原の前に屈伏してしまう。「白夜」が転向恋愛小説となったのは蔵原籌子の恋愛が村山の転向と平行しておこったからであり、また、村山の資質としてある大衆風俗への関心からであったであろうが、作品の構成の上では、それぞれの愛が転向・非転向を象徴する機能をはたしている点が重要である。しかし鹿野―のり子の愛が自嘲的に戯画化されている限り、もう一方の愛は必然的に、無条件に理想化されていくわけで、二つの恋愛の姿から本質的な対立を窺うことはできない。ということは転向と非転向とが現実的に交錯しあう場が作者によって消去されている、ということでもある。

以上、私小説的設定・主人公の戯画化・恋愛の相という三点にわたって「白夜」の問題点をとらえてきたが、ここから村山の「白夜」執筆の第一のモティーフを浮かび上らせることができる。すなわち、現実と作品をぴったり重ね合わせ、私小設的舞台設定の下で、転向相と非転向相を二つの恋愛の姿を通じて対比し、戯画化によって非転向相の卑小さを描き出すこと、そして人間失格者たることを告白すること。これが第一のモティーフである。しかしこのような「自己剔抉」が結局自己の傷心を歌うことにとどまってしまうのはみてきた通りであり、そのことは村山が転向の問題を「道徳」の問題としてしか考えなかったこと、また、徳永等の文学論を十分検討することなしに受容してしまい、作品を私小説に還元してしまったことによる、というのが私の判断である。

しかしそれはあくまでも第一のモティーフである。村山の執筆時の心もちとしては、この小説には並々ならぬ作家的再出発の積極的な自負もこめられていたはずであった。が、その自負は必ずしも正当に受けとられてはいないようである。たとえば本多秋五はその卓抜な「転向文学論」（岩波講座『文学』所収）で次のように述べている。

「白夜」は蔵原惟人をモデルとするらしい人物を主人公に対置し、主人公が、自分は思想戦士としてだけではなく、恋人としても彼に及ばぬ、要するに「自分は人間として」とうてい彼に及ばぬと自認し、そういう自分をもはやいかんともしがたいと認める小説である。

確かに村山は鹿野を媒介にして蔵原（＝木村）に「人間としてとうてい彼に及ばぬと自認し」ている。しかし、「そういう自分をもはやいかんともしがたい」としている、といいきれるだろうか。もしいいきれるとすれば、そもそも作家的再出発にかけた村山の「自負」には一体何がこめられていたということになるのだろうか。その点について作品の結末部ののり子の「ただならぬ混乱」の意味するものは重要である。

のり子が木村に魅かれつつ結局「飛躍的発展」を成しえなかったのは、「長い生活からくる」「或る判然と規定されぬもの」によって鹿野に「深く惹かれ結ばれてゐる」からであり、鹿野もまた木村―のり子の「真の愛情」によって結ばれていることに及びがたい絶望を感じつつも、「自分の心を顧ると、それはほとんど意外ですらあったが、彼にとってもまたのり子は絶対に離しがたいものとなっていた」ことに気づいていく。最後まで鹿野とのり子を結びつけているのは、「長い間に相剋しながらも積み重ねられた夫婦の愛ともいうべきもの」、いわば生活事実的な愛情なのである。

換言すれば、鹿野は非転向者木村の倫理的・原則論的な愛のあり方を第一義として認めつつ、それとは別のもうひとつの愛の姿、「判然と規定されぬ」愛が現実として自分を支配していることを知っている。それは手前勝手なエゴイスティックな愛につながりうる、しかしそれとは一線をへだてた別の愛であり、そうであるからこそのり子もまた同じ感情を抱くに至りうる。

そのような愛情を確認しあえたればこそ、鹿野とのり子は決定的な別離へと向うことなく、「長い白夜を彷徨」するにとどまることができるのである。作品結末に至って顕在化するこのような認識は、その布石が、鹿野の牢獄の中での転向過程の心理の描写において打たれている。閉ざされた獄中で序々に単なる肉体的存在へと化していく鹿野は、「何か底の知れぬ敵対しがたいもの」、「はかり知れぬ遠い昔からの、顔も名も生涯も滅び失せた父の母の……何とも名づけがたい」血や肉に「くらいつく」される、という錯乱した心理状態に襲われる。そしてこの状態が転向の引き金となっていく。つまり鹿野の転向は論理的判断によって起ったのではなく、一種の宿縁を発見し、また、その発見を肯定することによって可能になった、というべきであるが、このような転向のあり方が、のり子との夫婦の絆を新しい視点から確認させているのである。

以上のように、鹿野が、木村を絶対視するごとき原則論的・当為的認識から、「生活事実」的認識へと転換する過程は、そのまま村山の転換相と重なっていたはずだし、また、作家村山が唯物弁証法的創作方法から、生活に密着し「生活経験」（前記徳永の論）に即して創作していく方法へと移行したことをも示している。このような認識と方法の発見が「白夜」執筆の第二のモティーフである。

以後の村山は主に第二のモティーフにより傾斜しつつ、転向小説を書いていく（注8）。それらは初期の「意識的構成主義」の手法に帰りつつ展開されていくのだが、その精力的な書きぶりから、「いかんともしがたいと認める」というような作家の無力感を窺うことはできない。

〈四〉 中野重治「村の家」の構造

「白夜」以後「白夜」流の小説が文壇に頻出し、いわゆる転向文学の時代が生まれてくる。一口に転向文学といっても、それぞれの作家の相違に即して作品も種々の相を見せてはいるが、社会主義リアリズム論の影響を受け、「白夜」の世界に近いものを挙げれば、たとえば、立野信之の「友情」(『中央公論』昭9・8)、細田源吉「長雨」(同誌　昭10・6)等であろうか。そして、これらの転向小説の盛行の中にあって、一見「白夜」と通いあう性格をもちつつ、しかし根本的にそのような転向私小説群をのりこえているのが中野重治の「村の家」(『経済往来』昭10・5)であろう。

「村の家」は、「第一章」(『中央公論』昭10・1)「鈴木・都山・八十島」(『文芸』昭10・4)「一つの小さい記録」(『中央公論』昭11・1)「小説の書けぬ小説家」(『改造』昭11・1)と続く、平野謙のいう「転向五部作」の第三作に位置する(旧版『中野重治全集』第八巻解説)。中野自身も第三作「村の家」執筆後「現在可能な創作方法」(『早稲田文学』昭10・10)において、

私は自分の直接経験した事実――現象としても事実であつたもの――を追うて、それらを通して流れていたある流れをつきとめたいと思つた。……すべて空想を斥けて事実の中に一つの流れをさぐりたいのであつた。

という自注をつけている。中野は作品の巧拙をほとんど無視してまでこの「一つの流れ」に執着する。中野の構想としてはこの「第一章」を総題「第一章」の起点として、以下を転向連作としてまとめていきたいという意図があったのではないかという平野謙の評言（前掲解説）を私も肯うものである。

もっとも、この五部作において第一、第二、第四作と第三、第五作とでは根本的な性格の差異を示している。満田郁夫によれば（『中野重治論』新生社　昭43）、前者は「列伝」であり、後者は「本紀」ということになる。そうも言えるであろうが、私はむしろ、中野は「村の家」においてはじめて己の転向を対象化しえた、その点でただひたすら事実を追い結果的に作品を私小説的な狭さに追いこんでしまった前二作と異なっている、と考えたい。

「第一章」の人物群を「理論の土偶」とし、作品を「個人を否定した私小説」と奇妙な命名でその観念性を批判し、また、私小説のそれなりの到達点である生身の人間造型もできていないことをも批判した中村光夫の「第一章」批判（「中野重治論」『文学界』昭10・2）を中野は「受けとりたい」と首肯し、前二作をのりこえようとしている。それが「村の家」であり、また、文学論としての「リアリズム雑感」（『早稲田文学』昭10・2）なのである。

「村の家」は自己の転向に執着しつつ、しかしそこをのりこえ、転向の意味を近代社会における農村の社会構造（＝封建遺制）の中で追う視点を獲得していると私も考えるが、それは「リアリズム雑感」に示される明確な理論によって支えられている。

作品に肉づけられる文学的リアリティーというものは、そこに表現される題材の社会的リアリテイーによると同時に、この社会的リアリテイーにたいする作者の働きかけのリアリテイーにもよる。……作者が対象を対象自身の歴史性のなかでとらえなければ、たとえ作家の技法が或る完全さでそれを描き出しても、そこに生れた感性自体が古ぼけたものになるばかりだ。だから作家は対象を、その存在としての新しさと古さとその行くえとにおいて嗅ぎわけねばならない。それをするためには彼自身その時代のいちばん新しい――いちばん高い歴史的立場に立つていなければならない。

こうした文学論が生きた現実を描けといいつつ、しかし具体的な作品においては狭量な私小説に陥らせてしまう、例えば徳永直などの論（「創作方法上の新転換」）といかにかけ離れているかは、言うまでもない。こうして中野はリアリズムにおける正当な客観的視点を獲得し、過去の革命運動の中にさまざまの相をもってかかわりあい、また、かかわりあっていなかった多くの人々を、その総体においてとらえる視点を把持するに至ったのである。そのような意味で「村の家」は転向五部作の中でも屹立している。

作品は、獄中で転向し、故郷北陸の農村に帰っている主人公高畑勉次とその父孫蔵の関係を中心軸にして、都会に住む、同志でもある妻タミノ、圧倒的な家父長である孫蔵のもと、いかにもおどおどして生きている母クマの四人を中心にして展開されている。これらの人物群がそれぞれ中野重治、父中野藤作、妻原泉、母中野とらに重なっていることの説明は不要であろう。

こういう設定が転向小説の基本的パターンであることは言うまでもない。こういう事実は、中野の文学に一貫する〈私〉性がこの作をも貫いているという見方を可能にするし、また、この作が「白夜」的転向私小説であることを予感させもする。その四人はそれぞれどのように描かれているか。冒頭近く「村の家」で夕餉の膳にむかっている父母と子の姿が描かれている。そこから考察を進めたい。まず勉次から、

勉次は近眼鏡をかけている。……からだは、肩も、胴も、腰も、手足もこつこつに痩せている。足は鳥の足のような感じだ。眼玉は光つているが力がない。顔の右半分と左半分とが非常に違う。猫背加減である。はだけた胸は骨が見える。顔いろは青黒い。全体貧弱で神経質な感じだ。

孫蔵はどうか、

どこもかしこも立派で大きい。首の皮膚には縦のたるみがあつて、それが大きな肩へ続く。はだけた胸も、手も、顔も、渋紙いろに焼けている。……大きな耳の横でびんの毛が白く光つている。口ひげはごま塩だ。ときどきからだをゆする。

母クマはつぎのように描かれている。

前かがみでどことなくこそこそ食つている。髪の毛をぶざまなひつつめにして絣の前かけをして、

坐つたとも立膝ともつかぬ恰好をしている。鼻汁をすすつたり、足を掻いたりする。眉を落している。小さい三角の眼が臆病そうに隠れて、そつ歯で、口を閉じるとおちよぼ口になる。……からだ全体痩せていかにも貧相だ。

最後にタミノはどうか。タミノはその相貌にまでたちいって詳しく描写されてはいない。「小学校しか出てなくて日本にどんな県があるかも知らぬ」女であり、しかし、にもかかわらず勉次からその転向を聞いて「まつ青になり」、「そのまま駈け出して行つ」てしまうような女でもある。結果的に勉次の転向を誘い出してしまった父に(注9)、そして勉次を自分の手からもぎとり故郷につれて帰る父に、「高畑孫蔵のバカ、バカ」と小声でながらののしる気丈夫さをも身につけている。

このような四人（タミノも一応含めて）の描写は単なる事実の描写ではない。この四人の相貌から作者の人物設定の意図がはっきりと読みとることができる。冒頭の夕餉を囲む家族の人物描写を通して、作者は作品のモティーフを語りかけようとしている。

勉次の「力がない」眼の光、「顔の右半分と左半分とが非常に違う」という相貌は、獄中下での苦悩と、転向によって受けた精神的傷害が出獄後も残され、その本体が不安にふきさらされている姿そのものであろう。それに対し孫蔵は何から何までたくましく立派である。このような孫蔵の像は中野にとって一種の理想像なのであって、そのことを私達はたとえば「豪傑」等に窺うことができる。「豪傑」の、……白髪はまっ白であった／しわが深く眉毛がながく／そして声がまだ遠くまで聞えた／彼は心を鍛えるために自分の心臓をふいごにした／そして種族の重いひき臼をしずかにまわした……

というような像と孫蔵と重ねあわせることは、さほど恣意的でもないだろう。孫蔵のこのような巨人化は、もちろん、家父長の圧倒的な威力の象徴でもあろうが、このことによって転向者勉次の卑小性が拡大されている、という構造になっている。そのような者として孫蔵は勉次の前に聳立している。

母クマもまた勉次と同様卑小化されて描かれている。「こそこそと食」い、「小さい三角の眼が臆病そうに隠れている」姿は、家父長的支配の下に屈従している戦前の庶民的母親像として、典型的なものであろう。そして勉次もまた「母親似」で貧相だということは、母子ともに家父長の圧倒的支配を受けている、ということにとどまらず、転向者に対する外圧が、家父長の力とアナロジカルに把握され設定されている、ということでもある。しかもより重要なことは、この孫蔵が単なる形骸化した家父長としてではなく、実質的な意味での家父長として描かれている点である。吉本隆明が「封建遺制の優性因子」（「転向論」『芸術的抵抗と挫折』未来社　昭38）と言う所以である。

孫蔵は一家に波状をなして襲いかかる不幸を一身に背負って戦っている。長男の複雑な結婚と外地での死、次男の投獄と転向、次女の肺患による死、その子の死、長女の感染、妻クマの精神錯乱、挙句のはてに「農産物の下落と家庭内の不幸とにより、収支合致せず」というような家庭経済の崩壊、すべてが老いた家長の双肩にのしかかっている。ふと「七十年近い半生を顧みて、前半生の希望が後半生へきて順々にこわされた」という歎きが、孫蔵の心中を擦過することもある。にもかかわらず孫蔵は「闘う家長」たる己の姿勢を崩すことはない。このような、実質を持った家長である孫蔵であったからこそ、節を屈した勉次に「そんなで何ができるか」、「あれらはまだまだ苦労が足らん。何も知らん」、「たとえレーニンを持ってきても日本の天皇のような魅力を人民に与えることはできぬ」(注10)というような高い調子の批判を、正当な重量感をもったものとして、下しうるのである。

このような孫蔵の形象は、たとえば「白夜」の木村の形象と一見似ている。けれども「白夜」の主人公は、木村を無条件に理想化しその前に拝跪するという姿勢をとっており、そうすることによって自らの転向から目をそらし姿勢の立て直しを放棄してしまっている。それに反し、中野はまず孫蔵の家父長としての大きさを十分に描きこみ、その孫蔵との格闘を勉次に行なわせることによつて勉次の転向の姿を浮き彫りにし、単なる理想化やその裏返しである戯画化とは異次元の「文学的リアリティー」を獲得している。そのような形で「白夜」などの転向私小説とは違う転向小説を「村の家」においてつくり上げることに成功している、というのが私の判断である。

孫蔵形象のかたちにおいて「村の家」は高い結晶を見せているのだが、同時に、中野は母クマの形象においても高い達成を示している。クマは前述のように徹底的に卑小化されて描かれているのだが、そのことから亀井秀雄は、中野自身の「家父長的な男尊女卑的な眼」を導き出している（「日本浪曼派と昭和十年代」『日本浪曼派研究』第2号）が、はたしてその通りであろうか。

自分をとり囲む状況を整理把握しえぬクマは精神錯乱に陥り、孫蔵に「教育の仕方が悪い」と愚痴をこぼす。クマに欠けているのは何よりも物事を筋道をたてて考える姿勢であるが、それはなにもクマだけではない。古い農村の百姓の女達に共通の宿縁でもある。作品冒頭に「宗門改め村人別」をながめている勉次の姿が描かれているが、そこに書かれている「ロク、クマ、ヨキ、コオ、ステ、タリ、ヤイ、チリ、キチ」という女達とクマは全く同様の存在であろう。

その「宗門改め村人別」から古い女名をひき出してきた勉次は、そこから「社会的テエマ」を思い浮かべる己を「恥知らず」に思う。何が「恥知らず」なのか。勉次が転向者であるにかかわらず「社会的テエマ」を思いうかべたから「恥知らず」なのではない。この時勉次は、自分達の過去の運動が「ロク、クマ……」達のような農村の昔のままの女達に全く触れえていなかったという根本的な誤りを苦い思いで自覚させられている。そのような意味あいでの自責に勉次は悩まされているはずである。

中野は勉次に、無知な、それゆえ社会運動の網の目からもこぼれてしまうような農村の庶民の女達にかつての自分達がいかに眼をつぶっていたかをあらためて発見させることによって、徹底的に「革命運動の革命的批判」（「「文学者に就て」について」『行動』　昭10・2）へ立ち向かう姿勢をつくり上げようとしているに他ならない。作品の結末近く「お前、どつかへ出てきないのれ。私ア勉次にちよつと話があるんぢや」と孫蔵にいわれ、「「私アいて悪いんかいね？」と必死な声」で答え、しかし父の「険しい目で睨」まれ外へ出ていくクマの姿が書かれている。続いて父の、子への決定的な叫問がなされるのだが、母は外に追いはらわれている。このような部分も亀井ふうに読めば中野の「男尊女卑的な眼」となるのであろうが、しかし中野は、「行くところがあるのか、そこらへしやがむのか勉次にはわからない」という勉次の一言を、何気なくさしはさんでいる。

中野はこれ以上は書いていない。というより書けなかったと考える方が至当であろう。しかしこの一言にこそ、中野の苦しい自己批判がこめられているはずである。「村の家」はあくまでも勉次と孫蔵の対応を中心軸としていると見るべきだが、その中心軸を側面から支えるものとして母親クマの形象がある。そのような拡がりにおいて、中野は転向の含みもつ問題を把えようとしているのである（注11）。

〈五〉「村の家」勉次の転向過程

一切の出発点、勉次の転向過程はどのように描かれているか。中野はそれを三段階において描いているように思う。それは綿密冷静に心理劇として描かれている点で、まず「白夜」等と異なり、そう描くことによって行刑当局の意図を暴き出そうという意図をもっている点において、傷心風の転向私小説と次元を別にしている。以下この点について、転向過程の表現に即し考察してみようと思う。

勉次の獄中相はまず安定したものとして描かれる。それは「二度目で勝手がわかり」という慣れでもあったが、根本的には「取調べにたいして誤らなかった」からであり、一緒につかまった人々が「それぞれ努力して問題を喰いとめていたことを知り得た」からであった。「桜井が警祭で殺されたことを知つた時も驚かなかつた」。この時点で勉次は非転向である。中野自身の実際に即していると考えてよかろう。と同時にわざわざこの非転向の状況を描いたのは勉次の転向が特殊な環境の特殊な状況下で行なわれたものであることを浮かびあがらせ、焦点化しようとするためでもあった（注12）。

転向のきざし（第二段階）は、父の手紙をはさんで（父の手紙は時間の変化をさし示す機能を負わされ、同時にそれは家の危機が語られていることによって、勉次の転向と絡まっている）、黴毒性肺浸潤によってもたらされる発狂への恐怖、その恐怖による自殺の誘惑として生起してくる。一審の判決が下るが保釈にはならない。

彼は再び保釈願を書き、政治的活動をせぬという上申書を書き、(しかし彼は、彼の属していた団体が非政治的組織であり、彼が非合法組織に加わつていなかつたという彼自身の主張にはどんな意味ででもふれなかつた)、……病室へ入れられた(注13)。

勉次は「政治的活動をせぬ」という譲歩によって、はじめて病室に入りえた。そのようなかたちで行刑当局のアメとムチ式の姿を中野は冷静な、抑えた筆致で描き出している。そしてすぐひき続いて、転向の誘惑から脱れた喜びがパセティックに描かれる。

ある日彼は細い手でお菜を摘まみ上げ、心で三、四の友達、妻、父、妹の名を呼びながら顎をふるわせて泣き出した。「失わなかつたぞ、失わなかつたぞ!」と咽喉声でいつてお菜をむしやむしやと喰つた。……一時間ほど前に浮かんだ、それまで物理的に不可能に思われていた「転向しようか?しよう……?」という考えがいま消えたのだつた。……どうしてそれが消えたか彼は知らなかつた。突然唾が出てきて、ぽたぽた泪を落しながらがつがつ嚙んだ。「命のまたけむ人は——うずにさせその子」——おれもヘラスの鶯として死ねる(注14)——彼はうれし泪が出てきた。

確かにこの場面では転向は行われていない。しかしこの描写は、転向と非転向のただ中に勉次がおかれていたことをも意味し、結局は獄死を選ばず転向するに至る次の段階の勉次の内面的変化を用意する性格のものである。

このような転向を受けいれうる内面的動揺の下、三つの外的条件によって勉次は転向し保釈されるに至る。

①悪化した病気の診断が「発病した場合には検査する」という言葉で医務長から拒まれたこと。

②「お父つあんもまだ十年だけはいるつもりじやから」という言葉を転向をすすめることばとして誤解してしまつたこと（ついでに言えば作品にはもうひとつの重要な誤解がある。注（9）参照）。

③非合法組織にいたことが「他の人」（かつての同志に外ならない）から明らかになっていることを知り、また、そのことを認めれば保釈されることを知り、勉次は錯乱し苦しむ。そしてその苦しみが弁護士に「そんなことをするのは無駄ではありませんか？」という「調子」で見られていることを感じ、結局弁護士に「問題の点（＝非合法組織のメンバーであったことの是認）を認め」たこと。

しかしこれらは厳密に言えば外的条件であり、勉次は獄死をも選べたはずである。そうしえなかったのは「死ぬのがいやにな」った（「小説の書けぬ小説家」）からに他ならない。

だからここで勉次（＝中野）自身も「真理へ背を向けた」（細田源吉、前掲論文）という認識に凡百の転向作家同様に直面させられていることになる。この認識こそが、転向者を人間失格者であると刻印する転向者内部の錯誤的圧力の源泉であり、また、外部からの圧力もこの一点に集中する。板垣直子によって高飛車に展開された「転向作家不用論」の批判の論理は（注15）、このようなものに他ならない。そしてさらに、その認識は行刑当局の思想善導政策を補完し、転向者に単なる転向以上の全面屈伏を強要する源にもなる。

中野は転向に至る自己の弱さは弱さとしてありのままに描きつつ、転向者をそこまでおとしこもうとする行刑当局の意図を、抑えた筆致ながら描こうとしている。そのような転向者の陥りがちな危険性への対決が結末に描かれていく。いうまでもなく、家父長としての孫蔵から〈村の家〉で叫問を受け、その父と戦う勉次の姿が描かれる部分がそれである。

孫蔵はいわばすべての圧力の表象として勉次を一方的に責めたてる。

○「すべて遊びじゃがいして」――勉次らの運動は所詮〈生活〉の根をもたない遊びにすぎぬ。
○「人間を捨ててどうなるいや」――転向者は人間失格者に他ならない。
○「輪島なんかのこの頃書くもな、どれもこれも転向の言いわけじゃってじゃないかいや」――転向文学など結局第二義以下の文学にすぎぬ。
○「何を書くんか」「筆ア捨ててしまえ」――転向作家など書くべきものを持たない。

こうして父は子に小地主として村に帰農することをすすめる。村は戦前の国家体制がその共同体形成の雛型とした「ムラ」に他ならず、父のこのような論理に従って勉次が帰農することは、共同体にくみこまれることを通して、自らが頑強に拒んできた国家に全面屈伏することであった。

もちろん、孫蔵はそのような意図をもって帰農のすすめをしたのではない。孫蔵はむしろ子の「恥」を己の恥として感じ、これ以上息子が無責任な言動をしないように自らの手の中に封じこめておこう、という父としての使命感に立っている。しかし父の主観はやはり主観でしかない。その主観の中に隠れている危険な「罠」を勉次と共に中野は感じている。作中に孫蔵のことばとして「たとえレーニンを持つてきても日本の天皇のような魅力を人民に与えることはできぬ」という一節が入れられた時、家父長支配下の戦前の国家と農村の特殊な相関を中野が視野に入れていることは明らかである。

だから父の批判の正当性はそれとして承認しつつ勉次はそこに「罠」を見つけだしていく。

勉次はいろんなことがわかつたように思つた。……「どうしるかい？」勉次は決められなかつた。ただ彼は、いま筆を捨てたらほんとうに最後だと思つた。……彼は一方で或る罠のようなものを感じた。彼はそれを感じることを恥じた。……自分は肚からの恥知らずかも知れない。しかし罠を罠と感じることを自分に拒むまい。もしこれを破つたらそれこそしまいだ。彼は……うつけた淋しさを感じたが、やはり答へた、「よくわかりますが、やはり書いて行きたいと思います。」「そうかい……」孫蔵は言葉に詰つたと見えるほどの侮蔑の調子でいった。彼らはしばらく黙つてゐた。勉次は自分の答えは正しいと思つた。しかしそれはそれきりの正しさで、正しくなるかならぬかはそれから先のことだと感じた。

複雑な重荷を一身に背負う家長である孫蔵に比べ、勉次はあまりにも手前勝手でありすぎ、そのような己の助命嘆願のために孫蔵を奔走させ、挙句は転向するに至ったことに勉次は父の「静かな愛想づかし」を感じる。しかし同時に勉次は父の（父に一部代位された国家権力の）叫問に、「ある罠のようなもの」を感じる。それを感じうるために彼は二年半の獄中生活と転向を代償として支払っている。孫蔵の勉次への帰農の要求は、転向者への様々な圧力の総和であり、また、その根源に国家権力への屈従の要求をひそめてもいる。そのような性格の思想善導政策の「罠」が、孫蔵に体現されて示されている以上、「いま筆を捨てたら本当に最後」となってしまう。

したがって、勉次が「よくわかりますが、やはり書いて行きたいと思ひます」と答えるのは、それら複雑な圧力をすべてはらいのけ、国家の権力の複雑さに複雑さのままにおいて対峙し、転向そのものの「社会的絶滅」の方向を志向する、革命的知職人作家としての再転向の宣言に他ならない。

そして父孫蔵の批判に対し、勉次にこのように語らせる中野の姿勢は、「村の家」論と言えば必ず引かれる「「文学者に就いて」について」と同じである。そのことを煩をいとわず引用・確認しておく。

○弱さを出したが最後あらゆる善良な気持と真面目さとをさゝげたまゝ二度とたてないような敗北の沼地へずりこんでしまわねばならぬ。

○弱さを出したが最後僕らは、死に別れた小林の生き返つて来ることを恐れねばならなくなり、そのことで彼を殺したものを作家として支えねばならなくなる。
○盗みをした男は、その自己批判を……盗みそのもの、社会的絶滅の方向へ進め得るのである。
そしてこのことを見ることに文学作家本来の眼があるべきではないのか。

しかし、宣言や決意からだけでは何ものも生れてはこない。運動の全面崩壊の下で、実際に己の筆を「精神の武器」として闘ってこそはじめて、勉次は孫蔵の批判をはね返すことができるのであって、この時点での勉次（＝中野）にはまだ決意以上のものはない。だから中野は勉次に「それはそれきりの正しさで、正しくなるかならぬかはそれから先のことだ」と考えさせ、「何の自信もなかつた」と弱々しく思わせるにとどめている。

〈六〉　おわりに

作家的再出発の決意を「自己剔抉」を通し私小説的舞台設定の下に描く、と転向小説をとらえるとすれば、「村の家」一篇も「白夜」と同じ転向小説に他ならない。しかし問題はその「自己剔抉」の性格がどのようなものであり、それが小説としてどのように表現されているか、また、「作家的再出発」がどのような姿勢で行なわれているか、という内実にある。「白夜」と「村の家」は同一性を示しているかに見えて、その志向する世界は全く対照的であると言うべきである。

「白夜」にはじまるひとつの転向私小説の流れが、内圧・外圧に屈伏し自らを人間失格者として全面的に肯定する立場からの「自己剔抉」であるとすれば、「村の家」のそれは、圧力を勉次一人に収斂し、その圧力との全面対決を通し、彼を人間失格者と見るものとの対決の相において「自己剔抉」を企てようとしている。また、前者が生活事実的な感情にひかれ思想を放棄し、時代の「社会主義リアリズム」論を援用した「文学の自立性」論を唯一の支えとして、作家的再出発を企てているのに対し、「村の家」の作者は、「罠」を「罠」としてはっきりみつめ、原則論的立場を保持しつつ、しかし柔軟に権力支配の機構に孤立しつつ切りこんでいく、という姿勢で作家的再出発を試みる。

このような分岐がおこる源は、他ならぬ転向過程の自己分析への姿勢にある。ひたすら傷心風にしかなしえなかった前者と、作品としては多くの失敗作をつみ重ねつつ、しかし執拗冷静にそれととりくんでいった後者との相違に。

「村の家」以後も中野は多くの屈折を余儀なくされていく。しかし根本的には「村の家」の勉次を通して作りあげていった姿勢で、小説・評論の分野にわたって「ねちねちした」戦いをすすめていく。時局に便乗するのみならず、悪しき時流に積極的に加担していく多くの転向作家と、孤絶しつつしかし激しい戦いを一貫して続けていく中野との分岐の起点は、他ならぬ転向小説執筆の姿勢の相違にこそあると言うべきであろう。

〈注〉

（1）関西学生連合会の活動が、成立したばかりの治安維持法に違反するとの理由で、大正十五年三月末に京大の学生を中心として三十五名が捕えられた。昭和五年七月になって非転向のまま林の刑期が確定した。

（2）小林多喜二（筆名・堀英之助）「右翼的偏向の諸問題」（『プロレタリア文学』昭8・1、『プロレタリア文化』昭8・4）・同「同志林房雄の「作家のために」「作家として」それにたいする同志亀井勝一郎の批判の反批判」（『プロレタリア文学』昭8・12）。

（3）全ソ作家同盟組織委員会第一回拡大総会（一九三二・一〇）における報告。この報告はそもそも複雑な状況のもとに発表されたものであり（旧版『中野重治全集』第八巻、平野謙解説に詳しい）、しかも混乱期の日本プロレタリア文学運動の場にもちこまれたことによって一層複雑な性格をおびるようになる。日本では昭和八年二月、『プロレタリア文学』に上田進の翻訳（「ソヴェート文学の近状」）で発表された。

（4）本多秋五が「村山知義論」において使用している語。「このまゝ自分が埋没されてしまうとしたら後に何が残るだろうか」というような気持が獄中の非転向者を襲うこと、というぐらいの意味あい。

（5）細かい点では相違もある。たとえば作中でのり子は「九州の方の富裕な商人の家の多勢の兄姉の末女」とされているが、村山知義『演劇的自叙伝2　1921 ～ 26』（東邦出版　昭49）によれば、籌子は四国高松の薬舗の長女である。

（6）村山知義『ありし日の妻の手紙』（桜井書店　昭22）。

（７）たとえば「党生活者」における主人公の笠原への姿勢と同様である。しかし村山のこの描写は戯画化であり、その点で「党生活者」とは別でもある。戯画化という弱々しい方法ながら、「ハウスキーパー」的女性観に批判の目を向けていると考えることもできよう。

（８）「帰郷」（昭９・７）、「椿の島の二人のハイカー」（同）、「何田勘太ショオ」（昭９・８）、「劇場」（昭10・５）等。

（９）「村の家」の難解さの一端は、勉次の転向に二つの誤解が絡んでいることによる。ひとつは孫蔵がタミノの「どうしても勉を出すようにして下さい」ということばを、「勉次を転向させて出して下さい」というような意味あいで受けとってしまったこと（そう考えなければ転向した勉次に初めて面会した時のタミノの驚きは説明できない）。もうひとつは「お父つつあんもまだ十年だけはいるつもりじやから」という孫蔵のことばを転向をすすめることばとして勉次が受けとってしまったことである。勉次はこの言葉を「前と打つて変つた」ことばとしてうけとめ、しかも老いた父の「あわれさ」に胸うたれている。しかし父のこの言葉は、勉次をむしろ励ました言葉である。そう考えなければ、孫蔵の転向者勉次に対する居丈高な叫問の意味は解きえない。孫蔵を中心にしたこの誤解には、誤解を生んだ理由がある。そのことを中野は考えようとしている（このことについては満田郁夫『中野重治論』〈新生社　昭43・５〉、杉野要吉「「村の家」論」〈関東女子短大『短大論叢』第34集　昭42・６〉に指摘がある）。

（10）中野はここで天皇制のもつ意味を単なる理論ではなく、民衆の実態を通して捉えようとしている。しかしもちろん、「天皇」は伏字である。天皇制への深いきりこみとしては、詩「雨の降る品川駅」（『改造』昭４・２）などがあるが、このモティーフを全面的に打ち出すには、戦後の「五勺の酒」（『展望』昭22・１）を待たなければならなかった。

（11）母クマ形象の意味については杉野要吉の指摘（注（9）前掲論文）がある。杉野の指摘に私は全面的に賛同する。

（12）中野の非屈伏の姿勢は、小説ながら「事実」のままに描いた「第一章」「鈴木・都山・八十島」に描かれている。

（13）中野にとって、あくまでも非合法共産党の存在そのものを否定することが非転向の姿勢をつらぬくことであった。

（14）「命のまたけむ人は……」は、『古事記』ヤマトタケルの「国しぬび歌」である。また、「ヘラス」は古代ギリシア人による自国の美称だから、「おれもヘラスの鷲として死ねる」とは、ヤマトタケルのように「己が故郷を偲び、まっすぐなまま歌いつつ死ぬことができる」という意味であろう。

（15）板垣直子「文学の新動向」（『行動』昭9・9）。これを受けて貴司山治が「文学者に就て」（『東京朝日新聞』昭9・12・12－15）で反論し、その貴司の反論を中野が「「文学者に就て」について」（『行動』昭10・2）で批判する、というかたちでいわゆる「転向論争」が進行する。吉本隆明「転向論」（『芸術的抵抗と挫折』未来社　昭38）の指摘の通り、板垣の転向作家批判の論理は孫蔵の勉次批判の姿勢ときわめて近いが、批判者の立ち位置がそもそも違うということも考えなければならないだろう。

第三章　丈高い青春
——中野重治『歌のわかれ』——

〈一〉 はじめに——作品成立の事情——

作品成立の背景を全部きりはらっても、「歌のわかれ」が今日の作品として充分新鮮であること、むしろ「歌のわかれ」に至ってはじめて作者は一個独立の文学作品を書き得たこと、その事を文学上の一前進と呼びたいこと、などを読者諸君にも注目してもらいたい。

という平野謙の評言（筑摩書房旧版全集第三巻解説）は、平野だけではなく、今日の評家の大方の意見とみて良かろう。この作品は中野の作品史において、彼が立たされた困難な状況と極めて密接に、しかし屈曲した複雑さで結びつきつつ、同時に状況から蝉脱もして、最も美しい作品としての位置を占めている。

「困難な状況」とは、中野の主体に即して言えば、もちろん「転向」という一事に尽きるのだが、外的条件としては、保護観察法適用に続く、昭和十二年十二月からの内務省警保局による執筆禁止措置を、戸坂潤、宮本百合子らとともに求められた、ということがあった。中野が治安維持法違反容疑で豊多摩刑務所に収監され、結局「転向」せざるをえなかったのは、昭和九年のことだったが、しかし彼は出獄の翌年には、「第一章」以下有名な「村の家」を含む、いわゆる転向五部作を続々と発表、「転向」に追いこまれた己の道筋を綿密執拗に追求すると同時に、「革命運動の革命的批判」（「「文学者に就て」について」）のモティーフをも含む反権力的な「第一義の道」（同）を主張し続けていた。

　この時期書かれた「汽車の罐焚き」やいくつかの評論は、やがて日中戦争へと突入していく時代の状況と中野の「第一義の道」を求めての主体とが激しくぶつかりあった、時代の記念碑とも言うべき作品なのである。しかしそこに執筆禁止の措置が下される。「創造の苦痛に伴われぬ手頸のしびれ」（「空想家とシナリオ」）に耐え、東京市の臨時雇員として糊口の資を得ることになった。いわば作家としての道が完全に封鎖されてしまったわけである。やがて昭和十四年に入りその措置が一時的に緩んだ。その間隙をぬうようにして、厳しい緊張感のもとにこの作品が書かれた。そのような執筆事情については、中野自身が「一つの高等学校期と一つの大学期」（筑摩書房新版全集第五巻「著者うしろ書」）の中で次の様に語っている。

　治安維持法の上に重ねて保護観察法というのが出来て私自身その「観察に付せられ」る一人ということになり、また私のところでは、亭主とは別に女房が別くちの保護観察に付せられる一人ということになり、生計そのことで万端きわめて不自由なことになった。書きたいちょうどそのことが書けない。書きたいちょうどその調子が書けない。そのうえ、一九三七年末には例の「執筆禁止の措置」というのが出てきた。肝腎の書きたいものがでなくて書くこと――書いて発表することそのことができなくなったのだから私は困った。一年ばかりそれが続く。こうなると、気持ちが腐ってくるだけでなくて縮んでくる。萎縮してやくざな状態におちる危険に見舞われかねなくなる。この「措置」を食った何人かの名が伝えられたが、それが公然の禁止令で来なかったから私たちはいっそう腹立てた。

そうこうするうち、陰気で不快なこの「措置」が一年ばかりでゆりた。そしてそこへ『革新』という雑誌が小説を書けといってきて、私は書くと返事した。すると『革新』のほうで、その前に聞いてもらいたいことがあるというので私は編集者に会った。私に用心もあった。雑誌『革新』を私はよく見ていなかったが、美濃部達吉の天皇制解釈問題、二・二六事件、盧溝橋事件、いわゆる人民戦線事件に国家総動員法と来たところだったから、私はいわば二重に用心しなければならなかった。しかも私はこの「革新」という言葉がひどくきらいだった。「保守反動」以上にいとわしいところがある。それは「革新官僚」に結びついていた。労農党や共産党、労働組合運動から離れただけでなくて、それを彼らの新しい出世の道にしたような色合い、匂いの人間がちらほらする。私の場合それは感覚的なものだったが、それが深かっただけ私は用心してその男に会った。するとこれが、むかし（大正十四年夏、入会――引用者）新人会で私たちに唯物論哲学についていろいろと講義してくれた見覚えのある男だったには私も驚いた。話はてきぱきと運んだ。

雑誌『革新』はごらんのとおりのものだ。作者は自由に、ただ対中国戦争にだけは触れずに書いてくれ。私は承諾した。いわばそれは願うところだった。一九三七、八、九年の状態のなか、そのなかでの一分子としての自分の状態の移りゆき、そこへとたどった自分のコースをできる程度でしらべ直したい、できる程度で整理して、何ごとと自分でもはっきりせぬでいるものに、およばぬまでも筋をつけようと試みてみたい。そのため高等学校期、大学期へんから文学の仕事として出直したいという私の願いにそれは合致するものだった。雑誌の名が『革新』であることでこれを拘束することはできまい……

こうして作品は書き始められていくのだが、しかしこれが作者の意図をも含めて「一個独立の文学作品」として完成したかどうかについて、書誌的には大分問題が残されている。「一個独立の文学作品」である「歌のわかれ」も今日見られる姿になる迄には若干の変改過程があった。中西浩によると（旧版全集第四巻解題）それは以下の通りである。

四回に分載された発表紙の題は「鑿」「手―長編第二部―」「歌のわかれ―長編第三部―」「歌のわかれ―長編第四部―」となっており、単行本収録（昭15・8―引用者注）にあたって……小説の総題として「歌のわかれ」が選ばれた。一九三九年五月『革新』発表の第二回分には「作者附記」があった。……「一一一頁九行目から一二行目までは単行本収録にあたって書き加えられた部分である」。

「一一一頁九行目から一一行目」までは、結末最終段落「彼は手で頬をなでた」から最後までである。中西の指摘する「作者附記」に中野の次のような注目すべき記述がある。

この物語はいわゆる長編小説になるだろうと思う。原稿紙五、六百枚の長さの小説を何となく長編小説と呼ぶ意味で。

現「歌のわかれ」は四百字詰で二百五十枚前後なのだが、一九七六年三月十五日の日付をもつ新版全集の「著者うしろ書」で、この作品を「いくらか長目の短編というか短か目の中編というか」と規定していることと考えあわせると、この作品は中絶未完の作品――というのが言いすぎなら原構想を大分縮小した作品――と見るのが妥当なようである。だとすれは先に引いた余りにも有名になった結末の付加部分も、実はともかく作品を「一個独立の文学作品」とするための、かなり強引な中野の決断、ということになりはしないか。そう考えれば「今となってはその孔だらけの皮膚をさらしてゆくほかはなかった」というセンテンスの意味が作品全体の主題とはやや違った形で考えられぬでもなくなる。

満田郁夫によれば（『中野重治論』新生社　昭43・5）、「孔だらけの皮膚」の孔とは作者にとっての転向の傷跡であり、また、作品中絶に伴うこの作品の傷だという。そう読めるか、そう読まねばならぬか、と疑問も湧くが十分ひとつの視点たり得ると思う。昭和二十三年二月に出された『中野重治選集』第二巻は、総題を「鶉の宿」とし、その目次を「鑿・手・歌のわかれ・街あるき・鶉の宿（一行アキ）汽車の罐焚き」としている。「街あるき」は「歌のわかれ」にすぐ続く時期を扱った自伝的短編であり、「鶉の宿」は夫人との出会いに材をとった短編であるが、満田はこれについて「ここには連作の総題としての『歌のわかれ』をはずして、もっと大きな自伝小説の連作を構成しようとする試みが見られる」としている。確かに、中野はそもそも「鑿」を書いた時点で、息の長い自伝的長編を企図しており、一度投げ出してしまったその計画への愛着断ち難く、選集第二巻をそのように組んだ、とも考えられないではない。

やや長々と成立にこだわってしまったが、この作品の書誌的複雑さは、ともかく作品と作家のおかれていた苦難のそのままの反映と見るべきであろう。いずれにせよこの作品は作家の「出直し」の願いによって書かれたものであった。前記「うしろ書」によれは、執筆にあたって、「いきなりのようにして、さまざまの記憶が私に群がって呼びおこされてきた。そこには悔恨といったものが混じっていた。むしろ悔恨が中心に、愚昧、怠け、臆病の連鎖が垂れてきて全身に絡んだ。」という。

昭和初期学生運動内部にあった、「一種腐食作用を持っていた」ものと十分に闘わなかった記憶は、「それの前身のようなものが高等学校の時期から」私の中にあったものとして思い起され、「それが、いわば出直しの問題として『歌のわかれ』に取りかかった時の私にあった一つの事がらだった」というのである。そのことはその言葉通りのものとして作品にあらわれているはずで、したがって以下の作品分析で自ら明らかになってくると思う。

〈二〉　リゴリズム――丈高い青春、「鑿」の章――

「歌のわかれ」の底を流れるものは、まず第一に強烈なリゴリズムである。「一きれのどきんとする」ものもない旧制の高校生活の中で、何よりも己にふさわしいものを求め、しかしそれが見出されぬままに彷徨し続ける鋭く若々しい魂、しかも他に対してのみならず、己自身に対し一切の妥協を許そうとしない丈高く潔癖な青年像、それが主人公片口安吉の原像である。

たとえば「鑿」の章。試験を前にしても気のりのしない安吉はある晩、金沢の香林坊「ブラジル」にゆき、そこで出会った佐野に挨拶をするのだが、そっぽをむかれてしまう。安吉はやがて下宿に帰り「孟子」の勉強を始めるのだが、しかしそれも手につかず鑿をポケットにしのばせて「ブラジル」へとってかえす。その時安吉は「佐野の無礼は許せるが、佐野の無礼をお前が許すことは許せぬぞ」と呟くのだが、こういう己への潔癖さによって安吉の丈高い青春の感性のドラマが展開されていく。

例をもうひとつとろう。ある日絵を画くことの好きな安吉は、監獄近くの丘の上にカンヴァスを提げて出かけていく。彼の描く画を作業に出た囚人達が覗きこむ。安吉は「自分の楽しみでしていることが人にも――特に楽しみの少ないこういう人たちにも楽しみを与えることにかすかな仕合せを感じて筆を動かしていった」。そして彼らから「さいなら。どうもありがとうござんした……」と礼を言われるのだが、とっさに返事ができない。ふりかえってみると、「監獄の人間だからというので返事もしてもらえぬわい……」というような意味の言葉を残したまま、囚人達は監守に引率されて帰っていく。安吉はぼんやりしたまま「気の利かぬ自分の性癖に足ずりするような敵意を感じ」ていくのだが、この場合もまた、他者を攻めるのではなく、己自身に対して潔癖なまでに厳しい。「鑿」に続く「手」の章には、佐野の事件の後の話が書かれている。佐野は既にその場には居らず「忍傷沙汰」は避けられ、そのことを安吉はふと「ほんとに仕合せだった」と感じるのだが、すぐ続けてそう感じてしまったことから激しい自己嫌悪に襲われる。

しかし自分にとって、どたん場まで行かなかったことが仕合せといえるかどうか。結局おれは精神の貧弱さから知らず知らずどたん場を避け、また他の場合には、外からの偶然がどたん場に突きあたることから自分をよけさせ、こうして、「窮地」に落ちることなく一生過ぎてしまうのではないか。幸福といえる幸福、不幸といえる不幸を経験することなく、時々の小さな幸福を幸福と感じつつ、特に時々の小さな不幸をいくらかもったいぶって不幸と感じつつ、人間として低い水準をずるずると滑って行くのではなかろうか。

と。許す、許さぬは総て安吉には、ここに引いたような形で、己一個の倫理の問題として意味づけられていくのであり、その他の形には決してなっていかない。

このような例はこの作品ではほとんど枚挙にいとまがない。それはこの章ではたとえば第五、「三年間の思い出」なる作文をめぐって、「二十三にもなり、これから小説の一つも書こうという人間が、教室の机の上で三四十人いっしょになって綴方を書かねばならぬ事態」をむざむざと招いてしまったことに激しい「自己侮蔑」を感ずる、というような形でもあらわれている。

この丈高い青年の自己矜持――「自己侮蔑」はもちろん自己矜持の同義語なのだが――は、この作品のみならず、中野の全著述を貫く、いわば原基的なものであり、それが中野の文学の大きな魅力になっている。しかしまた、裏返せばその魅力が中野の文学の一種の狭苦しさという風に多くの人々には映ってもいるようである。

たとえば相馬庸郎はその「歌のわかれ」論（『日本文学』昭46・5）において、福田恒存の「自我意識の臭気が充満」しているという評（「仮装の近代性」『群像』昭23・10）と佐々木基一の「強引な資質の自己肯定」という評（「中野重治論」『近代文学』昭24・3）の奇妙な一致を紹介しつつ、相馬自身もまた、「自己認識にはげしく突きあたったはずの安吉は、そういう自己を対象化し認識する方向に深まってはゆかず」と厳しく批判している。ともども中野の文学の一面をみごとについたものであり、志賀直哉からのひとつの文学的系譜というような問題もここから生ずるはずである。

この評価については当然ながら結局読み手の文学観や人間観において決定されるものであろうが、私自身のそれをここに持ち出せば、「自我意識の臭気」や「強引な資質の自己肯定」を伴わぬ「認識」者安吉像など、どこにも文学形象としての独自性も面白さもない、と思う。

もっとも安吉を中野とみれば、やがて安吉は抑圧された民衆の生活の中へとび込んでいくことにより、「自我意識」や「資質」を拡張していくはずである。実際、第二章における「営み」への関心、第三章における「ひろびろとした人生」への欲求はそのことを十分に窺わせる。しかしそれは安吉の感性の上のことであって行為に結びついてはいない。苦しい執筆事情は「行為」へと発展していく主人公の姿を描くことを作者に許さなかったのである。

〈三〉鬱屈した青春――「営み」の欠如、「手」の章――

「手」の章の第二、その中ほどに安吉の、

高等学校の生徒なんというもの、その落第生なんというものが何だろう……一面が営みであるなかで、おれには営みがない。

という心中思惟がある。作品を流れる鬱々とした安吉の心情――青春というものに伴うある種の疎外感、そこから生まれてくる中身のつまった生活の渇望――が端的に凝縮された一節とみていいだろう。「鑿」の章において、安吉はひたすら「足ずりするような敵意を感じた」り「許せぬ」と感じたりするばかりだった。しかし「手」の章、高校の五年目、卒業を前にして安吉に「一つの化学変化のようなもの」が生れてくる。若い女性を追すがら追い越す時に生じた「背中の下のほうにいっぱいに虫が沸いたような感覚が出てきて、それが背中を通って頭の髪の毛のなかまでうごめいて昇る」ような感じが「「来るかな」と思ってそれが来なかった」のだ。悍馬のように猛る安吉の青春にひとつの転機が生れて来ているのである。自己絶対的であった己の青春は、今や「疎外された青春」として己に映じてきはじめている。そこから「眼に見えるすべては人の営み」である中で「おれには営みがない」という痛切な思いが生れてくる。相馬はこのことについて、

この《営み》を営む人たちの発見が、《営み》の欠落している自己の発見であると同時に、《営み》を営む人たちへの人間的接近となっている

と述べているが（前掲論文）、指摘の通りだろう。安吉の眼に、今や様々な「営み」が見えてくる。たとえば先の心中思惟にすぐ続けて安吉はある豆腐屋の事を思い出す。

「とおゥ……」うたうような調子でそう呼んだとき豆腐屋は安吉の二歩ほど前に来た。豆腐屋はあいているほうの右手を口へ持っていった。そしてほとんどすれちがいざま「ふいィ……」と鳴らした。彼がラッパを持っていなかったことは安吉に確かだった。安吉には、人間がどう工夫をしたところでそんな音の出ることに非常に驚いた。「とおォ……」という部分は確かに「声」だったのに……安吉がふりかえってみると、あいたほうの手で調子を取りながら、そのつぎの「とおォ……」のところを豆腐屋は始めるところだった。

と。こうして安吉は人々の営む生活へと眼を見開いていく。己の内攻する気質に耐えられなくなると、「雪の積った街を草履ばきで歩いたりする」同じ下宿にいた友人松山内蔵太も、かつては彼のナイー

ブな感性しか見えなかったのが、今や「中学や高等学校も他人の世話ではいっていた」彼の生活、あるいは父や保証人（先の豆腐屋）等、彼の厳しい生活環境へと安吉の目はむけられていく。畏友鶴来に対してもまた同様である。

それまでナイーブなままに青春を共に過してきた鶴来の連続二度目の落第（それは即ち退学を意味しているのだが）を前にして、安吉は鶴来の不幸な生いたち、彼の養家との軋轢、そして「東京へ行くよ、飯ぐらい食えるだろう……」という彼に襲いかかっている生活に、否応なしに直面せざるをえない。

金沢の広坂通りを歩きながら、安吉は文学を志す青年として明治の文学者達の青春を考える。

あんな時代がもう一度来るかってんだよ。一方がキリスト教から来た「文学界」、それから山路愛山の一派、それから二葉亭がいてね、硯友社はあんなだろう？　それから一葉だ。そこへ鷗外がハルトマンなんかさげて帰ってきたんだろう？　その鷗外が一葉をちょっとひいきにしてね。あんな時代は来ないってんだよ、田方は。うまいことといってたよ。あの「春」は、花でいえば大根の花で、季節からいっても大根の花だってんだ。ぼうっとしててね。いくら文学文学っていったって、おれたちとあの時代じゃすっかり変っちまったってんだ。

文学者の青春が、そのまま躍動するような近代文学の青春を意味していた明治の二十年代を羨望視しながら、しかし同時にそれは自分達の状況ではないことを安吉は知らざるをえない。そのようにいわば文学上の疎外感も作家志望の安吉は味わわざるをえない（もちろん、安吉のこの思いは「転向」後の中野の思いでもあるのだが）。彼のその疎外感は高等工業の若い教師沢村のもとで開かれる歌会でもあらわになっている。「うす汚い、痩せた、血色のあまりよくない」安吉達と比べ、快活で健康で「非常に人好きのする声」の持主の沢村と、素朴なまま夫に甘えかかるその夫人との家庭のあり様を目の前にして、安吉と鶴来は羨望と同時に、「ああいう家と団欒とは、現在も将来も」自分達には遠いもの、と思い続ける。

「手」の章においては安吉の「営み」への飢えたような思いは、まだまだ古い金沢の人と風物の織りなす「営み」への愛着に限定されている。しかしこの章の結末部、卒業を目前にし、やがて東京へ出て行く前のある日の経験は、安吉の目を「近代」へと向けさせているようである。この日安吉は高校時代の「時の浪費の悔い」に悩まされつつ浅野川鉄橋の土堤に上る。そこから見える加賀平野は安吉には「あけっぴろげて人の営みを現わしていた」。この営みの感じは、野の面から蒸気のようになっていっぱいに昇っていた」という風に見えてくる。

そしてそういう感じにすぐ続いて、これからの東京での生活が「どうしたらよかろうかという圧迫的な不安として」、また、「末ほそりで色もうすくなるようなものとして」感じられてくる。そういう文脈で読めば、難解な、汽車が浅野川鉄橋を渡る時突き出された二つの手の動きを見た時の安吉の「背骨のなかの孔がつめたくなるような気持ち」とは、金沢（広く言って故郷）と東京（広く言って近代）の「営み」の、安吉の心象における落差を示すもの、ということになる。

杉野要吉はその「歌のわかれ」論（「中野重治の研究」笠間書院　昭54・6）の中でその点につい

て以下のように解釈している。

ふたつの「手」は、おそらく安吉にとって、これから格闘してゆかねばならぬ現代の時代のメカニズムのなかで、それと一体化したかたちで活動する、ありうる人間の新しい「営み」の姿をそこにみたことを意味した。安吉の味わった、「ぶるっとし」、「背骨のなかの孔がつめたくなるような気持ち」は、そうした「手」の「営み」の存在そのことへのおどろきと、そのごとき新しい「営み」をこれから生きてゆこうとしている新しい時代とのかかわりのなかでほんとうに自分にみいだしてゆけるのだろうかという不安感、緊張感の入りまじった気持だったのにちがいない。

この部分については木村幸雄の「歌のわかれ」論（『中野重治論　作家と作品』所収　桜楓社　昭54・5）や、相馬の前掲論文に別の読みも示されてはいるが、第三章「歌のわかれ」において中心的なものとして浮上してくる故郷（安吉を中野とみれば福井県坂井郡高椋村一本田）あるいは金沢の世界と東京の世界の相剋、という問題の端緒がここにあるとだけは言っておけると思う。

〈四〉　故郷と東京――第三章「歌のわかれ」――

第三章「歌のわかれ」は、先の「鸚」「手」の二章が安吉の高校の四・五年目の頃を描いた後を承けて、彼が上京し大学に入学した頃を描いているが、先の二章との比較で言えば、断片の意図的集積という作品の基本的な性格においては大きな変化はないものの、作中の時間の流れにははるかに整序性がみられ、したがって作中に生じる事件によって、安吉の考えが変化しあるいは深まっていく過程は読みとり易くなっている。

章題の「歌のわかれ」は、言うまでもなく末尾において安吉が「短歌の世界」あるいは「短歌的なもの」との訣別ということをふと感じるところに由来しているが、この題名は安吉の抱く思念に深く関り、また、安吉のその思念は一編を通じて徐々に形成されてきたものなのである。

第三章は作者によって八つの大段落に分かたれているが、それぞれの場をあらかじめ大雑把に整理しておけば次の様になる。

一、実家
二、高等学校時代の下宿
三、東京への車中
四、東京の土に足を下す――丸越酒店（下宿）
五、大学での聴講手続き――運動場――野菜市場
六、藤堂訪問――道端の祠――二度日の藤堂訪問
七、鶴来の職場（貯金局）への訪問――共同便所
八、短歌会

第三章は三と四を境に二つに、即ち上京の前と後に分かつことができるが、そうした形式上の区別を離れても、一編は主人公安吉にとっての故郷と都会の問題に貫かれていると言える。安吉には「どんな東京がそこにあるのだろう」という、不安を伴った新鮮な関心があり（やがてそれは疑いから嫌悪へと変化していく）、他方では故郷（それは第一に故郷の村であり、第二に金沢なのだが）に対しては、自らがそこで生れ育くまれたという深い帰属感があって、この両者が少しずつ姿をかえながら、時々の彼を織りなしていく。そこで、それぞれの段落を追って安吉の両者への感じ方、考え方に注意しつつ、彼の生活と文学の探求の様相を明らかにしていく必要があるだろうと思う。

まず第一では、安吉の家族や親戚、村の生活や習俗が描き出されるが、ここで注意しなければならないのは、「村の家」に対する安吉の穏かな帰属意識であり、また、そこに身をすりよせるとでも言えるような優しい眼である。そこには安吉に特有のとげとげしさなど微塵もない。彼は土地に伝わる太閤検地の伝承について、そこに秘められた農民の悲惨さに思いをめぐらしたり、あるいはまた自分の家の「さんまい」（墓所）ではなく、村の「さんまい」に葬られたいと漏らす養子の父のふとした言葉に、単に父個人の「義理堅さ」「律儀」さ以上のもの——それは村落共同体の必要以上の連帯意識の強要と相互規制などというようなものも想起させるが、もちろん作者はそこまでは書き込んでいない——を読みとろうとするなど、その目はあくまで冷静だが、一方出郷あるいは帰郷の際の親戚への挨拶という村の習俗に対する「新鮮さ」の強調といい、また「安吉の子供時分以来寸分かわらぬ善意にみち」、そして「煙のような趣」「枯木のような調子」で話す年老いた叔母の描写といい、そこに流れているものは家族や村の生活に対する安吉の安らぎの思いなのである（注1）。

第二で、上京のため金沢駅に乗車する間際になって、安吉は入隊している高校時代の友人浦井に会おうとしたり、ちょうど外出していて彼に会えないとなると、今度はかつて下宿していた寺に足を運んだりしている。そしてそこで自室であった二階の部屋に上らせてもらって、かつてそこで歌った愛の詩や頼子のことなどを回想する。

安吉のこうした一連の行動は、むろん「急行までの時間をどう使おうかにちょっと迷った」ための、単なる隙潰しととるわけにはいかない。作者はそれを「無駄なことをする快感につられて」などと書きはするものの、かつての下宿の二階から早々に降りてくる安吉の心中が「早く降りなければ降りる機会がなくなる気がして」と説明される箇所からは、安吉のほとんど無意識に近い金沢に牽引される心情が透いてみえる。第一での郷里の家族・親戚達の土地訛りの会話にひき続いて、この段落でも寺の人々の使う金沢弁は印象的だし、注意深く方言を聞きとめようとする安吉の思いは、「突然娘が彼女だけの金沢弁でない言葉でいった」という表現からも窺えよう。そしてこのような自分を育てた風土を嗅ぎとり、それを確かめようとする安吉の思いや行為の一切は、ほとんど未知の東京で暮すことの不安から生じたものと理解して良かろう。「手」の章の結末とはそのようにしてつながっているのである。

また、この章で安吉はちょうど訪ねてきていた一人の女性と出会う。彼女は友人のかつての恋人で、安吉は彼女をかつて「およそこの町に似合わぬけばけばしい化粧などをしてい」ると感じ、二人の間も「相対ずくの質のわるい火遊としか安吉には思えなかった」のだが、今ほんの少し姿を見ただけで

「あんなによさそうなお母さんになっ」たと思い、またそのことによってかつて友人を非難した自分自身が「許されたようではないか」と思う。ここにも安吉のリゴリズムと優情とが見られ、大分興味深い一節だが、それは別として、この安吉の感じ方の急転にも、安吉の出郷（安吉において金沢は字義通り第二の故郷なのである）の不安と感傷とが前提としてあることを忘れてはなるまい。

第三は上京の車中にあてられているが、その冒頭、安吉の思い浮べる北原白秋の「東京、東京、なんぞその名の美しくしてかなしきや……」という詩句は、そのまま安吉のまさに始められようとする東京での生活への憧憬と不安を意味している。また、出発の日の朝の思いやりある父の言葉を思い出して、そこにそれ以外の何も言い得ない父のかろうじての「柔らかさと懸念」を感じて思わず涙するのも、出郷に際しての感傷と言ってしまえばそれだけだが、そういう一般論にはとどまらぬ安吉の「村の家」への愛着のなせるわざであったと考えられよう。かくて第三まで、即ち上京するまでの安吉を把えていたのは東京での新しい生活に対する不安と関心であり、同時に彼はまた、故郷への絶ちがたい愛情の念に深く牽引されていた、と一応まとめることができると思う。

第四で安吉は東京に降りたち、下宿することになっていた従兄の武四郎の経営する丸越酒店に入る。店に入るなり安吉は酒の他に罐詰やマッチなどがあるのに目をとどめ、「東京じゃ酒屋がマッチや罐詰めを売るんだろうか？　それとも武四郎のところだけが」などと考える。それは作者自身書くように「訊く気にもなれな」い「疑問」だが、そんなつまらぬ疑問を抱くこと自体、安吉が東京のあらゆる事物に対して鋭敏に好奇心を働かすようになっていたことを示すものだろう。

またここでは武四郎のいかにも「東京人」風の所作や口ききが入念に描きとめられているが、安吉のそれらに対する注意は、武四郎の「家長らし」い営みというところにかかっている。言葉の端々に入る「お」という声は、いかにも一軒の店を構えた「東京人」になりきった、軽快な彼の都会での守り営む生活ぶりをよく示しているし、安吉はそこにこそ注意をむけているのである。

第五に入り、東京で次第に憂鬱な思いを深めていく安吉の姿が描かれていく。彼は小鳥屋や都会的なあかぬけた女達や、金沢に比べれは格段に数多い電車や自動車をただ眺めるはかりで、無為なまま日々はどんどん過ぎていく。大学の聴講手続きもいつまでたっても片がつかず、安吉は時として、自分が「大学生などではないように思えてくる」ことさえある。こうした鬱々とした思いは一面では、「あまりにも予想とかけ離れていた」大学文学部への失望からくるものとされてはいるが、しかし、より根源的には、

東京の街そのものも彼を快活にしなかった。安吉の二階からは、あたりの家々が割によく見はらせたが、それらの家々はどれもこれも箱のような恰好をしていた。壁というものがほとんど人間の住宅に使われていなかった。屋根瓦もきたなかった。ほこりのためかどうかはわからなかったが、おそらく焼き方がちがうらしく、瓦特有の沈んだ紺色を浮べているものなぞは、見えるかぎりの屋根の波のなかに一枚も見だせなかった。

というような、極めて鋭敏な感覚で捉えられる、故郷と東京の差に起因していると考えて良かろう。安吉にとって東京の家々は「箱のような」物にすぎず、「人間の住宅」とはとても思えないのだ。屋

根瓦にしてもその下に人間が住む以上、住む人間の美意識（と言えばやや大袈裟だが）に支えられていなければならないはずなのに、ただ「きたな」い物でしかないのである。

　こうして従来は都会らしい文化的な活発さと感じられた活動小屋、寄席、書店、展覧会、講演会なども安吉の心をさほど動かさなくなり、さらには大学の運動場で見た、評判の健康そうな「双生児の女の運動選手」のはつらつとした美しさも安吉を快活にさせず、「結局それは安吉を憂鬱にした」ばかりであった。こうして安吉は都会的なもの一切に関心を失っていくのだが、そこで安吉の衰えかけた感覚を刺激し生気を呼びさますものが、野菜市場の「匂いと味の記憶」であり、積み上げられた野菜の肌であり色あいであることに注意したい。

　彼は見まわした。彼はすぐ左手のところに野菜市場をみつけた。（略）白菜の肌の緑いろと白とが美しく朝日に光っていた。大きな竹かごの積まれたうしろには真紅な生薑の山の積まれたのが見られた。それらの匂いと味の記憶とは、今の安吉にとって全身的につうんとくるものだった。舌ばかりでなく彼の精神が唾をたらすようだった。彼は玉ねぎを切った時か何かのようにうっすらと涙ぐんできた。

　中野重治でなくては書けぬ、農村の生活と結びついた独得の美意識が端的にあらわれている一節であり、『中野重治詩集』に直結した美意識が、極めて感覚的な表現で描かれている部分なのだが、野菜の「匂いと味」の記憶が、感覚のみならず「精神」に訴えかけてくる、というなど、安吉がいかに故郷と深く結びついているかを端的に示しているだろう。

第六ではさらに時間が経過して、上京以後約二ケ月余を経た安吉の姿が描かれている。ここで描き出されるのは依然「うつうつとし」て晴れぬ、そしてまた作家藤堂高雄を訪問してもなお出口の見出せぬ安吉の内面である。安吉の憂鬱の拠ってくるところは徐々に明らかにされていく。既に「鬱」の中でも触れられていたが、安吉は「これから小説の一つも書こう」と思っている作家志望の青年である。しかし、「心の奥には作家としての運命を自分の上に置いてい」た安吉ではあるが、それでも安吉の中にはそうした自分の将来に向けて自らを踏み切らせないものがある。それは藤堂を訪ねた際、「君は作家になるんですか?」と問われて一旦「ええ」と答えながら、それに加えて「しかし作家にならなくてもいいんです。なろうとは思っているんですが……」と口ごもらずにはおれないところからも明らかである。

安吉は直ちに作家たろうとすることを踏みとどまらせるものを「一種の未練に似た気持ち」と考え、その「未練」の何たるかを考える。安吉はその知る限りの作家の生活、文壇に対して憧憬と反発・嫌悪というふたつの感情を抱いている。彼は小説はもちろん、随筆・小品等にも熱心に目を通し、作家の日常生活などというものについても知っており、それを一方では「無邪気で清潔」なものと好意的に感じ、他方では「馬鹿馬鹿しくまた思いあがった態度」とみてとってもいる。また、当時の文壇についてもそこに大きな二つのうねりが湧き起り、そこで交される活発な議論から、金沢では決して感じられないような新しさを感じると同時に、その議論の仕方に「下司ばっ」た「えげつないやり方」「揚足取り」を感じとってもいた。安吉の「未練」とは即ち、作家の生活や文壇に対して二つにひき裂かれて可とも否とも決めかねている思いそのものであっただろう。

藤堂に対する安吉の見方にも同様のものが指摘できる。安吉はまだ会わぬ藤堂に「一風かわった風格」を感じ、「長い間愛してきた」のだが、「つぎつぎに妻に別れた」ことに対する世間的な非難とはまるでかみあわぬところで生きているその生き方、世俗にとらわれぬ奔放さとも言えるような生き方に惹きつけられている。安吉は藤堂から学ぶべきものとして、「謙虚であるよりも傲慢であれ」ということをこそ考えているのである。しかし藤堂を訪れ、そこで安吉を迎えた彼と「東京風文学青年」らしい二人の青年の「無愛想な」「儀礼にかまわぬ」「ノンシャランな態度」に安吉は何拠かしら皮相なものを嗅ぎつける。安吉とて「儀礼にかまわぬ」生き方を否定しているのではない。むしろそこに価値を置いている。しかし彼らの「かまわなさ」は「いい家のぼんち」の持つ単なる気儘さではないかと安吉は疑いはじめ、一見彼らと同じものを求めているかに思われる自分が、実は彼らとは「人生に対する実際の態度において」、「どこかで根本的にちがっている」かも知れないと感じ始めるのである。

しかしもちろん安吉はこの時、自分が求めているものが何であるかをはっきりと知ることができたわけではない。藤堂らに対する疑惑を深めその場を辞してきてから、安吉は依然としてなじめぬものを感じながらもなお、そのような作家達の世界に自分もまた入ろうとすることを否定してはいない。「それは彼ら（安吉と鶴来―引用者）にとって、なんとなく前途明るいものではないという感じで堂々めぐりにくりかえして考えられる」ばかりであったのである。

この場面、このような安吉の「未練」が、彼の故郷と東京に対する感じ方に深くからみあっていることを見逃すわけにはいかない。そもそも藤堂を訪れたその時、その家の階段に「田舎育ちの彼にはどうにもせせこましく感じられて仕方のないものであった」と早くもなじめないものを感じて、故郷のそれを思い起さざるをえないのだし、また、彼を迎えた藤堂と二人の青年の洋装や「デッキチェーア」「西洋の絵入り雑誌のようなもの」「カルケット」などその家の西洋風の事物が安吉を威圧して、彼は自分の着物にさえ「ひどく野暮ったいもの」を感じたりしたのであった。これらは一応安吉の都会へのコムプレックスの現れとして理解することができるが、安吉の場合、そのコムプレックスは決して都会への拝跪には向かわずむしろ反発へと向うことになる。

そのことを明らかに浮び上らせているのが、鶴来と食事に出かける途中に出会う、道端の祠に祈る女のエピソードである。それは安吉の眼に「気違い」じみた「呪詛」、「狐つきじみた」「なりふりかまわぬ態度」と映り、彼はそのことを「東京が伝統としての文化を持っていないところからくる一種の野蛮性だ」と鶴来に主張するが、安吉の頭の中では「祈りに伴うゆかしさ」は、故郷においてのみ保たれるものであるかのようである。このように、先にみた安吉の東京への憧憬とその皮相さへの反発という矛盾するものの併存は、この第六あたりから、いよいよ都会への疑惑を増大させていく方向に傾いていく。

道端の祠に祈る女から、東京には「伝統としての文化」が欠落しているという思いを強めて暫く後、二度目の藤堂訪問をはたせなかった安吉は、ようやく作家を訪問することで「慰められたり励まされたりする」ことを自ら断ち切るわけだが、断ち切った直接の契機が、藤堂がもはやそこには居らず帝国ホテルにいたということであったことは注意されていい。主人公と作家のむやみな混同は慎むべきだが、やはり『中野重治詩集』における「帝国ホテル」のイメージを、思い浮べずにはいられない。

何より帝国ホテルそのものが安吉を寄せつけない（安吉も結局寄りつかない）都会の象徴と考えられるのである。

第七では、都会や都会での作家生活への嫌悪が、鶴来の言葉と共同便所のエピソードとによって決定的なものとなる。鶴来は安吉の作家訪問の終りを確認するように「もうわれわれとしちゃ、文壇の誰に近づくってことが、なくなるんじゃないかと思うよ」と語り、その理由として彼は藤堂達を「過去の人」といい、その生活と文学を「結局はせまい人生」と言う。鶴来は藤堂達の人生と文学を否定しているわけではないが、貯金局で出会う人々や、あるいはさらに広く東京や故郷に生きている人々に「もっと別の、ひろい人生があ」り、「そこにだって文学があ」り得ることを提示する。安吉はそれにうなづき、鶴来もそれ以上の説明はできないが（したがってここではそのより広い人生と文学についての考えはこれ以上明確にはならない。ここにも執筆時の状況が反映しているかもしれない）、ともかくそれは安吉の中で減じつつある作家生活に対する憧憬に追い討ちをかけるものであったことは確かだろう。

鶴来はすぐ続けて自分達の文学雑誌を持ちたいという思いを語る。安吉は「にわかに賛成」はしかねているが、しかし神田の古本屋街を歩きながら、「文学雑誌を出すことができれば、このごろのくすぶった気持ちなぞは一度にふっとんでしまうだろう」と考えるのである。この時既にはっきりと結末に示される短歌との（短歌的なものとの）別れが準備されているということになる。

こう考えることによって第七末の共同便所のエピソードの重要な意味がはっきりしてくる。安吉は昌平橋のところへ来て不意に便意を感じ、そこにあった共同便所にとび込み裾をまくってしゃがみこもうとする。

何の気なしに彼はひょいと下を見た。と彼は、「あッ！」と口のなかでひと声叫ぶといっしょに裾をまくったまま外へ飛び出した。（略）それは安吉に、心の底からふるえあがるような光景であった。彼が下をのぞいた時、彼のむき出しになった尻の下で、円錐形をなして盛りあがった壷のなかの糞のかたまりが、尖端を踏み板の平面上よりもずっと上までのし上げて、ほとんど安吉の尻にすれすれのところまで伸びていたのであった。（略）それをみつけた瞬間、それは大都市の亡霊ともいうべき無気味さで彼におそいかかった。むき出しにした尻からおそいかかられたことで、安吉は敵しがたく脅迫されたのであった。

「大都市の亡霊」とは都会の近代的な表面の装いの下に潜められ、あるいは装い難く取り残され現れ出た部分という意味で、先の道端の祠に祈る女のエピソードと同根のものだろうが、それに無防備な姿のままで「敵しがたく脅迫された」ことによって、安吉の都会への関心は一挙に減殺され、都市は醜悪な様相において安吉に認識されてくる。

〈五〉 おわりに——短歌的なものとの別れ——

第三章「歌のわかれ」の第八には、まず大学で開かれた歌会への安吉の出席と反撥が書かれ、続いてその反撥が「短歌的なもの」との訣別というところまで突き進んでいくことになり、さらに彼の、「孔だらけの顔の皮膚をさらし」たまま「兇暴なものに立ちむかって行きたい」という決意が書かれて結末となっている。

そこでまず第一に「短歌」とは、あるいは「短歌的なもの」とは何か、が問題となる。それについては相馬の前掲の論が簡潔適切に答を出している。相馬は、福田恒存の「短歌は抒情持としてあくまで自己肯定と自己主張とを前提としてゐるもの」という規定、佐々木基一の「短歌的とは、現代において、実生活のなかで喚起される生の感動を素朴に肯定し、その肯定に基づき、それに支えられて成立する抒情の一形式」という規定、さらに満田郁夫の「短歌的方法」とは「現実との齟齬、それを思い知らされた驚き、驚いている自分を見つめること」というような考え方を紹介した後、しかしそれらは結局短歌のもっている種々の性格のうち、ごく一部の性格規定でしかありえぬとし、問題は、安吉にとって「短歌」とは、あるいは「短歌的なもの」とは何かであるとする。

そして「手」の章（第二）、高校の教師用便所で外人教師に出くわした場面での安吉の思い、即ち、

こういう遭遇は、天の一方での全然あとさきのない、純粋に einmalig な（一回的な―引用者）ものだろう。それは果敢ないもので、彼がここ一二年心をこめてやって来た短歌のようなものを本質に含んでいる。

という部分を中野自身の（または安吉白身の）短歌の性格規定としてあげている。わかりにくい頼子への思いも（注2）それで解け、肯定すべき捉え方だが、問題は第八において、あるいは作品全体における安吉の心情・思念の変化に即してこの「短歌的なもの」との訣別がどういう意味を持っているかにある。

　安吉が歌会に出たのは大学構内でふとみつけたポスターによってであった。そこで安吉は二つのポスターに目を魅きつけられる。一つは「何か社会運動をやるらしい連中のポスター」であり、それは「美しく眼につ」く。もう一方は歌会のポスターで、それは「どのポスターにも負けそうな書き方」で貼られている。安吉はここではまだ「社会運動」に格別気を引かれているわけではない。しかし彼はいわば美意識の次元でひとつの判断を下していると見て良かろう。この判断は彼の至りついた「ひろびろとした人生」への欲求と真直につながっていることは言うまでもない。そういう伏線があって短歌会の様子が描かれていく。

　短歌会での経緯で、安吉の不満、反感がむけられていくのは「一種の社交性を帯びた」ような雰囲気であり、やり方であり、また歌の伝統に悪くよりかかったような低い調子にである。東京の大学での歌会が金沢での高校生達の歌会より「ずっと格が落ちている」と思う時、安吉にはもはや東京への幻想は大分崩れ去っている。低いレベルの「中途半端な歌」にも甘やかした批評しか加えていかない「一種の社交性」。「生悟りみたいな歌」を悪く模倣した歌。しかも模倣が安吉に指摘されるやいなや「べらべら」と一般論の次元で弁解する女。そういう雰囲気の中で安吉は「「なんだ！」というばかりの気持ちをやっと抑えていた」。だから彼は自分の歌が最高点となって認められても、「心をこめてつくった作品が、心をこめたことをも入れて認められた時のほてるような恥かしさのまじった嬉しさ」も感じられず、「げっそりした気持ち」で本郷通りを歩いて帰るのである。

歌会のそういう雰囲気に対し、安吉自身めざすべき文学がどのようなものであるかはここでは十分に説明されてはいないが、先に見た経緯から言って、伝統や権威への悪しき顧慮を払拭した文学、また、自身にしっかりと立脚した、「果敢な」く瞬時的ではない、広い人生の「営み」につながるものを「まっすぐに押して」いく文学、と考えて良かろう。したがって、「頼子につながっていた長い間の気持ち」が「溶けてなくなって行く」とは、頼子の実体が作中から直接的にはほとんど窺えずわかりにくいが、若い安吉が彼女との間に感じていた「果敢な」い感傷（それは先にみた安吉の短歌規定に即し、「短歌的抒情」そのものと言っていい）に無縁の地点にまで、己の歩を進めてきたことを意味しているはずである。

最後の小段落、「孔だらけの顔と皮膚」については、満田のように転向と昭和十五年頃の中野の深い無力感の傷あと、また、作品中絶に伴う傷あととする読み方もあり、さらに「兇暴なもの」へのたちむかいの宣言が、内外から己を攻めてくるものに対する昭和十五年時点での中野重治の戦いの宣言であると読むことも作品の成立に即しごく自然であろうが、まず文脈において読む限りは、青春に伴うナイーブで「果敢な」「einmalig」なものと訣別し、広々とした人生の「営み」につながる己を「まっすぐに押して」いこうという、安吉の生活と文学への志向が象徴的に表現されたもの、ということになる。

〈注〉

（1）古い農村で育まれた〈美意識〉を中野重治ほど見事に語ってくれた作家は他になかった。一人の少年の〈美意識〉の成長・発展の姿を中野重治は「梨の花」（昭34）に描いた。同郷の宇野重吉によって語られもしたこのテキストは、類まれな日本人の遺産として私たちの前にある。

（2）『中野重治詩集』には「頼子」を対象としていると思しい「わかれ」「私は月をながめ」「今日も」という三編の連愛詩がある。

あなたは黒髪をむすんで／やさしい日本のきものを着ていた／あなたはわたしの膝の上に／その大きな眼を花のようにひらき／またしずかに閉じた〳〵あなたのやさしいからだを／わたしは両手に高くさしあげた／あなたはあなたのやさしいからだの悲しい重量を知っていますか／それはわたしの両手をつたって／したたりのようにひびいてきたのです／両手をさしのべ眼をつむって／わたしはその沁みてゆくのを聞いていたのです／したたりのように沁みてゆくのを（「わかれ」）

※補記　テキスト本文の引用は現代表記によった。以下に、この作品を巡っての、いくつかの優れた参考文献をまとめてあげておく。

満田郁夫「『歌のわかれ』について」（『中野重治論』所収　新生社　昭43・5）

相馬庸郎「『歌のわかれ』試論」（『日本文学』昭46・5）
木村幸雄「『歌のわかれ』論」（『中野重治論　作家と作品』桜楓社　昭54・5）
杉野要吉「『歌のわかれ』論」（『中野重治の研究』所収　笠間書院　昭54・6）
桶谷秀昭「歌のわかれ」（『中野重治論』連載第三回〈『文学界』昭55・7〉）

第四章　本多秋五『転向文学論』

〈一〉　はじめに

多少面倒だが簡単な書誌から始めなければならないだろう。『転向文学論』の原型は『小林秀雄論』（昭24）であったが、「その本当の内容は《小林秀雄と宮本百合子》であって、私のつもりでは、昭和初年における芸術派とプロレタリア文学の対立をあつかったつもり」（『転向文学論』あとがき）のものであり、その後転向文学関係の諸論文を追加し出版する際に「こころみにその本全体の題名として『転向文学論』という名前を冠せてみると、その題名が本の内容全体を思いがけぬ光で照らし出すように思われた」という。手違いから収録できなかった『小林秀雄論』の「あとがき」には、

この書は、全体として、昭和の二〇年間を支配した二つの文学理論を、自分なりに脱出しようと

した試みの結果で、それが《小林秀雄と蔵原惟人》という形でもなく、《小林秀雄と中野重治》という形でもなく、《小林秀雄と宮本百合子》という形をとったのは、僕固有の機縁にもとづくと思ってきた。いま校正を終って暗にこの書のめざしているものが、外ならぬ転向の高みであるのを発見して、いささか意外の感にうたれている

とあったという。『転向文学論』が出されたのは昭和三二年だが、

戦後十二年の間の私の仕事といっては、他には白樺派の研究と、トルストイ「研究」の断片があるきりだから、現代文芸評論の仕事は、主なものはこれでつきている。（あとがき）

というから、『近代文学』派としての華々しい活動の中において、この本に本多秋五の戦後の関心が集約されているということになるのである。それにしても、そもそも『小林秀雄論』の内実が《小林秀雄と宮本百合子》であるということも解りにくいし、さらに『小林秀雄論』が『転向文学論』に発展するということも大変難解である。「不運な本である」と嘆くのも理由なしとしないだろう。しかしそこにまたこの本の意味も魅力も隠れている。

以上の概略的書誌の中から浮かび上がってくる事柄を、『転向文学論』本文に重ねながら私なりに整理してみると、以下のようになると思う。

1　戦前のプロレタリア文学理論の軛を脱却して、戦後の文学理論を構築しなければならないという痛切な欲求があったこと。

2　したがって当然のことながら、プロレタリア文学（史）の功罪・問題点を明瞭にし、戦後文学への見通しをつけること、その際に中心となるのが小林多喜二であり、それ以上に蔵原理論であること。

3　さらにまた、今小林秀雄と宮本百合子という二人の文学者を、その戦前・戦中期間を中心に検討し、自己の文学観文学史観の中に明瞭に位置付けることが必要であること。

4　そのためにも日本の転向文学について明細に軌跡をたどり、そこから何が問題であったのかを明らかにする必要があること。

1及び2については『近代文学』派共通の関心・課題であり、特にここで云々する関心はないし、また必要も感じない。問題は3および4にあり、そこにこそ、ある解りにくさも本多秋五の独自性もあるのではないかと思う。

〈二〉　戦後文学への意志

『転向文学論』には（『小林秀雄論』以来のものだが）、『近代文学』第2号（昭和21年）に発表されてのほとんどなかった本多には珍しい、難解な芭蕉発句をめぐっての文章が冒頭に置かれている。「猿を聞く人捨子に秋の風いかに」という『のざらし紀行』の一句を枕に置いたこのエッセイで、本多が語ろうとしているものは、苦しい時代を生き抜いてきた自己が戦後をどう生きるか、どう生きうるかという痛切な問題に他ならないだろう。

いかにそや、汝、父に憎まれたるか、母にうとまれたるか、父は汝を憎むにあらし、母は汝をうとむにあらし、只これ天にして、汝が性のつたなきをなけ

という文章に本多が読み取っているのは、「「天」と「性」と――外と内との運命の問題」であり、そこからさらに『戦争と平和』の一場面に言い及び、「悪とともに生を否定するのでなく、生とともに悪を肯定せん」としたトルストイの「決断の量」に思いを寄せている。芭蕉の「求道途上にあるもののエゴイズム」にしろ、トルストイの「悪」にしろ、それらの評価の根本にあるのは、戦中下でのかけがえのない体験であり、その体験を単純に肯定したり否定したりするのではなく、「宿命を使命に転じた」いという欲求であったのである。

娑婆苦の世界にあって、現実と自己とを否定せぬために、「強すぎる正義感」の向うで耐えるということ――これぞ戦争中にわれわれが高価に贖わされた言語道断の獲得であった。芸術至上主義者は社会的苦悩に目を閉じて可なりという意味ではない。内に圧迫するものなくして何の忍耐

ぞや？……われ等の獲得したものは、他人に対しても自己に対しても、公式でもなければ定則でもない。それぞれの瞬間における内部張力が是非を決定するといおうか。

このような位置から「閉ざされた時代の空気」を裂き、「もっと深く広やかな呼吸」を強く願う、そういうモティーフがこの難解な文章に流れている。「灰色の月」の見事な完成をそれとして認めつつ、「この作品の枠内には収まり切らぬ激動的な体験がわれわれにはある」というのが本多秋五の実感であった。なぜ小林秀雄と宮本百合子であったかという問いへの解答は、この二人の文学者に、何よりもけざやかな「内部張力」を読み取っていたということに尽きるだろう。いわば左右両翼のこの二人の文学者の「内部張力」をメートルにして、自己が深くかかわったプロレタリア文学の理論と実作を評定し、問題をあぶりだし、更にその延長に転向文学にあったはずの可能性を探りだし、そのことによってあるべき戦後文学を構想する、そういう欲求のもとに『転向文学論』は構想された。「転向文学」と「小林秀雄」及び「宮本百合子」という、一見奇妙なこの書物の構成は、本多秋五にあっては必要不可欠なものでもあり、自然なものでもあった。増補版の「あとがき」において本多は、

これらを書いた当時、私は新日本文学会による人達が心を虚しうして読んでくれることを期待し、ひそかにその反響を見守っていたが、ゲキとして声なく、完全な黙殺をもって報いられた。……運のない本である

と嘆いたが、景気のいい掛け声ばかりでせっかくの戦前・戦中下の体験を無視したまま進行する戦後民主主義文学への懸念が、このテキストの底部に流れており、それはそのまま『物語戦後文学史』のモティーフともなっているのである（注1）。

〈三〉　転向文学の可能性

『転向文学論』の中心を成すのはいうまでもなく第Ⅲ部であり、その第Ⅲ部は「転向文学論」（岩波講座『文学』昭29）を中核として、「転向文学と私小説」・「『暗い絵』と転向」・「書評『共同研究　転向』」という三つの短いエッセイを補遺として構成されている。

『転向文学論』以前にも以降にも転向文学の本格的研究はなく、これは標準的な研究《スタンダード・ワーク》として今日でも有効性を保持しているのだが、本多秋五がまとめ上げた転向文学史の〈標準〉をまとめてみると以下のようになろうか。

- 転向文学の〈転向〉は佐野・鍋山の「共同被告同志に告ぐる書」（昭8・6）に由来している。しかし平野謙のように、彼等の〈転向〉が「運動の観念性」批判から出発したと見るのは、「健全な常識」ではない。
- 転向文学の規定は必ずしも明瞭ではなく、「転向文学としてのプロレタリア文学」というような表現さえもある。同時代にあって、転向文学とは転向を描いた文学ではなく、転向作家の文学ということにおいて把えられていた、すなわち、批評家も読者も作品の背後の個々の作家の動きをもっぱら注視していた。

- 転向文学の〈転〉の基準は小林多喜二の生き方、つまり「文学者にして同時に職業革命家たる道」にあった。この多喜二の生き方は、彼が蔵原理論の忠実な実践者であったことによって、すなわち理論と実践の完全な一致によって、作家達を「抑圧」していた。
- 「プロレタリア文学発祥以来の固有の論理の正統的発展」としての蔵原理論の「金しばり」にあって、作家同盟の作家たちが「手も足も出ない」状況にあり、佐野・鍋山の転向とは無関係に林房雄の「作家のために」（昭7・5）などの一連の評論が、作家達の「抑圧」からの解放の願いを代弁するものとして発表され、受け止められた。
- 徳永直の「創作方法上の新転換」（昭8・9）も佐野・鍋山の「転向」以前の昭和七年の「プロレタリア文学の一方向」から連続した感想であって、決して転向の合理化というものではなく、また逆に文化連盟や作家同盟の林や徳永などへの公式批判も、「右翼的偏向」に対する「同志」への内部批判であって、決して転向批判ではなかった（注2）。
- 三二年三月の「コップ暴圧」によって捕らえられた文化団体の中心メンバーが三四年春に出獄し、村山知義の「白夜」（昭9・5）が転向文学として注目されるに及んで、林・徳永や亀井が「転向のトップを切った文学者」と思いなされるに至った（注3）。
- 昭和9年から11年までが「転向文学の初期」で、「白夜」（村山知義）、「癩」（島木健作）、「友情」（立野信之)、「村の家」(中野重治)、「故旧忘れうべき」(高見順)などの作品によってピークを迎えた。この時期のものは再転向を扱ったものが多く、仰ぐべきは多喜二であり蔵原惟人であるという「倫理」に強く規制され、肝心の「転向の内面心理は一足とびに飛び越」されている。それとは別に高見の一連の作品が独自の高峰をなしている。

- シェストフとその眼鏡を通して再発見されたドストエフスキーが、「それと指摘しにくい間接的な形で転向の深化を助けていた」。(これは「小林秀雄論補遺——『ドストエフスキイの生活』について——」〈『近代文学』第6号　昭21・10〉において丁寧に論じられていた)。
- 島木健作の「生活の探求」(昭12)から転向文学は第二段階、すなわち「心ならぬ」ではなく、「心から」ないし「半分は心から」の転向を語る文学が始まる。この第二段階は林房雄の「転向に就いて」(昭16)において最後の段階を迎えた。それはほとんど一気のものであって、なぜこのような「総崩れ」が起ったかという点に、日本近代の「進歩的思想」の問題点がある。

長々としたまとめになってしまったが、転向文学の歴史を具体的に辿りつつ、本多秋五はより根源的に、より広範囲に転向文学の「意味」と「可能性」を探ろうとする。

まず第一に、日本特有の転向文学(史)の問題は、単に昭和十年前後の文学史現象ではなく、日本社会・日本文化の鮮やかな軌跡でもあると、本多秋五は指摘する。

転向というこの日本的な言葉は、一方では外来新思想からの脱却の意味につながり、他方では天皇制への帰順の意味につながり、また東洋的自然主義への溶解の意味にもつながっているようである。

たとえば、「不思議なほど言葉の感覚を欠いた、人生観照眼の貧弱な作家」島木健作が、「転向の完成」を待って「赤蛙」や「黒猫」などの動物短編において初めて「東洋的自然主義」の名作を仕上げた事情は、志賀直哉の行程と基本的に異なるものではない。島木健作だけではない。転向文学の書き手たちのほとんどは旧来の私小説、心境小説に還元していってしまい、せっかくの新たな文学の創生の可能性を秘めた現場に立ちながら、新しい何ものもほとんど作り出せなかったところに問題の所在がある。同時代の評論として小林秀雄の「私小説論」に注目し、また戦後の椎名麟三や野間宏、とりわけ野間の「暗い絵」の主題や文体に高い評価を付す所以である。芥川の「神々の微笑」を「輸入思想の日本国土化の過程に生じる軋り」として注目するのも断片ではあるが、おそらく芥川研究史上においてに本多秋五にプライオリティーがあるのではなかろうか。

第二に、昭和初期にマルクス主義やプロレタリア文学の担った特殊な役割があり、その特殊性が日本における急角度の〈転向〉を生じさせたと見ている点である。様々なイデオロギー論争や政治的テーゼにもかかわらず、本多秋五は昭和初期のマルクス主義を「ヒューマニズム」の精神と「個人主義」の思想を「あの時代の日本で代表していた」ものと見る。すなわちそれらは「ブルジョア民主主義そのもの」であり、さらに「マルクス主義は、当時の日本にあって、民主主義や科学精神を代表していたばかりでなく、人類の可能に向かって切なく羽ばたく、まことに人間的な謀反の精神をも代表していた」とも言う。そのような意味でマルクス主義もプロレタリア文学も昭和初期にあって理想主義であり、理想主義であることによって観念性も国民大衆からの乖離も生じてしまったということだろう(注4)。

実際にマルクス主義の運動は、当時の日本にあっては、これらのものの急進的戦闘的な「突角堡」の意味をもっていた。この一角が崩れ去ると、あとは総崩れという形勢があった。事実において、左翼があらかた狩りつくされると、つぎには「赤の温床」としてリベラリストたちが狙われたのであった。せまり来る戦争の怒涛をふせぎとめる唯一の骨の硬い陣地は左翼の運動であった。他には戦争に反対する真剣な理論も熱情もなかった。

この「総崩れ」は社会全体のものであり、しかしそれ以上に個人の内面の問題でもあったことがより問題である。つまり、「個人の内面の問題」が極度な天皇制イデオロギーか、さもなくば「東洋的自然主義」すなわち心境小説へと向かわせていったと本多秋五は見ているのである。マルクス主義はひとつの現実的なイデオロギーにすぎないのではなく、独自な状況下にあった日本知識人の「個人の内面」に下支えされた全体的な理想主義であることによって、「観念的理論」に終始してしまい、国民大衆の生活の実態から離反してしまったという視角は、戦後の国民文学論の波紋とも関連するだろうが、本多秋五にあって、理想主義でありながら現実からの乖離をもたらさなかった宮本百合子への深い関心（多くの論者がいささか不審とする）の持続となって現れている。

第三に、本多秋五の「転向文学論」の特長は、戦後多く見られた文学者の戦争責任の議論のように反省的にこれを総否定するのではなく、その「可能性」を見極めようとする点にある。本多秋五は、転向文学は「単に人間心理の観察という面」だけでも「なみなみならぬ」領域を開拓したのであり、「日本人の内奥に新しいメスを加え」、「人間の「自由」についての新しい観念を用意し」、「歴史の行きづまる断崖から先の飛翔を企てるごとき思想を育て」たと言う。この本にわざわざ「『暗い絵』と転向」を挿入した意図もこういう視点によるものであろう。ここにあげられている作家たち（村山知義・高見順・椎名麟三・埴谷雄高・野間宏）を核として、転向と転向文学とがもたらしたものを「清算主義」に陥ることなく測定し、戦後文学に生かすこと、ここに「転向文学論」のモティーフの一つがある。

〈四〉宮本百合子と『転向文学論』

『転向文学論』の特異性は、先に述べたように一方に《小林秀雄と宮本百合子》の存在を見据え、その「意味」を探ろうとしていることにある。本多秋五の転向文学論にあって、なぜ《小林秀雄と宮本百合子》が問題とならなければならなかったのか。

「宮本百合子は、僕にとって大切な作家だ」と書き出された「宮本百合子論の一齣」は、副題に「『冬を越す蕾』の時代」とあるように、プロレタリア文学運動の末期における百合子の文学を、評論を主として論じたものであるが、本多はまず百合子の「一聯の非プロレタリア的作品」（昭8・1）をとりあげ、百合子における「当為もしくは祈念を、そのまま事実と見誤る無邪気な錯覚」や「現実の人間を無視した政治主義的楽天観」を指摘する。百合子らしいと言えば言え、百合子らしからぬと言えば言えるそのような事態がなぜ起こったのか。本多秋五は、当時の指導理論、とりわけ野沢徹（宮本顕治）の「政治と芸術・政治の優位性の問題」（昭7・10－昭8・1）を取り上げ、宮本百合子もその「指導理論」に強く拘束されていたとする。そこから「革命前夜感」という時代の雰囲気、更に文化団体による政治運動の代行という、日本プロレタリア文学運動の特異性に言い及び、百合子もまたプロレタリア文化運動の観念性と非現実性から自由ではありえなかったことを批判的に論じている。こういう点に「近代文学」派本多秋五の面目があるのだが、しかしこれは宮本百合子が「僕にとって大切な作家」である理由にならない。

本多秋五が次に注目するのは「一九三四年におけるブルジョア文学の動向」（昭9・12）という評論である。夫顕治の逮捕、自身の拘禁、母親の死、などの波乱の時期に書かれたこの評論には「堂々たる進展」があり、これによって「十余年に亘る彼女の文学的進路」が決定されたと本多秋五は言う。それは「日本文壇の現実に寸分の隙もなく脚をふまえた」ものであり、「現実を突き破ろうとするいわば垂直の力から、現実の面に即して作用するいわば水平の力への大きな切り換えが見られる」という。そうありえたのは、第一に「十八世紀のフランスに生まれあわせていたら、さしずめマダム・ド・なにがしと呼ばれて、一流のサロンを主宰する才学兼備、談論風発、意気にも野暮にも察しのはやい大母性」という彼女の「タイプ」によってであり、第二に「プロレタリア文学以外に文学あるを知らぬ、プロレタリア文学の多くの元気者達と異」なる「彼女の文学的布陣の広さ」によってであり、第三に「配偶者の非合法政治生活への躍入、その後の緊張した生活的気脈の交流または感応」が彼女の意識を高揚させたからであると本多秋五は分析する。

ここにきてようやく百合子が「大切」である理由が見えてくる。転向と転向文学の時代にあって、ほとんど不可能であった「理想的と実際的との組み合わせ、つまり現実の変化に対応する作家の主体性を失わぬ陣容のたて直し」を体現した作家が存在したことの意味を、本多秋五は懸命に探ろうとしているのである。

数少ないこの時期の宮本百合子の小説の中で、本多秋五が注目するのは「一九三二年の春」という、「コップ暴圧」を描いたテキストである。検挙された際の特高への主人公の「非常に不愉快」という感情の動き、使用人の価値をまるで認めない「主人階級の目」、留置場の不潔や不衛生を「粗悪」、「穢い」と言って憚らないありかた、このようにテキストを分析し、

危局に当面して、一切の甘さをかなぐり捨て、自我が全重量をかけるに足る足場を求めたとき、そこに堅い地盤として踏み締めたものが、こうした性格を現しているのが注目される。志賀直哉におけると同様に、宮本百合子においても、自分の完全な主人である自我は、この世に何はばかるところもない「主人」の気持ちを基礎に持っているのだ。

と百合子の自我を結論づける。このような自我の前にあって国家は「お上」などではなく、「自分と同じ人間、もしくはそれ以下の連中に動かされているもの」に過ぎず、自我の誇りを失った転向知識

人の「懐疑」も嘲うべく「惆然なもの」にすぎない。本多秋五の宮本百合子論の特徴は志賀直哉の系譜の上に百合子を置く、百合子をいわば白樺左派と見る点にあり、沼沢和子が実証的にこの観点での研究を進めているが、強固な自我を前提に「両者とも古典的、支配者的、向日的な点で共通している」と百合子を見ていることにある。

長文の『共同研究　転向』の書評の末尾に「むかしの思い出話」が書かれている。百合子の三日続きのエッセイとして『都新聞』に書かれた「犬三題」（昭14）を巡ってのものである。初日は景清と名づけられた野良犬の話、「さりげなく書きながら、さりげ大ありである」。「第二日目は同情さるべき雑種セッターの話であった。ははあ、昨日のが共産党員とすると、これがプチ・ブルというわけか、と思った」。「第三日目は見た眼とはうらはらに卑しいコリーかボルゾイかの話であった。これがブルジョアというわけか、手きびしいものだな、と思った」という。

柔軟でありながら剛毅な百合子の姿を見事に浮かび上がらせるエッセイだが、百合子のこういうありかたを見つつ、戦時下「『旗』は見えかくれになったが、まだあそこに確かにあるのだ」という思いを持たせてくれたと本多秋五は言う。

宮本百合子の文学の「きっさき」はともかく、「彼女の文学の引く裳裾は、本来ブルジョア文学によって調えられてあるべかりしもの」であったという本多秋五の見解は、さらに、「プロレタリア文学」が本来「ブルジョア文学」が果すべき役割をも日本で果したのだというプロレタリア文学史論へと拡大される。「灰色の月」に不満を隠さない所以である。

〈五〉　小林秀雄と『転向文学論』

宮本百合子とは別に、本多秋五の『転向文学論』に小林秀雄がなぜ必要だったのか。それまでは「同じ日本語をはなしながら、外国語より相互に通じぬところがあった」小林秀雄の評論に、思考の歯車がともかくも合うと感じたのは昭和一六年の「歴史と文学」や「文学と自分」からであるという。「孤独と懐疑のうちに自由を探し求めていた僕」は、そこに「ベルグソンや臨済のそれに似た自由を確信的に、しかも確かに肉声で語っている現代日本人の声をきき、それまで無縁にひとしかった小林秀雄の世界が急に自分に生きて作用しはじめるのを感じた」（『小林秀雄論』）という。

野沢徹（宮本顕治）や堀英之助（小林多喜二）の理論の「忠実な信奉者」で「度しがたい石頭と目されていたらしい僕」は、しかし実際は、運動を「ナロードニキ的玉砕主義」と感じ、運動の内部に「老獪性のある政治家」をひそかに翹望していたという。今日までほとんど手つかずの本多秋五自身の〈転向〉問題が、根底にひそかに横たわっているのである。林房雄や亀井勝一郎を単純に断罪しない、あるいはできない所以であろう。

〈転向〉と〈自由〉の問題を深化させることによってはじめて、「小林秀雄という近代的なブルジョア文学者を、日本文学のなかに正当に位置づけ、また僕等自身のなかで正当な位置に置」くことが出来、そのことによって「僕等の文学をしてより美しく、より腹の足しになるものとするのに役立てたい」という戦後の『小林秀雄論』の基本的モティーフが、かくして生み出されていくのである。

『小林秀雄論』は冒頭の「捨子」からして、平明達意の本多秋五には珍しく、難解あるいは不透明の文章である。それは小林秀雄自身の難解さからくるものでもあるだろうが、本多秋五は確信的に「ようやく小林秀雄が自分なりに解った」、「今まで彼の解らなかった理由も解った」といい、解らなかったのは、彼には「僕等が考えるような意味での「いかに生くべきか？」」がないからだという。小林秀雄の行程の中に「自由」を発見することは、しかし「いかに生くべきか？」という自身の「不自由」を放棄したまま小林秀雄に同化することではない。宮本百合子を本来「ブルジョア文学」が果すべき役割をも日本で果した存在と見据え、そこから戦後文学を構想したことと同じ批判的摂取の視点がここにもあるということである。

小林秀雄の設定した当代文学の課題は、むしろ現在のわれわれにこそ緊密というべきである。戦後になって、社会も文学もガラリと情勢を変えた。それにもかかわらず、これらの言葉は今も生きている。（「小林秀雄再論」）

たとえばこのような『私小説論』をめぐっての感想は、『小林秀雄論』のみならず、『転向文学論』全体を貫く、あるいはさらに戦後文学の構想自体に向けた言説でもあった。

本多秋五がここで提出している、必ずしも整理できているとは言いがたい、多岐にわたる小林秀雄の問題を検討することも本論文の重要な課題となるのだが、私として、その余裕は今はない。以下メモ書きとして順不同のまま問題のおおよそを列挙するしかない。

第一に、小林秀雄が若くして言い及んでいた「宿命の観念」の問題。小林秀雄の命題は転向と戦争を経て、ようやく理解可能になつたが、その「Sollen」ならぬ「Sein」をいかに「過去のプロレタリア文学の短を補うものとして聴きうる」かという問題。

第二に、『私小説論』の問題。主体的真実と客観的現実を真正面からかみ合わせたところに『私小説論』は生まれた。「懐疑と混乱」とをまともに受けて立とうとする小林秀雄の覚悟がそこにあり、その「自我の社会化」の主張は「小林秀雄の線」と「プロレタリア文学の線」とがはじめて交錯する局面であったが、不発に終わってしまった、それを戦後文学においていかに発展させ得るかという問題(注5)。

第三に、小林秀雄の「現実の絶対化」の問題。小林秀雄にあって「自由」は外なる「自然」と内なる「自然」との一体化したものとして了得されているが、しかしそれは、「戦争」という「現実」がまがいものではない「自然」となってしまったことでもあり、とうてい認容できるものではないこと。

〈六〉おわりに——補足的結論——

『転向文学論』について語るべき事柄がもう少しある。一つは野間宏の「暗い絵」への評価。本多秋五には「近代文学」派がはじめて野間を認めたという自負もあるようだが、要するに、戦前には不十分であるしかなかった転向文学の「深化」の姿をこの小説に見出だしているのである。「暗い絵」は「民主主義文学陣営」には肌合いが違うと感じられ、もともと「共産主義的龍骨」とは無縁な「芸術主義的流派」が認容するはずもない小説だが、しかしこれは、転向文学と戦後文学の継続性、転向文学の未発の可能性を戦後文学に求める本多秋五の文学史観に見事に応えてくれるものであった。

もうひとつは『共同研究　転向』（昭34）について。思想の科学グループの「転向」研究は本多秋五の「転向」概念を一変させるものであった。新資料を駆使した「実証」性、転向の〈型〉の分類など「考え方が自由」であることや、「欲望ナチュラリズム」・「超越的理論人」等の社会学ふうな用語などは、本多秋五を「えらいことになったぞ、と思わず唸」らせたものであった。思想の科学グループにあって、転向とは「権力によって強制されたためにおこる思想の変化」と広く定義される。このことによって転向研究は「大変自由なものとなり、無礙なものとなった」。しかし同時に「われわれが普通に漠然と使いお互いに了解しあっている意味」は変えられていく。転向概念から「倫理」と「革命」が「脱色」されているのだというのが本多秋五の感想である。ほとんど歴史を持たない転向研究の、しかしアプレ・ゲールの出現であったのである。

先に引用した百合子の「犬三題」の紹介はこの書評の末尾に置かれている。それとこれと「どういう関係があるか、私にもよくわからない」と本多秋五はとぼけてみせている。つまり、『転向文学論』冒頭の「捨子」に表象される、「宿命」というような重い認識から自由な、さらに『私小説論』の「自我」の問題も歴史的対象として客観化されるような、総じてパルタイからも「当事者」からも離れた社会学的「学問」として転向が論じられる新世代の出現に驚愕し、呆然とする本多秋五の姿がここにある。転向研究・転向文学研究とは本多秋五にあって、己の主体のみならず、日本の現代文学が乗り越えなければならぬ「最低の鞍部」（『物語戦後文学史』）だったのである。

〈注〉

（1）「私は戦後文学者たちの驥尾に付した一人として、人生にもっとも多感な時代をあの息詰まるような十五年戦争のさなかに生き、やがて急転直下、戦後の時代に投げ出されて、日本と日本文学の新しい可能を夢見たものである。一身にして二世を経験したものである。この体験を忘れえないのが自分の宿命であり、それを忘れないのがまた自分の責任だと思っている。そんな私の気持ちは本書のどこかに出ているだろうと思う」（『物語戦後文学史』あとがき）。

（2）「創作方法上の新転換」については、私は必ずしも本多秋五と意見を同じにしない。それについては、「転向文学の成立に絡む一問題―社会主義リアリズム論と「創作方法上の新転換」の事など―」（『近代文学論』第11号　昭53・11）に論じた。

（3）暗鬱な時代、「心ならずも」の逓信省無線課勤務の日々の頃の本多秋五には秀抜な「村山知義論」（『批評』昭12・6－7）がある。

（4）このような観点は、本多の「蔵原惟人論」である「発育期の記念―蔵原惟人著『芸術論』について―」（『近代文学』第2巻2号　昭22・3）に展開されたものであった。「プロレタリア芸術運動は、その担当者からいうも、その内容からいうも、プチプル・インテリゲンチャの革命的芸術運動」であり、ヨーロッパの「いわゆるアヴァン・ギャルドの芸術運動により多く類するもの」であり、「政治」についてもそれは「一切の悪から浄められ、万能と至福を約束する無上の理想を意味していた。したがって、「政治」は文学精神そのものが真直ぐに通じて不思議でない、或るものを意味していた」。これがやや遅れて「運動の一端に組織的に参加」し、「太平洋戦争の終るまで、蔵原の理論はもちろん、小林・宮本の理論に対しても、これを否定すべき理由を見出さなかったばかりでなく、それとの距離を明瞭に自覚的に測定する能力をもたなかった」本多秋五の当事者としての実感であった。

（5）　たとえば以下のような文章に本多秋五は、小林秀雄の「当時日本の文学を背負って立」とうとした姿勢、その「人民戦線」的志向さえ読み取ろうとしている。「社会の混乱がはっきり見えてくるには、社会の混乱から生まれた思想が、混乱に鍛練されるための時間を要するのだ。弾圧や転向や不安や絶望が思想を鍛練するのである。鍛練された思想が今の社会の混乱をいよいよ判然と眺めさせる。だから見給へ、ブルジョア作家もプロレタリア作家も、現在世相を描かうとして今始めてその極度の困難を自覚しているのだ。リアリズムの問題が新しく論じられるのはこの故である」（「『紋章』と『風雨強かるべし』とを読む」）。あるいは小林秀雄の『私小説論』や『ドストエフスキイの生活』自体のモティーフを本多秋五はこうした点に見ようとしていると言ってもいいかもしれない。

第Ⅱ部　島木健作

第一章　初期短編小説

〈一〉はじめに

島木健作の文学が「転向問題」を中軸に据えていることは今更言うまでもない。また「転向」に至るまでの農民運動との関わりについても、大久保典夫・小笠原克・高橋春雄などによって、ある水準にまで考察が進められている（注1）。

いま農民運動に関連して島木の年譜的事実を略記してみるなら、日農香川県連書記・日本共産党員として全国最大の農民組織において大衆闘争を組織したこと、昭和二年の香川県議選に自ら陣頭指揮をとり、労農党候補を四名当選させたこと、翌三年二月の普選法制定後初の総選挙に大山郁夫をたてて臨んだが敗北し逮捕されたこと、昭和四年の「転向」、同七年の仮釈放、と続いていくが、その足どりは一地方の農村においてであれ、昭和初年代の激動の中に生きた知識人の典型を浮かびあがらせている。

本稿は、先行研究をふまえつつ、このような過程を経て辿りついた「転向」の一事が島木においていかなる意味をもっていたかを考察し、初期の短編小説群において転向体験をどのように文学的に定着させていったかを、作品の分析を中心に考えようとするものである。

〈二〉　島木健作の転向相

稿をまず、島木の転向相の検討から起こしてみたい。

転向といふことが、単に政治上の主義や政治的な組織からの離脱といふやうなことではなくて、さらに深い人生の精神の問題であること、それは求道の過程そのものであること、その意味においてそれは一生の事であること、を真に強く自覚したのは「生活の探求」においてであった。（「「生活の探求」について」）

と島木は昭和十六年に書いている。ここでいう「転向」は「私は最初から所謂転向作家として出発した」（同文）という『獄』（第一創作集）等をもってする転向とは異なり、「求道」という転向主体の積極的志向を、ひとまず含んでいる。その意味で「権力によって強制された思想の変化」ではない転向であった（注2）。しかし「私は最初から所謂転向作家の一人として出発した」という時、その「転向」という言葉は、「自筆年譜」昭和四年の頃に「控訴審の公判廷で転向を声明する」としたのと直接響きあっている。強制されたという条件をもつこの転向は、転向しようという志向をひとまずもたなかったところから、再転向志向も現実的に可能だったということができるし、実際その線の上に「癩」から「再建」までの作家活動が展開されたのである。

佐古純一郎は「「再建」から「生活の探求」への転回の秘密を究明することが、あるいは昭和十年代の転向文学を解く鍵になるかもしれない」（『国文学』昭34・8）としているが、本多秋五が「生活の探求」を「心から転向」の嚆矢であるとした（『転向文学論』）のと考えあわせ、やはりこの「転回の秘密」は島木の文学のひとつの重要な課題であると言える。そしてその鍵は前述した二つの転向という言葉の意味内容の差にあるのではないか、と私は考える。

なすことのない生活の中で思想基盤の再検討を迫られる一方、宿痾の肺患に苦しめられ、島木の昭和三年から同七年までの獄中生活は凄惨をきわめた。「熱高く喀血続く」生活を続けながら、昭和四年ついに「控訴審の公判廷で転向を声明」（「自筆年譜」）する。しかも島木の転向はそれが昭和四年になされたという意味で注目すべき特殊性をもっていた。

『思想の科学』の『共同研究　転向』上巻には佐野・鍋山ら「一国社会主義者」以前のものとして「前期新人会員」「後期新人会員」「日本共産党労働者派」の三節が掲げられ、昭和八年以前の転向現象をも「転向」という名称でとらえている。本多は「当時（昭和八年─引用者）人々はこれを佐野・鍋山の〈転向〉とよんだ。それ以来、日本語に〈転向〉という一つの新しい言葉がつけ加えられたことになり……」（前掲論文）と記しているが、少なくとも言葉以前の転向現象は昭和八年以前に存在していた。より一般に階級闘争からの離脱を転向とよぶとき、それがたとえ昭和四年のものであっても転向とよんでよいことになる。

島木健作の転向を考える時見落すことができないのは、村山藤四郎・水野茂夫らを中心とした、「日本共産党労働者派」、いわゆる「解党派」の動きである。昭和四年から五年にかけて策動した解党派の理論的支柱は、第一に日本の特殊な国情を理解しえないコミンテルンから離脱し、日本独自の運動を展開すべきであるとしたこと、第二に日本国民の心情に矛盾する天皇制打倒のスローガンは撤回すべきであるとしたこと、の二点に集約しうる。そしてこれらの理論の基盤には共産党と民衆との乖離という絶望感が基底としてあった。これは共産党に対するいわば正面からの批判であり、転向の理論づけの唯一の武器でもあった。このグループは保釈出獄後、実際に共産党批判活動を展開するのだが、この実践においてまさしく転向者たるにふさわしい転向を遂げていくのである。

島木が昭和四年の時点でこれらの思想に無縁であったか否かは明瞭ではない。比較的島木自身の顔がのぞかれる「再会」（昭10・5）のなかに「ちやうど日本最初の労農派が出現した年で、私たちの法廷もまたその煽りを受け、私もその他の多くの同志も一時その波にまきこまれたのである。」という記述があり、「一つの転機」（昭10・10）の主人公も昔解党派＝日本共産党労働者派の一人であったと書かれている。しかしこのことからだけでは、たとえ島木が解党派に影響されたと想像できなくはないとしても、はっきりとその一人であったと速断するわけにはいかない。宮井進一の手記（「島木健作と私」『現代文学序説』第4号）は島木が大阪の解党派に触発されて転向宣言をするに至った事情を示しているが、そのことは、島木が「その波にまきこまれた」ことを示してはいても、解党派のひとりであったということとは別である。

大久保典夫は、平野謙の「島木健作は、このような解党派の動きとは無縁だった」とする説（筑摩書房『現代日本文学全集』第46巻解説）に否定的にふれ、「島木の転向は、けっして水野や佐野・鍋山の転向と異質のものではなく、運動批判をたてまえとした点で同じ」であったとし、「文学的自叙伝」（昭12・8）の「過去の自分の道に誤謬があったことを認め」という記事をその説を補強する根拠として提出している。しかし水野や佐野・鍋山が路線の転換を要求しているのに比し、島木の運動批判は「再建」（昭12・6）までは厳密に戦術批判に限定されているという根本的相違がある。しかも運動批判の足あとはすべて昭和九年以降の作家としての生活においてであり、昭和四年に批判が具体的日程にのぼっていたとは考えられない。大久保は「文学的自叙伝」の書かれた時点の特殊性を没却しているのではないか（注3）。

一方、平野謙は島木の転向を「解党派の動きとは無縁だった」のみならず、「いわゆる偽装転向だったらしく」とみるに至っているが（『近代日本文学辞典』）、「いわゆる偽装転向」だったら、島木はより明瞭な転向理論を構築し、できうる限り早く出所していたであろうし、また「偽装転向」説からは情熱を傾けて書いた「転向者の再転向」志向の水源がどこにあるかも説明しえない。

要するに、島木の転向はいわゆる解党派のそれとは区別されるべき性質のものであり、解党派に無縁でなかったにしろ、それは転向の決定的モメントたりえなかった、と考えるべき性質のものであるように思われる。運動に対する戦術批判がそのまま転向の正当な理由になりえないのは当然である。

常識的であるにせよ、島木の転向理由のアクセントは権力機構による強制という外的理由と肺患の悪化という肉体的理由にこそうたれるべきである。残虐な拷問のもと「熱高く喀血続く」状態で島木ははっきりと死を予測したはずである。死の恐怖からの解放を転向という敗北のかたちであがなわなければならなかったということだと思う。「癩」の主人公太田の、

　理論の理論としての正しさには従来通りの確信を持ちながらも、しかもその理論通りには動いて行けない自分、鋭くさういふ自分自身を自覚しながらもしかも結局どうにもならない自分

という理論と実践の分裂の悩みは、獄中での島木の実相をよく照射しているように思われる。その分裂の悩みを通過しているからこそ、「人間が自分で死を選ぶことができるということから離れては、転向の批判は論理的になりたちにくい」（『共同研究　転向』上巻　鶴見俊輔論文）というような倫理基準が島木の内面に生まれ、鋭い自己批判と転向者の再転向問題とがアクチュアルな文学的課題として結合されていくのである。

　島木の声明した転向についてもう少し検討を進めよう。「文学的自叙伝」には先に引用した言葉に続いて「再び政治運動に携はる意志はないと転向の言葉を法廷にのべて既決の獄に下つた」という記載がある。島木の転向がコミンテルン批判・共産主義思想への根本的批判に基づくものではないことは既に述べた。彼の転向は思想そのものの正しさは肯定しつつ「政治運動」には携わらぬという、一種の脱落であった。そこに水野らとの落差があり、彼らと異なり、未決・既決を通し昭和三年から七

年まで足かけ五年獄中におしこめられていた事情がある。

しかし実践を通してのみ思想が全円的たりうるとすれば、やはり転向現象には相違なかった。「おれはそりやマルクス主義者でもなんでもないだらう、つひに実践的たりえなかつた人間だ」（「若い学者」昭11・6）という一節には、思想と実践の関係についての島木の見解がはっきりとあらわれている。島木の場合、現象的には転向、実質的な意味では転向というよりむしろ実践からの脱落と規定するのが妥当のように思われる。

「昔の彼の立っていた立場はまだ少しも手をふれることなくそのまゝであつた」（「盲目」昭9・7）。したがって脱落から立ち直るためには、「犯した誤謬を良心の苦痛においてではなく行動において匡せばいいのである」（「一つの転機」）。その論理は安易ではあるが、この言説は島木の転向の以上の性格に基づいていた。それだからこそ、後述するように実践運動への復帰の課題が重要な課題として定位されていくのである。

〈三〉　方法とモティーフ

中野重治、村山知義あるいは葉山嘉樹らの昭和十年代における活動は、昭和初年代の文学運動の敗北の過程を見つめることなしには出発しえぬものであった。だが島木にとって文学運動の敗北は相対的には問題にならず、革命運動の実践には敗北しつつなおプロレタリア文学の復権を主張することが可能であった（帰農志向から作家への転換はここでは問題にしない）。三十編におよぶ初期短編小説群はそのモティーフの上に様々な主題を交錯させ、そのことによって時代と直接的につながりうる積極的な問題を投影してきたのである。ならば、そのモティーフと方法はどのようなものであったのか。

第一に小笠原克の指摘するごとく、私小説的発想の否定という方法の問題がある。「転向小説が俗流私小説へと還元し、心境小説的〈私〉を再誕させ……」ていた状況下で(注4)、「癩」「盲目」等に顕著な虚構は全く独自の様相を呈しており、その方法は転向者の再転向問題とつながっている。転向が一般化し人間的退嬰が隠すべくもなかった状況下で、いかにして再転向が可能なのかを、錯綜し混迷しがちな自己の心理に過度に陥ちこむことなく、大胆に様々のヴァリエイションを想定しつつ提起していったことは、転向文学の可能性において、まず第一に評価されなければならない。

第二に、微妙な形ではあるが、〈解党派〉とは別の、革命運動の戦術に対する批判のモティーフが介在することを指摘しておかなければならない。が、これが作品として結晶しうるか否かは、本来的に「転向者」にはあくまで可能性にすぎず、島木の場合にもやはり失敗に終っていると見るしかない。

第三に、生産農民に対する密着の姿勢をあげたい。「近代」の形成のなかで矛盾を背負わされた農民の困苦をおのれの内部にひき寄せ、いわば分身的痛苦をもってその問題を主体化し、文学創造のエネルギーとして定着させようとした島木の姿勢は、近代文学史の中でも独自な位相を示すものとして注目に価しよう。

第四に、ファシズムの台頭という時代の趨勢に反対する文学活動の相を検討したい。文学による反ファシズムの闘争に旧ナップ中枢の作家達が孤立せざるを得なかったような状況の中で、島木の『文学界』を中心とする活動はやはり注目するに足る。しかもそれは「三十年代」の知識人のあるべき姿として提起されていた点が重要で、結果的には敗北におわったとは言え、その試みを分析、検証してみることは意味のないことではない。

以上四点にわたる島木の初期短編小説群が抱えこんでいる問題が、作品においていかなる形であらわれているか、以下いくつかの作品を俎上に載せて具体的に検討してみたい。

1　虚構的方法とその方法の源流

昭和九年の創作時評は口を揃えて新人島木の登場を記している。これは「癩」（四月）及び「盲目」（七月）等の発表に基づいている。時あたかも「シェストフ的不安」が世上を覆い、「癩」は島木自身の、「時々僕は、俺も恐しい現実を見てきたものだなァと感慨深く回想し……その度毎に僕はなぜか死を思ひ……」（「回顧」）という感想と共に、たとえば徳永直の次のごとき評を招いた。

主観的思念といったものが強すぎて唯物論的な客観性がひどく蔽はれかけており、客観的なリアリズムからも逸脱してゐる（「三四年度に活躍したプロ派の新人達」『文学評論』昭9・12）。

この徳永の評に応え、島木はその執筆の動機を以下のように述べている。

私は従来その固守してきた政治的な立場を抛棄しなければならないやうな状態に押しつめられ、

しかもそれに反撥する階級人の心理について少し書いたのである。その場合、私が彼の意志の力、精神力といつたものに力をおいたとみられ、それは反唯物論的な逸脱とよばれる一つの理由をなしてゐるやうだ。……徳永氏は私の作品が、その宿命的なるもの、ゆゑに動揺しつつあるインテリゲンチァに意外な反響を呼びおこしたのだといはれるが、私はさうは思はぬ。反対に暗い現実を克服しそこから立ち上ろうとする弱いけれども強い苦闘の姿が人をうつたのであると信ずる。昔我々と手を組んで進んだ多くの仲間があつた。そのうち最も信頼しうる人々が今日我々の前にはゐない。さういふ人々の不屈の姿をいくらかでも人に伝へたいといふ気持がたしかに私のものを書く動機の大きな一つであつた。……私は多くの失敗と不評とを覚悟しながら、出来上りつつある自分の殻をたゝき破つて、新しい一歩を踏み出さうと決意してゐるのである。（「批評についての感想」『東京朝日』昭10・1・25－1・27）

長い引用になったが、この自註ともいいうる一文は、「癩」執筆のモティーフをよく照射している。極限状況に生きる転向者の生の衝動を非転向癩病患者に重ねて獲得したリアリズムは、中村光夫の「刑務所を題材とした作品でこれに匹敵するものは我国にはないであらう」（全集第一巻解説）という賛辞に価しよう。「癩」の主題は単なる特異性にあるのではない。その特異性の中に必死に再生への志向がおりこめられていることが注目されなければならない。そのことは、動揺的な太田が、癩に罹患しつつ非転向を守る岡田に驚異と畏敬とを感ずるという作品のテーマから明瞭である。しかもこの作品は単に転向を予測させる太田（島木の獄中相が垣間見られる）の軸のみによって成立しているのではなく、非転向肺病患者岡田の軸をも併せ含んでひとつの座標をなしているが、このような方法によって島木は、転向を単なる責任意識による心情の吐露において把握するのではなく、構造的な把握にむかっているのである。

大久保は「島木の独創性は、自己の転向体験を生のまま提出することを考えずに、客観化普遍化した点にある」としているが、その客観化は、再転向志向という内心の要請そのものが生みだした結果であった。大久保が、

島木にとってほとんど不可能と思われた転向の一事が、自己と同じ身体的条件において可能であるかどうかということ、もし可能であるとするならばどのような心境においてかということは最大の関心事であった。

と述べている通りである。太田・岡田の二軸による転向の把握へと向かう試みは、「白夜」（村山知義）、「友情」（立野信之）などのひたすらな非転向賛美を踏みこえた、画期的な方法であったと言える。

小笠原克は日本の転向小説の多くを「転向私小説」に終始していたと批判した上で、「癩」を「主体的に虚構化されている」作品としているが、卓見といわなければならない。転向小説の困難——転向も事実であり、非転向であろうとしたことも事実であるという矛盾——を止揚するとなれば、それは到底私小説的発想で担いきれるものではなかった。

転向小説の白眉とされる「村の家」（中野重治）にしても、父子相剋を通しての勉次の再転向志向

の確認の文学的肉づけの見事さはともかく、転向そのものの過程の解明の側面においては、やはり難解さにとまどうばかりであるが、その理由の一半はやはりこの小説の一種の「私小説」性にかかわっているのではないか。転向の構造的把握や矛盾の止揚という点において、転向小説における虚構は積極的意義を持っているように思われる。

詳しく述べる余裕はないが、このような方法はほとんど同時に発表された「盲目」においても踏襲されている（もっとも小笠原の指摘するように、「癩」がいわば非転向軸に沿って描いたものとするならば、「盲目」は転向軸に沿って描いたもの、というアクセントの打たれ方の相違はある）。

島木において明確に意識されていたと考えざるをえない、このような「虚構」の方法はどこにまで溯流しうるのであろうか。私は、日農香川県連書記時代の大衆闘争の体験、及び出獄後全力を傾けて試みた（そして結果的には失敗に終った）『日本農民運動史』の執筆意図に大きな水源があると考えている。

大正十五年から昭和二年に至る香川時代は、いうまでもなく日本における階級闘争が最も熾烈に爆発した時代であった。理論分野における二派抗争、講座派・労農派による「日本資本主義発達史論争」が単なる学術論争としてではなく、革命実践そのものにとって重要であった事情は、東京から遠く離れた香川とても同様であった。青木恵一郎によれば、組織人員一万五千余の日農香川県連は対農民人口比で言えば驚異的な巨大組織であった(注5)。しかしこの組織は思想的にも戦術の面でも単一指導部をもっておらず、東北学連で、思想的にはすでに「ボルシェヴイズム」に到達していた島木が香川に派遣されたのも、日農の幹部層にある諸流派との党派闘争を克服するための措置であったことは、共産党員宮井進一が学連に要請して島木をよびよせた経緯（宮井、前掲手記）からも明らかである。

明治維新史評価の相違という形で噴出した「日本資本主義発達史論争」（高揚期は昭和五年前後だが）の根が革命運動の実践及び情勢把握に問題点があった事情以上に、生産点における大衆闘争の指導者にとって、情勢把握や実践総括の際の系統的、構造的分析はより基本的重要性をおびていた。農民運動の実践者島木健作にとって、系統的、構造的、分析的な事象への接し方は、日農香川県連という有力な農民運動体の共産党組織の准責任者としての生活を通し、ほとんど血肉化されていたと考えてよい。

「意識的に自分を訓練することと、過去の自分の足跡について考へることとの両方の目的」から用意したが、「転向問題が中心にあって」（「自筆年譜」）ついに書かれずにしまった『日本農民運動史』の問題は、島木独自の創作方法の解明に重要である。出獄後情熱を傾けて試みた『日本農民運動史』執筆の意図は、弾圧により崩壊に晒された日農の再建が可能か否か、可能としてどこに問題があるかを科学的に考究しようとすることから発したものと想定するのは、そう筋違いではないだろう。

島木に思想的影響を与えた北海中学の先輩、野呂栄太郎の維新経済史研究と同様に、島木の『日本農民運動史』には農民運動再建の夢がふくらんでいた。運動を単なる個人的回想の視座からではなく、『日本農民運動史』という総体からみていこうとする再転向志向の革命家の姿勢は、そのまま初期の島木健作の文学の基本的ありようと重なっている。

「癩」の太田と岡田、「盲目」の古賀、「苦悶」の佐伯と石田、「転落」の横田、「医者」の山田と小川、第一創作集『獄』に収められた五編の主人公達には、いずれも周到な虚構が用意されているが、それらを一貫する方法は、いずれも島木自身の再転向・復帰の心情が必然約に生成せしめたものであった。

2 組織批判・運動批判のモティーフ

島木健作の初期短編小説は、総体として以上みてきたような「転向者の再転向問題」を非私小説的発想によって追求したものとまとめることができる。そこに初期短編の特徴のすべてがあるといっても言いすぎではない。だが依然として問題は残る。転向の構造的認識が、革命運動の批判というモティーフをつつみこんでいることである。

組織批判・運動批判を直接的に主題としたものとして「一つの転機」(昭10・10)を典型として問題にしなければならないが、そこに至るまでには、その前段階としていくつかの試行がなされている。たとえば「黎明」(昭10・2)、「一風景」(昭10・6)などがそれで、いずれも運動批判と生産点における新しい世代による戦いの表出が表裏をなしている。しかし、新しい世代の戦いの相の検討は、転向を文学的主題の基軸に据えた島木にとって必ずしも必至のものではなく、また新しい世代の批判者達の論理も十分こなされたものではなく、いわば戯画化されている。と同時に、「癩」でみせた重厚な虚構の方法も十分承接されていない。

「一つの転機」をみてみよう。「三・一五事件」と思われる「×・××」事件での転向者高木は、「犯した誤謬を単に良心の苦痛においてではなく行動において匡」そうとして旧友達を訪ねるが、彼等の堕落に失望する。ある日、高木は「××会」の女子大生矢野みち子に紹介されて、運動に結びつく端緒をつかむ。そして、矢野に二百円のカンパ集めを要求されるが、わずか十円しか集めえなかった。矢野みち子に散々に毒づかれ、軽薄な女子大生などがのさばっている中央の組織に嫌悪を感じ、「ひたいの烙印をむきだしのままもとのところへ戻つて行かう」と決意するところで作品は終っている。

矢野みち子などの存在を「社会の他の分野におけるいろいろな畸形的存在とその発生の根拠を一にするもの」と見、「発生の社会的原因は他ならぬ日本的現実の特殊な発展にあることを感じ……」と、高木は論理を展開しているが、これは「元の組織への再転向の熱意を挫くような現在に対する批判を主眼とし、誠実な〈転向者〉の〈再転向〉をはばむさまざまな〈日本的現実〉を遠景におく〈転向者の再転向〉原論の趣きを呈する」（小笠原）作品となった。

「黎明」において、被差別部落民に対する組合幹部の偏見や農民間にある差別観念を、「一風景」においてハウスキーパーの問題や中央中心、地方無視の運動態を批判した島木は、「一つの転機」に至って、これらを含む第二創作集『黎明』に潜流する運動批判の観点を転向とからみ併せて提出しようと試みたのである。大久保は、これを「弱さの問題としての転向問題と組織批判というふたつのモメントの整合をめざした最初の作品でいわば〈再建〉の試作である」と指摘した。しかしこのような志向は、実際には転向体験が省略的に処理されることによって、再転向志向に伴う様々な問題がすべて捨象され、結果として、悪いのはすべて矢野などを抱えこんでいる組織だ、とする不毛さをあらわにしたばかりであった。

運動批判を明らかなモティーフのひとつとするのは、他の「転向作家」と島木を峻別する重要な相違である。大久保が「弱さ」と「批判」とを「整合」させようとしたとみるゆえんである。しかし独自な方法意識を持つ島木にして、なおその二つの因子は整合させえなかった。中野重治の評（注6）にみられるように、運動批判の試みは結果的には自己の合理化に終始している。批判は本来本質的なものを対象としなければならない。矢野への批判の姿勢は、「徒花的」（中野の評語）なものを本質的なものにすり換えようとする姿勢である。浮薄な矢野みち子をもって現状組織の実態と見、その上にたって批判を展開するのは、島木自身の再転向志向のコースからも逸脱しているとせざるを得ない。

「バナナの皮」という小品が島木にある。車中の人々の辱めにあってすすり泣いている政治囚を見ながら、いまだかつてない「いきどほりに身を灼く」「私」をつづったものである。「私」の感情は、囚人をみても「どろぼう、ひつけ、人ごろし……」という罪名しか頭にうかばない民衆への憤怒の感情だが、そこには革命運動と民衆との決定的乖離という認識がある。島木の運動批判の観点はすべてこの断絶感の上に立っている。そしてそこには多かれ少なかれ、島木自身の過去のはらむ弱点の克服——つまり「民衆」との断絶感の解消——という要請があった（「民衆」からの孤立は、解党派も佐野・鍋山も、その転向を合理化する根拠としたものだった）。

だが、島木の場合はその運動批判は厳密に戦術的範囲に限定されていることをおさえておく必要がある。「第一義の道」への復帰のためにこそ戦術批判が必要だったという点に、作の成功・不成功にかかわらず、「革命運動の革命的批判」と呼びうる積極的志向を私は見たい。それが自己批判の拡大を通し、知識人層に領導された革命運動に対する批判になり、知識人層の否定そのものと紙一重の地点に立っている、ということがありつつも、である。

運動批判の観点は「一過程」（昭10・6）にもみられる。第一回普選に地元候補をおろして大山郁夫と上村進を立候補させたことは、職業革命家と民衆との乖離を決定的にし、組織の潰滅にもつながっていった。「わしは事務所の書記中心の農民運動はもうだめぢやといふ気がしますがね……やつぱりあくまで部落さしがみついてみんなと結びついてをらんことには……」という大西青年の言葉は、「県会」（昭10・5）における、「生産からこまごまとした習慣にいたるまでの彼らの生活についてまるきり何も知らないのだ。さういふところに真実の指導のある筈はない」という一文とともに、「一つの転機」や「一風景」の皮相な批判とは違い、根本的な点に触れており、島木の実感がこめられている。現実生活の正確な認識や分析のないところに理論は成立しない。結局そこには公式の直線的主張による空疎な観念性が露呈せざるを得ない。その観念性が運動を潰滅におしやった理由の一半だった。大西青年にむけて発した「君たちがほんたうの農民運動をやらなくちや。もう一ぺん下から叩きなほすんだ」という言葉には、このような島木の批判が顔を出している。この線に沿って「壊滅後」（昭11・8）や「再建」（昭12・6）が提出されていく。

しかし、その方向においてだけでは知識人運動家の再生の道は示されない。超えなければならない「一過程」のあとにくる次期の運動の主体を農民に求めることは、知識人の運動内部における存在意味を否定することにはならない。島木自身の第一義的な問いは、むしろ知識人のはたすべき役割に関してでなければならなかった。「再会」には萌芽的ながらその解答が用意されている。そこでは帰農実践こそが矛盾を解決するもの、とされている。しかし、では「すつかり百姓になる」ことで本来知識人が担った運動内の理論活動はどう展開されるのか、それについて語り手は語らない。「革命運動の革命的批判」という積極的可能性もその意味で、全く萌芽の段階で終る。実は「再建」の主題もこれに絡んでいるが、周知の通り、前編で中絶してしまった事情によって、結局問題提起にとどまってしまった。

島木の運動批判は、知識人と労働者・農民の対立の関係において定式化されている。また島木において、知識人は思想を血肉化する能力は全くないかに見える。「再会」や「再建」の主人公の帰農は知識人の農民に対する劣等意識の産物ではないだろうか。また、新たな自己を確立することでその必然的な帰結としての思想を把握するのが論理的に正しいとして、はたして知識人においてそういう意味での転換は帰農以外に方途はなかったか、という疑問がわく。島木は前提そのものを誤っていたのではないか。「生活の探求」（昭12・8）の出発点は、知識人には思想を現実化する基盤はないとする思想的虚無観にあると言えるが（注7）、その芽ははやく初期短編にもあるのである。

3　農民・農民運動とのつながり

日本の近代文学史には農民文学とよばれるひとつのジャンルがあり、農民と一体となって現実を見、痛苦を分け合うことによって文学創造のエネルギーとしてきた一群の作家がいることは、あらためて述べるまでもない。島木が農民運動を描くのは単なる回想にとどまらない。青年期に情熱を傾けて闘ってきた過去の農民運動に潜んでいた革命的なエネルギーこそ、島木自身には再起を保証する力として意識されていたのである。次の言葉は島木のそのような姿勢を示すとともに、広く島木の創作態度全般にふれている。

僕はプロレタリア陣営にあるので、真面目な労働者・農民から時々手紙を貰ひます。さういふ人のものの見方・作品の批評が文壇に於ける批評とまるでちがふのですがね。文壇人の批評は要するに形象化が足りないとか、或る人物がよく描けているとか描けていないとか、まあさういふ批評が多い訳ですね。読者は生活人だから作品の中の文学以前といふやうなものを直接問題にして来るのです。（座談会「新文学のために」『行動』昭10・8）

この言葉と「農民組合にゐる古い仲間なども忙しいなかをよく読んで激励してくれるので頑張らねばなるまいと思つてゐる」（『文学界』同人雑記　昭11・3）という言葉をよみあわせると、作品執筆のモティーフや心情が浮かんでくる。この事情をふまえて、以下島木が初期短編に描いた農民、農民運動の姿を検討したい。典型例として「黎明」（昭10・2）をとりあげる。

主人公太田は農民運動に携わってまだ日が浅いが、組合員の反対をおしきって自分の責任地区の未解放部落の組織化を志す。「部落」の青年熊吉は組合運動に心ひかれながら、被差別部落民であるが故に躊躇している。しかしある日太田が熊吉の家に寄り、そこで出された昼食を食べると、熊吉は「あゝ先生おらとこの飯食はんしたな！」と「喜びにうちふるへ」た叫びを発する、それ以来、熊吉は太田への信頼を支えとして農民運動に参加するが、ある日そのことによって熊吉も太田も共に検挙される。しかし熊吉は法廷に引き出されても、「首をしやんと立てて、上体は真直にのばして」「とつとと今すぐおらとこをこゝから出してくれろ！」と判事に訴える。

以上が梗概だが、熊吉の叫びに代表されるように、実質的な闘いのエネルギーはそのような貧農の生活感情と密着して発揮されるという島木の思想が、最も美しく形象されたのは、この作品においてであったといってよい。中村光夫は「ここで作者の描こうとしたのは……ある時期の農村の姿であり、太田という男は単にそれを肉化するための道具にすぎない」としているが、島木がここで描いたのは「ある時期の農村の姿」ではなく、過去の自分達の非現実的な運動に対する、あるべき農民の姿の提出である。

「黎明」における島木の姿勢は、普通選挙法適用による最初の県議選後の農民運動における、小作出身の松井県議の活動を描いた「県会」（昭10・5）、国会議員選挙を巡って弾圧され壊滅させられた組織の再興を企って芽ばえてくる大西青年等の活動を描いた「一過程」（昭10・6）にも貫かれている。そして島木のこれらの作品をなす姿勢の根底にあったのは次のような思いに他ならない。

僕があまり理想化して紹介してゐると思ふ人があるかもしれないが、さう思はれるほど、立派な性格が日本の〈無智なる〉農民大衆のなかからぞくぞく輩出した時代があつたことを人々は知らねばならぬ。僕はさういふ性格の一つでもを、僕の作品のなかに美しく生かしたく、その一つができただけで、僕が小説家になつたなり甲斐を感ずることができやうと思ふのである。（「四人の農民」昭11・1）

昭和十一年八月に発表された「壊滅後」は、農民運動と転向を独自の角度から扱っている。この作品は、「ある騒擾事件が契機となって」組織が崩壊したために、農民達が「長年の苦闘によってやうやくそこまで築きあげ」てきた生活条件が次々と破壊されていくなかで、再び「昔のやり方」を始めようと動きだす過程を、村田良吉というかつての農民出身の指導者を中心に描いたものである。

崩壊の責任をすべて「××党」とその党員である秋山（島木の影が揺曳されている）に転嫁していた農民達も、地主達の攻撃のなかで再び秋山や秋山の支持者である村田のところに戻ってくる。それが、「長らくやめとつたが、また無尽を一つはじめやうではないか」といった、極めて初歩の段階から始まる。

それにいくら話してみてもそれをどうにもすることのできぬ無力さであつた。その無力さが、そしてその無力さの原因が、ひとりゐる時よりもみんな集まつて話すとかへつて胸にこたへて来る。しかし一方例へみじめな話にしろ久しぶりにお互ひの生活について語りあふことが彼らの胸に温いものを吹き送つた。

という生活に密着した共通の感情だけが、そういう機運を支えていた。

この作品に、組織壊滅後の追いつめられていく農民の悲惨さが、厚みをもって描かれているとは言えない。しかし農民の新しい機運を島木自身が意識的に感じとり、そのエネルギーを信ずる気持を表現にもりこんだ点が注目される。農民達が結局自分達の組織に帰ってくると信ずる秋山（島木）の内面には、運動批判の上に立ちながら転向以前の道への憧憬（再転向志向）が強くあったのではないか、と私には思える。村田は獄中で秋山の転向を知った時つぶやく。

「意気地のねえつたら！　だからいはんこつちやねえ。」腹立たしげな吐き出すやうな調子だつた。言葉の下から、しかしその言葉とはまるで別な感情があふれてきて、おもはず泣き出しさうになつた。「いとしいのう、いとしいのう」と心で叫んでぢつとこまぬいてゐた腕を何かを抱くやうにして前にひろげた。すると誰も見るもののない闇のなかだけに、ほんたうに涙がにじんできた。

島木が「一つの転機」で描いたのは、転向者を冷笑罵倒するばかりで一向に救おうとしない「同志」に対する憤怒だった。しかし「壊滅後」の村田は秋山とともに闘ってきた過去をふり返り、そこにある人間的連帯において秋山を許せるのである。それは生活感情を同じくした闘いの中でこそ感じあえる同志愛であったろうし、抽象的政治論的な転向批判を超えて、より有力な救済の力となり得るものとして、島木は提出している。そしてまさにこのような一面に、島木は再転向への契機を想望していた。

転向後の低迷を打開し、再転向志向の可能性を農民との地に足のついた現実生活のもとに求めた「黎明」「壊滅後」には、農民とのいわば宿命的なつながりがある。しかしここでは農民と知識人層という対立観念の中に農民の絶対優位という命題がとらえられてしまっている。つまり、その背後に知識人層の劣等意識ともいうべきものが、島木自身のものとして明確に存在させられてしまっていた。「黎明」の熊吉が理想化されて描かれるのは、そのことの裏面にすぎないように、帰ってゆくべき農民の生活そのものの客観的分析が拒まれているのである。「生活の探求」の無前提の農民賛美への芽は、注目すべき積極性を多分にもつこれらの作品の中にはやく存在している。

4 反ファシズムのモティーフ

『危機における日本資本主義の構造』（井上晴丸・宇佐美誠次郎　岩波書店　昭26）は、昭和十二年の日中戦争をもって日本資本主義の国家独占資本主義への移行と規定しているが、それは日本ファシズムによる国内諸矛盾の解決と機を一にしている。治安維持法改悪、予防拘禁法、思想犯保護観察法の制定等もその一環であった。もっともそれは国際的傾向でもあった。コミンテルン第七回大会（昭10）に反ファシズムの闘争として人民戦線戦術が採択されたことは、それゆえ画期的なことで、コミンテルンの人民戦線戦術は従来の運動の批判の上にたって、ファシズムの旋風の前に社会主義者・共産主義者はいかに対処すべきかを明示したものであった。

日本の現実の具体的分析にもとづいて、このテーゼが「日本の共産主義者への手紙」として送られてきたのは、昭和十一年二月であった、反ファシズムの闘いは共産党の崩壊と大衆的拡がりの不十分さによって萌芽段階で潰え去った。いわゆる人民戦線事件はその苦しいあがきの姿にほかならない。

文壇においては「手紙」以前に人民戦線的動きの芽生えはあらわれている。「学芸自由同盟」（昭8）の成立、『行動』（昭8）・『文学評論』（昭9）・『世界文化』（昭10）・『人民文庫』（昭11）の創刊という現象は、たとえ自然発生的としても、「一種の人民戦線的気運にうながされた結果」（平野謙『現代日本文学史』）とみなしうるだろう。

「文学者の社会的発言や政治への参加を拒否してもっぱら文学の世界に閉じこもることを目的とす

る人民戦線は、人民戦線概念の侮辱に他ならない」（佐々木基一「文芸復興期批評の問題」）という、正統的批判に耐えうる現実的抵抗をそれらが示しえなかったとしても、個々の作家に存した抵抗の情熱とその文学的肉づけはやはり認められなければならない。

昭和十一年一月の改組により島木は『文学界』に村山知義、森山啓、阿部知二、河上徹太郎とともに同人として参加した。島木は『文学界』の発刊を「ファッショ的傾向空気に対する反撥」「文学の自衛運動」と見る武田麟太郎に賛成し、次のように述べている。

僕はプロレタリア文学の一兵卒として許される限りにおいて、「文学界」を僕達の文学の活動舞台の一つとしたいと考へてゐる。……プロレタリア作家たる僕が自分の文学的立場をねじまげた結果であるとの……誤解・臆測・懸念等がもしあつたとしたらならば、……今後の僕の作品活動の上において、その果して然るや否やを見てもらふの他はない。（「同人となつたことについて」『文学界』昭11・1）

『文学界』に発表した「転向者の一つの場合」（昭11・2）、「終章」（昭11・9）等が「今後の僕の作品活動」のあらわれだが、「プロレタリア文学の一兵卒」たるにふさわしい作品となっている。『文学界』における論争としては舟橋聖一とのそれがある。舟橋の「回想的な役割しか持たないマルクス主義文学の発展は乏しい。……君らの過去は新しい文芸史家にまかせてそれで充分だ」との批判（昭11・5）に対し、何よりも我々は闘つてきた歴史を持つてゐるのだ。さういふ歴史を持たぬ者はいい。歴史をもつものが新しい出発の際にその出発のためにこそ一見回想的に思はれる道を踏みしめてみることは自然である。

と書き、続けて、

その（行動主義文学の―引用者）文学理論などはわからぬところが多いながら……君のいふ行動主義文学は現代インテリのもつ正しいヒユーマニズム精神を本質的に徹底させるための唯一の道であるといふこと、この道の上で僕は君らと提携したいのである。（「舟橋君へ一言」昭11・6）

と記しているが、ここに当時の島木の思想があるように思える。島木はヒユーマニズムに焦点を絞り、あらゆる階層を含めた抵抗主体を望みつつ、その中核をプロレタリアヒユーマニズムに求めていることは、前記引用を併せてみると明らかである。

その他に注目すべき論争は林房雄とかわした一連のそれがある。林がプロレタリア作家「廃業」宣言をして以来、急速に右傾していく過程は、『文学界』が保田與重郎等「日本浪曼派」と響きあって、「プロレタリア文学の抵抗をそれだけ一層困難ならしめ」る（小田切秀雄『近代日本文学辞典』）力となっていく過程と符合する。詳しくは触れられないが、『文学界』昭和十二年三月号座談会における林への反論、同年二月号の発禁措置に対する対応の相違、更に同年同月号の座談会等をみると、島木ははっきりと林の対極に立つべきことを意識していたことがわかる。

思想犯保護観察法に対しては、エッセイとして「仕事のことその他」（昭11・8）、小説として「ある嘆願書」（昭11・9頃か？）を書いて、いわば慇懃無礼の体の抵抗を示している。だが最も反ファシズムの色彩を濃厚にしているのは「若い学者」（昭11・6）と「三十年代一面」（昭11・11）である。「天皇機関説」事件に時代の危機感を触発された主人公が、「ファシズム勢力への対抗」のため、党派的対立を廃した統一組織の結成に奔走し、『人民の声』を発刊するという内容の前者にしろ、「おれたち二人がわずかに今日まで残されて来た火種なんだ」という自覚のもとに、科学の純粋性を守ろうとする後者にしろ、貫かれているのは、「ヒユーマニズム」であり「科学の純粋性」であるのだが、それはファシズムに対処するぎりぎりの拠点であっただろう。作家活動当初の島木が、無前提に知識人を蔑視しているのに比し、これらにおいては彼らの力を積極的に評価するに至っているが、それはこれまで述べてきたような反ファシズムの気運に醸成されたものとみてよい。

しかし反ファシズムの抵抗意識の崩壊とともに知性そのものが同時に姿を消し、「三十年代一面」の片山のような、無気力な人間像だけが知識人の性格として島木の意識にのぼる。抵抗意識の放棄は「生活の探求」を必至とするのである。

〈四〉　おわりに

すべての初期短編が、以上四点にわたってのべた問題を主軸にしているというのではもちろんない。たとえば「鰊市場」（昭9・7）は、このようなモティーフとは枠組を別にしているし、北海道や香川の風土と人間のありかたへの関心も検討が必要である。だが、大方は、この四点のいずれかの単独ないし複合の形でのあらわれであるといってよいかと思う。

これまで、島木健作のいわゆる「転向時代」に焦点を絞り、その生と文学の実態を、創作方法とモティーフの分析を通して論究してきた。私小説の伝統の中で、転向小説は弱き自己のあり方を嘆く〈転向私小説〉へと実感主義的に流れていったのだが、再転向の可能性をさまざまな虚構によって試みようとした島木健作の営為は、かなり特異なものとして私たちの前にある。

〈注〉

（1）大久保典夫「島木健作ノート　一〜三」（『文学者』昭35・8－10）、小笠原克『島木健作』（明治書院　昭40）。以下引用を明記してないものはすべてこれらによる。

（2）『思想の科学』同人の『共同研究　転向』（平凡社　昭和34）の転向規定。

（3）「文学的自叙伝」（昭11・8）は「再建」発禁（昭11・6）と「生活の探求」（昭11・10）の間に書かれており、微妙な位置にあるのである。

（4）小笠原克「私小説論の成立をめぐって―その7　転向私小説」（『群像』昭37・5）。

（5）青木恵一郎『日本農民運動史』（民主評論社　昭22）による。

（6）中野重治「横行するセンチメンタリズム」（『報知新聞』昭11・2・14－16）。

（7）佐藤義雄「『生活の探求』の思想」（『近代文学論』第6号　昭49・9）。本書第Ⅱ部第二章参照。

第二章　『生活の探求』の思想

〈一〉　はじめに

『生活の探求』は昭和十二年十月に上梓された。「単に組織の再建といふより以上に、広く深い人間的意味合ひをこめた」（「自筆年譜」）『再建』が、どこという具体的理由もないままに、発禁処分を受けて（昭12・6・11）から約四か月後のことであった。中村光夫は、「『再建』の発禁が彼にあたえた衝動からの立直った作品というより、衝動そのものの産物です」（『日本現代文学全集』第80巻、解説）としているが、この書きあげ方の速さは島木健作の内面の変化・動揺の大きさを物語っている。本稿はこのような事情のもとに書かれた『生活の探求』を、主にその思想的側面から検討しようとするものである。

〈二〉 転向文学からの転向

島木は『再建』執筆中に以下のように語っている。

それからその長編（『再建』――引用者）が終る頃に、その一つの長編にかからうと思つてゐます。それは主として、今の時代のインテリゲンチアのいろんな姿ね――群像だね、僕のことだからやはり主として社会運動を書くことになるが、それを書きたいと思つてゐるんです。（『文学界』同人座談会　昭11・2）

我々の作家達は打ち続く苦難のなかに地力を鍛えつつある。次々に立派な仕事が今後彼等によつてなされるだらう。私は私のもつあらゆる弱さにも拘らず彼等とともに行くだらう。（『再建』あとがき　昭12・6）

「我々の作家」とは苦境に立たされていたプロレタリア作家のことであり、『再建』後の長編に「社会運動家」である「インテリゲンチアのいろんな姿」を予定し、それをもって「彼らとともに行く」決意を深めていった情熱がこれらにはこめられている。しかしそれは結果的に『再建』の発禁を直接の契機に『生活の探求』として屈折させられて、実現することとなった。このことは大久保典夫の言うごとく、「漸次的な移行であり〈心ならぬ転向〉から〈心からの転向〉への飛躍などと大げさにさわぐ必要など毛頭もない」（「ある農民運動家の肖像」『批評』昭44・12）ことであるはずはない。

右の二つの宣言と照応させてみると、『再建』から『生活の探求』への転換は「漸次的な移行」の面をも含みながら、根本的にはやはり、権力への屈伏をモティーフとする一種断絶ともよぶべき現象、その意味での転向に他ならないと考えざるをえない。それゆえこのような転換の起因となった事情がまず考えられなければならない。

まず第一に、ほとんど伏字なしに書かれた『再建』の発禁事件がある。ほとんど伏字なしに書いたということは『再建』そのものの性格にもかかわっていたろうが、やはり時代の圧力に対し精一杯の譲歩をしつつ執筆の保証を獲得していく、といった苦肉の策であったはずだ。それができないということは、もはや従来の題材・思想で作品を書くことが現実的に不可能になっていることを示していた。また『文学界』を統一的な抵抗主体にまでたかめようとする意図の実質的な挫折があり（注1）、「若い学者」で懇望した抵抗要素の組織化、という課題の崩落があった。加えて「思想犯保護観察法」の制定（昭11・11）があり、島木の内面においては、組織的抵抗運動の可能性はすべて潰え去ったと意識されていた。

さらに、荒正人の、「このふたつの長編のあいだに日中事変の勃発（昭12・7・5——引用者）がはさまっていることは、恐らく『生活の探求』の構想の根本的前提になっていた」（『現代日本小説大系』第48巻解説　昭24）という指摘は注目するに足る。『黎明』や『再建』を現実的に支えていた実際の農民運動が、「日中事変」を境に急速に後退していったことも、あるいは同じ意味をもっていたのではないか。それは本多秋五が転向の理由としてあげた「国民大衆の転向」（『転向文学論』）ということでもあるだろう。

『生活の探求』は、このような与件を凝縮させたところに成立した作品なのだが、このような屈折を照明する島木自身の註ともいうべきいくつかの言葉にふれてみよう。

私はただ外の動きに順応するためにこれを書いたのではない。転向問題を考へつめていつて私はかういふ所へ行つたのであつた。（「『生活の探求』について」）

この処分（『再建』発禁――引用者）は彼にとつて精神的にも物質的にも打撃であったがさういふ処分といふこととは別に、この小説を書いてゐる時から、彼（太田＝島木――引用者）はある苦しい気持を感じ、自分に一つの転機が来やうとしてゐることを次第に強く感じていつたのである。……太田自身の現在の思想なり生活感情なりと、作品人物のそれとの間に溝ができ、それが次第に深まつて行くやうな気持がしてならないのである。（『ある作家の手記』）

これらは昭和十五・十六年に書かれたものであるが、私にはこれらの叙述が『生活の探求』執筆の事情を正確に反映しているとは思えない。昭和十五・十六年という時点と当時の島木の時代とのかかわり――農民文学懇談会に所属し、満蒙開拓を是認していた思想――を考え併せれば、『生活の探求』についての右のような感想も納得できなくはない。だがそれはあくまでその時点においてのことであり、さかのぼったとして『生活の探求』執筆後か執筆中であった。

それゆえ、大久保典夫が、これらの文章を根拠として『再建』から『生活の探求』への転換を「漸次的な移行」とのみみる評価は納得できるものではない。島木が自らの屈伏を認めず、『再建』その他から飛躍のない必然的な道ゆきとして『生活の探求』を自覚していたなら、『再建』に加えられた弾圧に抗議してしかるべきであった。しかしそれに対し島木は一言も発せず、「夏中蟄居して」（「自筆年譜」）、『生活の探求』にとりくんだ。このことは、『再建』まで再転向志向を基軸として屈伏を屈伏として承認しまいとしてきた地点から、明確に自己の屈伏を認め、一段後退した地点に立ったことを意味している。

その意味で平野謙の「作のモチィフについてみれば、ここには心ならずも外的強制に屈伏した痕跡はやはり歴々としている」（「島木健作」『現代の作家』所収）という指摘は、大久保の批判にもかかわらず依然として正しい。「『生活の探求』について」において島木は、

> 私は若く、私はなんとかして生きたかつた。このま、滅びるといふことには堪え得なかつた。新しく生きやうともがく姿が転向といふ形をとらねばならなかつたのである。

と書いているが、このような心情こそが「生活の探求」執筆のモティーフの核心ではなかろうか。『癩』から『再建』までの歩みと「新しく生きる道」との相違は後述するが、『生活の探求』はとにもかくにも「新しく生きる道」を定立しえたという意味で、まぎれもない転向の文学であると言える。そし

てそれを支えたのが「なんとかして生きたかった」という心情であった。

『生活の探求』の方向以外に道はなかったかという疑問は当然生まれるが、時代の流れからみれば、本多秋五が村山知義の転向に触れて述べた「主観的な可能性の誘惑」（「村山知義論」）という、弾圧による自己の資性の封じこめに対するおそれが、島木の内面を占めた観念の大きな要素であったとみられよう。

一般に、『癩』から『再建』までの作品を転向文学として捉える視点は、それらの作品が島木健作という転向者によって書かれたという事実から直接ひきだされている。しかし野間宏が、

あくまで共産主義運動・マルクス主義思想の正しいことを信じそれに前進しようと考えるが、自分自身の弱さをふり返り、たたかい敗れた自分を徹底的に見きわめ、自分の限界をさだめて、その限界内においてあくまで良心を守り生きていこうという決意に至り自覚を追及した文学である。（『プロレタリア文学大系』第7巻解説）

と規定するような転向文学は、単に転向者あるいは転向作家によって書かれた文学ではない。「あくまで共産主義運動・マルクス主義思想の正しいことを信じ」ている点で、それは必然的に再転向志向を内にはらんでいる。『再建』までの作品は転向という事実をモチィーフとしながら、そこからの立ち直りをめざす作家主体の強力な欲求に支えられて成ったものであり、様々な問題を含みつつ、農民運動時代と思想的心情的に接続している作品で、野間の規定する転向文学に組みこんでよい。

それに対し、『生活の探求』は、野間が転向文学でないとする「自分の転向の意志を表明し、思想的に転向して新しい思想を求める文学」（前掲文）であり、転向文学の「第二段階」（本多秋五『転向文学論』）の端緒をひらいたものであった。ここには主人公の転向は取扱われておらず（学生生活を放棄し帰農することを転向と呼ぶなら、それは字義の拡大にすぎる）、「共産主義運動・マルクス主義思想の正しいこと」も全く主張されていない。そして何よりもプロレタリア文学（運動）が血であがなってきた、権力との関係における社会性が全面的に捨象されている。『生活の探求』は、野間の規定する「思想的に転向して新しい思想を求める」という、転向文学として失格の烙印をおされた性格を中核として転向文学たりえている。このことは『癩』から『再建』まで歩んできた島木が作家としての軌跡を転換させたという事実をさし示している。つまり、転向文学からの転向をモティーフとする転向文学が『生活の探求』のありようにほかならない。

しかし転向文学からの転向というときも、先に述べたような、外的強制による自己の資性の封じこめへのおそれに起因する転向であったことに変りはない。それゆえ本多秋五が『生活の探求』を直線的に「心からの転向」として把握したのは、「転向文学二段階説」の秀抜さにもかかわらず、あまりにも作品自体の内容に拘泥しすぎていたきらいがないでもない。むしろ、「心ならぬ転向」を「心からの転向」として提出したということが重要であり、問題は『生活の探求』前編の好評が島木に後編を書かしめ、「心からの転向」を確立せしめたということにある。

つまり、「心ならぬ転向」を執筆契機とした前編発表によって、結果的に「心からの転向」に至りえた、そしてその転向が後編の執筆動機となった、というのがその間の経緯であった。前編において無気力な様相を呈していた転向者志村が、後編において突如として行動者として変貌すること、および語り手がそれを積極的に是認するというギャップ（むろんギャップはこの一例にとどまらぬ（注2））は、そうでなければ理解できない。

〈三〉『再建』その他との連続

『生活の探求』には闘いがない。もしあるとしてもそれは徹頭徹尾主人公の個別的な闘いであり、『再建』で総体として描こうとした組織的な闘いは消却させられている。それは先に述べたように、島木の主体の変化によったものであり、それ以前の作品との間には一種の断絶とよんでよい空間が生まれている。しかしこの断絶が一応承認されると「漸次的な移行」の面として極めて多くの要素が初期短編及び『再建』との間に浮かびあがってくる。それらは『生活の探求』があらわれてきた必然を明らかにする。国家権力に一指もふれず、その視点を農村内部に限定することによって政治性を捨象した主人公杉野駿介の人間像は、初期短編、あるいは『再建』の中にきざしているのである。

その連続性は、まず第一に『再建』も『生活の探求』もともに時代のアクティヴな問題を素材としているということである。『生活の探求』は行き暮れた知識人の救済という、まさに時代的課題を真正面からとり扱ったものであり、それはとにもかくにも社会的な要請と重なりあっていた。「現代の都市に住む青年学生と農村の生活とを結ぶ架橋の試みだといふ点」に中村光夫がその意義をみたのもこの意味においてであった。『生活の探求』執筆にかけた意図のありようは、初期短編及び『再建』において、続出する転向者を前に、非私小説的方法で転向を構造化し、転向者の再転向の可能性を求めていった姿勢と極めて近縁的関係にある。

連続の面は第二に、農民および農民の心情への密着の姿勢という点にある。『再会』（昭10・5）の主人公は従来の農民運動の伝統を懸命に守りつつ、かたわら、

それから煙草の耕作面積を村全体としてもう少しふやしてもらふことを今奔走中で、おれはその代表者の一人だよ。この間もまた部落の出て行け、おう行くくともといふ夫婦喧嘩の仲裁をやつてね。

というような農村活動を実践し、「一人前の百姓となること」を念願する。『再建』の浅井も、獄中から、

僕等は農民の生活のほんたうにいい相談相手・世話役でなければならないだらう。時には身の上相談の解答者でさへもなければならないだらう。

と将来を思い描くが、このような主人公の形象はそのまま『生活の探求』の杉野駿介のものといっていい。ただ、『再会』『再建』の主人公達にはまだ確固とした組織的農民運動が残されており、そのことの確認の上に、「農民の生活のほんたうにいい相談相手・世話役」になる必要の自覚がよびさまされたのであるのに反し(注3)、『生活の探求』にはそのような運動形態が残されていない。すなわち、『再

会』『再建』の主人公のめざした目標から組織的闘争をはらいおとした世界が、そのまま『生活の探求』のありようになっているということである。大久保が「漸次的な移行」とのみみたのもゆえなしとしない。

連続の第三は、自己の知識人であることへのコンプレックスである。『生活の探求』に至るまでの作品には、知識人であることへの無前提な自己否定は直接的には明らかではない。そこにあるのは、『黎明』（昭10・2）の熊吉などに形象された、たくましい生活者に対す畏敬・信頼の念であった。しかしそれは知識人であることへの、裏返しにされたコンプレックスという一面もある。『生活の探求』の主人公が一人の農民として再生していこうとする背景には、こういった類のコンプレックスが渦巻いている。これを発展的なモメントとするならば、「革命運動の革命的批判」たりえたのであり、プロレタリア文学運動の残した遺産をそれなりに発展的に継承しうる可能性を保証しうるものであった。しかし、初期短編文学の、裏返しされたコンプレックスが、それをバネとして変革の立場へと進みでる、本来的な意味での自己否定たり得ているのに比し、『生活の探求』におけるそれはプロレタリア文学の重要な遺産のひとつの側面――合理的思考とそれを媒介とした変革の姿勢――への批判に終始しているばかりなのである。

すでにみてきたように、『生活の探求』はそれ以前の作品群から曲折なしに発展してきたのではなく、それらを承接しつつ、主に知識人層批判と、生産者・生活者に対するコンプレックス――生産者・生活者への前提ぬきの賛美――を大写しにした作品であり、権力上の関係ぬきの「農民の中へ」の思考の産物であった。ここにおいては人民戦線的抵抗運動への関心も再転向志向も全く消失している、というよりもむしろ積極的に否定されている。初期短編小説群や『再建』との素材的な面での連続と、それを描く視点・観点の変化の総体として『生活の探求』の世界がある。

〈四〉『生活の探求』の思想

島木は、伝統のない「日本の若さ」とその裏面である「日本の古さ」のために、「言葉のほんたうの意味での知識人・思想の人なんていふものはいない」（「第一義の道」昭11・2）という日本の近代史の跛行的性格に着目して、転向者の続出を日本独自のものとみている。最も鋭角なあらわれを示した社会主義運動の挫折もその宿命の中にあり、つまりは、自ら培った思考以外の「外来思想」をも含めた既成の思考は無効であるとしている。これがまず『生活の探求』の第一の出発である。

また農民運動とプロレタリア文学運動の挫折・敗北を体験し観察してきた結果つかんだ認識、すなわち、

夢のすべての種類は過去にすでに出揃つてゐる。それを現実のものにしやうとする行為も試験ずみだといへないこともなかつた。

という認識が、第一の出発点と密着して第二の出発点となっている。「夢のすべての種類」と思われるもの以外の新しい「夢」で新しい生き方を定立させようとするのが『生活の探求』の重要なテーマなのだが、それは直接には「試験ずみ」である、「夢のすべての種類」の中で最も大きな位置を占める社会主義運動の挫折という、自ら携わり敗北した大きな事件に促されている。

以上の二点から主人公杉野駿介の行動様式が決定される。

駿介はやうやく新しく踏みださうとしてゐる。よそ目にはどう見えやうとも彼としては精一杯求めたあげくのことである。しかし彼は自分が進まうとしてゐる道を終局までも見通してゐるといふわけではない。知りつくして、絶対に間違はぬ唯一の道との確信があってかかる後に辿りはじめたといふのではない。……そしてそこから自分にとつて何か新しいものが生まれるに違ひないといふことだけは堅く予想してゐる。

このような主人公の教養小説風の設定は、『生活の探求』後編への抱負を語った次の言葉に関連している。

一人の人間の成長と発展を描きたいのである。……何ら新奇なものではないが、さういふ発展小説の二三を描くことに今の私は非常に心を惹かれてゐる。私はそれらの小説において苦闘する人間の美しさを書きたいのだ。（「自作案内」『文芸』昭12・12）

島木が意図したのは、「目ざましい事件といふやうなものは何一つ無い」平凡な日常生活における「まだ今までに一度も何等かの思想や行動の確固たる立場をもつたことのない」駿介の「成長と発展」であり、「苦闘する人間の美しさ」を描く「発展小説」であった。だが日常生活を通し、「発展小説」にふさわしいアクチュアルな思考を杉野駿介は獲得していったのであろうか。

駿介は病気療養のために故郷にとどまっていたが(注4)、都会生活の無意味さを考え帰農の決意を固める。それは「泥沼のやうな観念の世界にはまりこんで、脱け道がないといふことのなかにかへつて陶酔してゐたやうな過去に別れやう」とする痛切な欲求であった。知識人の知性が観念そのものでしかないがゆえに否定されていく第一歩がここにある。むろんこういう観念は転向知識人の暗鬱が前提となっている。しかしその「過去」は具体的「過去」として肉づけされておらず、したがってその「過去に別れやう」とする必然性も必ずしも明瞭ではない。ということは知識人層の現状にむけた批判が既に当然の前提であるものとして作品が出発させられている、ということである。

窪川鶴次郎の言をかりれば、「駿介の生活の探求への出発は、知識階級の現状への批判と必然的に関連せざるをえないところで関連してゐない」(「続島木健作論」)矛盾を含んでいる、ということになる。『生活の探求』の知識人の造型は、対社会の関係においても対人間の関係においても何らアクチュアルな緊張をもたない、具象的人格を持たない、一般的タイプに終始している。島木は「職業についてほとんど頭を悩ます必要のない」「上流」出自の知識人に論難を集中しているが、批判の対象として必要なのはそのような手合いではなく、何も行為しない中から「無気力や懐疑や絶望の状態」に落ちこんでいる知識人でなければならず、良心的に生きることを願って、現実の桎梏の中で右顧左眄せざるを得ない知識人でなければならないだろう。

生きるための彼のいとなみが、そのまま彼の全人間を生かすための道と一つになつてゐるやうな状態――多くの人々がそれを求めてゐる。駿介も亦それを求めてゐる。

この一文は転向者志村に対しての「自己完成といふことも、社会への積極的な働きかけの道、自分の意志を、社会的価値に転化する道において以外には決して求められない」という言葉につながっている。あくまで個人主義の上にではなく、社会的なつながりの中で生きようとするのが主人公の基盤である。しかし、「社会への積極的な働きかけ」といい、「社会的価値に転化する道」というその「社会」は無性格の「社会」ではなく、歴史的現在の相においてしか存在しない。つまり知識人層を低迷に追いこんだ時代の趨勢の理解と、低迷するしかない知識人の弱さに対する批判こそがアクティヴな課題なのだが、『生活の探求』にはそのような視座が欠落している。

このような根本的欠陥を含みながらも、知識人層の問題はこの作品の不可欠の出発点である。知識人層の問題は、具体的には転向者志村との対話に集中している。転向者志村は「どうなるかわからない」という、将来への見通しの定まらないままの駿介の帰農について、いくつかの批判を行なう。

まず第一に、駿介と「農村を地盤にしている政治屋やある種の思想善導家や、さういふもの」との酷似を指摘し、「とにかく何かやつて見やうと云ふ」駿介に、「決意の方向を、内容を問はないのかね。それの社会的性質を問はないのかね」と無方向の行動主義を批判する。

インテリにとつては今の時代は辛い時代だよ、その辛さに君などは負けたのさ。しかもその辛さをほんのちよつぴり舌の先で嘗めたといふだけさ。君は逃げだしたんだ。そしてそれを合理化するために、インテリとして生きるよりも農民や労働者として生きることの方が、まだそれだけで本質的に高く立派な道であるといふ考へを人にも自分にも押しつけてゐるんだ。……今の時代には今の時代の真のインテリとしての道はあるんだ。その道をこそ行くべきだ。

駿介に対する志村の、作中でのこの批判は、『生活の探求』批判としてこそふさわしい。駿介の生き方を逃避の道とする批判はまさしく『生活の探求』批判の中核に迫っている。

このような、作品への決定的な批判を作品そのものの中にかかえこんでいるという奇妙な矛盾は、では何によって解消しうるのであろうか。転向者志村は自己の挫折のために、今は懐疑と絶望の中にいて、「人にむかつていへるやうなことは……何もやつてゐやしない」のであるが、行動していないという一点において、島木にとって、駿介にとって、志村は否定されるに十分なのである。批判の主体が否定されるなら、その批判の正当性もともに否定されてよいとする島木の論理が、安心しきって志村の駿介批判に対している。さらに、「どうなるかわからない」という主人公を設定しながらも、駿介の生き方はすでに島木の内面に確立されていたという点こそ重要だろう。駿介の将来に挫折などありえようはずはないのだ。駿介の生き方を絶対とする作者の信念のかたさこそ、先に述べた矛盾を解消しうる鍵なのである。

しかしこうした駿介の信念とは別に、志村の「道は結局逃避の道だ」とする作品批判は依然として正当である。『生活の探求』前編は、「村の生活の一種の傍観者の地位から出てその構成員の一人として、次第にその機構のなかに織りこまれて行く自分」に歓喜と満足とを感じていく過程を追ったものに他ならないが、それは都会生活のなかで身につけてきた「インテリ」性を一枚一枚剥いでいくことと表裏である。

彼は何を措いてもまず農事の一通りを覚えこまなければならなかつた。それには先ず過去の自分をすて去ることが必要だ。この十年間の都会生活の間に、我身につけてきたものを次第にかなぐり棄ててゆく。どこへ出て誰に見られても、誰も自分にはそんな過去を嗅ぎつけることができないほどになる。外見だけではなく、ものの感じ方や好みまでも農民のものになりきる。

そして駿介は、麦刈り・水利権争い・葉煙草の栽培等を通して徐々に農民になりきっていく。しかし、「知的労働と肉体的労働の円満な結合、その統一を求めている」という常套的表現で作者が主人公の生き方を説明しても、描かれている実体は知識人層の否定とその裏返しとしての一箇の農民としての再生にほかならない。初期短編小説群及び『再建』を一貫した島木の発想のパターン、すなわち、知識人対農民という二元的把握はここにおいて最終的結末を与えられる。知識人層の現状への批判から出発した知識人層救済の解答は、知識人層の全否定という地点に求められたにすぎなかった。
　このことは知識人層の敗北そのものの結果であり、島木がそれを敗北として認めていない点で二重の敗北である。あくまで知識人として生きようとした『再建』の主人公と決定的に異なるのはこの点であり、『生活の探求』が島木の文学の重要なひとつの里程標であったのもこの意味においてであった。「今の時代には今の時代の真のインテリとしての道」が必要なのであって、「人間として」生きることに徹するということが知識人層の知性の蔑視を許すことになるのではない。知識人として生きることもまた「人間として」生きることに他ならない。駿介にとってはむしろその方が正当であった。後編結末部分で作者は主人公に感想を語らせる。

　今の自分は一人の百姓である以外に何ものでもあらうとはしてゐない。自分はこの村に住む一人の百姓だ。

自己を完全に周囲に馴化させようとする駿介の決意には、すでに知識人たる要素のひとかけらも残していない。つまり、駿介がかつて知識人であったことは、ただ否定されるためにのみ存在し、「生活」の「探求」に資する役割を全くもっていない。知性の完全な封殺だと言える。
　以上をふまえ私は、現実生活のなかから自己の手で独自の思想を鍛えあげていこうとする駿介の行動の指針は何かという点について考えなければならない。がその前に、駿介の、したがって多分に島木自身の、農民に対する認識の質をさらに検討しておきたい。

鍬の入れ方ひとつ鎌のもち方ひとつも偶然に生まれてはゐなかつた。つまりそこには生産する心労があつた。……生活はすみずみまで生産によって統一されてゐた。だから無駄やたるみがなく、素朴な美しさもそこからきてゐた。

このように充実した素朴な美しさを愛する駿介の心情は『生活の探求』全編を通して主張されるが、それらはすべて知識人層の混迷と堕落との対比においておこなわれているため、農民への愛はほとんど無前提の農民賛実にまで至ってしまっている。また、小作争議を必然的に生みだす悲惨な農村の現実の暗鬱さがここでは一切捨象され、すべてが明るい外光のなかに描きだされているのもこの賛美の心情によると考えられるが、こういった農民認識が片手落ちだということは、仙台で黎明期の農民運動を体験し、香川においてそれに心血をそそぎこみ(注5)、農民の生活と隅々にわたってつながっていた島木自身が熟知していたはずの事柄である。

農民の狡猾さなどといふがそれは一体なんだらう。彼らの狡さはほかのあらゆる狡さに比べてもの の数でもなく、せいぜい飾り気なく剥き出しに現れるといふにすぎない。人を利用しうまい汁を吸つてやらふといふのでも、慎重に計画し徐徐に引綱を思ふつぼへ手繰り寄せるといふのではなくて、溺れるものがわらをつかむやうに一寸でも自分のたしになると思ふものには情なく縋りついてくるのだ。……信ずべきは彼らの本質的な善良さである。

『牛部屋の臭ひ』（正宗白鳥　大5・5）や『南小泉村』（真山青果　明42・10）の著者さえもが見た、農民の目をおおうばかりの貧弱さや狡猾さは、「彼らの本質的な善良さ」というような把握ではいかんともしがたいものであったはずだ。矛盾の集積した下層農民の現実の醜悪さは「本質的な善良さ」をはるかに越えてるのであり、『生活の探求』における農民認識はその意味で感傷にとどまっている。事柄はすべて、既に述べた極端な農民憧憬からくる一方的な農民認識に起因しているとみていい。『黎明』『再建』等で描いた農民への愛は、闘争を媒介にして強固に結びあっていたため、観念に堕ちこみはしなかった。『生活の探求』と初期作品との断絶はここにもあるのである。

作品の主眼（駿介の行動の指針）は、そのことよりもむしろ駿介がいかに「社会的に生きるか」、左翼運動の完全崩壊下にいかなるヒューマニズムが可能か、という点にある。駿介は都会の巷に稲晦する上原哲三の生き方――「自己の本性に従って生きる」個人主義――を「真に人間生活を愛するものとはいへない」ものとして否定する。上原は「自己の本性」を社会的連関の中に位置付けていない、というのである。もちろん「社会的に」ということにしても、駿介にあっては「農民のために」という意味のものだが、駿介はそれに全力を傾ける。煙草作付面積増加の件で専売局に折衝し、小作人と地主との調停を行い、病気の農婦を畏友の森口医師に紹介し、托児所の設置を企てる。これらの運動が、かつての社会主義運動の中で陥穽であったという事実はある。それを第一義的に取り扱っている点で、やはり農民運動に対する批判の意図をみることはできる。

しかしこれらの活動はいわば慈善的事業として扱われており、農村的現実を根本的に変革しうるものとしては提出されていない。初期短編小説群や『再建』と比較して、はるかに狭小な「ヒューマニズム」になっている。駿介の信念は、一般的抽象的に社会変革を主張し、それにもかかわらず非現実的・非実効的であるよりは、手近な問題からひとつひとつ解決していく方が合理的だとする功利性への確信である。東京に出てきて農民組合の「某氏」に会っても「彼らも駿介に何ものをも新しく与へることはできなかった」という感想を得るにすぎなかったのは、この確信の正しさを実証するものであった。

閉鎖状況を手近なところから改良していこうとする主人公の行動の基盤――それは『生活の探求』の基盤であり、「探求」されるべき「生活」の基盤なのだが――それはいったい何か。小作人広岡と地主伊貝との間に生まれた小作料の問題に関して駿介は考える。

> 事柄そのものは、誰も疑ふ余地がなかつた。いやしくも常識のある人間ならば、それがどうでなければならぬかについては、異論のあるべき筈のないといへる性質の事柄だつた。……学問の上から合理的な小作料といふものを割り出すことは自分にはできない。社会の通念に従ふまでである。

駿介は小作問題を決して争議にまで拡大しようとはしない。これは『再建』との比較でもっとも注意されなければならぬ島木の思想の変化である。駿介は常識と社会の通念とをもって地主伊貝と交渉し、小作・地主双方に納得させうる解決策を獲得する。その解決の中心軸は人間の「善意」である。

駿介があるべき農民の典型として信頼するのが父駒平であったことも、このこととは無関係ではない。「円満な常識と生活が生んだ叡智と、六十年の経験と、圭角のとれた練れた人柄」とを備えもった駒平の上に「自分を発展させねばならぬと思ふ」のも駿介の行動の基盤をよく物語っている。

だが農民運動時代から島木がみてきたのは、人間の「善意」ではいかんともしがたい現実の姿であったはずである。新しい生活とその指針を求めて農村に帰った主人公の至りついた地点が、「健全な常識」であり「社会の通念」であったとすれば、どこに新しい「生活」の「探求」があったのであろうか。現実の農村の変革を、自己をその農村の一角にはめこみ、その法則によって実現しようとする矛盾は一見見えやすいが、その見えやすい矛盾の中に杉野駿介の全人格があるのである。というよりむしろ、客観的には農村の現実の変革といった志向は当初から駿介の意識とは無縁だったという方がより正確だろう。

一頃の青年達は、現存する組織や機関の社会的な客観的な機能を彼らの社会理論によつて理解し、その理論の命ずるままにこれを機械的に全体的に否定してしまつた。……彼らが観念的に否定してみたところで、さうした存在がどうなるものでもない。人がその中で実際生きていかねばならぬ社会は、さういふ組織と機関によつて成り立ち、動いてゐるのだ。

これは『生活の探求』がもった結論であると同時に、作者島木の思想の帰結点であったとみてよい。『生活の探求』での転換はこのようにして完了する。『日本への愛』（昭12・5）で誌した「俺達の思想」への確信が根こそぎ洗いおとされ、「新しい思想」へ転換することによって『生活の探求』は生まれた。託児所設置でこの作品は終るが、これまでの駿介の行動と大差ない行動が将来に予想されるに至って、駿介の存在意味も、したがって『生活の探求』の意味も特に強調される必要はなくなる。「生活」の「探求」は既存の農村の「通念」に従って、そこに同化することであり、結果的に「探求」さるべき「生活」は不在なのである。

〈五〉『生活の探求』論争

『生活の探求』は当代の青年に広く読まれ、影響を与へた。これはこの作品を認めたものも認めなかつたものも、共に認めざるを得ない一つの事実である。人々はすでにこの事実を前にして多くの論をした。（「『生活の探求』について」）

と島木は書いた。現実に帰農する青年を生んだという（平野謙『昭和文学私論』）この作品の発表は、作品の文学独自の価値とはずれたところで極めて注目された。森山啓は、「主人公の生き方に僕は同感してゐたわけではないのに、いよいよ北陸へ帰つて百姓をしやうとした時に、やはりその主人公のやうな生き方をする他仕方がないと思つたから妙である。やはり当時のインテリゲンチアの止むなき生き方に、一つの姿を与へた小説だつたかもしれない」（「島木健作論」）と記している。

前編における駿介の行動が「いわはオズオズと語られ」たのに対し、後編では「明瞭な自覚と自信をもって語られ」ているという本多秋五の指摘（『昭和文学史』）も、作者が感知した作品のこのような読まれ方に基づいている。

ただし問題は、「人々はすでにこの事実を前にして多くの論をした」という点にある。臼井吉見は、『近代文学論争』の一環として「『生活の探求』論争」をとりあげている。その論争はまず中野重治が口火をきった。

生活の組みあはされた複雑さ、その中に絡みこんだ農民生活のやりきれない複雑さ、土地と季節とに制約されて、このやりきれなさが一層やりきれなくなる気持ちはどこにも捕へられていない。

（「探求の不徹底」『帝大新聞』昭12・11・8）

中野は、イデオロギー批評が容認されない時代の制約で、固苦しげにリアリズムの手法に限定させているが、めざすものは、主観的誠実さが時代の気流の中では国家体制への奉仕として機能づけられていくこと、及び島木の思想の転換がそういうものとして『生活の探求』に具体化されていくことに対する思想的批判であった。

一方中村光夫は、「リアリズムの常識をはなれて現代の青年を描かうと企画してゐる点」に『生活の探求』の積極的意義を認めて、ある人がこの小説には農村の描写がないといったそうであるが、これほど健康な農村生活の描写がどこにあるか。（『中村光夫作家論集』3）

と評価した。中野の論をひとつの代表的見解とし、以降の島木論の原型とすれば、中村のこの論ももうひとつの代表的な見かたとして、以降の島木論の源流に定位できるだろう。臼井は、唐木順三（「島木健作」）、河上徹太郎（「教育文学論」）、それに亀井勝一郎（「島木健作」等）を中村とひとつの系列に含めて、「再生の実体そのものについての検討を欠く批評は、いきおい観念的な性格をおびざるをえない」として『生活の探求』への過大評価に警告を発し、

一個の具体的な作品の評価がこれほど対立したことは稀であらう。しかも中国との戦争に突入した歴史的な時代を背景に、当時の文学と文学者の実態を知るのに恰好な題目である。

と結論づけている。

中野の評の線で全面にわたって評を展開しているのが窪川鶴次郎の「島木健作論」正・続（『文芸』昭13・10－11）である。

窪川は知識人層批判の「欺瞞」性と反動性とをついて、『生活の探求』は知性の否定による「卑近な」「地に足のついた生活・円満な常識」を獲得するにすぎないと鋭利に批判を展開した。もっとも小笠原克の指摘（『島木健作』明治書院）の通り、窪川の論は「作中人物同志のヴァイタルな葛藤」

をみておらず、「外在批評」に終始し、文学論として自律していないうらみは残る。私にはむしろ、宮本百合子が窪川の論をさらに抽象させて述べた、

よかれあしかれ知識階級の一特質をなす知性の世界を観念過剰の故に否定して、単純な勤労の行動により人間としての美と価値とを見出さうとしてゐることは、一方の極に生産文学を持つた当代の人間生活精神の単純化への方向と合致してゐて極めて注目をひかれる。(「昭和の十四年間その四」『日本文学入門』日本評論社 昭15・8)

という批評に興味を感じる。百合子は、プロレタリア文学が〈生産文学〉へと様がわりさせられていく文学状況に、広く目配りを利かせている。『生活の探求』の「ヴァイタルな葛藤」(小笠原克)が、このような時代的基盤の上に成立していることを宮本百合子は見逃していない。駿介が転向知識人志村との議論のなかで「独尊的な「土に還れ」主義者」とおのれとをきびしく区別し、また日常的につねにそう心がけていたにもかかわらず、客観的位相においては彼ら「「土に還れ」主義者」とほとんど同一の地点にいたということが問題なのである。

このような創作主体と時代との矛盾は『生活の探求』のみではなく、それ以降書かれたいくつかの長編においても基本的に同一のものである。『人間の復活』(昭14・1－15・12、後編は昭16・10)の転向者秋山建吉が苦悩の末、結局帰農していくのも、『嵐のなか』(昭14・11)の主人公が愚劣な家族制度にあらがって北海道の農場に思いを馳せるのも、時代的背景との相関において評価すると『生活

の探求』と同一である。『運命の人』（昭15・7－16・6）の主人公杉原の志向する「完全土着」もまた、社会的総体の中に自己を確立しようとし、具体的にはそれを放棄せざるをえない事情の下に成立した志向であった。つまり、「生活の探求」における作家島木健作の姿勢は、これ以降の壮大な長編小説群の主人公たちの人間像の基点となっているのである。

〈六〉　おわりに

昭和十年代の農村は、左翼農民運動への弾圧・徴兵制の拡大による青年人口の激減に加え、凶作が続き疲弊しきっていた（注6）。杉野駿介の思想は、恐慌期にとった政府の農村更生運動と結果的に一致しているが、それは時代の特殊性を没却した上で、農民と一体化しようとしていた島木の志向が然らしめた当然の帰結であった。

しかも『生活の探求』における思想的転換は、土着と献身の道徳――近代的合理的知性の否定――をバネとして、総体的社会認識から疎外された条件下で個別的不合理を解決していこうとする、「誠実」な青年に人生論的規範を示していった。等しく「近代的知性の否定」といっても日本浪曼派風の「古典回帰」とは異なった実践的意味をもっていた。

そのことも含め、杉野駿介にはじまる以下の長編四部作の主人公達は、島木の主観的倫理意識とは別に、昭和十年代という特殊な時代の要請の産物そのものであった。主題の欠落・構想の不統一等、この作品の小説としての欠陥は(注7)、思想的転換に伴う島木の内面の軌跡であり、また『再建』との非連続は、意識の中に重い意味をもっていた農民運動の指導者・プロレタリア作家という「過去」からの蝉脱の決意によっていると言える。本多秋五（『転向文学論』）や森山啓（前記）の言うように、『生活の探求』は単に島木の屈折の所産であるのみならず、時代の「良心」の屈折した方向への旅立ちを用意したものでもあった。

〈注〉

（1）昭和十一年一月改組の際に同人として参加、『文学界』同月号に以下の言葉がある。「僕はプロレタリ文学の一兵卒として、許される限りにおいて『文学界』を僕達の文学の活動舞台にしたいと考へてゐる」（「同人となったことについて」）。が、結局『文学界』は昭和十年代最大の中心雑誌になったものの、「僕達の文学の活動舞台」とはならなかった。

（2）志村は前編では駿介の新しい生活を「一種の農民主義だ。土に還れ主義だ。……悪の根源に立ち向ふ勇気は勿論、見極める男気さへ持たぬ小ブルジョアが窖のなかに駈けこむためにつけた一つの仮面」としていたが、後編ではエピキュリアン上原哲三の空しい饒舌も軽くきき流し、郷土史編纂事業の助手の仕事を通し「生活者」に変貌している。

（3）大久保典夫の研究により短編小説群および『再建』の人物のモデルとして宮井進一が存在していること

がはっきりした。宮井は香川の農村の様子やそこでの活動について島木に書き送っており、それが『再建』の素材となったと書き記している（宮井進一「島木健作と私・党および農民運動を背景として」『現代文学序説』第4号　昭41・5）。

（4）どこという指摘はないが、やはり香川県木田郡周辺が舞台設定となっているだろう。

（5）共産党に入党したのも、香川において日農香川県連書記として活動していた時期であり、初期短編文学に於いても、農民運動体験ががほとんどすぺての作品のモティーフの過半となっている。

（6）青木恵一郎『日本農民運動史』（民主評論社　昭22）、家永三郎『太平洋戦争』（岩波書店　昭43）など。

（7）小笠原克が具体的にこの面からの作品分析を試みている（『島木健作』明治書院　昭40・10）。

第三章　晩年への歩み

〈一〉　はじめに

高見順は島木の半生を「反動期の始まりに彼の文学的出発が行なわれて、反動期の終る直前に彼の生涯はとざされた」（『昭和文学盛衰史』）と誌している。何気ない概括の中に高見自身の昭和十年代への思いが見えもするが、何よりも島木の生きた時代を端的にまとめていることばと言えよう。「時代は暗く、亦我々も必ずしも明るくないが、私は上にかぶさつてくるものの下を這ひながら、息の根の続く限り書き続けたいと思ふ」（「自著広告」『文学界』昭11・12）とした島木の悲壮な覚悟も、やがて日中戦争へと雪崩ていく状況、あるいはナップの崩壊・転向文学の季節という状況、いずれも「暗く」としか言いようのない、この時期の特殊性を考えてはじめて理解しうるものであろう。

島木はまた、「野に立ってその一方の端に、細い一本の道が途絶えることなくはるかに走つてゐるのを振返り見るやうな作家であることを願ふ」（「自作案内」『文芸』昭12・12）とも記しているが、その困難を知りつつあえて「一本の道」を想望したところに、その十年代の苦闘と錯誤に満ちた作品世界が切り開かれていくことになる。島木自身の「一本の道」への真摯な思いと、にもかかわらず、多くの屈折としかいいようのない作品群と、その乖離・分裂こそ「時代」の「暗さ」と言うべきであろう。

敗戦の翌々日の島木の死を前に、久米正雄は「ひとつの時代の死」と呟いたという（注1）。久米の呟きには久米自身の「ひとつの時代」への思いがこめられていようが、久米なり高見なりの個々の思いを越えて、ひとつの象徴的な光景が浮び上ってくる。「転向作家」がたどった典型的な生き方などという問題ではなく、いわゆる昭和十年代作家の宿命が、そこに典型的に刻まれている、と見るべきであろう。

〈二〉『生活の探求』以後の長編連作

島木は再生志向型の転向作家として出発し、「再建」発禁（昭12・6）から「生活の探求」（昭12・10）へと屈折し（注2）、宿痾の肺患との闘病生活の中で「人間の復活」（『婦人公論』昭14・1－昭15・12）、「嵐のなか」（『日本評論』昭14・11－昭15・11）、「運命の人」（『新潮』昭15・7－昭16・6）といかにも島木らしい表題の長編群を書き続ける。これらは「生活の探求」四部作とも言いうるような性格のものであり、同時に、のち昭和十九年十一月に一種の成長小説として結晶する「礎」の世界を準備するものでもあった。そういう、「人間の復活」から「礎」への過程をまずノートしておきたい。

「人間の復活」は、「再建」でめざした運動の批判的再創造が挫折を余儀なくされ、その上で「生活の探求」の杉野駿介において造型しようとした知識人のひとつの典型をさらに複雑な人間、社会関係において語りかけようとしたもの、と言えようか。作品には諸々の個性をもち、様々な状況におかれた群像が登場する。

紙芝居の絵を描くことを余儀なくされながら、依然〈思想の眼〉を見失うまいとする、かつてプロレタリア芸術運動に参加した経験を持つ春木。運動の全面崩壊後に遅れて出発し、出発と同時に「自分を踏みき」れない停滞に悩む女流作家瀬川。かつて主人公村上と論争を行いつつ、今は失職した村上のために奔走する経済学者冬野。その妻であり、夫の検挙に遭遇するやもろくも動揺するモダンな柳子。それ等傷つき悩む都市中流の知識人の群像は、複雑困難な過去を背負いつつ、ひたすら平凡なものの中に真実をとらえようとする村上の思想と行動によって統一され、「六郷同友クラブ」に組織されていく。

村上の過去はほぼ島木健作の過去に重なるとも言える。村上の地道な教育運動の場、東北を島木自身の香川での農民運動に置き換えれば、村上の姿は若い日の島木の姿と等しい。また、村上が挫折せざるをえなかった「教育新聞事件」にしても、「日本農民運動史」執筆の意図とその挫折とつながっており、島木はそのような形で自身の歩んできた足どりを描こうとしているのである。

村上の基盤とする「六郷同友クラブ」とは何か。『生活の探求』の杉野駿介はせいぜい託児所の開設という程度でしか、自らと社会との間にパイプを通すことができなかった。そのモティーフはまず何よりも自らの想念の中に再生への基盤を築くところにあった。それに対し村上は「六郷同友クラブ」という形で労働者と知識人の理想的な連帯を通し、いわばひとつの都市型の共同体の創造へと向っていっているわけで、そこに「生活の探求」から一歩を歩み出している作家の姿を見ていいと思う。等しく〈現実密着〉ながら〈私〉から〈社会・組織〉へという展開がそこにある。

しかし、島木は村上的ありさまを率直に主張しているわけでもない。作品には村上を対象化する視点が周倒に用意されている。すなわち、屈折と変改を含みつつも、村上が若き日の島木健作に重なるとすれば、その若き日の島木をみつめる現在の島木の姿に重なる人物としての秋山健吉がもうひとつの軸として存在する。秋山は、

全体としての社会がどうならなくつたつて、一人の労働者が、人間としても技術者としても国民としても、立派な者として生きてゆく道を開いてやることができれば大したことぢやないか。

と村上の道を一応肯定し「六郷同友クラブ」にも参加しながら、しかしそこと深く切り結ぼうとせず、内面への沈潜を深めていく。

村上にははじめからまるで疑ひがないかのやうだ。しかし俺はもつと迷はねばならない人だ。…

…それは俺の受けた傷の大きさにもよることだ。

と。この秋山の思いは、ともかくも村での生活実践を通して再生を企った杉野駿介流の現実への関わりをも放棄したものと言ってよかろうと思う。明らかに村上的なありさまは秋山によって否定されているのであるし、また島木の関心は村上の生き方を相対化するこの秋山にこそあると見ていいと思う。事実、作品は前半の都市庶民群像の描写から、後半に至って、秋山の想念の描出へと移行していっている。杉野駿介の再生には新しい社会への認識が必要であった。しかし秋山の関心の重点は既にもうそこにはない。

高橋春雄作成の作品年譜にも明らかなように(注3)、この時期、島木は精力的に農村紀行を書き続けている。このことと符帳をあわすように、島木は秋山を、都市の「六郷同友クラブ」から東北の農村へと旅立たせ、そこで旧友佐伯に再会させている。秋山は彼に、地方生活に埋没せずに、逆に郷土に働きかけ、周囲を確実に変えていく誠実な姿を見、感動する。秋田在の一農村で佐伯に指導される村の青年達の姿から「謙虚であり、反省的であり、知識を求める心もさかんであり、卑屈からもまぬがれてゐるもの」という感想を得、佐伯の仕事に「永い生命」を見出している。そしてその果てに「自己見性」「深い心の体験」の根源に溯るため、秋山は「少年時を送った小さな町」がある北海道へと渡ることになる。

分銅惇作はここを、

「自己見性」のごとき心の体験という秋山の言葉は、物語の主人公の今の心境を綴ったというよりは、物語を書き終えた作者自身の述懐、いわばこの書の〈あとがき〉と見てもよい性質のものだ。

と述べているが（注4）、「あとがき」的で構成上の無理があるだけに、かえって生身の島木の素顔が出ているとも見られよう。いずれにしてもここから、教養小説風の作品「礎」の「祈る人」の造型までもう距離はほとんどない。

「教養小説」と言うならば、「嵐のなか」もその範疇の小説である。主人公蔭山雄吉は家と学校と、二重の閉塞状況に置かれている。蔭山家は貧農の祖父が秋田から北海道に入殖し、苛酷さを代償に一代で築きあげた地方ブルジョアジー。その苛酷さは近辺の子供達の「鬼政退治」の遊びにまで反映しているほどである。しかもこの一家には「祖父のものであつた強い精神」もなくなり、二代目の徒な誇りと無気力さが充満している。そういう家庭の中で雄吉はその罪障感と自己否定、さらには反逆の情熱をかきたてていく。

こういう中で彼には、「地方生活者として生涯安穏であり得る特権を与へられたものの、ぬくぬくとそこに居直らう」とするような精神からの離脱を決意する、「何か激しい思ひ」が胸中をよぎる。しかし「自分の内部に新しいものの成長が真に確固とした根をもつ」日は容易には訪れない。

学校もまた同じである。「学問らしい学問は一年一年教壇から姿を消しつつある」停滞した状況の中に、安易で活気のない学生達の無気力さが充ち充ちている。そういう中で雄吉は方向性をもたぬ反逆の意志と情熱とを育てていく。

こういう閉塞状況をつき破っていく契機となるのが左翼学生堅山との交渉だが、雄吉は結局ここでもまた家の卑俗さにぶつかり、己の前途を切り開くことができない。こういう雄吉を相対化し、その生の方向を示唆していくのが作家伊東茂太である（こういう人物間のありさまは「人間の復活」における村上と秋山の関係に等しい）。雄吉が生真面目に悩み、その結果として孤立していく昭和十年前後の典型的な青年であるならば、こういう悩みに解決の示唆と行動を与えていく伊東の口から出る言葉は、島木自身の昭和十五年の時点での思想そのものであろう。伊東の立場は約めて言えば「政治的に考へたり時代的に考へたりするよりも奥深く、その現象の人間的意味を考へる」というようなものであり、その「人間的意味」という一語に「人間の復活」の秋山の「自己見性」の凝視へ向かう志向と一体のものがある。

その伊東の奨めで雄吉は、「北海道農業の研究」に向うべく北見の農場へ行くことになるのだが、こういう形で作者は伊東型の思考に雄吉の苦悩をなしくずし的に絡めとってしまい、本来ありえたはずであるこの二人の葛藤を、そのものとして捉えることを放棄してしまう。登場人物の傀儡性という島木文学の根本的な弱点がここにも現れてしまっていると言わざるを得ないのだが、こうした事情は、かつての左翼青年堅山をその後、

理想を追うて一度は蹉跌した人の、更生の道を、全然今までとは遭った新しい環境のなかに求めて、かの地へ行つた。

と満州行へと向わせている点にもあらわで、本来あったはずの堅山の苦悩を描出することもなく「更生」の道を辿らせ、「せい一杯生きて来たといふ道が、自然の発展として大陸に通じた」と曖昧にしか説明していない以上、結局堅山の造型は、時流への安易で無批判的な密着と言わざるを得ない。

先の秋山の「自己見性」への旅にしろ、雄吉の「人間的意味」への志向、また、堅山の信念更生の道、すべて島木自身の昭和十五年前後の志向であったのであろうし、そうである以上こういう志向自体を文学上の問題として否定するわけにはいかない。しかしこの志向にたどりつく葛藤の過程が作品の上でいかにも軽々と飛びこえられている点が問題である。昭和十年代における有島的課題(注5)、また、転向者や「同伴者」達の「農業」や満州に集約される国家的動向との関わり等、島木はまさにアクチュアルな課題をここにとり出している。いかにも硬派の作家の面目躍如たるものがある。

しかし、くり返せば、問題はそうした課題にむかう主人公達の葛藤がほとんど描かれていないという点にある。そして、そうした事情の底には島木自身にさえまだはっきりと意識化されていない「礎」の祈りの世界が伏流している。

「運命の人」の主人公杉原耕造もまた、杉野駿介の系譜を紛れもなく継ぐ人物であり、作品自体もまた「生活の探求」の線に沿ったもので、しかもさらにそこに共同体の組織という問題が付加されている。

主人公は有島武郎を彷彿させるような地主川島の農場で、篤実な農村青年小池などと共同体の建設をもくろんでいる、かつての「政治から足を洗つた」青年として登場する。小池の手になる冷害に強い新種の採用、明治三十年来付近のN湾の水温調査をしている湧谷父子との協力等、いわば「新農本主義」的立場での実践者として主人公杉原耕造は歩き出している。杉原自身は己を「中途半端な存在」と考えたりすることもあるが、結局冷害を最小限にくいとめたりするなど、それなりの成果をみせたりもしている。しかし農民の根強い土への執着と狡猾さに悩まされたり、あるいは帰農をはたしたかにみえる自身を「インテリ的」と批判されたりと、杉原に対する壁は厚い。

島木はこのような形で共同体建設の夢とそれをはばむ障害を描いていく。しかしこの夢の前提そのものに大きな欺瞞がある。いかに近代的であろうと、地主階層が日本の半封建的土壌の重要な構成要素であることは、他ならぬ農民運動の現場の指導者であった島木は知悉しきっていたはずである。それゆえ島木は地主川島への視線を注意深く外してもいる（だから設定上川島にもあるはずの有島的苦悩が作品に生かされてこない）。知悉しつつそれを隠蔽している以上、次のような感慨は最初から必然であった。というよりむしろそれをひき出すことこそが、作者のねらいだったとも考えられるのである。

部落は決して孤立してゐるものではない。社会の一単位をなしてゐる時、その社会の根本を考へず、ひとり部落のみを考へたところで、どうなるものではなからうとは杉原のとらはれぬわけにはいかぬ今までの考へ方であつた。懐疑も動揺もさういふ根から来た。今、彼はさういふ考へを棄てやうと思つた。……今日の社会の法則、さういふものからむしろどれだけ自由でありうるか、どれだけ自由でどれだけ自立しうるか――いはば一歩退た身構へのなかに、彼は自分のたたかひの意思を燃やさうと思つた。

小笠原克の指摘するように、「一歩退いた身構へ」さえ農民には「インテリ的」と映らざるを得ず、孤立を余儀なくされていく帰農派知識人の悲劇がここにある。しかし島木はそういう悲劇自体を描こうとしているのではあるまい。「社会の法則」に把われる己からいかにして離れ「自立しうるか」という耕造の課題こそ、作品の眼目と見るべきであろう。こういう課題は杉野駿介以下の主人公達が荷なわなければならなかったそれであり、それだけに島木健作の生身に「社会の法則」による認識がいかに深くくい込んでいたかが窺われる。

耕造のこのような志向はどういう方途を辿るか。共同体の集団は見事に冷害を克服する。農民の苦しみを共同作業によって指導克服していく耕造の姿には、転向にひきずられて帰農しようとしてなしえなかった島木の、ありえたもうひとつの道への願望がこめられていたであろう。

しかし農民達は結局耕造の思う方向には動いていかなかった。農民の土地所有への執着は如何とも し難く、冷害克服の総括は俎上にものせられなかった。こうして農民大会によって共同組合は解散する。耕造は「部落の建設についていろいろな夢がある」が、「その実現についての可能性が失はれたところにとどまつてゐるといふことは意味がない」として北海道に帰り、渡満の決意をする。その渡満の意図は必ずしも明瞭ではないが、「いろいろな理由で故国では停滞しか感じることのできなかつたやうな人達」が、そこでは「生まれ変つた気持で驥足をのばしてゐる事実」を知り、「そこには国の上から下までを貫いてゐる理想がある」からであるという。しかし結局「東北の冷害地の農民を放棄する」誤りを妹に教えられ、開拓農民として「農民の運命をそのまま自分の運命にしたい」と「働哭と祈りに似た気持」で再帰農する。

「運命を感じるといふことは一時代の矛盾を自分の一身において感じるといふことでもある」と、結末近くその宿命観が展開されるが、現実に密着しての耕造の闘いが「運命」という想念に収斂していく様相は、基本的に前二作の「自己見性」「人間的意味」と同様であり、それはやはり「生活の探求」から「礎」の静的世界へ変貌していく過程を明瞭に示すものと言い得よう。

〈三〉『礎』

前述の長編群をはじめ、『文学界』などの場でエネルギッシュな執筆を続けてきた島木が、肺患で再び倒れたのは昭和十七年一月であった。これ以来死に至る迄病床に起伏する日々が続くことになるのだが、その病床生活は状況と共にあわただしく生きてきた島木に自己への根底的な問いをつきつける場にもなった。そして翌十八年に小康を得るや長編群に潜在していたモティーフがようやく具体的に執筆の日程に組みこまれてくる。「少年」「青年」「壮年、死」の三部よりなる「礎」は、かくて戦局もおしつまった十九年十一月に上梓された。青野季吉はそのモティーフを次のように語っている。

作者の古い友達の中にも、戦死した人もある。彼等は日露戦争の前後、数年の間に生をうけ、十歳前後で明治といふ時代にわかれ、最初の世界戦争の膨脹と混乱の時代に、その青年期を通過し、ついで満州事変に逢ひ、さらに十年の後にこんどの戦争に出逢つた人々である。そのやうな「彼等」を描き、半ば自伝的要素をまじへたのがこの長編である。くはしくいへば、彼等を描くことによつて「彼等」の生きた時代々々のつながりと転変を描き、それをつらぬいてゐる「精神」を見究め、ないしは探求するのがこの長編の意図にほかならない。（創元社版全集第十二巻解説（注6））

この作品に「自伝的要素」が散りばめられていること、また、「時代々々のつながりと転変」及び「それをつらぬいてゐる「精神」」が描かれているのは青野自身の指摘通りである。しかしそこに昭和十九年の時点での島木の想念の濃いフィルターがかけられていることも見逃されてはならない。

主人公岩木と語り手でもある矢波は青野季吉の指摘するような時代の中で自我を育んできた。日本の近代がジグザグであったように、当然彼等の自我の道筋も多くの「転変」を経ている。と同時に、その「転変」を越えたひとつの生の原理のごときものが、島木自身の言葉で言えば「一本の線」が貫かれているのも確かである。

大久保典夫は「礎」を「癩」への「本卦返り」だとしている（注7）。確かに「癩」における、非転向軸たる岡田に沿って己の位置を測る太田と、「求道者」として北満に生きる岩木の軸から己の理念を確かめる矢波の姿は相似的である。社会主義からアジア主義への軸の転換があるにすぎない、と見ることもできる。また、二作の類縁性はそれを描く作家の身辺状況においても指摘しうる。昭和七年三月、島木は仮釈放で出獄、後、激しく右旋回していく社会と取り残された自己との溝に悩んだ挙句、帰農への決意を固める。一方十年を経て、太平洋戦争へと時代が雪崩ていく中、過労に倒れ安静を強いられ、己の意志や理念と接点も持てないまま通過していく状況下で「礎」が誕生する。ともに絶望的な外的状況とそれを拱手傍観するしか方途のない己との溝をいかに埋めあわせていくか、という課題を背に負っているのである。

しかし「本卦返り」説は、さらに慎重に検討されなければならないだろう。「礎」は何よりも「生活の探求」の延長にもあるはずだし、また、「癩」の短編の手法――転向という問題をひとつのエピソードで切りとっていく手法――と、「礎」の長編の手法――「精神」史を中心にした自伝の試み――との相違はやはり大きい。何よりも、島木健作の思想的転変の問題がある。

行為を完全に封殺された病床生活は、必然的に過去の自己検証を促す。文学者のあり方として、進んで苛烈な状況に参加していくか、沈黙して自己を整えるか、方途は二つしかなく、そしてその前者は肉体的に不可能となり、後者の道は、そもそも作家として島木が蘇生した時に切りすてた道であった。そういう状況の中で、独自な位相で自己検証の道を島木は踏み出していく。状況との力学において形成されてきた島木の文学は、ここでいわば状況を越えた新しい理念を求めての文学へと変貌する。そしてそのことに伴い「自伝的要素をまじへた」という自注とは逆に、自己の歩みを大幅に修正した主人公の自我形成が語られることになる。その点に関して小笠原克の卓抜な分析があるが（前掲書）、総じて社会主義志向の少年時代・東北学連・日農香川県連時代の実践活動・初期短編を執筆していた時期の運動への復帰の願いなどが、巧みに壮士風なそれぞれに一般化されている点が顕著である。そして、このような改変は、矢波と北満で再会した岩木の語る「少年の日の純粋な心に宿った祈願だけは、どういふ変転にあっても変ることなく生々と心に感じられる」という言葉に集約される。「祈る人」岩木と、岩木に領導されつつ形成されてきた矢波の一種の諦念のもたらす安定した心境、そのフィルターを通して「精神」の変革史が語られているわけである。

小笠原は、岩木茂太のモデルとして、島木の北海中学の同期の友人飛沢栄三の談話から、同じく中学時代の友人福地靖を措定している。それが正しいとして、島木が福地の生涯に共感しそこから岩木造型へ向ったとしても、岩木は作中人物として独りだちしているわけでは決してない。岩木はいわば作者の観念の傀儡なのであって、ここにもまた中野重治の批判した(注8)、島木の人物造型上の弱点がある。

内村鑑三の影響の下、明治に少年期を送り、大正に人格形成期をすごし、激動の昭和を生きたはずの岩木は、しかし、島木にはあったはずの、それぞれの時期の思潮との本格的な相関はほとんど消されてしまっている。作のモティーフとして本格的なビルドゥングス・ロマンとなりうる契機を孕みつつ、そういう契機を一切きり捨てたところに作品は成立している。すべては、岩木が最晩年の島木の観念の代弁人であることにその淵源をもっているのである。

作品をすべて「祈り」に収斂させていく姿勢は、島木の主観とは別に岩木を汎アジア主義の位相のもとに、「王道楽土」の政策に積極的にくみこませることになる。その事情は矢波においても同然である。小説の前提として、本来岩木と本格的な葛藤の軌跡を示すはずの矢波は、しかし結局岩木の影でしかない。また岩木はヒューマンな民族主義者として描かれているが、その理念を貫くために、いかに苦闘し、いかに苦悩したかが一切具体的に描かれていない。

だが、それらすべては時代と相対のものである。私達は時代への関わり如何という視点よりも、戦争末期の島木の心境を読みとる視点を持つべきであろう。そう考えれば「序詞」の一節「生涯の終りが新たな生の始まりであるといふ実感」という言葉は見逃しえない。作の結末近く、矢波の言う「廃残ともいふべき疲れた心の底から、全くちがつた息吹がかすかに息づきはじめている」という、いわば新生への希いが、それこそ「かすか」に読みとれもするのである。この延長に「病間録」（『新潮』昭20・12、絶筆）の「我と非我との円満な一致。抱合の境地」という理想が掲げられることになり、さらにこの心境を前提として動物短編の世界が開かれてくることにもなる。

〈四〉 動物短編

島木健作の晩年の短編集『出発まで』には十三編が収められている。以下面倒だが書誌を確認しておく。これらのうち執筆時期の最も早いものは「青服の人」（昭15・1）であり、翌一六年には「出発まで」（4月）、「雨期」（8月）、「煙」（9月）、「芽生」（10月）の四編が書かれ、その後三年余の空白があり、二十年に入って「背に負うた子」（1月）、「蒲団」（2月）の二作が発表されている。以上が敗戦の翌々日に没した島木の生存中に発表されたものであり、この他に「黒猫」が二〇年の一一月の『新潮』に「遺稿」として、さらに「赤蛙」が翌二一年一月の『人間』に発表された。この他「小さな妹」「野の少女」「むかで」「ジガ蜂」の四編が既発表分の九編と併せて、昭和二一年三月に新潮社から出された単行本『出発まで』に収められた。

国書刊行会版全集第十一巻の解題者によれば、二十年三月には全ての原稿が手渡されているという。

このうち「野の少女」は、昭和十六年から十七年にかけて発表された長編「冬の旅」（未完）の十六章から二十八章までの改変であるから、作者生存中未発表のものは、四編の動物短編の他には「小さな妹」一編のみということになる。三年余の空白があるのは、十六年の秋の宿痾の再発によるものであり、十八年・十九年とやや小康状態を得ても短編がないのは、「礎」に全力を傾けていたからと考えられる。短編がないということにそのまま島木の「礎」への全力投球ぶりを見ることができる。

以上のようにみてくると「出発まで」は、その執筆時期から云って昭和十五、十六年発表の作品群、昭和二十年二十一年発表の作品群と二分できる。このうち四編の動物短編は、三好行雄によれば（注9）、「短編集の不足をおぎなうために」書きおろしたものであり（もっとも三好はその経緯まで述べてはいない）、素材・主観という面から云っても他の諸編（「野の少女」はやはり十六年の作というべき）とは自ら別の作品群である。

これらの晩年短編群の中、秀作と言いうるのはやはり一連の動物短編であり、他は、観念化の著しい晩年の長編群と異なる私小説的スタイルをとっており、長編群に見られない静謐な心境が日常の場において語られているとはいえ、結晶度に乏しい。が、観点をかえれば独自の世界を切り開いた遺稿群の世界は、これらの短編群を経過することによって初めて開かれてくるのであり、動物短編を解くひとつの鍵となっているはずである。

昭和十六年に書かれた「芽生」を（「小さな妹」と並んで）、小笠原は「断片的だが恐らく夫人の実家関係に取材したものか」と述べているが、この作品には戦争が東北の一農村に投げかけた影響が私小説的タッチで描かれている。と同時に、この作品には昭和十三年頃から頻繁に訪れた東北農村への旅に発した「地方生活」への関心の影が見られる。

十三年二月には随筆集『地方生活』が刊行され、それはさらに十二月に、朝鮮・満州・北海道への紀行を加えて増補改訂され、創元社から出版されている。他に「地方文化建設への提言」が『東京日日』に連載され、「地方の表情」が『中央公論』に七回にわたって書かれるなど、この時期の島木は、「地方文化」への着目を通して思想的行詰りを解決しようとしているようである。特に十六年四月の福島県白河地方への旅の様子は、「白河文化協会」との往復書簡（旧版全集第十一巻）にも窺えるが、晩年の作品への影響が著しい。それらのさまは状況に対する島木なりのアクチュアルな対応であったが、それらに比し「芽生」には、時流に巻き込まれていく作家の姿があらわである。この作品における「銃後」の模範的児童の姿と言い、傷痍帰還兵の「悠々」とした「大きな姿」と言い、国策に巻き込まれていった随順の作家の姿があらわになっている。しかもそれを「文学の問題」、文学的信条として、

戦時中に傑作が出来る出来ぬといふことは、作者の側からは制約であるなどといふことではなく、あくまでも自己の精神の問題であらう。……私は自分を顧みて、文学者の平常心に徹してゐることにおいて、かの帰還兵士が農民としての平常心に徹してゐるのに及ばぬと認めぬわけにはいかぬ。そして及ばぬ以上は、あのやうな農民の生きる姿をも含めて、銃後の農民の大きな姿を悠々と写しとるといふことは不可能であらう。（「帰還兵士の平常心」『中央公論』　昭16・5）

という風に、作家の戦時下の姿勢のとり方の問題として、信念としている点がより重要であろう。

昭和二十年に入って書かれた「蒲団」の下敷には、日農香川県連書記時代の生活があり、村の古老松吉との暖かい人情の交流が描かれている。しかし、ここでも農民運動が病気療養に変えられているなど、作と実体験との関係のありさまは、「礎」と同様である。ただ、「病苦も訴へず」、「眠つたかと思ふ」と「もう死んで」いく松吉への畏怖で作品が閉じられているのは注目するに足る。「死」の観念を通じての運命の自覚が作品において具体化されていることからすれば、「赤蛙」の世界が睫前であると言えよう。

「赤蛙」に連なる静謐な心境を描いた作品としては、遺稿となった「名附け親」と「戦災見舞」とがある。「戦災見舞」は、青年時代からの柏木国広（モデルは大熊信行）との四度にわたる邂逅を綴ったもの。断続する柏木との二十二年間は、時代として大きく揺れ動いた四半世紀であり、隼雄（島木）自身ひたすら激しく生きぬいてきたそれであったはずだが、この短編の主題はもちろんそこにはない。不幸にさらされながら「円熟」していった柏木との最後の出会いの時の、「おだやかな温かな自由な豊か」な印象を語ることこそが作者のねらいであり、それゆえ、それ以前の出会いは、一切の思想性ぬきの若い日々の心情の純潔さだけが刻まれる、といった体のものになっている。この心境の透明さこそが、動物短編の底流を支えている感情とそのまま重なるものであるはずである。

「名附け親」の場合もまたそうである。作品には瀕死の島木を救った不思議な漢方医について綴った「恩人」（『随筆と小品』所収　昭14・8）の影が濃いのだが、主人公は「国民運動」を指導する団体の本部から地方へ派遣された青年として、ただしその国民運動の内実は全く不明なまま、描かれている。プロットは単純である。主人公が「国民運動」実践の旅先で倒れ、八十歳を越えた老漢方医桑島泰順に救われる、というにすぎない。プロットの単純さを支えているのは、死を寸前にした島木の心境が種々の形で語られる、その思念形象の確かさにある。とりわけそれが古老の、いわば、草莽の意識において語られている点。「日本の農村にはあそこの野にもここの野にも」いる、「民衆の間に蓄積され脈打つてゐる智慧のおのづからのあらはれといふべき」古老への総身的敬慕が、この作品を貫く主柱となっている。この桑島泰順の一種仙人的風貌は、作品史的に言えば初期短編群の「医者」「老年」「農民一人」などから、「生活の探求」における上原老人や父駒平に至る島木のひとつの理想像であるのだが、その源を小笠原克は、古く明治に、逐われて北海道に渡った「父祖」への想いにさかのぼって考えている（注10）。いずれにしても、これら静謐な老人像の彼方に、従容として波間に没していく赤蛙の姿が結晶していく。

以上取りあげてきた、「出発まで」系の短編群に比し、動物短編は、創元社版全集では計三十六頁にすぎず、量的には少ない。しかしそれにもかかわらず、その様相は島木の全作品の中で、他の諸作とは決定的に異なる独自の世界を示すこととなった。中村光夫が「これまでの作品が必ずしも氏の精神の全貌を尽したものでないことを端的に言い捨てて死んだようなもの」と言う通りである（注11）。

もっとも「動物短編」と一括しても、その具体相においても、それを描く作家の状況においてもそれぞれに微妙な違いがある。たとえば〈私〉の位置ひとつをとってみても、「赤蛙」のみ家の外の出来事を家の外において捉えるという関係になっているのに比し（「赤蛙」体験が三年前であるから当然のことなのだが）、他の三編がいずれももっぱら病床からの観察ということになっている（その点については『文学界』の同人として、また、「鎌倉文士」として親交のあった小林秀雄の、島木は「赤蛙」執筆時はまだ外を出歩けたが、他の三編の執筆時にはほとんど寝たきりになっていた、という指摘が旧版全集月報にある）。

「赤蛙」については、たとえば大久保典夫の、「作者の「赤蛙」観は、そのまま「癩」から「礎」までの作家コースの対象化に他ならない」というような評が通説であろう（注12）。確かに、何か運命的なものにつき動かされているかのような赤蛙の行為は、転変に転変を重ねつつ「一本の道」を追い続けた島木自らの生涯の「暗喩」となっているだろうし、同時にまた、杉野駿介に始まる一連の長編群の主人公達の生のあり方を象徴化したものと言いえよう。しかし「赤蛙」一篇は、ただ過去を対象化したものでしかないのか、そのようなものとして詠嘆的な作品でしかないのか、この点を中心に作品を検討してみたい。

赤蛙の「飛びこんで流される」くり返しを、〈私〉は「馬鹿な奴だなア」と始めは思っている。しかしやがて、真率に執拗に同じ行為を反復する彼を見て、「ある目的を持つて、意志を持つて、敢て困難に突入してゐるのだとしか思へない」と厳粛に考え出す。その思いは次いで彼に、「本能的な生の衝動以上のもの」、「何か眼に見えぬ大きな意思」を見るに至る。赤蛙は、やがて最後の試みを小さな石のくぼみに向って行うのだが、目的に反して「くるつとひつくりかへると黄色い腹を上にしたまま、何の抵抗も示さずに、むしろ静かに、すうつと消へるやうなおもむき」で、従容とした感じで渦中に呑みこまれてしまう。そういう一匹の赤蛙の死に、「不可解な格闘を演じたあげく、精魂つきて波間に没し去った赤蛙の運命は、滑稽といふよりは悲劇的に思へた」と、〈私〉は「運命」の「悲劇」を見るに至る。

島木は自身の生涯を一匹の赤蛙の営みに托して、このような形で敗北的に描く。確かに赤蛙も、赤蛙に托した島木自身の生涯も、「悲劇」的なものではあろう。しかし、作品全篇の印象は必ずしも暗くはない。結末の静けさは虚無的なそれというよりもむしろ、懸命にその生涯を生きたもの、最後はその運命を自覚しようとまでしたものだけが残しうる、充足した静寂と見るべきだろうと思う。

語り手によって赤蛙の死は「悲劇」とされるが、その「悲劇」は赤蛙の生の一途さの果てのものであり、その生の真摯さによって死の厳粛さが裏打ちされている。そういうあり方は生の可能性を静かに問いかけることでもある。「むかで」と「ジガ蜂」、さらには「黒猫」という連作における動物たちの生のあり方との相関の中で、赤蛙の生と死は捉えられなければならない。

「ジガ蜂」の生の姿はどう描かれているのか。病床生活の静けさの中で、「煩はしくうるさかった」ジガ蜂がいつか消え去り、気うとい〈私〉の病気のような「ヨボヨボしたカマキリ」や「出来のわるい干葉のやうな色」をした「臭ガメ」ムシと共に〈私〉は冬を過ごす。しかし「また暖かい季節が巡って来て」、ジガ蜂が病室を訪れてくる。「ジガ蜂」の主題は、そのように「部屋うちに溢るるばかりに遍満して来た」ジガ蜂の翅音に、「衰へた心身にしみとほるばかりの生の歓喜を感じた」〈私〉の蘇生感にあると見てよかろう。

「むかで」の場合もまた同様である。暗闇のなか、吐血用の洗面器におちこんだむかでの姿に、〈私〉は、捕えられなおかつ「カサカサカサ」と音をたてて這いまわる「みじめな醜さ」しか見出しえない。

（寓意的に作を読みとるとすれば、この惨めなむかでの姿から、ジタバタと生きる転向知識人の姿が浮び上って来もする）。しかし〈私〉は直ぐに殺そうとはしない。それはむかで自身が、自らの力で窮地から脱する可能性を期待するからであり、また洗面器の外の「さつぱり」とした「戦ひ」の場で叩き殺したいからである。

が、むかでは弱っていくばかりで自力で脱しうるようには全くみえない。〈私〉はついに我慢できず妻を呼んで殺させる。妻の話によれば、むかでは「地の気を吸った瞬間」、「あツといふほどの元気を取り戻し、全然本来の面目を取り戻し、妻を狼狽させた」という。追いつめられ、無力な抵抗をし、しかしやがてその抵抗をも放棄していくむかでの姿は、島木の半生の姿（と島木自身が見ている姿）に他ならない。と同時に、最後に力をふりしぼって、「本来の面目」を取り戻そうとしているむかでの姿は重要である。

「ジガ蜂」にしろ「むかで」にしろ、作品の構造は全く同じである。小動物の生態を通して過半生を語り、同時にまたそこに現在の心境（生への意欲）を語るという構造。この二作をそう読んでみれば、実は「赤蛙」にもまたこういう姿勢を読みとることもできるのである。というよりむしろ、そう読むべきだと思われてくる。そこで、「赤蛙」における〈私〉の問題を以下考えてみる。

「赤蛙」の構成は、三段ないし四段と考えられる（注13）。すなわち赤蛙事件を間にはさんで、その事件の前と後の宿での思い、という構成である。従来の「赤蛙」論の多くは、その問題をほとんど無視している。

「赤蛙」冒頭には、浮薄な社会へのリゴリスティックな〈私〉の嫌悪が展開され、作品は、その嫌悪感が赤蛙のひたむきな姿を対照的に結晶させていく、という構成をとっている。「宿についた私はその日のうちに、もうすつかり失望して、来たことを後悔しなければならなかつた」。軍需成金や狡智な旅館業者の跋扈する現実に、「不気嫌を通りこして毒念ともいふべきものがのたうつてきた」という〈私〉の「毒念」が発端となって、それが赤蛙体験によって浄化され、最後に「厳粛な敬虔なきしまつた気持」になっていく、という構成である。

つまり、赤蛙体験そのものもさることながら、浄化された〈私〉の心境そのものを描くことが「赤蛙」のモティーフであったはずである。赤蛙の行為が過半生であるとすれば、〈私〉はその過半生を、一方ではいたましいものと見つつ、同時にまた、一方では現在から未来への生を肯定する基盤としても見ているわけである。

「赤蛙」に島木の「作家コースの対象化」（大久保前掲論文）を見る時、何度でも濁流に躍り込んでいく赤蛙のイメージに、最も濃く重なる作品は何であろうか（大久保の言うように作家コース全体の対象化ではあることはもちろんだが）。そこに「生活の探求」をあてはめることは容易だが、私には「運命の人」の杉原耕造がまず想起されてくる。

杉原には二度に渡っての挫折があった。すなわち、おそらく社会主義であろうイデオロギー的な挫折（作品には「一歩退いて」とある）と、農村に密着して、しかし結局農民の狡智な嘲笑に逢なければならなかった挫折と。そして二度の挫折を通して、作者は、たとえそれがいかなる性格のものであれ、知識人の責任意識が、この時代においては風雨にさらされるしかない、と語りたいかのようである。

しかし杉原はそのことをわかりつつも、再度帰農する。その再度の帰農とは、つまり、農民の受けとめ方がどんなものであっても、自分に与えられた運命を知り、それに従容として従うということであろう。杉原は悲劇的に描かれている。しかし「赤蛙」の〈私〉は「厳粛な敬虔な」ものへと引き上げられている。「ジガ蜂」「むかで」になると、強い生への意思を提示してくる、というような差異はあるが、これらの諸作は意外に強い一本の線でつながっているように思えるのである。

総じて「赤蛙」評が「城の崎にて」の作者と比較されるなどして、その資質の乏しさ、観念の先行などが指摘され芳しくない中で、中村光夫だけがこの作品に対して好意的である。中村は、

ちょうど、人形使いの名人の魂がおのづからその人形に乗りうつるように、いつか読者にはこの夕闇の静かな自然に呑まれる小動物の悲壮な最期を氏の魂の風景として感じてしまう。

という(注14)。中村の批評を論難するのは小田切進である。小田切は、

人間の弱さ、哀れさ、みじめさのこのような一面的な陰惨な貧弱そのものの表現を美しく感じたり、傑作と思いこむのは批評の衰弱というほか言い様のない不幸な現象である。

と批判する(注15)。私は中村の評価を全面的に肯定するものではないが、それよりも作品から「陰惨な貧弱そのものの表現」をしか読みとろうとしない小田切の批評（しかも小田切はなぜ「貧弱」「陰惨」

なのか具体的に述べることはない）には、やはり疑問を持たざるを得ない。小田切の評は「礎」をめぐって、「悲愴感からはなれるとすぐさま「悟り」を志向するのであった」と、あまりにも見事に裁断する西崎京子の姿勢（注16）とさほど距離はない。「転向作家」の烙印は、「消えぬ痣」となって残り続けているのである。ことは『作品論の試み』における三好行雄にまで流れ続ける。

右に見てきたような評価の上で「黒猫」を捉えるとどうか。

病床で地理雑誌を眺めていた〈私〉は、偶然「傲然」たる気位の樺太大山猫の話を見つける。樹上から狩人を翻弄する堂々たる野獣である。数日後〈私〉は、この大山猫に一脈通ずる野良猫が、家の内外に出没し荒し廻っているのをみつける。その悠然たる出没は、食糧難の時代に「尾羽うち枯らした」姿で人間の顔色を窺っている飼猫とは全く対照的であり、またその堂々たる「夜の怪盗」ぶりは、陰気な病床にある〈私〉には救いだった。〈私〉は徐々に「彼のへつらはぬ孤傲に惹かれて」いく。やがて彼は「堂々と夜襲を敢行し、力の限り闘つて捕へられるやもはやじたばたせず」、従容として母の「老人らしい平気さ」によって「処理」されていく。次の日から「卑屈な奴等だけがのそのそと這ひまは」っていくようになるのだが、それは「いつになつたらなほるかわからぬ私の病気のやうに退屈で愚劣」なものであり、〈私〉は「今まで以上に彼らを憎みはじめたのである」。

この作品は多くの評者に一種の寓意小説と考えられている。たとえば亀井勝一郎は、この「黒猫」を、小林多喜二を直接的には想定した非転向者の象徴と見、飼主をなくした諂い者の野良猫を時局に便乗した転向者群と見た上で、

「癩」「盲目」の主人公は、氏が抱いた強烈な理想的人間像であり、おそらく生涯を脅かす理想的人間像であったにちがひない。死に至るまでこの夢は縷々氏の病床を訪れた筈である。最後の名篇「黒猫」はその亡霊である。（『昭和文学全集』解説）

とし、初期短編との関連を説く。転向のコンプレックスが、この時の島木にどの程度意識されていたのか詳らかにはできないが、この一文が島木と同じ道を歩んだと言って言えなくもない亀井の言葉だけに、一種の同時代的実感性がそこにあると見ていいと思う。それに対し磯田光一は、

黒猫は捕虜とならずに死んでいった日本の農民兵であり、「へつらい者」の飼猫は戦争傍観者、時局便乗的転向者であり、黒猫を殺した人間の世界はアメリカである。……言葉の誤解さえなければ私は島木の死を殉死とみたい。それは悲しく散った農民兵士の心の真実への、農本主義のエトスへの、そしてまた思想としての「日本」への、この上なく愚かしい殉死であった。生きてアメリカ民主主義の便乗者となるよりは、黒猫と共に死にたいという、愚かしい「平常心」を、幾分かの偶然の助けをかりて、彼なりに実現したと見て良いのではないか。

と、「一つのやや大胆な「黒猫」の読み方」を提示している（注17）。島木の農民との一体感の指摘など納得させられる面もあるが、「思想としての「日本」」への「殉死」と、あまりにも「大胆」かつ短

絡的に措定するのは、磯田自身のイデオロギーを島木に押しつける以外のものではなかろう。そもそも〈アメリカ民主主義〉の姿など島木には全く見えていないはずであり、磯田は、あるいは、執筆時点と発表時点を混同しているのかもしれない。さらにこの作品に、「日本国民の意識の最基底部から生まれた、最初にして最大の戦後文学批判」の機能を負わせようとしているに至っては、ここに〈創造としての批評〉を見るにしても、ほとんど荒唐無稽でさえあろう。

小笠原克（前掲書）は興味ある京子夫人の談話を紹介している。

黒猫事件は実際にあったが、その「処理」の際は、大変な権幕で島木が怒ったという。「ギャーッとも叫ばなかつた」どころか、死に物狂いの悲鳴が前夜も翌日も発せられ、そのたびに島木は階段を駈け降りてきて叱責した。「いずれにしても私が眠り、妻が使ひに出て留守であったのは幸であつた」とは事実に相違する。

こういう事実が、作品において樺太大山猫にふさわしく従容として死んでいく、という風に変えられ、理想化されていく。私はこの改変・虚構化にこそ、「黒猫」を解く鍵があると思う。飼主を失った犬や猫は〈私〉の状況そのものであり、悪環境でも己を失わず力の限り戦い、死に直面するやそれにたじろがず、従容とその宿命に従っていく「黒猫」には〈私〉の理念の姿が付与されている、というのが私の理解である。

飼主から見放され食糧もなく、人間に諂ってひたすら己に執する犬や猫の姿は「いつになつたらなほるかわからぬ私の病気のやうに退屈で愚劣」であり、〈私〉が、「黒猫」の死後、「今まで以上に彼等を憎みはじめた」のは、〈私〉自身彼らと同様、愚劣な日常の中で衰弱した肉体をかかえ如何とも し難いからに他ならない。そのような〈私〉の前で「黒猫」は〈私〉にかわって、生と死のあるべきドラマを演じてみせる。

このように「黒猫」の構図をとらえてみると、「黒猫」と「赤蛙」のそれがいかに似通ったものかが明瞭になってくる。「赤蛙」の〈私〉が、いかに鬱屈した気分であったかは、作品の冒頭の描写を巡って前述した。また、赤蛙が懸命な生のいとなみの果て、結局静かに渦に呑みこまれていくという「赤蛙」のプロットと、悠々とあるがままに生き、力の限り戦い、捕えられるや従容として死に赴くという「黒猫」のプロットはほとんどひとつのものである。さらに、それらの動物の死によって心境が浄化されていく〈私〉という設定も二作に共通する。だとすれば、「赤蛙」一編の底を流れる生への意欲を「黒猫」に読みとることは不可能ではないはずである。

「癩」や「盲目」等初期短編のそれと、「赤蛙」「黒猫」のそれとが奇妙に似通っていることを大久保典夫が指摘していることは既に述べた。死へとおしつめられつつ、なおあるべき己を捨てず、逆に非日常的極限状況の中で意思の純粋さを結晶させていく初期短編群の主人公の姿、また、その主人公を見つめることによって生の可能性を切り開いていく、島木の分身とも言える〈私〉ないし副主人公の姿。このような人物の布置は、そのドラマの演じられる場に非日常と日常との相違こそはあるものの、「赤蛙」や「黒猫」の動物達と〈私〉との相関と本質的に同一である。

亀井勝一郎は何気なく、「黒猫」の姿を初期短編の主人公達の「亡霊」だとしているが、初期短編と動物短編の世界が案外に類似しているということは、とりもなおさず発想そのものが類似した心的次元から出されているということ、また、初期短編で想望した生への意思が多くの屈折と変転を経ながら最晩年まで脈々と息づいていた、ということを意味しているのではなかろうか。

〈五〉おわりに

島木健作は、日本近代の矛盾の一切を内包する「転向」の一事を己の文学のモティーフとして課し、その作家的な出発をした。その後のジグザグのコースのはてに至り着いた世界が、結局内環運動を描いて出発期に帰っていく、というのが今のところの私の島木理解なのだが、「出発期に帰」るといったところで、狂躁の戦後社会、戦後文学の中で、島木健作の文学がどのような展開をなしえたか想像することすらできない。動物短編は高い結晶度を示しているが、それはそれとして完結してしまっている。

島木は晩年の短編集の出版を見届けることなく、昭和二十年八月十七日に没した。島木の死の前後については高見順の日記に詳しいが、その高見の『昭和文学盛衰史』によれば、八月十五日の「玉音放送」を聞きつつ、島木は「これからやり直しだ」と呟いたという。島木の真意はついには知ることができないにしても、衰弱し死を睫前にしつつこう言いえたのは、少なくとも島木は敗戦による混乱や虚無には陥っていなかったからであり、そうさせたのは「運命の人」あたりからの自己の宿命の自覚と、そこから発する（たとえば、動物短編に著しい）生への希求があったからだと私は考える。そういう点から言っても、たとえば高橋春雄が述べている島木の北海道開拓史に絡む物語の構想も（注18）、本庄陸男「石狩川」（昭13－14）などを置いて、十分に考えてみなければならないだろう。

〈注〉

（1）高見順『昭和文学盛衰史』（講談社　昭40）による。
（2）拙稿「『生活の探求』の思想」（『近代文学論』第6号　昭49）が一部触れている。本書前章参照。
（3）高橋春雄「島木健作作品年表」（『現代文学序説』第3号　昭39・9）。
（4）分銅惇作「『人間の復活』の位相」（国書刊行会版『島木健作全集』第七巻附録月報　昭56）。
（5）小笠原克『島木健作』（明治書院　昭40）の用語。以下、小笠原の引用はすべてこの本による。
（6）昭和十九年十一月新潮社版『礎』単行本の島木自身による「序詞」を、青野季吉が創元社版全集第十二巻解説（昭24・9）において要約したもの。この「序詞」は、創元社版、国書刊行会版全集ともに省かれている。
（7）大久保典夫「島木健作の転向—晩年の転換をめぐって—」（『現代文学序説』第3号　昭39・9）。
（8）中野重治「探求の不徹定」（『帝大新聞』昭12・11・8）、「島木健作氏に答え」（『政治と文学』昭27・6。執筆は昭12末頃）等。

（9）三好行雄「赤蛙」（『作品論の試み』所収　至文堂　昭42）。
（10）小笠原、注(5)前掲論文。
（11）中村光夫「島木健作の文学――『赤蛙』について――」（『座右宝』昭21・9。後、『中村光夫作家論集』3〈講談社　昭32〉所収）。
（12）大久保、注(7)前掲論文。
（13）「赤蛙」体験と執筆時には約三年の時間が横たわっている。さらに赤蛙体験をはさんで旅館でのその前後の心情も書かれているのである。
（14）中村、注(11)前掲論文。
（15）小田切進「島木健作」（『鑑賞と研究　現代日本文学講座』第7巻「小説」所収　昭37・2）。
（16）西崎京子「ある農民文学者―島木健作―」（『共同研究　転向』上巻所収　平凡社　昭34・1）。
（17）磯田光一「転向文学試論」（『新思潮』昭37・11）。
（18）高橋春雄「北海道開拓使ものと島木健作」（『現代文学序説』第4号　昭41・5）。

第Ⅲ部　井伏鱒二と太宰　治

第一章　飛翔する大鷲

――井伏鱒二戦中下の〈社会〉――

〈一〉 はじめに

昭和十年代の井伏鱒二の文学が、主題と方法両面に渉って初期作品から微妙に変質していることは、「さざなみ軍記」（昭5－13）や「ジョン万次郎漂流記」（昭12）がその大きな里程標であることと併せて、既に多くの評者達によって論じられてきた。その変質は〈社会〉への関心の深化という形ともなってテキスト化されている。

昭和十年代、その前半期の〈社会〉をめぐっては、既に秋枝美保の要領のいい整理がある（「井伏作品における社会と個の問題」　磯貝英夫編『井伏鱒二研究』所収　渓水社　昭59）。秋枝によれば、昭和十年代前半の井伏のテキストの〈社会と個〉のありようは、以下の三種に整理しうるという。

1　社会の外へ出ようとするが、結局社会からの圧力に負けてしまうもの。
2　社会の中にいた者が、その社会を相対化してしまうまでを描いたもの。
3　社会に背を向けて、社会からはみ出した者が、そこに新しい人生や価値を見出すもの。

1の典型としては「琵琶塚」(昭13)と「槌ツァと九郎治ツァンは喧嘩して私は用語について煩悶すること」(『若草』昭12・11、昭13・10)が挙げられている。この二作に「共同体への異質の人間や文化の侵入→同化志向→共同体の秩序維持の力による敗北」という図式が共通して成り立つ様相を、秋枝は把え、〈屈託〉で完了するのは初期テキストと同様であるが、その〈屈託〉を含め、総てを相対化し、つき放して描こうとしているところに、ひとつの成熟があるという。

2については、「素姓吟味」(昭12)と「ジョン万次郎漂流記」によって秋枝は検証しようとしている。前者については、テキスト結末のオシノの自白と取調役人の対決の読みを通し、「女の一途な思いの中にある」「真実」が、「現実生活の秩序を動揺させ、打ち破る一種のエネルギー」を生み出しているると、〈相対化〉のありさまを把える。「ジョン万次郎漂流記」については言うまでもないだろう。秋枝の言うように、漂流によって、余儀なく社会から放り出された一人の男の「進取」(自選全集の「覚え書」)の精神は、おのずから封建社会を〈相対化〉してしまう、これはそういうテキストなのである。

3については「円心の行状」(昭15)と「へんろう宿」(同)が例として挙げられている。円心という追剥に「社会の秩序と闘って敗北し」、「結局社会の枠外へはみ出してしまった」ひとりの「骨太な反逆者」の姿を見、しかし作者は、この奇妙に知的なゴロツキに「最後で美しい世界を開いてみせ、救っている」とする。「へんろう宿」の女達が、捨児・孤児という「社会からはみ出した者」であり、しかし血縁ならずとも血縁と同じ絆で家族を形成していること、すなわち「そこに新しい人生や価値を見出」していることについては、詳しく述べるまでもなかろう。

右のような分析を経て秋枝は、

これら三つの要素は、十年から十五年を中心に、ほぼ同時的に存在するのであり、この順序に登場してきたわけではない。しかし……そこに一定の方向づけを行なってみると、作者井伏が、初期の屈託した状態から次第に脱出して行く過程を、そこに認めることができる。それは、人間の自由を束縛する社会というものの存在に拘泥していた人間が、その状態から解放されていく過程である。

というように「社会と個の問題」を結論づけている。

井伏文学が劇的な要素を排除して成立しているように、井伏の作風にも劇的な変化は容易に見出し難い。しかし密かに変化は進行しているわけである。そしてそれは作家の成熟であると共に、臨戦体制へと突き走る日本の社会・制度の微妙な反映でもあったはずである。そうしたありようについては、既にいくつかの優れた論稿が提出されてはいるのだが（注1）、本論稿を端緒として、私自身の読みを通して詳さに検討してみたい。

〈二〉 飛翔する大鷲

昭和十四年七月、井伏は「大空の鷲」というやや長目の短編小説を発表した。不幸なことに、この小説は編集者井伏に認められず、したがって旧版全集にも自選全集にも収録されることもなかった。この短編は全六節から成るが、その中、第三・四・五節は「東京の小説家」による追憶及び空想という形態になっている。つまり作中作という、昭和十年代特有の小説形態を成していて、そこに井伏の文壇意識を窺うことも不可能ではない。

井伏の文学を「岩屋の文学」と規定したのは湧田佑である（『井伏鱒二―作家の思想と方法―』明治書院　昭61）。舞台を閉塞されたある不幸な状況に設定し、主人公達がその中で〈屈託〉をどう克服していくかが、初期井伏文学の主題だったと言っていい。岩屋は孤島や谷間に変形もするのだが、それらに対しこのテキストの舞台は対照的である。「大空の鷲」クロは、甲府から伊豆までの、大空という開放された空間を縄張りにしているのである。

空と鳥と言えば「屋根の上のサワン」がすぐに思い出されるのだが、「サワン」は結局「私」の憂鬱を慰めるものでしかなかった。〈屈託〉する「私」の想像力によって〈愛〉は実現され、しかしそれは想像力によって生まれたものであることによって、本質的に喪失を必至とせざるを得ないものであった。というより、その喪失の抒情において〈青春の吐息〉としての文学が成立した。浮橋康彦の、これはサワンの事実を描くよりも、サワンがそのように創造されるということを通して「私」のその切ないまでの想像のうら哀しさを描いた小説なのである。

という評言が生まれる所以である（注2）。

しかしクロはそのような存在ではない。サワンに対置されたのは「私」の〈屈託〉であったが、クロに対置されるのは所有欲という人間のエゴであり、クロはそれを「睥睨」しつつ大空を飛翔する。つまりクロとは自由をめぐってのある理念が具象化されたものなのであり、大仰に言えば、〈外化〉された作者の理想なのである。

クロという存在

「大空の鷲」は、人間の所有欲と自由をめぐっての物語である。何者にも所有・拘束されず、自由に大空を飛翔するクロに対して、「東京の小説家」も含めて、人間達は余りにも醜く愚かな所有をめぐる喜劇を展開する。

「御坂峠には八年前から一羽の鷲がゐる……八年前この鷲がどこから移つて来たかといふことも、この鷲が雄であるか雌であるかも誰も知らないのである」。テキストはこのように書き出される。神秘性を帯びた大鷲、しかしクロはそれだけのものではない。狙った獲物を確実に獲得する俊敏さをも備えた、堂々たる存在でもある（注3）。そのようなものとして「富士見茶屋」や御坂峠の茶店の主人達から親しまれ、敬意をもって眺められている。

茶店の主人の「クロは、いつもあの栂の木にとまるぢや。右手の上から三段目の枝の、あの枯れ枝にとまるぢや。さうしてから、河口湖を目の下に睥睨してゐるぢや」という言葉、あるいは「脚に魚をつかんでゐるのがみえるづら。鯖かね、鰤かね、今日は山が不猟だちうて、相模灘にでもご苦労して来たづらよ」というような口振りに、彼等とクロとの関係がよく窺える。

一方、「小説家」は、最初は好奇心で向かい合っていたにすぎなかったのが、クロに関する話を聞いたり、その堂々たる風貌に接している中に、クロへの憧れが生じて来、茶店の主人と同化していく。

二つの事実——想像の起点——

こういう長閑かな風景に波紋を起こすのが、映画撮影隊の一行である。この波紋は二点に及ぶ。一つはクロが天城山の鷲でもあるということ、つまり、

この撮影隊の一団は前日のお昼ころ、伊豆の東海岸で撮影中あの鷲を見た。しかもあの鷲は鰹のやうな魚を脚につかんでゐた。……見物してゐた女中たちの一人が空を見て、「あら、鷲がゐる。天城山の鷲ですわ」と云つた……

ということ。もう一点は、居あわせた四人の女優のうち、一番美人なのが、「小説家」の学生時代の下宿の少女「チヨ坊」であったということである。

この二つの事実が「小説家」の追憶や空想を生み出していく。作中でのある事柄、それが起点となって、登場人物としての「小説家」の想像力が脹らんでいき、それによって物語が醸成されていく、とこのテキストのありようを追えば、それはたとえば太宰治「お伽草紙」（昭20）の前書きと本編との関係に近似している。

単純に構造的近縁性を求めるならば、堀辰雄「風たちぬ」（昭12）や中野重治「汽車の罐焚き」（昭12）などがあり、さらにその遠景には小説家小説としての私小説もあるのだが、堀にしろ中野にしろ、あるいは太宰治にしても、安定せず揺曳する自我、変容する自我が大前提となっていた。揺曳する自我を見つめるもうひとつの目の存在によって、それらのテキストは成立していた。

しかしここにあるのはそのような自己凝視の目ではないだろう。むろん私達は「小説家」に「井伏鱒二」を思い浮かべるのだが、「小説家」は作中人物として、第三・四・五節の語りを導き出す存在、第六節での喜劇を共演する登場人物でしかない。ここにあるのは「ナレーター兼狂言廻し」（熊谷孝）なのであって、それによって作者の理念を紡ぎ出す「小説家」なのである。あえて自己凝視と言うなら、戯画精神における自己凝視と言うしかないだろう。

梅の木の追憶――大きい穴と高い塀――

学生時代の追憶は下宿の主人の梅の木の自慢話に集約される。

下宿の主人の実家の、信州の農家にあった立派な紅梅を目にして、権勢家の「勝田侯爵の御当主が中央線でご通過のとき、車窓からその梅の花の満開の風情を見て、是非ともあれを売つてもらひたい木を奪っていく。

と所望された」。彼は県会議員を通し、その権力と金力を誇示し、一家自慢の「マスコット」の梅の

梅の木を掘った跡には大きな穴がうがたれて、それは一家の遺瀬ない思ひの記念のため、後日までその穴は埋めないで保存した。雨が降ると水がたまり、月日がたつにつれて小さな池になつた。

という。この大きな穴は、シンボル喪失の一家の空無感に他ならないだろう。井伏文学を貫流する犠牲者としての民衆像が、ここにも大きな穴という象徴によって描かれているのだが、しかし屈辱を「記念」として残し、忘却を拒否する、そのような執拗でしたたかな民衆像をも「小説家」はここで把えている。

権勢家の気紛れな所有欲というエゴイズムは下宿の主人をして、「いまでも梅の花が咲く季節になると、彼はあの紅梅も咲いたらうかと思つて中野の侯爵邸の塀の外を行つたり来たり」させる。「しかし塀は高く……それらしい梅の花は見つからない」。高い塀が、庶民から遠い特権階層としての侯爵の暗喩であることは言うまでもない。「マスコット」を奪われた無念・怨念は何時までたっても消えないのである。

井伏鱒二という作家を、淡白飄逸な、あるいは老荘的な像において把えようとすると、こういう陥穽が待ち受けている。「黒い雨」の〈記録〉に執念を賭けた作家であり、戦中下での屈辱と怒りを、何度でも繰り返し語り続けて倦まなかった作家である。民衆に「抵抗」など出来はしない。出来るの

は、ひたすら無念・怨念を持続することだけ。この「追憶」の言葉から浮上するのは、そのような民衆観ではなかろうか。

だが民衆は、常にこの下宿の主人のような存在であり得るわけではない。確かに「小説家」の権力への嫌悪は一貫している。細部にこだわれば、映画監督も「横暴な奴」と、「小説家」からの批判を免れ得ない。しかし、次に引く茶店の主人の言説には、偉そうな立場の人間に、意味もなく姿勢を低くしてしまう民衆のありようも厳しく写し出されている。

彼は撮影監督の前に行き改まった口調で謝った。「どうも犬が啼いて、相すみません。ハチ公は文明器具に慣れませんから吠えるのでありますが、人を噛むやうなことはありません。棒につないどいたから大丈夫であります」

茶店の主人は凱旋して間もない在郷軍人であり、監督の前でつい畏まって軍隊の口調が出てしまうのである。言葉こそが人間を、人間の生活を、あるいは人間関係を決定するという考えこそ、「言葉について」（昭8）、「槌ツァ」などの、いわばメタ言語小説の系譜を生み出し、また、「花の町」（昭17）や「黒い雨」等の代表的長編にも一貫して流れている井伏鱒二の認識である。当然この軍隊口調も、挿話でありつつ、単なる挿話以上の内実を含み持っている。

空想のノート――クロと梅の木をめぐる人間模様――

第四節、「小説家」は「今度は空想で、もう一つ別のノートをと」る。つまり勝田侯爵をチヨ坊の「後援者」と設定して、この二人にチヨ坊の父親（つまり下宿の主人）を加えて一つの物語を想像する。話題の中心は、もちろん、紅梅であり、またクロである。

ここで「小説家」は、権力にものをいわせた侯爵の虚栄心のいやらしさを把え、また、権力者を利用して映画女優を続けるチヨ坊の、無知ながらしたたかな、なかなか屈曲したありようを描き、それによって父親の苦悩を浮かび上らせている。つまり父親は、紅梅のみならず娘まで、旺盛な所有欲に駆られた勝田侯爵に奪われてしまっているのである。奪われたというのは、父親からすればということであって、チヨ坊自身は侯爵の空疎な虚栄心からくる所有欲を、したたかに利用している。「小説家」は、その若さに似合わぬ手練手管を、意地悪く描いている。可憐だったチヨ坊が、女優になることによって、あるいは「有名な女優」になるために、このような女になってしまったのである。そのような意味で、この部分の主人公は、ほとんど語るところのない父親であるのかもしれない。

紅梅をめぐる顚末は、第三節の繰り返しであるように見えて、それとは微妙な差異を見せている。侯爵は「梅の木が一農家の庭にあったものだと言はない」。のみならず「県会副議長」（侯爵は、女優との対話の中で、「議員」を巧妙に「副議長」に差し換えている）が「寄付」してくれたものであり、その「献上」に当っては大掻動があったと、自慢気に「女優」に吹聴する（ただしその点については、「或ひは県会副議長が、話に尾鰭をつけて云つたのかもわからない」と、「小説家」は注を打っている）。侯爵は「物事を忘れつぽい人ではない」とわざわざ書かれている点からしても、「小説家」が書こうとしているのは、奢り高ぶった権力者の虚栄心への揶揄に他ならないであろう（注4）。

もう一つの話題、クロについてはどうか。「小説家」は、「談話は円滑に進んでいった」と皮肉をこめて、侯爵と映画女優という一組の男女の姿を叙述していく。「殿様」（勝田侯爵）は、かつて「いかやうにも羽根の黒い大きな鷲」を飼っていたという。それに対し「女優」は、その鷲は峠で見た鷲に違いないと言う。

咄差に彼女は、自分の云つた通りそれに違ひないといふやうな仕草をした。少し居ずまひをなほし、さうして殿様の手の上にふんわりと彼女の手を置いたのである。その仕草は殿様を満足させた。同時に、空とぶ大鳥もわが邸のものであると思ひたい殿様の所有欲を満足させた。

「殿様」は、紅梅もクロも「女優」も、総てわが所有物と御機嫌なのだが、クロは本当に〈所有〉されているのか。「小説家」ならぬ井伏鱒二の提出している問いは、その点にこそあるのではなかろうか。「談話」はさらに、クロ、「流星号」という名称をめぐって、虚々実々な形で続いて行くのだが(注5)、クロという平凡で庶民的な名称と「流星号」という気どった名称の嫌らしさの対照に注意しなければならない。井伏鱒二の〈芸〉はこういう細部にこそ生動する。この辺りに来てようやくクロの正体に焦点があわされていく。先にこの「女優」を「したたかな」としたが、ことは左様に一義的なのではなく、父親思いで、「後援者」を持つことに、「どんよりした気持」でいる彼女にとっては、クロの正体は「信州の田舎の大きな紅梅の木の生えてる、百姓屋」のものであって欲しいのである。

信州から東京に出てきて車掌になり、今は麻布でラジオ商を営む父親の心境は複雑である。かつて娘が持ってきた「後援者」からの大金を前にして、父親は、「この金はお前、自分にしまつておけ。俺はこんな大金よりも草花の一本も買つてきてもらつた方がいいやうだ」と言った。「後援者」からねだって貰ってきた紅梅の枝に対しても、「東京の花屋の花は、花に色がついてるといふだけだ。却つてこんなのより、白い梅の方がよかつたな」と冷たい。あるいは、「以前、信州の田舎にあった紅梅は、こんな騒々しい感じの花ではなかつた」とも。父親にとって、信州の梅は汚され、侯爵邸の梅はもはやそれとは違う、薄汚いそれでしかないのである。そのように父親の心情に沿ってテキストを把えれば、「殿様」は名木を〈所有〉しつつ、既にそれを失っているということになろう。信州の梅の美しさは、父親の想念の中でしか存在しない。

「超大作映画の特別出演料」と偽って、「後援者」からの大金をさし出した時も、紅梅を店先に飾った時も、父親は「ラジオを聞くやうな風」をして、呟くふうに思いを語る。むろん、娘も「空とぼけてゐるのではないかといふ懸念」を敏感に察知している。父と娘の間に生まれてしまった溝は、「殿様」の知らぬところで、思いのほか深まってしまっている。ただし、父親の悲しみは深いのだが、その悲しみが、娘から「空とぼけているのではないか」と見られ、それ以上父親の心理は追われることはない。初期文学と違って、登場人物は〈屈託〉してはいても、もはやその素振りをちらっと見せるだけで、それ以上主情的に沈潜させることはない。

もう一つの空想のノート――誰のクロか――

「小説家」は、続きとしてさらにもう一つのノートを綴り始める。つまり「女優」とその「後援者」

が、伊豆の谷津温泉にお邸の「流星号」を見に出かけようとする顚末のノートである。ノートの構想は、しかしその端緒で途切れ、第五節は、クロをめぐっての「小説家」と茶店の主人との対話に終始して、結節に及んでいる。

そりや、クロ自身とすりや、天城山なんか縄張りにするのは朝めし前だ。何しろクロは、清濁あわせ呑むぢや。しかしながら谷津温泉場で、クロのことを天城山の鷲ちうたとは、我慢ならんぢや。

と茶店の主人は憤慨する。何と、御坂峠は「清」で、天城山は「濁」だというのである。むろん、庶民のたわいもない愛郷心が言わせた持前の反エクリチュール的な言葉に過ぎないのだが、主人のこの台詞を〈所有〉への欲望と把えてみれば、「殿様」のそれと、本質的な差異はない。権力者のそれと同時に、ユーモアの中に庶民の排外的エゴイズムも見逃さない、そういう厳しい眼差しがここにある。

一方、「小説家」はどうか。彼も「クロは御坂峠のクロであると考へてゐた。八年このかたクロは御坂峠のクロであり今後とも同様であるべき筈である」と考えている以上、茶店の主人と差異はない。ただし、茶店の主人と「小説家」の思惑は微妙に異なっている。茶店の主人の考えが、庶民的で閉鎖的な愛郷心から発したものであるのに対して、「小説家」のそれは、クロを「後援者」が、「吾輩の流星号」と見たり、「女優」が「殿様のお邸のクロ」と見たりするのが、我慢ならないのである。

むろんそれは、そもそも「小説家」がみずからの「ノート」から作りあげた妄想に他ならないのであり、「小説家」自身も「他愛もない妄想だと自分で否定」してはいるのだが、しかし結局「妄想」

に捕われつつ伊豆の谷津行を決心することになる。「妄想」にふり回され現実と非現実の境界を見失っていく、そういう自身をモデルとした「小説家」の戯画化にもこの小説のおかしさがあるのだが、そうであっても「門閥家の気まぐれといふものは、たいてい庶民に勝手ちがひな思ひをさせない場合はないのである」という語りに、語り手の枠を越えた作者の肉声が響いている。

大空の鷲

テキストはこの後、クロを大空に呼び出すための、「小説家」と茶店の主人のボードビルへと展開するのだが（こういうところにナンセンス作家と呼ばれた所以があるのだろう。少しく興に乗り過ぎているという感が否めない。各種全集にこのテキストを載せなかった理由は、あるいはこうした点からであるかもしれない。）、茶店のおかみさんも含めて、三人の演ずる喜劇をよそに、クロは悠然と現れそして去って行く。「クロは旧御坂峠の上空から、巨大な円弧を虚空に描きながら茶店の上空に現れて来た。黒い翼と灰色の胴、その待望の主体は薄く夕陽を浴びて三人の頭の真上に来た」。そして三人の思惑とは別に、「クロは茶店の上空から、弓なりに旧御坂峠の上空に引返し、縹渺たる弧を描きながら黒岳の尾根に消え去つた」。

クロの象徴性を云々する必要はもうあるまい。〈所有〉に束縛される人間の愚かさ、そこから発する様々な人間模様、庶民や「小説家」の妄想、それら総てを越えて悠然としたクロの姿は、「サワン」の哀しみとは既に全く無縁なものである。このテキストが書かれた時代を考慮するならば、次のように結論づけても構わないのではなかろうか。つまり、せせこましくなって行くばかりの時代の雰囲気の中で、超然としたクロに、作者は、深い自由への理想と憧れを描き出したかったのだと。

〈三〉二重のことば――戦中下のテキスト――

先の秋枝の分析対象は昭和十年代前半のテキスト群であったが、十年代後半についてはどうか。言うまでもなく〈戦争〉は、「社会の外へ出ようとする」ことも「社会を相対化してしまう」ことも、ましてや「社会からはみ出した者が、そこに新しい人生や価値を見出す」ことなど、許すはずもなかった。井伏鱒二の戦中下での生活も徴用を中心軸に展開されていく。

旧版全集は、昭和十六年以降敗戦に至る五年間のテキストとして、「増富の谿谷」（昭16・1）・「小間物屋」（同）・「隠岐別府村の守吉」（昭16・9）・「花の町」（昭17・8－10）・「御神火」（昭18・6－8）・「吹越の城」（昭18・10）・「鐘供養の日」（昭18・11頃）の七篇を収めるに過ぎない。この直前、遥かな大空のクロの自由が、憧憬として描かれねばならなかった所以であろう。

「増富の谿谷」は、甲州増富渓谷で偶然見た胡桃の巨木と、そこで見かけた二人の娘をめぐっての随筆的小品である。二人の娘の美しさは、「佐藤垢石」や「私」によって、「すごいなあ、これは。まアるで、鄙まれだ。まアるで絵のやうだ」とか、「あんな美しい恰好で、空間を占領していたら、きっと美の神が妬むだらう」と絶讃される。これには「怪談」めいた落ちがついている。つまり「村松梢風氏」も二十何年前、同じ所で同じ体験をしたという。むろんこれを「怪談」としてではなく、合理的に辻褄を合わせて解釈することは出来る。しかし結末部、「石田君といふ去年大学卒業の青年」の語る「この話は怪談ではなくて偶然の話ですからね。僕、その偶然を求めに行くんですから」という言葉の中に密かな含意がある、とも読める。その点については熊谷孝に、

この作品は、作者自身の主題的発想においては、怪談横行の時代における、怪談ならぬロマンスなのですね。……何か尊いものが次つぎ姿を消し去ってゆく悪現実の中に在って、その尊いものの回復・奪還・存続を「偶然」に期待し、その夢に賭けるロマンスなわけです。それと同時に、この作品は、怪談がまかり通る今日の時代に対するサタイアなわけですね。

という評言がある(注6)。「大空の鷲」から「増富の谿谷」へとつなげてみると、井伏鱒二というリアリストの中にある浪漫的心性の作動が見えてくる。現実が「怪談」と化しつつある中にあっては、むしろ夢の中にこそ真実がある。換言すれば、夢の後ろに、目をそむけたくなるような戦時下の現実があるということでもある。

「小間物屋」は、山陽の小地主の岩田家に寄生する小間物行商人の人心荒廃をスケッチした、手慣れた在所もののひとつ。戦場で足を負傷した孫息子(この孫、英之丞が「私の親しい友人」であり、この友人の負傷見舞という設定で小説は進行する)と、容貌ゆえか三十一になってまだ結婚しない孫娘を抱えた高潔な当主の姿の反極に、いかにも厚顔無恥な小間物屋の像を浮かび上がらせる、そうい

う点に作者の機略がある。

このテキストは、更に下男や商家の丹那をも加えた人情世態小説なのであって、「戦時」の状況が殊更に作品の実質として浮上してくる体のものではない。しかし「多甚古村」（昭14）の人心荒廃が戦争に関わっているという程度で、この作品にも戦争の影はある。

「隠岐別府村の守吉」は、明治二十七年八月のラフカディオ・ハーンの隠岐行を材料として、〈異人〉の往来に混乱するばかりの隠岐菱浦の村人達の中で、かつての「隠岐農兵の一員」であり、文久三年の異国船往来の際に手柄のあった守吉と、「淋しさうな」〈異人〉ハーンの出会いを描いた短編である。〈異人〉と言葉がかわせるというので担ぎ出された守吉は、しかし一言も発し得ない。仕方がないので、村人が通訳を通して文久三年の守吉の過去を述べたところ、〈異人〉はたった一言「おお、そのなつかしの物語」と語ったという。つまり、〈異人〉の感懐の中に、異国語に十分には通じず、しかし堂々と異国船を撃退した守吉の姿を浮かび上らせるところに、この小説の眼目はある。

守吉の過去は「村上さんの丹那さん」の先代の書いた「隠岐海防記」なる「半紙二十三枚綴の短編」の一節に記されている。それによれば、異国船往来に対し手を拱くしかなかった鳥取藩の儒官や西郷港の代官に替って、守吉は鴃舌を発して彼等を退散させたという。記録者はこの顚末を、

しかるに彼の外船の者ども、守吉の臆せず「ぺらぺらぺらぺら」と舌をまはす奇妙なる言語にて、この絶海の孤島は何国の領地とも分明しかねるものとや思ひけん。或いは守吉の態度に驚きて、

迂闊に近寄れぬ国とや思ひけん。それより三刻ばかりにして彼の外船、一発も発砲することなく、おとなしく去り行きぬ。

と解釈している。記録者は「守吉、もとより迂愚の者ならず」と注を打った上で、守吉の「異人語」研修要請の進言をも副えている。

この〈記録〉の特色は、守吉の果敢なありさまと対照される形で代官の無能無策ぶりが強調されている（というふうに作者が〈記録〉を捏造した）点にある。異国船を前にして、代官枝元喜左衛門は「畏懼逡巡」したり「困惑」するばかり、加えて「おのが帯刀を異国船内に忘れ来たる」仕末なのである。

このテキストを戦時下の制度の中においてみるとどうなるのか。守吉は勇猛果敢にして知的にも優れた「農兵」であり、〈異人〉の勘違いであったとしても、結果的にみごとに異国船を退散させた。つまり模範兵なのであって、戦時下のテキストとして「合法」的なのである。しかし、むろん作者の意図は別のところにあった。東郷克美がとりあげている小説集「まげもの」（昭21）の「あとがき」の中で、寓意は明白にされる。

「隠岐別府村の守吉」は太平洋戦争になる直前の頃に書いた。……新聞や雑誌に愛国の精神について よく論文が掲載されるやうになつた。しかし私は勇ましい気象の人物を書きにくいので、ごつた返しの国家艱難なときの一人の純朴な百姓を書いてみることにした。一方、幕末の地方役人の無能とだらしなさを下積みの地方の庶民たちがカヴアーしてやつて、それで漸く世の中が保たれてゐるといふ有様にもちよつと触れるつもりであつた。

「隠岐別府村の守吉」のテキストには、もう一つの言葉が潜められている。いわば二重の言葉によってテキストが織られているのである。作家は書くことでしか作家たりえない。愛弟子太宰治の死を、作家として「生意気」だという一言で悼むのが、井伏鱒二における作家精神なのである。書きたいことを書くためには、まず用心深くあらねばならなかった。そうした状況下でこそ、井伏鱒二が育んできた〈芸〉は、むしろ生々と胎動する。戦中下も、数こそ少ないものの、作家井伏にとっては決して不毛の時代ではなかったのである。圧力によってむしろ自己本来の認識・方法・表現が瞭然としてくる、そのような逆説の軌跡がここにあるのではなかろうか。

大作「花の町」については後日を期すしかないが、このテキストこそ「二重の言葉」が網の目のように張りめぐらされたテキストと、さし当っては口早に述べておきたい。

このテキストには、ウセン・ベン・ハッセンという現地人が、厳しい侮蔑の対象として描かれているが、彼の語る「日本精神を覚えるには、日本語を知らんければいけないです」という言葉こそ、網の目の中心に位置づけられる。「日本精神を覚え」させるための日本語普及工作が、ウセンのような退廃を生み出して行く（むろんウセンこそ被害者なのだが）。戦争はモノや国家を破壊するばかりではない、人心を荒廃させることにおいて「悪」なのであり、ウセンとはシンガポール人の代名詞であるとともに、日本人の代名詞でもある。

「花の町」というテキストの表層には、〈戦争〉が直接浮かび上がることはない。むしろ平和な「昭南」が日常的な風景として切りとられるだけである。

戦争の渦中にあって明るい希望を抱いて起ち上る昭南市のある市民のささやかな生活面を主材とし、その背後に澎湃と張るアジヤ民族興隆の姿を描破した従軍作家最初の巨弾であります。（『東京日日』『大阪朝日』昭17・8・3）

と、発表紙に予告されたような印象を読者にひき起こすテキストである（むろん軍に迎合したジャーナリズムのアジア主義的な大仰な言説は別として）。併載された「作者の言葉」もまた、「昭南」の「平和」を繰り返す。つまりこれが井伏鱒二の戦略なのである。日常の先にある非日常の姿を見据える眼を研ぎ澄ましてきたこの作家が、「平和」の表層の底にあるものを見逃すことなどあり得ないことであろう（次章「井伏鱒二　漂流者の理想」参照）。

「御神火」と「吹越の城」が、ともに昭和十八年に発表された意味をめぐっては、既に東郷克美前掲論文にスケッチがあり、今付け加えることはない。「戦争の犠牲にされて行く無数の生命人格に対する……哀惜の情と詠嘆を、……しかし現はすよりもひそめておくやうな心持で書いた」（『まげもの』あとがき）という作者自注に傍点を打つばかりである。

「鐘供養の日」は戦後『日本抵抗文学選』（三一書房　昭30）に収録され、井伏鱒二のみならず日本「抵抗」文学の傑作と目されているが、しかし作者自身、抵抗素として核を成す「高田さん」の「送別の辞」自体が、筑摩版全集刊行の際に書き換えられたものであり、「戦時中には、こんな送別の辞は書ける筈もなかった」と語ったという（注7）。厳密には井伏鱒二の戦後小説と呼ぶべきであるかもしれない。

テキストは「趣向が甚だ奇抜」な「龍禅寺」の菜園庭の話題から始まる。この庭は仙桂和尚が「悪い趣味の庭よりも菜園畑の方が見る目にも美しい」として作り上げ、その「伝統」が現在に至っているという。

この冒頭部は、戦時下の食糧自給、食糧増産の掛声に呼応していて、その意味で時局的言説とも受けとめられる。しかし、戦中下の井伏の言葉は常に二重性を帯びている。この「如何なる鋭い分析にも堪え得る緻密な構成が意識的になされている」テキストにあって（大越嘉七「井伏鱒二と抵抗文学」『井伏鱒二の文学』法政大学出版局　昭55）、この冒頭部が、「ところで」という話題転換の接続詞でつながれる以下の言説と、無関係であるはずがない。「ところで」以下の言説に「抵抗」が読まれて来た以上、この冒頭部もその線に従って読まれるべきだろう。この庭には仙桂和尚の「見識」がこめられており、その「見識」が「代々の住職」に「伝統」として受け継がれ現在に至っているのであって、つまり事柄は釣鐘と同様なのである。

釣鐘は地域にあって象徴的存在であり、また「私たちの肉体の一部分」でもあった。それが今や「丸太でもつて四方から井桁に縛られて」「コツンコツン」と鳴るばかり。縛られることによって音も出せない釣鐘。ここにあるものが単なる哀感ではないことは瞭然としている。

後半部は駅の貨物置場での「高田さん」と住職との対話で構成される。釣鐘「研究」家井伏鱒二の薀蓄が窺える部分だが(注8)、ここでの話題は二点に渉っている。一つは鐘に刻された「明和」という年代をめぐってであり、もう一つは「もし一朝国難に際し檀徒の失費調達の要あらば、当梵鐘その充当に応ぜしむべく、違背することあるなかれ」という銘をめぐってである。

「明和」とは、田沼失政の「世をあげて野卑に成りさがつてゐた時代」であり、「後の天明調といつて、下司な趣味の生れる下地をつくつてゐた時代」だが、そんな時代にも「当世流行に感染しなかつた」「見識」人は居り、この「古雅」で「簡素清浄」な釣鐘は、そのような鋳造師によって造られたものだろうと「高田さん」は語る。

この語りも「二重の言葉」で組みたてられているように思われる。饗応の時代にあって奢侈を慎み「国難」に備えるとは、まさしく戦争推進者から求められた理想の国民像であろう。この作品をいち早く高く評価した沼田卓爾が、「妥協」や「傷」をも指摘したのは、故なしとは言えない(注9)。「国難」とは支配的位置に立つ人間の言葉であり、民衆の言葉ではないだろうから。

しかし、釣鐘の供出は、地域の庶民からすれば、わが身に等しい象徴物を国家によって奪われることであり、そう読まなければ流される涙は諒解できないだろう。「国難」という言葉にこめたのは、国家から受けた「災難」という意味でもあったのではなかろうか。戦後「追剥の話」(昭21)において「今度の大戦争を始めるときにも、儂らは役場から何の相談も受けなんだ」と登場人物に語らせた精神の前哨がここにあるように思われる。あるいは、災難と犠牲の文学「御神火」や「吹越の城」をインデクスとしておくことによって、潜められた意味が浮上してくると見ることもできる。

結末部の対話も、したがって私は、複雑な「二重の言葉」によって構築されていると読む。

「左様。私の思ひますに、昔、この鋳造された檀徒総代が、偉い人であつたので御座いますな。」「いやお寺さん。そのお寺の住職さんに見識があつたのでせう。」高田さんと住職は、今月今日の自分たちは面目ないことだつたといふやうに、お互に頭をかいた。……雪は牡丹雪のやうにゆるやかに降りつづけ、しかし糠か何かのやうに極めてこまやかな粉雪であつた。

表層にあるものは、「国難」への備えの用意の自覚を欠いた二人の「面目」なさということだろう。しかし、大切なものをむざむざと犠牲にせざるを得ない事態を招いてしまったことに対する痛恨の思い、それが「頭をかいた」という、軽くとぼけた仕草で朧化されつつ描き出されている、と読むことも可能であり、結末の抒情が、潰される梵鐘にむけての鎮魂の雪であるとすれば、そう読むことが、テキストの実質に沿っていると思うのである。

〈四〉おわりに

「さざなみ軍記」を「自己幽閉」から「自己開放」へと転じた文学と評したのは佐伯彰一であった（「井伏鱒二の逆説」『新潮』昭50・3）。昭和十年代前半の小説は、開放されたこの〈自己〉が、〈社会〉と様々な関係をきり結んでいく、その軌跡に他ならなかった。

その時〈社会〉は、既に戦時体制という第二の堅固な「岩屋」を形成しつつあった。しかし、作家はもう〈屈託〉するばかりではなかった。誰にも〈所有〉されず大空を飛翔するクロの姿には、自由への想念が深くこめられている。だがクロはあくまで理念的な存在なのであって、そういうものとして人間達の織りなす〈社会〉を「睥睨」していたのである。

作家の〈自己〉が〈社会〉と鋭く対峙拮抗しあうのは、むしろ（と言うより、やはり）、戦争下においてだった。沈黙は良心的であったとしても、作家は書くことによってしか作家であり得ず、己の取るべき道ではないというのが井伏鱒二のとった基本的立場であった。

言説は開放的に、しかし慎重になされなければならなかった。したがって戦中下にあって、テキストは常に「二重の言葉」によって織りなされてきた。その時、作家としての長い修練、〈芸〉が生動してくる。〈芸〉は「二重の言葉」においてばかりではない。「花の町」が日常的感覚において〈戦争〉を把えていることについては、既に多くの指摘があるが、〈戦争〉を表層的に空白化することによって、むしろ浮かび上らせる、そのような高度な〈芸〉を、私達は「花の町」のみならず、この時期のテキストの随所に堪能することができる。

ただし、だからといって、これらのテキストは、快心の作といったものでもなかったろう。抑圧されることによって生動する言語が、作家の本意であろうはずがない。「抵抗」の事後証明と言って言えなくもない「鐘供養の日」の改作は、事後証明自体に意図があるのではなくて、戦中下の自己抑圧をふり払おうとする、井伏鱒二の戦後行為に他ならず、戦後文学においてこそ全面的な自己開放が開始されると、私として思うのである(注10)。

〈注〉

(1) 東郷克美「戦争下の井伏鱒二」(『国文学ノート』第12号　昭48・3)、前田貞昭「井伏鱒二の戦時下抵抗のかたち」(磯貝英夫編『井伏鱒二研究』　渓水社　昭59)等。他に小山清の「『お伽草紙』の頃」(八雲版全集附録第五号)。

(2) 浮橋康彦「屋根の上のサワン」(『日本文学』昭48・1)。ただし、このテキストの文体は、抒情的な内質を制御するように機能している。抒情に溢れがちな「私」が故意に客観化され、それによってさりげなさが粧われる。溢れ出てくる抒情とそれを封じこめる文体、そういう点に三十二歳の作者の若さと、ある成熟がある。

(3) 助川徳是が「コタツ花」(昭38)のヤマカガシの観察と描写を絶讃している(「井伏鱒二の「庶民」」現代国語研究シリーズ11『井伏鱒二』尚学図書　昭56・5)。志賀リアリズムが「よく見えてしまう目」に支えられているのに対し、井伏鱒二のリアリズムは「よく見ようとする目」によって成り立っていると言えようか。

（4）「物ごとを忘れつぽい人ではない」はずの侯爵が、「女優」との対話の中で、時折「忘れつぽい人」になる。梅の木の「献上」をめぐっての対話と同様、クロの出自をめぐっての対話においても、「侯爵」はあやふやである。「或ひはさういふ単調な名であつたかもしれん」「いや、或ひはさうではなかつたかもしれんが、或ひはさうであつたかもしれん」と。

（5）「丑寅爺さん」（昭25）の主人公虎吉爺さんの三匹の名牛を、「新聞社の支局員」は「野ざくら」、「ボルガ」、「つるばみ」と命名することを奨める。爺さんにとっては「千谷牛」、「平作さんで買うた牛」、「市場で買うた牛」で十分であるにもかかわらず。

（6）熊谷孝「井伏鱒二「増富の渓谷」補説」（文学教育研究者集団『文学と教育』第一〇八号　昭54・5）。熊谷を筆頭とする「文教研」が、グループとしてこの作品の評価に熱心である。

（7）伴俊彦「井伏さんから聞いたこと　その四」（『井伏鱒二全集』第六巻　月報6　昭40・1）。

（8）献詞の対象である高田嘉助については、随筆「神谷川の旦那」（昭29）がある。鐘をめぐっては、早く昭和八年に「釣鐘の音」（原題「釣鐘の音に関する研究」）があって、趣味の一端を垣間見ることが出来る。鐘の音の美しさが寺院のゆかしさや人々の生活に支えられてたち現れてくることが、そこで自在に語られている。「対島修二氏」の「釣鐘の音に関する研究も面白いかもしれないが、この土地に来て、寺の鐘を一つ撞いてみたいといふ熱望を失つてはいけないと考へられる」という手紙で、本文は打ち切られている。

（9）酒田卓爾「解説」（創元社版『井伏鱒二作品集』第二巻　昭28）。

（10）拙稿「屈託からの反噬―井伏鱒二の戦後文学・覚え書―」（明治大学『文芸研究』第67号　平4・2）。拙稿の改訂増補版は、拙著『文学の風景　都市の風景』（蒼丘書林　平22・3）収録。

第二章　「なつかしき現実」
──井伏文学一九四〇年前後──

〈一〉　はじめに

昭和初年代のプロレタリア文学の潮流に対して、モダニスト達がいかに対応していったか、その様相について、つまりプロレタリア文学の反作用について、かつて磯貝英夫がスケッチを試みたことがあった（『シンポジウム日本文学』第18巻「政治と文学」　学生社　昭51・4）。反プロレタリア文学の旗幟を明らかにしつつ、しかしまさしく〈反〉としての作用を受けて自らの文学を形成していった、梶井基次郎・横光利一・伊藤整・堀辰雄・小林秀雄等、昭和初年代の作家達の様相を捉えた、小さいながらにみごとな文学史論であった。

その文学的出発期における文学的環境、とりわけてプロレタリア文学の「反作用」という一点において、井伏鱒二はどういう位置に立つか。時代の状況にひとりとり残され孤立した様相については、井伏自ら何度も語るところであり（「半生記」等）、また、「幽閉」・「山椒魚」も、むろんそのような伝記批評的視点からの解析も可能なのだが、しかしまた一方では西田勝や佐藤嗣男などによって、プロレタリア文学への接近が例証されてもいて、事態はさほど明瞭ではない（注1）。戯画化された虚構の〈自分史〉「十二年間」（昭5・5）の主人公〈私〉は、マルクシズムに酔った時期を持ち、「われわれプロレタリアート」などと口走っているのである。故郷の知人からの、子供の命名の依頼に「サリー」などという「プロレタリア的な」名前を考えてやってもいる。むろんこの作品を〈自分史〉と捉えることは危険である。作者はむしろ時代の文学者像を諷刺的に描いてみせた、と読むべきであろう。だが、そう読んだとしても、プロレタリア文学の「反作用」の実情は多分に曖昧である。

一方、新文学との関わりはどうであったか。井伏がモダニズムの飛沫を十分に浴びたことは、初期テキストを一瞥すれば瞭然としている。近代の作家として、つき当るべくしてつき当った個我の憂鬱、それを如何に表現するか。時代は私小説を越える所で動いていた。「山椒魚」「鯉」「屋根の上のサワン」などの象徴的方法、「川」の構成派的方法、「夜ふけと梅の花」の寓話的方法等々。これらの作品群はモダニスト井伏鱒二の描いた文学的軌跡に他ならなかった。幻想と奔放な戯画の中に寓意を托していた牧野信一が井伏鱒二にいちはやく着眼したのは当然と言うべきだろう。

しかし、磯貝が「井伏鱒二の位置」（『井伏鱒二研究』所収　渓水社　昭59）において巧みに整理してくれているように、やがて井伏は牧野と訣別していくことになる。磯貝は「井伏の調和性と牧野の破滅性」という相違、あるいは牧野の人と文学の「畸型性」への井伏の嫌悪（逆に言えば井伏の「調和性」への牧野の嫌悪）に離反の真因を鋭く見ている。「調和性」という用語はともかくとして、井伏文学の表層の下にあった芯が徐々に明らかになっていった結果の離反（牧野の側からすれば）と私も見るのだが、モダニズムの飛沫を浴びつつ、井伏はそれとは別の自己の道を開いていったわけである。今日、文学史記述は、一般的に、井伏をモダニズムの系列として定位するのが普通だが、問題含みではある。

以上プロレタリア文学も含めて、井伏もまた、時代の「反作用」や「飛沫」をたっぷりと受けてきた道筋を私なりに確認してきたのだが、それを前提として、作家はどのように〈現実〉を作品世界に築きあげていったのか、以下は井伏文学におけるプロレタリア文学の〈反作用〉を伺うことのできる、いくつかの初期小説の解読の試みである。

〈二〉「朽助のゐる谷間」――〈現実〉への屈託とその行方――

「朽助のゐる谷間」（昭4・3）は「東京に住んで不遇な文学青年の暮しをしてゐる」〈私〉と、幼い頃から子守として〈私〉を育ててくれ、山の番人となった今も「実に頑固に私を贔屓してゐる」ハワイ移民帰りの七十七歳の老人朽助との〈なつかしき現実〉（第二創作集表題　改造社　昭5・7）を描いた作品である。井伏文学の一系譜をなす村落ものの第一作であり、また、溜池工事に伴う朽助家の移転という、多分に時代の影の濃い内容（あるいは素材）の作品である。あるいは、冗談めかして今様に言うならば、谷間の自然をめぐってのエコロジー小説であるのかもしれない。

朽助のモデルについて、また、舞台となっている「しぐれ谷」の溜池化工事について、さらに、ハワイ移民事業について、つまり総じて作品の背景について、松本武夫が考証を試みてくれていて、大変参考になる（「井伏鱒二「朽助のゐる谷間」論」『井伏鱒二研究』所収　明治書院　平2・3）。作品は朽助、〈私〉、そしてハワイで混血児として生まれ、今は朽助ひとりが身寄の孫娘タエトの三者のやりとりの中で進行していくのだが、この三者に作者が託したものは一体何か、その意味を問うところから、作品の主題やモティーフに迫ってみたい。

冒頭は二十年前、朽助が押してくれた乳母車の甘美な記憶から始まる。この場面が作者の実体験の変奏であることは、松本の前記論文に詳しいのだが、この記憶はおそらく井伏鱒二の原風景と呼びうるようなものであったと思われる。朽助は〈私〉にとって、一方では厳格な英語教師でもあったのだが、幼い〈私〉は彼に身をまかせきった、ある充足感に包まれていたのである。乳母車とはその感覚のみごとな表象といわなければならないだろう。朽助と〈私〉の密月の記憶。朽助とは〈私〉にとってまず何よりも「母」だったのである。

古い日本の庶民的な母が常にそうであったように、朽助の意識の中、〈私〉は彼の分身に他ならなかったのである。冒頭部近くには、次のような記憶も書かれている。

二十年前、リーダーの三の巻が終了した時、彼は教へ子に対して次のやうに語つたのである。「若しあんたが立身せなんだら、私らはいつそつらいでがす。そんなめに逢ふほどならば、私らはなんぼうにもつらいでがす。」私はそのとき頭がしびれたと思つた。そして帰らうと思つて外に出ると、いつの間に降りだしたのか、雪が谷底にも峰にも一ばい降り積つてゐた。

幼い〈私〉はなぜ「頭がしびれた」と思ったのだろう。雪の叙景から見るならば、ここは幼い〈私〉のある感動と読みとっていいと思う。なぜならこれは、後の「丹下氏邸」（昭6）や「へんろう宿」（昭14）などに見られるものとほぼ同一の構造をなしているのだから(注2)。幼いながらに〈私〉は、朽助が単なる子守や英語の師匠ではないことを感知している、と私は読むのである。

「母」として子にかけた立身出世の夢、それは今も風化することなく朽助の中に持続されている。谷間を訪れた〈私〉に、朽助は杏の実を落しながら次のように語る。

したれども私らは、あんたが利権擁護たらの演説をみんなの前でやるところが見たいでがす。私らも、あんたが流暢な演説をこくところは、またと見られんぢやろと思ひますがな。（傍点付加）

傍点部に注目したい。「利権擁護」などと考えるのは〈私〉であって、朽助の眼中には「利権」など全くない。朽助はただ「あんたが流暢な演説をこく」晴れ姿が見たいだけなのである。〈私〉は今も朽助という「母」に包まれていて大変幸福なのである。軒下の風呂に共に入りながら交される次のような会話風景は、今も共に生きる二人の平和な世界そのものであろう。

「あんたは何ぢややら痩せとりなさる。ましてや近頃アグリーぢや。」「貧乏のせゐだらう。」「つがもない！　所詮は女のためでせうがな?」「アグリーでは、さういふ話もない筈ぢやないか。」「万事はここですがな！」彼は湯から胸を現はして、その皺のよつた胸を平手でたたいた。そして先にお湯を出て行つた。私もお湯からあがつて滝木の向側に出た。そして裸体を風に乾かしてゐると、午後の太陽や光線が、裏庭に茂った樹木の葉を透して戯れに私の体を緑色に染めた。

ここにあるのは一人前に成長した子をからかいながら喜ぶ親の姿であり、そのような親の愛を全身に受ける成長した子どものさわやかな喜びであろう。

しかし〈私〉は、今も本当に朽助と共に生きていると言うことはできない。なぜなら朽助の「屈託」を〈私〉は何ほども理解していないのだから。朽助の「屈託」の原因は二つある。一つはむろん工事によって谷間の家から放逐されることであり、もう一つは半孤児タエトを抱えていることである。

朽助は三度に渉って放逐された人間である。まず移民という形で日本を追われ（作中に詳細は述べられていないが、実態は松本論文に明らかにされているものと遠くはないだろう。何よりも現在の朽助の姿がその実態を窺わせる。）、ついで拓殖の失敗で娘と孫娘を残したままハワイを追われ、そして今、長年住み慣れた谷間の家を追われようとしている。こういう二重三重にもなる朽助の悲しみを〈私〉はいまだもってほとんど理解していないのである。

長い流浪の日々の果にようやく居つくことの出来た谷間の家、その家は彼の後半生の生そのものの証であり、したがってその取毀しは彼にとって生そのものの崩壊と意識させられるようなものであろう。その救援に〈私〉は出かけるのだが、その視座は「彼の利権擁護のために運動してやらなくてはなるまい」というようなものだった。必要なのは、朽助とその悲しみを悲しみとして共有することであったにもかかわらず。だが、代替としての家が建てられ、さらに朽助に「貯水池の門樋番人といふ役目」が与えられ、「毎月の給料が入る」ことによって〈私〉の「運動」は完了してしまう。「所詮は立ち退くのでせうがなあ？　ああはや、立ち退かずばなるまいでせうがな！」という朽助の深い嘆き《ラメンテイション》は、ついに〈私〉にとって諒解不可能なのである。

　引越は終り、しかし新しい家に悪態をつき、朽助は未練断ち難く旧い家に泊ろうとする。外出を咎めようともしないタエトとは逆に、〈私〉は「七十幾つの年をしてゐるくせに、ちよつと拗ねてみたところだらう」と思うばかりである。彼を連れ戻そうとして出かけた旧い家での、次に引く場面は、まさしく朽助と〈私〉との乖離を物語る場面であろう。

> 「そんなところで居眠りする真似をして、からだに毒だぜ。」「べつに居眠りした覚えはないでがす。くつたくしとるところだります。」「おそいから、うちへ帰らう?」「なんぼうにも私らは、ここの家の方が好きだります。何処へ寝起きしようとも、私らは私らの勝手ですがな。」「バッド・ボーイは止せ。早く帰らう！」「いつそ私らは、今日は新しき闘争とかたらをしてをるのでがす。心配しなさるなというたら。」私は彼の頑迷を説き破ることができないのに気がついて、帰りかけたが立ちどまつて朽助の様子を眺めた。朽助は私が帰つてしまつたものと信じたらしく、再び肘の上に顎をのせて物思ひに耽りはじめた。

〈私〉には一切が「頑迷」としか見えない。つまり、朽助の「屈託」や「物思ひ」に心を寄せることができないのである。年老いた「バッド・ボーイ」はその「屈託」を、〈私〉にすら諒解してもらえず、一人かこつしかないわけである。こういう距離の取り方、主情的なものにおぼれることを注意深く避け、そこにある詩情とユーモアを生み出す、この作家の常套的手法がここにもあるということであるにしても。

家が水底に沈められる日がやって来た。あわてとり乱す朽助に対し〈私〉は、「そんなに大声で狼狽したりしては人々が嘲ふであらうことを注意した」というように対応する。〈私〉の眼は「人々」（と言ってもここには役人が二人いるだけなのである）に向けられ、決して朽助の心中には向けられない。ここでもタエトの朽助への姿勢は〈私〉と対照的である。

タエトは朽助の肩に親しみ深く手をかけて、片方の手で朽助の目を覆った。彼女の沈着なふるまいは、朽助を平静な人間に蘇らせ、同時に彼を快活な老人にさせた（注3）。

語り手はここで朽助の周章狼狽を強調し、逆にタエトの沈着冷静な優しさを印象づけた。あるいは、〈私〉を排除しての二人の間のドラマの形成と言ってもよい。その濃密な共生感は、本来朽助と〈私〉のものでもあったはずだが、ここでの〈私〉は朽助に拒まれている。理由はくり返し述べてきた点にあるだろう。朽助の悲しみを〈私〉が理解しえない以上、拒否されることは必然である。

朽助の悲しみを、読者である私達は、〈私〉以上に整理し、分析することが可能だろう。しかし、論理の言葉・分析の言葉によっては、ついにその悲しみの本体にぶつかることはできない。寝床の中で朽助がぶつぶつと口にする語り——私達は普通これを愚痴と呼ぶのだが——こそその本源に他ならない。悲しみの淵源に棲むもの、朽助はそれを「魔物」と呼ぶ。

総じて一つの池に八つ以上の谷をふくんでゐたるならば、その池には魔物が生れるものでがす。魔物は九尺からもある鯉に似てゐるかもしれませぬが、鯉に似たるならばとて所詮は魔物なれば、その鯉といふのは、いつそ五色の鯉ぢやろ。

池の底に沈む家を見つめながら朽助は、「魔物といふものは、いつそここから湧いて出るのかもしれませんでがす」とも語るのだが、「魔物」とはいわば朽助の怨念であり、あるいはまた、朽助が共に生きるしぐれ谷の自然そのものの怨念であろう。朽助には伐採夫の斧の音でどの木が伐られているかはっきりとわかるのである。私達の祖先は言葉を常にこのように使って生きてきた。こざかしく言えば「比喩」ということになろうが、むろんそういう意識など朽助にはない。「魔物」とは、朽助の認識そのものなのである。井伏鱒二は言葉をめぐっての庶民的心性について、このように十分に自覚的なのである。「左傾」できなかった孤独を井伏は何度か語ってきたが、言語の次元からして「左傾」は困難だったはずである。

朽助の愚痴はさらに山鳥をめぐって続く。これは明らかにタエトの生いたちをめぐっての比喩なのだが、比喩として整理分析しようとすれば、様々な不可解な矛盾に、読者は直面することになるだろう。ここを私達は、不幸な雉の子をめぐっての朽助の体験と素直に読んでおけばよい。朽助は、その体験から自ずとタエトの生いたちに思いが及び、激しい悲嘆に陥るという順序なのであって、決してその逆ではない。

そしてここにおいても、〈私〉の位置は一貫して不変である。「涙の発作にかられた」（傍点引用者）朽助の嗚咽に〈私〉の心は「感傷的にさせ」られ、「私の目からも多少の涙の点滴であった」と語り手は叙述する。これは〈私〉の衒いでもあるが、朽助と共に生きるかに見えて、ついにそうではありえない〈私〉を、語り手はこう描き出しているのである。井伏は知識人の嘆きなど決して書きはしなかった。ここでの〈私〉も、「贋の鼾」で状況を糊塗しているのだが、こういう描写の中から朽助の悲しみとともに〈私〉の不幸も浮かび上ってくるのであり、そこに作者の〈私〉造型の意図もあったと見ることも不可能ではなかろう。〈私〉は確かに「ナレーター兼狂言回し」（『井伏文学手帖』みすず書房　昭59）ではあるけれども、そこにとどまるものでもない。

新潮文庫版本文によれば、〈私〉はタエトから、「東京の客人は不良青年ではないのでございましょうか」と言われてしまっている。この「不良青年」はタエトの姿態に「多感をそそ」られ、思わず彼女の掌を「つまんで」しまい、彼女を悩ましており、さらにそこに「闖入」してきた朽助を言葉巧みにごまかしたりするのだが、彼等二人と切り離された存在になってしまっている点にこそ、〈私〉の「不良」たる理由があろう。

「不良」であることによって、〈私〉は朽助から切り離されるとともに、タエトからも切り離されてしまっている。朽助に対してと同様、十字架に表象される彼女の苦悩を、〈私〉はほとんど理解できない（注4）。そういう青年として語り手は〈私〉を造型している。祖父朽助の「屈託」になす術もなく、すがる思いで出したタエトの書信を読んでの、〈私〉の感想は次のようなものだった。

朽助はとんでもない口達者な異人娘を背負ひ込んだものである。おそらく彼は彼女にやりこめられて、森に行つて腕組ばかりしてゐることであらう。

なる。

と。こういう〈私〉の予見とは逆に、タエトは、「口達者」どころか寡黙で、「ダンスガールの詰襟服」に表象される都市の女性と対照的な、清潔なタエトのイメージを、読者はやがて結像していくことに

末尾近く水没していく段々畑の綿の「深黄色の花や純白な綿毛の実」、あるいは小さくて青い杏の実は、艱難な生の前に立たされながら、なお健気に可憐なタエトに対する〈私〉のイメージに他ならない。タエトの姿を眼前にして「不良青年」の心中に微妙な変化が訪れていると読むのは、さほど恣意的でもあるまい。今は池と化したしぐれ谷を前にして「くつたくした思想を棄てようとして」すすり泣く朽助を抱え、「滅多なことには朽助を堤防の上に置き去りにしないといふ意気込みを鳶色の瞳に現はしてゐた」タエトを、〈私〉は今や、「とんでもない口達者な異人娘」とは見ていないはずである。

そう考えるならば、先に引いた雨夜の朽助の述懐への〈私〉の対応、「贋の鼾」にもある含意がこめられているのかもしれない。「へんろう宿」の〈私〉も、三人の婆さんの非情な人生の開陳を前に

「ハンカチでまた顔を覆ひ、その上に蒲団をかぶつて眠る」ことにするのである。こういう対象との距離のとり方は井伏文学のひとつの特色であり、そこに磯貝英夫の「庄屋の文学」というあざやかな一語の規定がなされもするのだが、しかしここに、主人公朽助の悲しみとは別の、もう一つの隠された悲しみという文脈も浮かび上って来る。つまり、朽助の圧倒するような悲しみの前になす術もなく、ついに鷹揚でその悲しみを癒すしかない〈私〉の悲しみ。語義通りの素直な読みでは、井伏文学には抗しきれないのである。まことに手のこんだ〈芸〉に多くの評者が惑わされてきた。

作品はただ朽助や〈私〉の悲しみを描いただけのものではない。私達は朽助と共に生きるタエト像の中に、語り手のあるメッセージを読みとることも可能である。この点について横山正幸は、意識は「常民から自由であり、その足はしっかりと常民としての生活の中に根をおろしている」とタエトを見、そういう人間の「可能性」に言及している（「井伏鱒二と常民」『井伏鱒二研究』所収　渓水社　昭59・7）。横山はさらに「タエトに全く問題がないわけではない」として、井伏が「その世界観にどの程度の普遍性を与えることができ」たかと、「問題」を批判的に追及してもいる。松本武夫（前掲論文）にもタエトへの言及があり、彼女をどう捉え評価するかは作品論の一つの要かと思われる。

私のタエト像の印象をここで要約してみれば、「悲しみを負いつつなお優しく知的で、しかし、おだやかに現実を受け容れようとする静かな諦念を秘めた少女」というふうになろうかと思うが、しかしこれも微妙である。結末部、巣を失ってしぐれ池の上を悲しげに飛びまわる小鳥を眺めながら、朽助は「なんたるむごたらしいことをする池ぢやろか」と嘆息するばかりなのだが、タエトは石ころを拾い集め、声をはりあげて「ほうい、ほうい」と叫んで「小鳥を覘つて石ころを投げた」とある。朽助の屈託の源をふり払おうとするタエトのこういう行為は、明らかに「諦念」とは別としなければならないだろう。あるいは、この小説にあって小鳥がタエトの比喩であったことをここで想起するならば、この行為はタエトのある決然とした意志の表現と見ることも可能である。「鳶色の瞳」にこめられた「意気込み」で作品が閉じられたことの含意を私達は正確に受けとめる必要がある。

初期井伏文学の本体に「屈託」を据えることに私として別に異議はないけれども、「屈託」を越えようとする意志の存在をも同時に確認しておかなければならない。戦後文学における「屈託からの反噬」の芽は(注5)、既に初期文学の中に芽生えている。

〈三〉「炭鉱地帯病院」――〈現実〉への問いかけとしての文学――

プロレタリア文学の潮流の絶頂期、昭和四年八月に井伏は『文芸都市』に「炭鉱地帯病院」を発表した。炭鉱地帯の技師長から凌辱され死に至った十七歳の少女サダヨをめぐっての小説で、素材から見れば、やはり大分プロレタリア文学との関係を思わせるものである。

作品は、病理解剖室に横たわる一人の少女をめぐって、そこを訪ねた訪問記者の〈私〉に向かっての、ドクトル・ケーテー、少女の父親、看護婦の三人の陳述、および全員にむけての父親のテーブル・スピーチの四節によって構成されている。三者の語るところをまとめてみると以下のようになろうかと思われる。

ドクトル・ケーテーの告白

ケーテーは少女の病状の経過と事件の真相をまず語り、技師長に対しての訴訟をめぐって、三者の姿勢を明らかにする。父親にも自分にもその意志はないが、看護婦のみ「相当に激越」にそれを主張する、と。彼はさらに「のし烏賊」あるいは「一枚の虎の皮」のようになった労働者の死体の話から「人殺しをしても罰の相場が安い」非合法地帯の惨状に及び、そういう中での外国人医師としての現実認識と無力を語り出す。

問題になるべき多くの材料は、この現実にはすでに有りあまつてゐる筈です。譬へば、コップに水を一ぱい入れてみたとすれば、水はあふれ出ようとします。それを水の表面張力がうまく調節してゐます。現実での場合、表面張力とは何だと思ひますか。それは私たちの虚偽や弱さです。私は自分でもそれに気づいてゐながらも、次のやうに言ふ習慣です――私は外国から渡来した一箇の医者です。社会が動かないのは私のせゐではありますまい――

知識人としての大変含みのあるもの言いであるが、全体的には「諦念」の言葉だろう。しかし、父親の泣声は彼の認識を多分にぐらつかせているようである。

父親の陳述

父親は「辺鄙な田舎の言葉を用ひて」この事件を「全然ラメンタブルな出来事」と嘆く（「ラメンタブル」という言葉が〈記者〉である〈私〉の「翻訳」であることに留意する必要がある）。その悲嘆は深い。しかし彼の言葉は、技師長への非難に向かわないかのようである。それどころか何と「男の言ふ通りにしてゐさへすれば、この子もこんなことになるんぢやなかつたのに」と驚くべき言葉を発する。ケーテーさんの薦めにもかかわらず、訴訟などしないことにしているとも言う（ドクトル・ケーテーの告白とくい違っている）。

なぜなら第一に、男は、かりにも「一夜ハズバンド」であったのであり、第二に、社会制度は大地同様動かすべからざるものであり、その制度にうちのめされるよう、「私達」は「前もつて制度づけられてゐる」からだという。こうした状況に対してとるべき態度は、

　たゞたゞ私達は、不幸が私達にむかつて色彩強く押し寄せて来た時には、能ふる限り嘆けばよろしい。ラメンテイシヨンのみが私達に与へられた自由です。

というようなものだと父親は語る。こういう嘆きは朽助のそれと近似のものであり、また、エイ（「丹下氏邸」）のそれでもある。つまり、初期井伏文学における「諦念」の根拠としてよく引かれる部分である。しかし字義通りに読むわけにもいかない問題含みの言葉であり、あるいは反語表現でさえあるのかもしれない。この父親の言葉が〈私〉による「雑報的な文章」への「翻訳」であると注されている点はさておくとして、後述するように、父親はドクトル・ケーテーや看護婦とともに、〈私〉に

対して決して真意など語ってはいないのだから。

一人の少女の死をめぐって、医師・父親・看護婦の三者は、ある共通の理解の上に立っているのに反し、〈私〉という「訪問者」は、事件から疎外された地点に立たされているのである。〈私〉を含めて登場人物の何某が作者の代弁者というわけにはいかないのである。

看護婦の弁明

看護婦は「完全な東京言葉」を使おうと「努力」するような若い女性である。作者は彼女を、生命の目方が五匁ないしは一匁という悲惨な状況を前にして、「私は男性のかたに遠慮なく愛撫してもらひたいと希望し、且つ自分からもそれを申出るべきだと思ふ」と語るような、「極度な欲望」に捕われた「モダン」な享楽主義者と読者に見せかけたかったようだ。その立場から、彼女は事態を冷やかに語り続ける。

「彼女達が愛撫し合ふべき場所が適当でなかっただけ」
「この通り私は病院の看護婦にしかすぎません」（傍点付加）

と。父親の訴訟への意志（これも前節の父親の陳述とくい違う）に対しても、「私はこの事件には関係のない人間」だから沈黙を守ると言う。

事件自体をめぐっては、このように、ニュアンスは違っても「諦念」という一語に要約しうる点で、三者は一致している。訴訟についてはどうか。これをめぐっては三者の言い分がそれぞれくい違っており、そこにサスペンス風の面白さも生れてくる。「冷凍人間」(昭9)、「二つの話」(昭21)など意外だが、時々井伏はＳＦ風のサスペンス小説をものしていて、「炭鉱地帯病院」はこの種の作品群の最も早いものである。ケーテーは訴訟の意図はないと言い、父親は、ケーテーは訴訟を薦めるが、自分にそのつもりはないと言い、看護婦は、父親の訴訟の意気込みに対し自分は沈黙を守るという。〈私〉は〈藪の中〉に置かれたわけだが、つまり三者が〈私〉に対し、示し合わせたかのように虚偽を語っているのである。

三者の陳述の後、父親のテーブル・スピーチが始まる。彼が〈私〉に語るところは次のようなものである。

こゝに同席なさるこのかた(私のこと)に一言申し述べます。このかたは私達が訴訟の計画を正直に告げなかったといふやうな意味のことを、ぶつぶつ呟いてゐられるやうですが、それは私達を責めるといふものです。その責め道具として何だか三つの外国語を用ひたりなさいましたが、人々のテンダネスを虚偽として指摘する立場へ自分を推薦なさる態度は、いかゞなものかと思ひます。さういふやうなことをする人の忠告は贋造紙幣に似てゐます。(括弧内原文)

初期井伏の人工的で直訳的な文体の特色がみごとに展開された文章であり、にもかかわらず「三つの外国語」などという不審な語句にとまどわせられる文章でもある。不審と言えば、〈私〉のみならず、読者も当然「訴訟の計画を正直に告げな」い彼らに不審を感ずるだろう。つまり〈私〉とは常識的な読者一般の謂であろうが、その不審にむかって父親は「人々のテンダネスを虚偽として指摘する立場へ自分を推薦なさる態度」として批判しているのである。即ち、虚あるいは隠蔽とは自分達の「テンダネス」に他ならないと語っているのである。

そして〈私〉の忠告など「贋造紙幣」のようなものだと。「贋造紙幣」とは観念ならぬ現実社会には決して通用しないもの、という意であろう。父親は、〈私〉の正義感ないしヒューマニズムの表層的観念性を鋭く衝いているのである。この批判にこそこの小説のモティーフがこめられている。

むろん疑問が残らないわけでもない。虚や隠蔽という「テンダネス」とは、一体誰に向けてのものなのか。「贋造紙幣」はさらに別の文脈で読むこともできるのではないか等々。大変難解な文章なのである。

しかし、いずれにせよ、ここに屈折せざるを得ない庶民的心性が捉えられていること、また、「テンダネス」という観念の中に鋭角的な批判意識が潜んでいることに相違はないだろう。片言隻句の中に井伏の「諦念」を抽出しうるような作品では決してないのである。見せかけとしての「諦念」を装置として内に含んでいるだけ、三者の怒りが彷彿としてくるというような読み方も可能であろう。「炭鉱地帯病院」とは、かくして一元的なプロレタリア文学に対峙して書かれた多元的な、井伏鱒二における現実への問いかけの文学である、と私は考えるのである。

〈四〉　おわりに――農村社会の構造と人称・呼称――

以上、プロレタリア文学の絶頂期に書かれた、プロレタリア文学の〈反作用〉の作品として、二つの作品を検討してきた。〈幽閉〉された山椒魚の〈屈託〉に象徴されたその内実がこれらの作品に表象されている、とまとめられるのだが、同時にその〈屈託〉への〈反噬〉もこれらの作品は内包している。

プロレタリア文学は先鋭化することによって道幅を狭めてしまったのだが、社会を構造として捉えようとするその視点は井伏鱒二にも大きく作用し、その文学の根底を形成する要素となっていった。とりわけて、後に書かれていった一連の農村小説（＝在所もの）は、古い農村社会の共同性や階級性をみごとに浮き彫りにしている。

『陋巷の唄』（春陽堂　昭13・10）に収められた作品に、「槌ツァと九郎治ツァンは喧嘩して私は用語について煩悶すること」という小説がある。呼称をめぐっての村落の揉めごとを描いたもので、「多甚古村」（昭14）から戦後の「遥拝隊長」等へと続く作品系列の中の早い作品である。村落において呼称の差はそのまま階層差を意味し、もしそれに異議を申し立てると、共同体は蜂の巣をつっついたような騒ぎになる、そういう村落のありようを描いた井伏の代表的なユーモア小説の一つでもある。

ちなみに、この村での呼称を整理してみるとほぼ左のようになると思われる。

	地主層	議員・顔役層	自作農	小作人	都市	〈私〉
父称	オットサン	オトッツァン	オトウヤン	オトッツァ	オトウサン	トトサン
母称	オッカサン	オカカン	オカアヤン	オカカ	オカアサン	カカサン
他称	サン	（サン）ツァン	ツァン	ヤン・ツァ（サ）		

槌ツァと九郎治ツァンの、呼称をめぐってのちょっとした諍いは、両家の女の児のたあいない文通遊びの「不始末」をきっかけとして、全面的に拡大されていく。槌ツァは一挙に「オットサン」へと自らを格上げし、九郎治ツァンはその対抗上、都会風に「オトウサン」へと変更することになり、さらに槌ツァは九郎治ツァンの東京風の呼称に対して大阪弁を生活に「移入」し、追いかけるように九郎治ツァンは「一家こぞって」東京弁を使うことになる。

しかしこうした見栄の張り合いも、東京弁によってなされた強盗事件をきっかけに瞬く間に収束し、「せっかく移入されかけていた大都会の言葉は私の村から消え去」り、旧来の用語は〈私〉には「百年たつても消え去らないやうに思はれた」。「学校の先生たちが試みた農山漁村文化運動の一つの現はれ」であるサン言葉も、結局村に定着した風もなく、ハワイ帰りの姉を持つ石神井小二郎一家のみが、辛うじて「進取の気象」からこの呼称を選択し続けているらしい。〈私〉はと言えば、いずれの呼称でもなく、「トトサン」「カカサン」という古風で「格好のつ」かない呼称を一貫して使わされ続けており、それが「唯一の悩み」であったという。

「半生記」等を読んでみると、これが、虚実ないまぜながら、全体的には幼年期の体験を基とした作品であることは歴然としており、そうしたものとしての軽い風俗小説とも見なしうる作品だが、しかし、主題に絡んで意外に大きな問題も浮かんでくる。つまりこれは、閉鎖的な共同体における階層の絶対性をめぐっての小説であり、あるいはまた、共同体に侵入してくる「近代」の仕末記でもある。つまり、東京弁という近代の言葉が共同体に騒ぎをもたらすのだが、結局それだけのことであって、閉鎖的で階層的な秩序そのものはびくともしない、そういう世界を描いた喜劇なのである。侵入してくるものが東京弁であり、またその東京弁が強盗の言葉として入ってくるとは（井伏少年の実体験なのだが）、みごとな〈芸〉と評すべきだろう。都市的近代とは村落にとって、まさしく強盗の世界なのである。

そう見るならば校長や先生、つまり学校という「近代」が軽い揶揄の対象とされていることも見逃し難い。学校が領導する「都会的な用語はどことなくいかめしい感じがして、また品性あるものとは見なされなかった」のである。「品性」と言えば、ハワイ帰りの姉の持つ大金に支えられてサン言葉を使う石神井小二郎家も、〈私〉が「進取の気象をうらやんだ」にもかかわらず、村人達からは、見劣りのする一家と見られている。

小二郎家や槌ツァや九郎治ツァンが「近代」に突出した存在として作者から揶揄されていると同様、古風な伝統の守旧者たる祖父も、村夫子としての軽いからかいの対象であることを免がれない。祖父も彼らとは別方向において孤立しているのである。こちらの孤立は必ずしも十分に描かれてはおらず、諷刺のどぎつさを軽い自虐のユーモアで円く収めたというところが実相だろうが、あるいはかすかに、井伏の中級自作農民層の子としての階層コンプレックスが窺えるのかもしれない。むろん井伏は弟子太宰治のように、陶酔的自虐に自己を一方的に追いつめることはなく、ここのユーモアも厳しい自己統制が働いている点を見落してはならないのだが。

互いをどう呼ぶかとは、日常の中につきつけられた「関係」性の問題である。法や政治は表立ったものであり、それらに対して私たちは感覚とは別の表情をいくらでも漂わすことができる。呼称もまたいかようにも使いこなせるものとはいえ、日常生活の中に深く浸透したこの「制度」を逸脱してしまうと、秩序は混乱し、混乱させた者は事の大小を問わず、その責任を何らかの形でとらざるを得ない。呼称とは、日常生活の中に深く入り込んだ「制度」そのものであり、したがってこの小説は、攪乱させられた「制度」をめぐっての小説であり、正確に言えば、攪乱させられたかに見えて、結局は変わることのない「制度」の規範の強さを描いた作品ということになる。

ともかくここに描かれているものは、「近代」に揺すぶられつつ、結局は全く動じない農村的秩序の強固さそのものである。戦前の日本の農村の牢固とした性格を、中野重治や島木健作は、転向という形で自らの血を流しながらようやく描きとることができたのだが、井伏鱒二は、呼称という搦め手から、いかにもみごとな〈芸〉においてそれを捉えてみせてくれているのである。

にもかかわらず、これは評者達からほとんど無視されてきた作品でもあった（注6）。作品を総体的視野から論じたものとしては、管見の限りでは片岡懋の教材論があるに過ぎない（「何をどのように教えるか・近代文学」『国語と国文学』昭31・4）。この論文は国民文学論の時代の息吹の中で書かれたものであり、研究史的観点から眺めれば大変面白い論文だが、少年期の〈私〉を「知識人」と見立てたり、小二郎や槌ツァの行動を「民衆の極めて積極的な行動」と捉えるなど、あるいはまた、小二郎一家の「急進」性への少年の〈私〉の「羨まし」さを、一直線に執筆時点での作者の感想と受けとってしまうなど、読みの主体性というより、ほとんど誤読の上に書かれた作品論（教材論）と言うしかない論文である。

三十数年前の古い論文をここで云々するのはあまりフェアではないと、私として思う。片岡からしても迷惑千万なことだろう。私自身こういう国語教育（むろんこれはごく一部のものにすぎなかっただろうが）を受けてきたのだとの感慨もあるが、これは別問題である。ただ、この論文が国民文学論の大きな流れの中で書かれたという事実を述べたいだけである。いわゆる国民文学論の一つの実践が、結局プロレタリア文学の一方的な眼からいかに自由ではなかったか、したがって井伏の初期文学がいかに正当に読まれてこなかったかを。そしてそれは現在の井伏論に及んでいないでもないのである。

片岡は「作者は民衆の歪みの起る原因もはっきり理解している」が、「それを打開する方法は見出せない」と言う。「理解」したと思ったことがいかに傲慢であり誤解であったか、「村の家」や「生活の探求」が語るところのものはその一点をめぐってであったのではないか。「打開の方向性」などと軽躁に考えることの中に国民文学論の陥穽があったと、この作品は語っているのではなかろうか。

プロレタリア文学を含め、近代的な合理的発想においては日本の農村の現実はつかみえぬ、という「反近代」の立場に、この時の井伏は立っていると言ってよい。プロレタリア文学は「反作用」として、この時の井伏に強く働きかけている、と私には思われる。初期井伏文学が語りかけるものは「諦念」でも、むろん変革でもない。作品表層の軽やかなユーモアの奥に、井伏は農村の社会構造という重い認識の端緒をつかんでいる。

〈注〉

（1）西田勝「井伏鱒二の知られざる一面」（『文学的立場』第3号　昭45・12）、佐藤嗣男「井伏文学、初期の相貌」（『日本文学』第29巻10号　昭55・10）。

（2）「丹下氏邸」の三人の人物の織りなす美しい世界にふれた、話主でもある〈私〉は、「日は向うの山からのぼり……谷底に立ち込めてゐる霧の上層を、その真上の空から照してゐた」と感応する。「へんろう宿」の〈私〉は、稀有の人生をたくましく生きる婆さん達の人生に触れ、「その宿の横手の砂地には、浜木綿が幾株も生えてゐた。黒い浜砂と、浜木綿の緑色との対象が格別であった」とその感動を抒情で受けとめている。

（3）この引用は新潮文庫版による。この作品も校訂が大変なことは例外ではない。全集版における削除はタエト像に関連した部分に多いようである。

（4）全集版において大幅に割愛されてしまったが、タエトは本来敬虔なキリスト教徒として描かれていた。ハワイ育ちだからでもあるが、父に去られ母に死なれという彼女のつらい半生がそうさせているのである。彼女と共に生きる朽助はその事情をよくのみこんでいて、引越の日の夜、わざわざ十字架を届けにやってきている。むろん〈私〉のタエトへの「多感」を「咎める」「闖入者」というような喜劇仕立てである点を見逃してはならないが。

（5）拙稿「屈託からの反噬―井伏鱒二の戦後文学・覚え書―」（明治大学『文芸研究』第67号　平4・2）。拙稿の改訂増補版は拙著『文学の風景　都市の風景』（蒼丘書林　平22・3）収録。

（6）前田貞昭に〈私〉の機能性に注目した論がある（「『槌ツァ』と『九郎治ツァン』は喧嘩して私は用語について煩悶すること」論　『近代文学試論』第31号　平5・12）。

第三章　井伏鱒二　漂流者の理想

〈一〉はじめに

井伏鱒二の文学を「日常性の文学」とか「常民の文学」と見る視点はかなり根強い。大げさな身振り、劇的な表現・構想、観念的・思弁的展開、これらはいずれも井伏が頑として拒んできたものであった。開高健が「まるで小作農みたいに事実しか信じない」（『文学界』対談　昭46・11）と評する所以であろう。

しかし一方で、「さざなみ軍記」（昭5－13）（注1）、「青ヶ島大概記」（昭9）、「ジョン万次郎漂流記」（昭12）、「漂民宇三郎」（昭30）、「武州鉢形城」（昭36）、そして「黒い雨」（昭40－41）と並べてみると、この見方にも保留が必要になってくる。日常に搦めとられている状況を良しとしていないのは「山椒魚」（昭4）にも明らかであろう。漂流ものについて、「常民の、自由と開放へのあこがれがかすかに動いている」と見たのは杉浦明平である（注2）。

前記作品群の構造は、一括すれば、日常性からの余儀なき脱出と帰還となるのだが、その過程を経て人物達が変貌していく、いわば成長小説の構造となっている点を見落としてはなるまい。本稿は、これらの作品群を「成長小説」と見、そこから井伏文学の理念を紡ぎ出してみようとするものである。この作家の〈芸〉は、決して理念をあらわにしないのだが。

〈二〉「さざなみ軍記」――覚丹と〈私〉――

井伏文学における理想像の嚆矢は「鯉」（大15）の青木南八像とすべきであろうが、今、稿を「さざなみ軍記」から起してみようと思う。「鯉」は「青春の吐息」と理想を叙情的に描いた名作だが、理想の内実は明瞭には窺いかねるからである。

「さざなみ軍記」は昭和五年から十三年、足かけ九年に渉って書き継がれた。満州事変前夜から二・二六事件、日中戦争を経、国家総動員法制定に至る昭和史の騒乱期のさなかであり、文壇史的に見れば、プロレタリア文学の高潮期から転向時代を経、「文学界」の時代、そして国策文学開始直前に至る期間である。井伏に即して眺望するならば、昭和四年の転機から（注3）、十三年の「ジョン万次郎漂流記」による直木賞受賞で、文壇に中堅作家として認められた時期である。

この小説の特異な成立事情については作者の度々の自注によって周知のことがらである。

自分自身が少しでも経験をつむのを利用して、戦乱で急激に大人びてゆく主人公の姿を出す計画であった（注4）。

つまり、平家の公達である〈私〉と作家自身の変化成熟を重ね併せてみたいということであり、結局、虚構の中で自己の成長史を描き出そうというのである。

「成長」のモティーフを直接前面に出した作品としては、「十二年間」（昭5・5）がある。故郷の知人に依頼されての、彼の三男四女計七人の子どもの命名をめぐっての書簡という、かなり工夫されたスタイルの小説である。むろん真意は命名にあるのではなく、大学予科一年から結婚に至る〈私〉の精神的閲歴の描出にある。時流に流されがちであった青春をふり返りつつ、壮年期に入ろうとする己の生の原理を模索しようとする、作家の姿勢をそこに窺うこともできる。しかし最後の書簡は、〈私〉が、世帯やつれの中で「田園風の香気」を翹望するといった体のものである。変化ではあっても、そのまま、成長・成熟ということではないだろう。

では、「十二年間」の虚構の自分史を踏まえて、「さざなみ軍記」で作者は主人公をどう成長させたか。この点については先行する論考がいくつかあるが、それらの指摘の概略を私の読みも交えながらまとめてみると以下のようになろうかと思う（注5）。

第一部（寿永2・7・15－28）を貫くものは「圧倒的な外部の力によって、住むべき場所を失おうとしているものの哀しみ」（横山正幸）である。これは初期文学の主人公の青年達のつく吐息（＝屈託）の様相と範を別にしない。

しかし第二部（寿永2・8・16－22）に至り、つまり都落ちと共に主人公は徐々に変貌を遂げていく。たとえば八月十八日、主人公は宇治大納言の「どうしてこんなに生きてゐたいのか、自分でもわからない」という嘆きに心を傾けるに至っている。これを第一部での、父中納言知盛の生の執着への主人公の嫌悪と比較してみると、変化は瞭然としている。父の生への執着は、〈私〉にとって、滅亡の哀感《ラメンテイション》と反するが故に嫌悪されるだけであった。しかし今や主情的にではなく、人間存在のあり様を客観的に直視しようとする者の目が生まれてきつつあるのである。

このような目は、必然的に彼の視角を拡げ、内海沿岸の民衆を発見させることになる。室の津の少女（8・19）、平家の襲撃に抵抗する「土民」（8・20夜）、平家を嘲笑して捕まった女（8・22）、玉の浦の鯖という漁夫や十町ひと飛びの従卒（9・28）等。この民衆の問題はプロレタリア文学の興隆期から終末期までを、同時代人としてその青春期を生きてきた井伏にとって、決して絵空事ではなかった。プロレタリア文学が民衆を描いていないという感慨とともに、プロレタリア文学の民衆信仰が信仰ゆえに見落してしまった陥穽が見えていたはずである。

主人公は「階級」について次の様に考える。

> 民衆といふものはどんな困難な状態に置かれても、われわれには不思議でならないほど忍従と労役により、われわれに権勢を提供しないではゐないものである。（8・21）

これは民衆をひたすらに理想化したプロレタリア作家達が、「転向」を経ることによって捕捉しえた民衆観を相対化してしまうような認識であろう。主人公は「公達」だから、民衆の「忍従」せざるをえないような状況は深くは考えられない。しかしまた、プロレタリア作家達が夢見たように、安易に「抵抗」主体と思いこむような錯誤を犯すこともない。没落階級の悲哀が、主人公に若くして成熟を強いているのである。

このような成熟に即応して、日記の記述も主情的文体から即物的なそれへと移行していく。たとえば八月二〇日夜の記述。

五名の捕虜たちは嘘を言はないとくり返していつた後、若し発狂してゐる一人の男の生命を助けてくれるなら、彼等の生命を犠牲にしてもいいと開陳した。われわれは捕虜たちを渚につれて行き、その首を斬つた。発狂してゐる男は、鳥獣みたいな叫び声をあげるにすぎなかつた。私たちはこの男の首も斬った。

第三部は基本的に第二部の方向性の深化・徹底に他ならない。ただし、主人公は哀感からは脱し得はしても、まだ己の生の理念を紡ぎ出すには至ってはいない。そこに介在してくるのが軍師覚丹であろう。

この覚丹像の評価については横山正幸が諸説をまとめてくれていて便利である。「教養と実行力を備へた一種のニヒリストである覚丹は御曹子とは別の意味で氏の理想像であり、英雄を斥けることを原則とした氏の戦前の作品のなかで、唯一の例外をなす人物」とする中村光夫、「精神の父とも言うべき覚丹。この大器量人は、自己の倦怠感をほとんど全く言動にあらわすことのない、しかも倦怠の人です」とする熊谷孝、「時勢を見通して動じないその頼もしさは乱世を生きる井伏の理想像であるかのようだ」とする東郷克美、こう並べてくると評価は定まって動かないという感がある。

しかし、作者が主人公を覚丹にむけて成熟させようとしていることは明らかだとしても、注意すべきは、中村の言う通り「例外」かどうかはさておくとして、右の三人の評家が等しく、覚丹の「ニヒリズム」や「倦怠」を指摘している点である。右引用文からは窺えないが、東郷もまた「少年の抒情から大人の「Resignation」へという推移の中に隠されてある井伏の青春のドラマ」を読みとっている（ここに井伏内心のドラマを読みとっているのは慧眼であり、これに異論は全くない）。その上で東郷は、人生とは漂流であり、彼等にとって一日一日はただ一日一日であり、エピソードとエピソードの連環でしかない、「これが井伏鱒二の人生観であり、そしてやがて小説の形式である」と結論づけている。東郷は、あるいはまた、Resignationの傍観者的視点が、この作家を人間の運命を風俗の次元でエピソード風につなげる風俗作家にしてしまったと指弾もする。

「ニヒリズム」と言い「倦怠」と言い、大変わかりにくい指摘である。しかも中村はこれを「教養と実行力を備へた」と言い、熊谷は「倦怠感をほとんど全く言動にあらわすことのない」と注を付しているだけに、事は微妙である。その点むしろはっきりと批判的である東郷の論の方が、論理としてはたどりやすい。「ニヒリズム」や「倦怠」とは、井伏文学に即して言うならば、「屈託」と無縁では

あるまい。その関係を考えるならば、横山の説くところは強い説得力を持っている。横山は佐伯彰一の、

「山椒魚」から「川」「さざなみ軍記」へという歩みは、そのまま自己幽閉という個人レベルの鎖国から、思い切った自己解放の開国へという変化に通じている。

という説を引きつつ、「さざなみ軍記」は昭和初年に井伏が抱え込んだ「屈託」という思想からの解放の書である、とする。行きづまりの人生観から脱出する論理の担い手としての覚丹、「彼は人生を俯瞰すると同時に人生を生きる」、そういう覚丹像を結ぶわけである。

状況を「幽閉」と見るとき、それに立ち向かうには三つの道しかない。それをそれとして諦め、ひたすら嘆きの歌を歌うか、困難を承知であくまでも打開の道筋を追求するか。もう一つの道は、それをそれとして認識しつつ、「今を生きる」ことそのこと自体に自己の可能性を賭けるか。覚丹に導かれて、主人公のとった姿勢は、嘆くことなく「今を生きる」こと、そのことによる自己を充足させる道であった。

・具足のふれあうきな臭い匂いも今では気がひき締まり、太刀を研ぐ音を聞いても胸がときめく。（寿永2・9・24）
・室の津の少女を訪ねた時「私は歌など朗詠しなかった」。（同2・9・26）

・一の谷合戦時には覚丹の助言で、一門の大評定で帝都急襲の企てを提案し、父中納言を驚かす。（寿永3・2・3）
・京における源九郎の傍若無人のふるまいと平氏の無惨な末路にも動揺しない。（同3・2・21）

「今を生きる」主人公像をいくつか抜き出してみたのだが、これは決して「傍観者視点」や「Resignation」などではあるまい。平家の公達の面影はすっかり消え、公家社会の伝統に全く捉われることなく、新しく台頭しつつある武家社会を生き抜こうとする、たくましい青年の誕生である。

作品の終結について、伴俊彦の次のような作者の説の紹介がある（旧版全集第四巻月報）。それによると、最後は少年が生田の棚田で隠遁生活をするはずだったが、「長過ぎるので」中断したという。こういう自注からも「Resignation」の説などが導き出され易いものだが、はたしてどうであろうか。作者は昭和十三年四月に「さざなみ軍記」を河出書房から単行本として上梓した半年後、「続さざなみ軍記」を発表した（旧版全集未収録）。

舞台は児島、大橋楠根邸、時は寿永三年四月四日から十日。遠矢盛太女房の狂乱の措置、庶子盛五の戦死、父盛太の姿、笹の泊討伐などをその内容とする。屋島造営に反対する私と覚丹の主張、そして討伐を前に「久しぶりに胸がときめいてゐる」心象など、そこには、冒頭と全く別の、堂々とした自信に満ちた〈私〉がいる。「平家一族の人びとは平家の女人が一枚加はると常に無定見なものになる」などという感想もあり、ここにおいて主人公は、覚丹とほぼ同一な水準に達しているとみていい。

語り手は一方で「隠遁」を言いつつ、しかし、現実にはあらためて「今を生きる」主人公像を強調し、そこで巻を閉じようとしたわけである。主人公の行く末に「隠遁」があるとしても、そこに至るには様々なドラマが必要であったはずであり、現行作品の限りにおいて主人公の Resignation を導き出してくるのはとうてい無理としなければならないだろう。

むろん作家にとっては、「今を生きる」覚丹――〈私〉は夢なのであって、決してそのまま自画像というわけでもないだろう。しかし、この作家が、いわば彼岸の鯉やサワンに執着するしかなかった「屈託」の様相から、九年間をかけて、ようやく抜き出ようとしていることは明らかなはずで、「今を生きる」人間の美しさを、作家は以後、様々な変奏の中で描き出していくことになる。

〈三〉「ジョン万次郎漂流記」――万次郎の「進取」――

「ジョン万次郎漂流記」についても井伏鱒二はいくつかの自注を記している。ここで、昭和十二年版単行本の序文と自選全集の覚え書きによってその要旨をまとめてみると、ほぼ以下のようになるかと思う。

1　平野零児を通し、木村毅から材料を得て、昭和十二年、河出書房から「記録文学叢書」の一冊として、「風来漂民奇譚」の角書きで出版した。

2　漂流譚の通例で「めでたしめでたし」で終っている。

3　「ジョン万次郎は、日本漂民のうちでも最も古風でない人物である。性格も進取的である。アメリカの学校にも入学した。私はこの物語にむしろ古風の味がなさすぎることを気づかつてゐる。」

4　「日本三百年来の大革命に際して、自分の役割を素直に果し、素直に終らせてゐる。正直一途であるために、明治の嘘八百の生活を難なく通り抜けてゐる。万次郎こそ本当のたくましさを持つてゐた。」

「材料」については吉田精一の先駆的な研究があるが（「井伏鱒二と漂流記物（一）・（二）」『解釈と鑑賞』昭36・4－5）、その後この方面での研究は進展していないようだ。

井伏が漂流物に関心を抱き始めたのは、聚芳閣の編集者の頃、ガローニン（ゴローニン）の『日本幽囚実記』（大15・2）を担当したことに端を発しているのだが、大切な点は、漂流者万次郎にある理念を見出している点にあろう。漂流という、諦めに傾かざるを得ない状況、しかしそこから「進取」と「たくましさ」において状況を切り開いていく万次郎の人間像、そこに「屈託」を越えるわが文学的理念を、井伏は見出そうとしていったのではなかろうか。井伏の「漂流もの」は、決して英雄発見の物語ではなく、

> 絶望せず、自棄にならず、最悪の条件の下におかれながら、最善の方法を模索しようとする努力、苛酷な運命の下に、一見あきらめに似た忍従をしながら、しかし希望は希望として、その実現を

はかる知恵は、あるいは日本の庶民に生得の民族性であるかも知れない。そうした性根のある人間性を、作者はあたたかく見守っているのである。（吉田前掲論文、「漂民宇三郎」への批評）

といった体の作品群だと思う。むろん「生得の民族性」であるか否かは別として。

日常と見えるそのすぐ先は異常、あるいは、日常と見えるその裏に潜む異常へのまなざし――「青ヶ島大概記」・漂流もの・「へんろう宿」・「遥拝隊長」・「侘助」・「黒い雨」など――かなりに随意な列記だが、こういうまなざしが井伏文学を貫流している。

そういう意味でも「山椒魚」は象徴的で、その洞窟は、日常が異変もなくそのままの姿で異常になってしまった世界、と言うことができよう。ここから井伏における伝統的な東洋の認識を指摘することもあながち不可能ではあるまいが、それだけではやはり不十分であろう。くり返せば、作者は「ジョン万次郎」の「進取」と「素直」と「たくましさ」を言っていた。つまり、一方で、日常と見えるそのすぐ先は異常と観じつつ、その非日常をもう一度日常に搦めとりつつたくましく生きていく、そういうところに庶民ならぬ自分自身の理想を、井伏は徐々に強固にしていったのではなかろうか。

〈四〉「丹下氏邸」――日常のなかの非日常（1）――

私が前節で述べたかったことは、漂流文学における理想が、広く一般に井伏文学の理想でもあるという一点であった。言い換えれば、漂流という逼塞状況を生き抜くことのなかで、人間が鍛えられ、「理想」的人間像が形成されるという機構である。

「漂流」とは言うまでもなく、一つの極限状況なのだが、そういう特殊な状況でなくとも、人生そのものを漂流と見る、老成した人生観をこの作家は若くして保有していた。ここでやや迂回して、そういう点で際立った作品を一・二検討し、表題とした問題にアプローチしてみたい。

その一端として、初期作品の中から「丹下氏邸」（昭6・2）をまずとりあげてみたい。日常と非日常の、自在で何気ない交錯という井伏文学の構造は、この作品でも貫かれているわけだが、さてこういう構造に支えられた作品から我々は何を読みとりうるか。ひとつの典型的な解答が井筒満のそれであろう（「丹下氏邸」『井伏文学手帖』所収　みずち書房　昭59）。

井筒は作品冒頭部の折檻の描写や、エイ・オタツ夫婦のかなり特異な別居生活のあり方などを引きつつ、作品のモティーフを「日本的近代をささえる地主・小作制度の実態への凝視」、「階級的人間疎外の複雑な様相」というようなところに見ている。昭和六年という年、また井伏とプロレタリア文学との関わりを考えた時、これを無下に否定はできない。が、はたしてそういう図式で作品の全体像をつかみきることができるだろうか。井筒は、丹下氏像に「ある憎めないもの」を感じている。しかしそれが、成金ならぬ「中層地主」の「教養」からくる「照れ」から生じてくるとされるに至っては、やはり賛同するわけにはいかないのである。

折檻の場面から読み直してみよう。はたしてここにおいて、丹下氏は単なる暴君にすぎないであろうか。

まず第一に、ここは喜劇的場面である。誇張・必要以上の細密描写・漢語と方言の巧みな用法、要するに、記号内容と記号表現のずらしによる笑いの効果を企ったもので、丹下氏の「底意地の悪さ」よりも、むしろ単純な人柄の良さを浮かび上がらせている部分、と私は読む。

第二に、この「暴力」はエイとオタツを逢わせるための丹下氏の巧妙な仕掛けであったということ。このことはオタツのエイ宛書信をていねいにたどってみれば明瞭である。エイは「二年に一回あて折檻《ぎょうぎ》を受け」、オタツはその度に「様子を見に」丹下氏邸を訪ね、それ以外にこの夫婦は逢おうとしていない。つまり「二年ぶりに対面の機会」があったのであり、しかも折檻の情報は「松山のバンゾウ人（周旋業者）」から得られたものであった。この「バンゾウ人」の「洋の字」と丹下氏は折檻の直後、往来で出会っており、〈私〉は商売がらみの話を彼らのしぐさから読みとっているが、丹下氏は折檻を「洋の字」に知らせているはずである。「バンゾウ人」は、どんなに遠い村落にも出かけるメッセンジャーとしての役割が強調されてもいる。

丹下氏はオタツからの書信を大変気にしており、「いかにも内密らしい調子」で「うちのエイに来ましたる手紙は、どのやうな文面でありましたらう」と、エイに書信を読みきかせてやった〈私〉に問い、「あの手紙には苛酷な刑罰のことが書いてありました」という〈私〉の返答に対し、「いやはや、それならばオタツらが、またもや、うちのエイに意見をしに来るでありませう。必ずや、そうでせうがな？」（傍点引用者）と応じている。ここにおいて、丹下氏の折檻の真意がどこにあったかははっきりしてくる。「丹下氏邸」に限らず、時にこのような手の込んだ仕掛を施すのは井伏通有の〈芸〉なのである。

作品の第二節、オタツからの来信をめぐっての反応も、「暴君」とは別の丹下氏のありようを示すものではなかろうか。「これは、お前に来た手紙だがな！　したれども、私らのところには、ことしの正月には十六通も年賀状が来た」という言葉から、丹下氏のエイに対する心中を「雇い人のくせに生意気」と推測し、解釈するのは〈私〉であって、実際そこにあるのはむしろ丹下氏の子供っぽい無邪気な競争意識であり、対等と言ってもいい二人の関係ではなかろうか。

書信の内容を知った後の丹下氏の反応もまた同様である。丹下氏は「おういエイや、もしやオタツが来るのならばうちの掃除をしとかねば、お前らはオタツらにまたしかられるぞ、エイや！」と叫び、〈私〉にエイの来歴を「制止し難く」語り出す。それを〈私〉は「きまり悪さを打ち消さうとして」の饒舌と理解する。一体何が「きまり悪」いのか、「きまりの悪い事情」とは何か。〈私〉は、単に丹下氏がエイにむかって大声を出してしまったことに対して、と受けとめているようだが、それだけではあるまい。「姫谷村四川村芋原村三か村連合村役場収入役、丹下亮太郎」ではなく、個人としての顔を思わず見せてしまったことに対しての「気まり悪さ」ではなかろうか。エイの来歴を語り終えた丹下氏を、「何かの発作に迫られたらしく、目に涙をうかべた」と語り手は捉える。

こう見てくると、丹下氏を底意地の悪い暴君と把えることが、かなり的外れであることが判然としてくる。むしろ全く逆に丹下氏の人柄の良さが浮かび上がってくる。

しかしそうとばかりも言えないかもしれない。雇主丹下氏は、なぜ世帯をもたせてやらないかという〈私〉の非難に対して、夫婦の別居は「二人だけ夫婦の好き勝手」と言い、彼らの心の中も「人間の潔斎しとる性根」などとすませている。「潔斎」というが、夫婦に一体どんな穢れがあるというのか。あるいは、「潔斎」とは単純に、我慢ということかもしれないが、だとしても雇主丹下氏はその我慢に心を配るところなど全くない。おそらくこの問題は、谷間の村落の論理と〈私〉＝常識的市民の論理とのくいちがいの問題であり、作品認識の根幹に関わる問題である。

この問題については後述するとして、ここでエイ・オタツの夫婦像の確認をしておこう。とりわけて第三節に集約される夫婦愛をめぐっては、伊藤眞一郎の詳細な読みがある（「「丹下氏邸」考」『井伏鱒二研究』所収　渓水社　昭59・7）。オタツの相聞は書信中にも「おんもと様をなつかしくてなりませなんだが」とさりげなく書かれていたが、雛にイメージされる彼女の無垢が、丹下氏によって、五十三才の「花嫁」と評されるに至って、オタツ造型の意図も瞭然としてくる。

が、美しい夫婦とばかりですますこともできまい。作中にくり返されるエイの諦めは、初期井伏文学に通有のものとは言え、やはり見逃し得ない。エイの言葉、「私らはどのようにも、なるやうにしかならんでありませう」。これ自体を我々読者は、「疎外」と受けとることもできるし、諦念と受けとめることもできよう。しかしこの言葉（認識）もまた、先の丹下氏像の規定と共に、やはり作品構造の中から位置づけてみなければならないだろう。そこに〈私〉の問題が絡んでくる。

井伏文学における〈私〉が私小説・心境小説的、一元的〈私〉と異なることは、今あらためてくり返すまでもなかろう。この作品の〈私〉も独得の形で作品構造の中にくり込まれた〈私〉なのである。したがって、ここでも、谷間の住民達の演じるドラマに対しての〈私〉の反応を追ってみることから始めたい。

〈私〉のエイやオタツに対しての目立った反応を追ってみると、ほぼ以下の五ヵ所になろうかと思う。

①折檻の後――エイを「不遇な罪人」と受け止める。
②エイの諦めの述懐を聞いて――「いくらか」の「驚異」。
③丹下氏の語るエイの来歴と夫婦別居の現実を聞きつつ――「驚きと疑い」、そして丹下氏への違和感。
④オタツからの挨拶を受けて――どう言って答えたらいいかという「迷い」。
⑤収束部、自室の窓から見える谷間の風景――「大きな赤い月」が「谷底いっぱいに立ち込めている霧の上層」を照らし出している風景への叙情的・感傷的気分。

つまり、要約すると以下のようになるかと思う。
〈私〉は折檻を受けるエイに同情する①、しかしエイの諦念に出会い当惑する②、それは③で再びくり返され、更にエイを圧制する者、エイをそういう感受性の人間としてしまっている者としての丹下氏に非難を浴びせる。夫婦と丹下氏の織りなす世界に直接触れ、とりわけオタツに出逢う中で当惑を感ずるが④、ひとり自室に帰り叙情的・感傷的気分になる⑤。

その〈私〉は、骨董好きで姫谷焼の発掘に都会からやって来た趣味人だが、ようやく発掘した水さしも、エイに「いっそ武骨な徳利でありますがな」とあきれられるほどのものである。〈私〉は谷間の異邦人であり、住民達の交す常民的挨拶にとまどうしかないような存在である。〈私〉は「日本陶器史」を時折繙いてもいるが、そういう〈私〉を通して、都市――農村、知識人――常民という構図が浮かび上ってくる。

井伏文学における谷間の構造はよく指摘されるところだが（注6）、「丹下氏邸」とは、谷間の空間の中に展開される、都市的近代とは自ら別様な論理で構成される独自の〈人間的なもの〉を、不審や非難という過程を辿りつつ発見していく物語なのであり、つまり、声高にではなく、むしろ隠すような形で、都市的・近代的なものとは別の人間的なあり様を描いたものではなかろうか。作品最後の叙情はそういう文脈で読みとるべきではなかろうか。

先に保留しておいた二つの問題――なぜ丹下氏は夫婦の別居を「潔斎」とすませるのか、なぜエイは諦めてしまうのか――も、こういう枠の中で考えるべきことであろう。前近代的雇主の傲慢とか、被雇用人の絶対的服従というような「近代」的観点からは、作品の実質はやはり見えてこないだろう。そこに井伏文学の保守性を指摘することは誤りではなかろうが、井伏鱒二には、若くして都市の論理・近代の合理主義の論理の底の浅さが見えてきてしまっているのである。

谷間ののんびりとした光景、しかしそれは一歩踏み込んでみると、〈私〉には理解しがたい世界である。けれども谷間の世界を奇妙と見るのは〈私〉であって、彼らは当然「日常」として、平然とたくましく、また、美しく生きている。「今を生きる」人間達にとって「非日常」など存在しない。あるのは「今」だけであって、こういう彼らの生き方の中に、井伏は、庶民ならぬ自分自身の願望の姿を見出していっているのではなかろうか。そしてまた、こういう作品内容は、井伏文学の基本的骨格と言ってよかろうかと思う。

〈五〉「へんろう宿」――日常のなかの非日常（2）――

「丹下氏邸」が井伏文学の「基本的骨格」を内備した作品である所以を粗述してきた。ここでは「へんろう宿」（昭15・4）の構造について検討し、前節の補論としておきたい。問題はやはり、共同体形成の論理と〈私〉との関わりにある。

「へんろう宿」冒頭部は、これまた大変のんびりとした調子で書き出される。

いま私は所用あつて土佐に来てゐるが、大体において用件も上首尾に運び先ず何よりだと思つてゐる。ところが一昨日、バスの中で居眠りをして、安芸町といふ所で下車するのを遍路岬といふところまで乗りすごした。……それで私は用件も上首尾だし急いで引返す必要もなかつたので、遍路岬の部落でゆつくり宿をとらうと考へた。

この作品の素材となった土佐行について、作者は「田中貢太郎先生のこと」などに書き記しているが、それらによれば、田中は絶対安静で面会もできず、黙礼して引き下がったという。「上首尾」では決してなく、「ゆつくり」という気分になれるものでもなかった。むろん「へんろう宿波濤館」も幻の宿である。それをこうゆったりと書き出したところに「細心で慎重」な「用意」があったと見るのは、この作品を「屈指の名作」とする河盛好蔵である(注7)。〈私〉の気分に呼応して女中達も愛想よくのんびりとしていて、「百石積の宝船の夢でも見たがよございますらう」などととぼけてみせる。土佐弁の悠長な調子を充分に生かした、この作家の独壇場である。

これだけ手を打っておいて、作者は真に語りたいものを描き出していく。三人の婆さん（と二人の子供）の暗くずっしりと重い人生のつらさ、その中を生き抜いていく大変な決意としたたかさを。作者が素材としたものが何であったかはまだ判然としていない。しかし、この作品を名作・傑作ならぬ「神品」とまで評価する津田洋行が(注8)、広川勝美編『民間伝承集成』２「遍路」を紹介していて大変参考になる。

遍路を迎える四国の人々にも、遍路を接待することで大師の縁につながろうとする信仰があった。なかにはどんな理由で遍路に出てきたのか、母子二人連れでやって来て、よほど困ったのであろう。母が子供を捨てていき、その子供を村の一人暮らしの老婆が育てあげたというような事実もある。遍路にはなにか、どこまでもこの現実につながりながら、現実を越えようとする志向がまとわりついているように思われるのである。

当然と言えば当然だが、遍路伝承には、現実の中での宗教的な現実超越の志向があるわけだが、「へんろう宿」の婆さん達に、そうしたものは無縁である。

婆さん達の不幸な宿命とは、いわば常識的感想なのであって、実際の彼女らは冗談好きで、その生き方ははるかに暢達なのである。たとえば、酒を勧める商人の男に、オクラ婆さんが「オカネばあさんは十年前にゃ一升ばあ飲みました。もしだれぞがただで飲ましたら」と応じているように。捨児であることの告白も、「三人とも嬰児のとき、この宿に放つちよかれて行かれましたきに」と、「その声はあたりをはばかるところがない」。常識的な感覚で言えば非情とも言える「掟」についても、彼女達はほとんど何も感じていなさそうである。

•「捨て児の産みの親の名はわからんわけですきに、いまに親の名や人相は、子供らあに知らせんことになつちよります。」

•「男の子は太うなつてしくじりますきに、親を追いかけて行て返します。もしも親の行辺が知れんと、役所へとどけてしまひます。」

•「この家で育ててもらうた恩がへしに初めから後家のつもりで嫁に行きません。」

「はてなあ」とか、「妙な一家」とか、「親の量見が知れん」とか、「戸籍面は」と不審に思うのは、行商人及び〈私〉である。そして〈私〉はいつしか婆さん達の調子に巻き込まれていく。つまり現実の社会の中に居りつつ、つい別世界と思い込んでしまう。だから「おばあさん、子供さんたちは出かけたのかね」と、学校という現代社会を忘れて「ばかな質問」をしてしまう。現代の説話文学めいてくるのである。

作者はこの作品で、熊谷孝が指摘するように（注9）、血縁とは別の原理でひとつの共同体が成立しうる、と語っているようでもある。結末部の自然描写について、井伏は「あの辺の浜木綿の色が何ともいへない良い色だったのに感心したりして、抒情で書いた」というが（結末部だけではないかも知れない）、それはたくましく生き続ける人間の素朴な美しさへの感嘆と読んでいいのではなかろうか。神谷忠孝の「作者はこの作品で、自己主張ばかりして自足することを知らぬ近代の人間の悲しさを逆に描こうとした」という評言（『近代の短編小説』解説　双文社　昭53）もある。

〈六〉　おわりに――「黒い雨」閑間重松――

大分屈曲してしまった感があるが、稿の目的は井伏文学の「理想」像を描き出すことにあった。そのような視点から見た時、「漂流文学」とも呼びうる大作「黒い雨」（昭41完）はどうなるか。全面的な作品論は別途として、ここでは閑間重松像について考えてみたい。

一種の記録文学としての「黒い雨」については、多くの評家が言及しているが、この作品は小説家に、ある不本意さを残したらしい。その言は多いが、つまり「材料にひきづりまわされたという感じ」（NHKラジオ放送　昭41・12・18）という言葉に要約されるようなものであったと思われる。成立過程については寺横武夫が精緻な論を展開している（「『黒い雨』注解」『井伏鱒二研究』所収　渓水社　昭59・7）。それを簡単に整理してみると以下のようになろうかと思う。

①まず作者は「かきつばた」（昭26・5）等の方法、すなわち、日常の出来事の中に原爆を搦めとる、という、手慣れた方向での創作を考えていた。矢須子の「無実証明」の物語として。
②しかし、モデルの女性の日記の焼失ということもあり、
③事実自体に圧倒もされ、
④そこに記録好き資料好きの性分も加わり、「物語」は徐々に軽いウェイトとなり、「被爆日記」という「資料」が独占することとなった。タイトルも変更された。つまり物語作者ではなく「ヒストリアン」（2節）に作者が変貌してしまった。
⑤終末部において、ようやくたち消えになっていた矢須子の「病状日記」が出され、辛うじて「姪の結婚」のテーマに復帰させようとした。

簡略すぎるが、以上が寺横の「黒い雨」成立論の骨子かと思われるし、指摘の通りと言うべきだろう。しかし単に「事実」の記録の文学でしかないか。ひとつの決定的な大事実に対処していく閑間重松という人物そのものに、はたして読者は感動することはないか。主人公が大変地道で、その大きさが「事実」に隠れ勝ちだとしても、この閑間重松の造型自体をテーマとして把える読み方は不可能であろうか。

第七節冒頭、重松は、芒種・田植祭・菖蒲の節句・河童祭・竹筏祭と続く五月の村祭りについて、この貧相な幾つものお祭は、昔の百姓たちが貧しいながらも生活を大事にしていたことの象徴の

ようなものである。重松は清書を続けながら、あの阿鼻叫喚の巷を思い出すにつけ、百姓たちのお祭が貧弱であればあるほど、我れ人ともに、いとおしむべきものだという気持になっていった。

と感じる。原爆の悲惨は、時折の祭をも含め、日々の単純な生活や生命へのいとおしみを際立たせる。一見平凡に見えて、原爆を日常の生活に正当に対置させうる閑間重松とは、大変な思想家と呼ぶべきではなかろうか。

この重松像を高く評価するのはむしろ異邦の評家である点が大変面白い。ティエン・ファムは、たとえば第五章の「被爆日記」のうち、広島文理科大学グラウンドでの重松夫婦の会話を「感情の赴くままの大袈裟な身振りなど軽薄な行動をよしとしない、洗練された日本文化の核心を衝いた」部分とし、重松については、事に臨んで行動を間違えない「禅僧のごとく超然として、それでいてまじめにつまらない雑用にも取り組む」人物と評価する（「井伏鱒二『黒い雨』」『井伏鱒二研究』所収　明治書院　平2・4）。「事実」に圧倒されつつ、しかし閑間重松をこう描く小説家としての井伏鱒二の姿勢はしっかりと守られているということである。

第四節冒頭、重松は妻のシゲ子を相手に自らの文章をめぐって、「わしのは描写の上から云うて、悪写実という文章じゃ。しかし、事実は事実じゃ――おい、その鯔は泥をよく吐かせたんか」と語る。大変面白い一節だが、「悪写実」とは、ファムの指摘するような人物の行う写実、つまり、一切の劇化を拒否した「写実」ということであろう。むろん、記録資料（素材）は「泥をよく吐かせ」ないと文学（料理）にならないという、井伏的暗喩の世界である。読者は重松を信頼しうるゆえに、「黒い雨」の世界を信頼しうる。

主観をおし出さず、しかし時に、事に臨んで正確に行為していく人間、しかも大げさな身ぶりや自己劇化を峻拒する、という風に重松像をまとめれば、これは覚丹以来の存在、ジョン万次郎の系譜を紡ぐ、井伏鱒二終生の理想像なのである。

再びティエン・ファムによれば、典型的な東洋人の知恵は「平凡だが健全な生命の存続」を第一義とするものと言う。第十一節、重松は市内の屍の街を歩きつつ、ある詩人（ボードレール）の詩の一節（「―おお蛆虫よ、我が友よ……」、「天よ裂けよ。地は燃えよ。人は、死ね。何という感激だ、何という壮観だ……」）を思い出し、「許せないぞ。何が壮観だ、何が我が友だ」と激怒する。農民達のやさしい祭に比べれば、原爆記念日もまた、情なく騒がしい「お祭りさわぎ」にすぎないのである。

重松はあくまでも「今を生きる」人である。「白骨の御文章」なども、決して過度に仏教的無常観には傾斜させていかない。庶民の素朴な宗教的教養としてこれを心得ているだけである。重松はいわば生活人であって、過去への感傷や未来への観念的期待に陥ることはないのである。関心は常に今をどう生きるかにある、それだから「今」を打ち毀すものへの怒りが真率なものとなる。

そして、そう閑間重松を作りあげたのは、まがいもなく作家井伏鱒二に他ならない。ボードレールの引用だけではない、収束部、重松が見、工場長と語りあう、『史記』の「白虹日を貫く」のエピソードも、思わず見せてしまった作者の本体であろう（注10）。言うまでもないが「ヒストリアン」としての資料実証主義こそ、大変な知識人的営みである。

覚丹にはじまった理想像の系譜は、時に応じテーマに即し、様々なヴァリエィションを見せつつ、終生変ることはなかった。

〈注〉

（1）「逃げて行く記録」（『文学』）、「逃亡記」（『作品』）、「西海日記」（『文芸』）、「早春日記」（『文学界』）の題名で計十回に渉って連載。

（2）杉浦明平「解説」（現代日本文学大系65『井伏鱒二　上林暁集』筑摩書房　昭45・8）。

（3）「朽助のゐる谷間」・「山椒魚」・「炭鉱地帯病院」・「屋根の上のサワン」・「シグレ島叙景」をこの年に発表。

（4）『新日本文学全集』解説（改造社　昭17）、他に「『さざなみ軍記』の資料」（『文学』昭28・2）などにも。

（5）発表時を中心に、第一部を「逃げて行く記録」、第二部を「逃亡記」、第三部を「西海日記」及び「早春日記」とする。また、本論第一節に引いた論文は以下の通り。

・横山正幸「『さざなみ軍記』論」（『井伏鱒二研究』所収　渓水社　昭59・7）。

・中村光夫「井伏鱒二論」（『文学界』昭32・10－11）。

・熊谷孝『井伏鱒二〈講演と対談〉』（鳩の森書房　昭54・7）。

・東郷克美「井伏鱒二『さざなみ軍記』論」（日本文学研究資料叢書『井伏鱒二・深沢七郎』所収　有精

堂　昭55・11）。

・佐伯彰一「井伏鱒二の逆説」（『新潮』昭50・3）。

（6）梅本宣之「「丹下氏邸」論」（『帝塚山学院短期大学研究年報』第37号　平1・12）。

（7）河盛好蔵「鑑賞」（日本短篇文学全集　第36巻『井伏鱒二・太宰治・木山捷平』　筑摩書房　昭43・3）。

（8）津田洋行「井伏鱒二「へんろう宿」讃」（『論究』第1号　昭63・12）。

（9）熊谷孝（注（5）前掲書）。

（10）工場長のモデルをめぐって米田清一が「黒い雨」の〝虚実皮膜〟を書いている（自選全集第10巻月報）。

第四章　醞醸された別個の物語

——太宰治「お伽草紙」をめぐって——

〈一〉　はじめに

表紙を鳥獣戯画の高山寺蛙の紋様であしらった、単行本「お伽草紙」が上梓されたのは終戦直後、昭和二十年十月であったが、そこに収められた四編が実際に執筆されたのは、戦争の最末期、昭和二十年の前半においてであった。おそらく、終戦と共に彪大な量の原稿類が破却されていったであろう事情を考え併せると、或はまた別に、発表の目当もないままに多くの文学者達が一陽来復の日だけを頼りに営々と執筆を続けていった事情を考え併せてみると、戦争期に発表を目論んでいたものが、そのまま戦後に発表され、多くの読者をひきつけていったことは、ほとんど希有の現象であったと言ってよかろう。

作品の成立事情については夫人の手になる創芸社版全集第十一巻の後記に詳しい（注1）。それによれば、これは二十年三月、空襲激しい東京で書き始められ、「周囲がまだのんびりして」いた甲府の夫人の実家で書き継がれ、そこが六月末頃、「物情騒然」としてきた頃にはほぼ完成されていた、という。書簡に照しあわせて見ても夫人の記憶の正しさが裏づけうるが、その夫人の記述の一節に、夫人の実家から焼け出される際に、太宰がこの原稿を必死になって運び出したという挿話がある。そこに太宰の「お伽草紙」への愛着が窺えよう。

「前書き」には、「この父は服装もまづしく、容貌も愚なるに似ているが、しかし、元来ただものでないのである。物語を創作するといふまことに奇異なる術を体得している男なのだ」といかにもこの時期の太宰の文体で創作への自負が語られている。そのことと符牒を合わすように、小山清宛の書簡にも、悪しき気流の中での並々ならぬ気負いを窺うことができる。「どんな事があっても、とにかく仕事をするより他は無い。」（昭20・4・17付）等々、己の仕事を懸命に守り通そうとしている作家の一途の姿がそこに浮び上ってくる。

さらに、戦後発表の「十五年間」（昭21・4）においては、「津軽」「新釈諸国噺」「惜別」「お伽草紙」という十九年から二十年にかけての作品群執筆に触れ、

その時に死んでも、私は日本の作家としてかなり仕事を残したと言はれてもいいと思つた。他の人たちは、だらしなかつた。

と、はっきりと誌している。もちろん、この言辞はあくまでも戦後的脈落の中で考慮されねばならぬ

それである。これがそのまま戦時下の太宰の想念であったとするわけにはいくまい。「日本の作家として」などという大上段にふりかぶった表現から、私はむしろ、「十五年間」執筆時の太宰の姿勢について興味を覚えさせられる。しかし、そういう留保をつけても、やはり、戦時下にあって太宰は「仕事」を第一義として営々と執筆を続けていた、と評価することに誤りはあるまいと思う。

成立について、戦時下の太宰の古典取材の問題、とりわけ「新釈諸国噺」との関係から考えねばならぬことは、いわば周知の事がらである。しかし、それと同時に、「竹青」執筆が「お伽草紙」の直接的な契機となっている、というのが私の推定である。「竹青」は発表（『文芸』昭20・4）に先立ち、「満州・中国向の華文文芸雑誌『大東亜文学』」に二十年一月に掲載されたという（全集第六巻解題）。書き下し七編を含む「新釈諸国噺」の上梓が二十年一月であるから、この二作はほぼ併行して書かれているわけである。本論においておのずから明らかになっていくであろうが、「竹青」の実質は「お伽草紙」に極めて近く、とりわけ方法的（或は構成的）な面ではほとんど同一のものと言っていい。そこで、以下「竹青」を「お伽草紙」四編に加えて考えていくこととする。

〈二〉「お伽草紙」の構成

「お伽草紙」評価の方向は、大まかに言って二通りある。まず第一に、亀井勝一郎の論（筑摩旧版全集第九巻解説）に代表されるものである。解説という稿の制約もあって、必ずしも意を尽したものではなかろうが、「どこかに気軽な「あそび」もある」といい、「妻子をつれた心労の旅のなかでの、わずかな憩いでもあり」といい、亀井は「言わば一種のあそびから生れた」（同第八巻解説）「新釈諸国噺」の続編として、そこに太宰の余裕を見ている。

一方、この作品を「太宰治の全作品の中で芸術的に最高の傑作」とし、そこに「自己を告白し、現代を諷刺し」、「人間の宿命の深刻を見つめたおそろし」さを見るのは奥野健男である（新潮文庫版解説）。奥野は、作品を完成させた作家の姿勢を「戦乱の時代の懸命の芸術的人間的抵抗」としても高く評価する。一見矛盾するかに見えるこの二人批評家の作品の捉え方の綜合に、この作品の実質があるであろう。すなわち、自己告白・諷刺・人間の宿命といった、それ自体重く暗い主題が、いかにも「あそび」風な軽妙洒脱な語り口で展開されていったところに、ユニークな作品が生れえた、と見るべきであろう。

作品にこめられた太宰の想念は作の展開に沿って解きほぐしていってみたいが、その前に作品の構成と語りについて述べておきたい。「お伽草紙」四編は意外に小説の方法としては典型的な共通の方法によって貫かれている。導入（私の小説を書くに到った契機）→展開（私の解釈による、私の創造した物語）→結末（物語の反転）という共通の構造をもつのである。

こういう方法自体について特に云々する必要はあるまい。この小説固有の鮮かさはまず何よりも導入（と作中の自在の私の嵌入）の見事さにあろう。そもそも「前書き」自体が鮮かな全体の導入部になっている。「あ、鳴った」と高射砲の音を聞いて父は妻子を抱えて防空壕に入る。そこで父は母の苦情に合い、好い加減な返答でごまかす。それが済むと子供がむつかしがる。その子供に絵本を読んでやっている中に、「その胸中には、またおのづから別個の物語が醞醸せられて」くる。こうして以下、絵本とは別の、「まずしく」「愚なるに似ている」が「ただもの」では決してない、主人公達の世界が切り開かれていくのである。

しかもこの主人公達その他の中に、作者は自在に己自身の姿を象嵌していく。「前書き」の迂愚で不器用な父は、そのまま四編の（または五編の）主人公像として拡大されていく、という構図。「瘤取り」の爺さんの飲酒と孤独、「浦島さん」における「下品にがぶがぶ大酒を飲んで素姓の悪い女にひっかかり、親兄弟の顔に泥を塗るといふやうな荒んだ放蕩者は、次男・三男に多く見掛けられる」というような「オズカス」談議、いかにも生きることに不器用な「カチカチ山」の狸、大金持の三男坊で職も持たない無用者の「舌切雀」の爺さん等々が、私小説の方法を逆用して描かれていくのである。

「前書き」同様、各編はそれぞれの鮮かな導入部を持っている。その一例を「カチカチ山」に見てみよう。「カチカチ山の物語に於ける兎は少女、さうしてあの惨めな敗北を喫する狸は、その兎の少女を恋している醜男」。作品は、いきなりこういう解釈、設定で始められる。それを「疑ひを容れぬ厳然たる事実」という独断で念を押されれば、読者はそれを首肯せざるを得ない。そして以下、絵本「カチカチ山」が「陰惨の極度」のものであり、そこにはごまかしがあること、ごまかさねば「発売禁止」になるはずのものであること、兎の仇討ちが「武士道の作法ではない」ことなどが思いきり誇張した語り口で述べられる。

父がこの物語を書こうとしたきっかけは、防空壕で読んでやった絵本から娘が発する思いがけない「狸さん、可哀さうね」という言葉にある。この言葉について、「子に甘い母の称讃を得やうといふ下心が露骨に見え透いている」の、「思想の根拠が薄弱である」のと冗舌を振いつつ物語の構想の契機を述べていく。そして「武士道とか正々堂々の観念」に色あげされたこの絵本の解釈に、批判、嫌悪を示しつつ、これを〈アルテミス型の少女〉と〈愚鈍大食の野暮天〉中年男の悲惨な物語なのだ、として物語の世界に入っていくのである。

物語の部分はこういう解釈・設定の下に展開され、最後にこの物語の様々な解釈とひとひねりした結論が附加される。作品に即して言えば、冒頭で仇討譚という読みが否定されていたが、結末ではまず「好色の戒め」なる教訓的な読みが排除され、続いて道徳に対する感覚の優位という読みも「評論家的」として拒まれ、最後に女性の「無慈悲」さと男性の弱き「善良」さという（そして恐らくは男対女という形の己と他との断絶という）、いかにも太宰治の作品らしい解が提示される。

〈三〉　現実とユートピア

「カチカチ山」を除く三編（なぜ「カチカチ山」が除かれねばならないかは後述する）及び「竹青」の四編は、多くの共通点を有している。それはまず第一に、主人公達は家族や世間の徹底的な現実性に打ちひしがれ奇態な性行を余儀なく持たされており、第二に、それと関連して、強者・道学者に対しほとんど生理的と言っていいような嫌悪を示している点にある。そして第三に、主人公達は己を取りまくこのような状況から脱出しようとしてユートピアに至り着き、第四に、そこで主人公達は人間的相貌を越えた女人に遭遇し、しかし第五に、結局はそのユートピアに浸りきることもできず、汚濁を知悉しつつ、余りにも人間的な現実の世界に帰還してくる。「新釈諸国噺」の十二編が十二の主題に拡散しそのことと相まって内容もまちまちに終っているのに比して、「お伽草紙」は主題に向ってひとつの内容と構成で収斂・結晶していったと言ってよかろう。そこで以下上述の五点について具体的に検討を試みてみたい。

まず第一の点について。「瘤取り」の爺さんの現実との不調和は家庭での孤独の強調という形で提示されていく。「もう春だねえ。桜が咲いた」とはしゃいでも、「そうですか」と爺さんに何ら反応もせず、「ちよつとどいて下さい。ここを、お掃除しますから」というような現実感覚しか持ちあわせない婆さん。この「眼許も涼し」い婆さんは「無口」で「まじめ」なのであって、生活者として何の欠点もない。しかしその代りに、爺さんの心情に触れる温いものを一切持たない。酒を飲んでも小言も言わぬ。かわりに黙々と御飯を食べる。愛する瘤をなくした爺さんの朝帰りに際しても「おみおつけが冷たくなりまして」と呟くばかり。

婆さんとの違和感が現実的な生活感覚を巡ってのそれとすると、息子の「阿波聖人」との違和感は木石のようなかたくなな道学者流の人間像との摩擦から来る。この息子は全く「笑はず、怒らず、よろこばず」、爺さんが瘤を「こりや、いい孫が出来た」とおどけてみせても、「頬から子供が生れることはございません」と語る始末。帰って来た爺さんに対しても、「父母の容貌に就いてとやかくの批評がましい事を言ふのは、聖人の道にそむくと思ひ」、「おはやうございます」と「荘重」に挨拶をするのである。

「瘤取り」の爺さんの孤独は、硬直しきった生活者や道学者に囲繞され続けた息苦しさから発している。しかしこの作品では他者は特に圧倒的な存在として、主人公のいかにも傷つき易く柔かな自我に襲いかかっているわけではない。硬直した心を、ややどぎつい笑いで嘲笑しているだけである。現実主義への対立・批判が大写しとなってくるのは「瘤取り」のバリエイションと言ってよい「舌切雀」においてである。物語は婆さん（33才の厄年の）と爺さんとの、洗濯物を出せの出さないのという、いかにも日常的な点景の描出から始まっていくのだが、「瘤取り」の婆さんが陰性の慇懃無礼であるのに比し、この婆さんは極めて陽性であり、爺さんは己の生活に圧倒的におしかかって来るこの陽性の現実主義に辟易している。この場面、語り手は婆さんの冗舌を「……と強く命令するやうに言ふ」、「……と子供を叱るやうな調子で言ひ」、「いまいましさうに言ひ切つて……」と描写していく。「瘤取り」と対照的に陽性で圧倒的な婆さんの人間臭に爺さんは韜晦していくしかないのである。

四十にもならぬのに己を翁と称し、「世界人としての義務を何一つ果していない」爺さんの韜晦は、人間の生活につきまとう虚偽を常に見抜いてしまうことから発している。この爺さんは、認識が即ち無為に直結してしまわざるをえない、いわば近代の知識人の姿をパロディー化したものと言っていいだろう。こういう事情は家での小雀との対話、さらにそれに続く婆さんとの対話を通して明らかにされていく（この部分は「浦島さん」の太郎と亀の問答に相当する）。この対話で鍵となる言葉は〈嘘〉〈ごまかし〉である。「本当の事を言ふために生れてきた」爺さんが、しかしこと、志に反して無口にならざるをえないのは、世の中の人は皆、嘘つきだから、話を交すのがいやになつたのさ。みんな、嘘ばかりついている。さうしてさらに恐しい事は、その自分の嘘にご自身お気附になつていない。

からだと爺さんは小雀に言う。「世の中の人は皆」という言辞に注意したい。作品は直接的には家庭を対象としているにすぎぬが、語り手の真意は明らかに自己と普遍的な意味での他との乖離・対立という、まさに「人間失格」の意図と同じところにある。〈中期の安定〉を過剰に口走ることはできない。

作品は以下、婆さんの丁々としたまくしたてになっていくのだか、爺さんは「嘘ばかり」、「みんな嘘さ」と一蹴して相手にさえならない。それでもなお必死に抗弁しようとする婆さんに対し、爺さんは最後は、「だめですよ。お前の言ふ事なんざ、みんなごまかしだ。その時々の安易な気分本位だ」、「おれはひとがこはい」と己の本心を述べるに到る。しかし、気弱な爺さんの、恐らくは一生に一度のこの弁舌も、結局婆さんには弁疎としか受けとられない。この問答に続く爺さんの大竹藪（というユートピア）への小雀探索の旅も、欲得ずくのものとしか想像されないのである。「舌切雀」の爺さんの置かれている状況も、調子こそ「瘤取り」と対照的ながら、日常的であるだけにそれだけおしせまった閉塞状況だということになろう。

「浦島さん」の場合は、前述の二作のような形では現実が主人公を撃つようなことはない。それはまず第一に、「お伽草紙」第二作として、即ち起承転結で言えば承の作品として、後述するユートピアそのものを描くところに大きな作意が働いているからであり、第二に、それと関連して作自体が一種形而上的な世界とされていることによる。この作にあっては、他の四作に見られるどぎつい笑いは、後景に追いやられている。

しかし亀との問答においてルフランのように繰り返される「人は、なぜお互ひ批評し合はなければ、生きていけないのだらう」という呟きは、太郎も前二作の爺さん達と同じく、現実のありのままの状態に調和し得ない苦しみを負っていることを語っているはずである。この太郎と亀の問答を磯貝英夫は、太宰自身の〈自意識問答〉と言う（「「お伽草紙」論」『作品論 太宰治』所収）。

そう言えるかどうか判らぬが、確かに太宰は、己の観念を太郎だけに負わせるのではなく、亀との応酬を通して、即ち太郎の想念を亀の言葉によって相対化することによって映し出していく。風流人の気まぐれに近い太郎の「批評のない国」への渇仰は、亀の言葉によってより確かなものになっていく。二人には志向の差そのものはない。太郎が「人は、なぜお互ひ批評し合はなければ、生きていけないのだらう」と言うのに呼応して、亀は「どうも、陸上の生活は騒がしい。お互ひ批評が多すぎるよ」と応ずる。基本的な対立はないのである。

ただ亀の以下に引くような言葉によって、太郎の存在と想念がよりプリミティブな次元から洗い直されている点に、この作品における亀の機能がある。亀はたとえば次の様に痛烈に太郎の虚偽を抉る。

○実行しないで、ただ、あこがれて溜息をついているのが風流人ですか。いやらしいものだ。
○人生には試みなんて、存在しないんだ。やつてみるのは、やつたと同じだ。（傍点ママ）
○野心があるから、孤独なんて事を気に病むので、他の世界の事なんかてんで問題にしてなかつたら、百年千年ひとりでいたつて楽なものです。

随意に引いて見たが、このような言葉がこの作品の大きな眼目であり、そこには〈中期の安定〉などとは全く別の激しく葛藤する自意識が、新たなヨコネのように尾を引いている。ふり返ってみれば、「舌切雀」の爺さんの「嘘」をめぐっての談議は、小雀の「それは怠け者の言ひのがれ」、「負け惜しみの気焔」というような痛烈な批判によって相対化されていた。それらは主人公達の現実への呻きとその反極としてのユートピア志向という想念を、より原初的な次元から問い直させるためのものであるはずなのである。

いずれにせよ、「お伽草紙」はまず己をも相対化しつつ現実主義に向けて発せられた批判の物語なのである。細述する要もなかろうが、「竹青」の魚容の置かれた現実もまた同じものである。魚容を取りまく状況は、たとえば妻によって「あなた、すみませんが、これをみな洗濯して下さいな。少しは家事の手助けもするものです」と投げつけられる「女のよごれ物」によく示されている。魚容は竹青によって一旦変身し、ユートピア体験をし、しかしその夢も破れて帰って来るのだが、その時にも、相も変らず、

冷酷の女房は、さつそく伯父の家の庭石の運搬を魚容に命じ、魚容は汗だくになつて河原から大いなる岩石をいくつも伯父の庭先まで押したり曳いたり担いだりして運び、「貧して恐無きは難し」とつくづく嘆じ……

というようなありさまなのである。しかも作品は魚容の厭世観が「むやみに故郷の人たちの尊敬を得た」いための「郷原」から来るにすぎぬ、という竹青の批判を間に挟んで魚容の想念を相対化しているさまなど、そのありようは「お伽草紙」三編と全く同工なのである。

〈四〉「お伽草紙」の強者

「お伽草紙」にはすでに述べてきたような、現実との対立と符牒を合わせて、ほとんど物語の枠を越えて、より直接的な私小説の方法の自在の駆使によって、強者・権力者への批判を露出させている部分がめだつ。

たとえば「舌切雀」の導入の部分では、書かれるべくして書かれなかった「私の桃太郎物語」の構想が延々と述べられている。もちろん、戦時の制約もあって、太宰は桃太郎の話を、表向きは「日本人全部に歌ひ継がれてきた日本の詩」とするような挨拶も忘れていない。これは「カチカチ山」導入部において、絵本「カチカチ山」の惨虐さを述べる条りで、殊更に「日本の武士道の作法」などをもち出してきていることと軌を一にする。時局に追いつめられ、〈挨拶〉を余儀なくされる作家の姿をそこに見ることもあながち不可能ではない。

しかし、言うまでもなく、こういう言辞には作家の屈折した心情がこめられているはずで、そこを丁寧に見ていくこと抜きには、太宰に限らず、この時期の文学の理解は不可能だろう。たとえば鬼ケ島の鬼達について、表向きはギリシャ神話のメディウスの陰湿さに対するこの日本の鬼の「愛嬌」を賞めつつ、勧善懲悪的な絵本の理解（さらにはその思惟そのもの）を拒んでいる。また、忠勇の犬・猿・雉の家来についても殊更に、「決して模範的な助力者ではなく、それぞれに困った癖があつてたまには喧嘩もはじめるであらうし」と注を打って置くことを忘れていない。そしてそうした意図は何よりも「舌切雀」における、

完璧の絶対の強者は、どうも物語には向かない。それに私は、自身が非力のせいか、弱者の心理にはいささか通じているつもりだが、どうも、強者の心理は、あまりつまびらかに知つてゐない。

というような、後にも「如是我聞」ではっきりと打ち出している自前の論によって明らかであろう(注2)。故意に錯綜させてはいるが、弱者の文学を主張する作者の精神の奥には、強靱な精神が潜んでいる。だから「強者の心理は、あまりつまびらかに知つていない」という言葉もほとんど文脈を越えて、時流への挨拶はしたとしても、時局に阿った作品は決して書かなかったという自衿のパセティックな叫びと理解しても決して恣意的ということにはなるまい。圧倒的な強者である桃太郎を、表向きは日本一だからとても書けないと言いつつ、実は日本一の強者だから書かないとする作者の志がある。「お伽草紙」四編及び「竹青」の主人公達が思いきって弱者として描かれていることの背後には、時代の圧迫・閉塞に対する作家の強靱な精神が潜んでいる。

「瘤取り」における、「阿波聖人」と近所の爺さんの形象を通して書かれた、道学者への嫌悪も、桃

太郎談議と同じ地平にある。木石の如き阿波聖人については既に述べて来たが、近所の爺さんをも、語り手は、露骨に嫌悪を示しつつ描いていく。

このお爺さんの人品骨柄は、いやしく無い。体躯は堂々、鼻も大きく眼光も鋭い。言語動作は重々しく、思慮分別も十分の如くに見える。……それに何やら学問もあるそうで……何もかも結構、立派なお方であつたが……

とされているのだが、「それに何やら」、「あるそうで」、「お方」などといった語り方に語り手の真意がある。外見が立派であるだけに、「白髪の四海浪の間から初日出」のように出る「天下の奇観」の瘤という、肉体的なものに悩むこの爺さんの、外見に比例せぬ内面の矮小性が浮び上る。「お伽草紙」の主人公達が暫くでも垣間見ることのできたユートピアも彼には無縁な世界である。この爺さんは「天晴れの舞ひを一さし舞ひ」、感服せしめんとばかりに山中に赴き、謡曲「道盛」の一節を「呻き出す」始末、そして絵本通りの結末になる。

この爺さんの造型の意図は、作中に「所謂「傑作意識」にこりかたまつた人の行ふ芸事は、とかくまづく出来上るものである」というように、いわば草子地として提示されていて、より文壇を意識していたことを窺わせる。〈阿波聖人〉が道学的であるだけで威厳らしきものを備えていないのに比し、この爺さんにはそれがこめられていることを考え併せると、早くこの時期に「如是我聞」（昭23・3・5－7）的視点が明確になってきていることを窺わせる。

この爺さんの形象とほとんど軌を一にして、いわば私小説の方法の逆用、という形で文壇やら志賀直哉への反感を直接的に露出させていっているのが、山中で鬼達の酒宴を垣間見たことに発する鬼談議である。

文学の鬼、などといふ、ぶしつけな、ひどい言葉を何某先生に捧げたりしてゐて、これではいくら何でも、その何某先生も御立腹なさるだらうと思ふと、また、さうでもないらしく、その何某先生は、そんな失礼千万の醜悪な綽名をつけられても、まんざらでないらしく、御自身ひそかにその奇怪な称号を許容してゐるらしいといふ噂などを聞いて、迂愚の私は、いよいよ戸惑ふばかりである。

という調子の冗舌が続く。そこに批判の論理は通っておらず、反感を述べたものにすぎないかもしれない。しかし没論理であるだけに却ってそれだけ「何某先生」やら文壇への嫌悪は色濃いとも見えよう。「如是我聞」そのものについては既に多くの論考もあり、ここで細述するつもりもないが、それは志賀にも黙殺され、結局は太宰の一人相撲に終ったとする意見が圧倒的に多いようである（注3）。確かにそれは「売り言葉に買ひ言葉、いくらでも書くつもり」という末辞にも明らかなように、エッセイなどというおとなしいジャンルに入るものではなく、八方破れの文章で、論争になりうるようなものではない。しかし、そうであるだけに書き手の嫌悪のほどがかえって如実にあらわれてもいると見るべきだろう。

「瘤取り」の、文学の鬼談議は、パロディーに粧われているものの、根本的発想は「如是我聞」と全く同じところから出ているると見てよかろう。たとえば志賀への嫌悪は「如是我聞」においては、

骨組頑丈、顔が大きく眉が太く、自身で裸になつて角力をとり、その力の強さがまた自慢らしく、何でも勝ちやいいんだとうそぶき、「不快に思つた」の何のとオールマイテイーの如く生意気な口をきいてゐると……

と書かれているが、この志賀像と、先の近所の爺さんの描写とどれだけの差異があろうか。志賀批判の眼目は、強者としての「オールマイテイー」に向けられているのだが、そう批評する書き手の批判の基準は「も少し弱くなれ。文学者ならば弱くなれ」という、確固たる弱者の文学の理念にある。そしてその理念は前述の通り「お伽草紙」の理念そのものなのである。弱者の文学を主張する作者の姿勢は確固として強い。

もちろん、「如是我聞」自体は太宰の戦後的諸要素をも含んでいる。しかしその発想自体は、〈円熟〉していたかに見えて鬱々としていた戦時下の精神状況から発していたはずである。たとえば「あの人たちは、大戦中でも、私たちの、何の頼りにもならなかつた。私は、あの時、あの人たちの正体を見た、と思つた」といった記述は、その事情を顕著に示しているはずである。そこにフモールの粧いが有るか無いかの差はあるものの、「如是我聞」的憤りの根は、この「瘤取り」を中心として「お伽草紙」に既にある。

「舌切雀」や「瘤取り」ほどではないにしろ、「浦島さん」や「竹青」には（更には「カチカチ山」にも、その調子を変えつつ）この強者・道学者への嫌悪が確実に伏流している。そして「お伽草紙」におけるこういう一面が、先の現実との対立・不調和・不適応と結びついて、主人公達のユートピア志向が生れてくる。

〈五〉「お伽草紙」のユートピア

太宰におけるユートピアと言えば、必ずと言ってよいほど「苦悩の年鑑」（昭21・3）の、

私のいま夢想する境涯は、フランスのモラリストたちの感覚を基調とし、その倫理の儀表を天皇に置き、我等の生活は自給自足のアナキズム風の桃源である。

が引かれ（注4）、「冬の花火」（昭21・6）、「春の枯葉」（昭21・9）等と併せ、戦後の「リベルタン宣言」の行き詰りの果ての、発想・志向と考えられている（注5）。「アナキズム風の桃源」への志向という風にひとつの観念として定着していくには太宰自身の戦後体験が必要であったが、しかし発想自体は早く「お伽草紙」にあった、という事情は、志賀批判が戦後に熟成していった事情と良く似ている。

一方では現実との不適応に苦しみ、一方では強者や倫理の型にどうしても入り込むことのできぬ主

人公達は、懸命に現実からの離脱を目論み、ついには異次元の世界に辿り着き、そこでかすかな憩いの場を発見する、というのが「お伽草紙」のパターンである。しかしそのユートピアのありようは各編それぞれであって等質のものではない。

山中に逃げていった「瘤取り」の爺さんの描写は、まず山中の動物達との一体感から始められる。爺さんは、雨宿りの動物達に「はい、ごめんよ。ちよつとごめんよ」と挨拶しつつ、彼らと混然となっていく。そしてすぐ続けて、

　この月は、春の下弦の月である。浅みどり、とでもいふのか、水のやうな空に、その月が浮び、林の中にも月影が、松葉のやうにいつぱいこぼれ落ちている。

と、短いながらも美しい、「瘤取り」には珍しく清澄な春の山中の描写が続く。ここを拡大していけば「浦島さん」の龍宮城の〈聖諦〉の世界になるであろう。しかし「瘤取り」のユートピアはこれではないだろう。それはむしろ以下に続く、鬼達の無邪気な月下の酒宴にあり、爺さんは、その愚かしく可憐な鬼共とほとんど一体になるまでに歌い、踊り、親和の情を感じていく。この鬼達は「顔こそおそろしげではあるがひどく陽気で無邪気」で、「剣山の隠者とでも称すべき頗る温和な性格」で、しかも「竹林の賢者たち」のような知のひとかけらもない。「知能の程度は察するにあまりあり、芸の無い事おびただしい」愚者の集団である。語り手は、かくて、「瘤取り」においては愚なるものとの親和を通してそのユートピア願望を語りかけている。

「お伽草紙」が「津軽」と一体の小説だとはしばしば語られることだが、この鬼達との世界は、その「津軽人の愚直可憐、見るべし」という言辞と見事に響き合っている。「津軽」の圧巻、小泊の越野たけを求めての道で私は運動会にぶつかる。そのいかにも庶民的で気取りも衒いも権威もすべてなく、ただ「大陽気で語り笑つている」光景の中で私が感ずる「海を越え山を越え、母を捜して三千里歩いて、行き着いた国の果の砂丘の上に、華麗なお神楽が催されていたというやうなお伽話の主人公に私はなつたやうな気がした」、というような思いとさほど距離はあるまい。

「十五年間」（昭21・4）によれば、十九年の津軽への旅は私に「津軽のつたなさ」の「健康」さと「愛情のあたらしい表現」とを見つけさせたものであったという。とりわけ大久保典夫によれば、「「奴卑系」の発見とその親和の旅であった」（「『津軽』論ノート」『作品論　太宰治』所収）。「瘤取り」における「隣家の仕合せに対して乾盃を挙げるといふやうな博愛心に似たものを持っている」、「所謂利己主義者ではない」鬼達の発見は、「親切をちぎつては投げちぎつては投げ」る、「津軽」の庶民群像の中で私が感じた解放感の延長線上にあると見てよかろう。

「舌切雀」の爺さんの求めるユートピアは「瘤取り」とはその趣きを全く別にしている。爺さんが大竹藪の探索を企てるのはもちろん恋心からではなく、余りにも現実的な婆さんや「阿波聖人」の世界の反極を求めてであった。だから探しあてた雀の宿は、

何も言はなくてもよかつた。お爺さんは、幽かに溜息をついた。憂鬱の溜息ではなかつた。お爺さんは、生れてはじめて心の平安を経験したのだ。そのよろこびが、幽かな溜息となつてあらは

れたのである。

と、静謐な世界として描かれる。「浦島さん」の亀によれば、言葉は「腐つた土から赤い毒きのこが生へて出る」ようなものだというが、言葉が無用なこの世界は、空言に満ちた人間の世界の反極ということになる。人が無言のまま、存在そのものにおいて理解し、融和しあえる世界がここに示されているわけである。作中、この部分は他の部分と全く対照的に太宰の誇張とパロディーの文体が全く影を潜めている点に注意したい。語り手自身ほとんど陶然としていると言ってよいのではあるまいか。「舌切雀」の雀の宿の世界を更に大写しに拡大したのが「浦島さん」の龍宮城の乙姫の世界である。「瘤取り」の鬼達との世界が「津軽」から発するとすれば、この世界は「右大臣実朝」の、ニヒリズムと表裏の、静謐な世界とかすかにその脈落を持つ、ということになろうか。

乙姫との世界は〈聖諦〉の一語に要約されていようが、これは導入の部分の「人は、なぜお互ひ批評し合はなければ、生きて行けないのだらう」という、人間世界の批評を巡っての思念に呼応している。乙姫はただ幽かに笑っているばかりで一語も発しない。それは再び前の亀の台詞を引けば、言葉というものが「腐つた土から赤い毒きのこが生へて出るやうに、生命の不安が言葉を醗酵させ」るものであるからに他ならない。「人間失格」を引くまでもなく、生の不安が冗舌を生み、それがまた不安をかきたてる、という悪循環の中で自己同一性を失っていく、というのが裸形の作家の姿であったのである。言葉の問題を通して、太宰は己の不安の正体に接近を試みている、と言ったら大袈裟すぎようか。

この乙姫との〈聖諦〉の世界は「舌切雀」の宿と比べると、その抽象性において格段の差がある。この〈聖諦〉は太宰が懸命に求めたユートピアというより、むしろ現実離脱の志向が諦念というに近いところまで進んでいった結果、という感がある。しかし、言語無用の世界、「無限に許されている世界」とは一体何であろう。この点に関しては東郷克美の論（「『お伽草紙』の桃源境」『日本近代文学』昭49・10）がある。東郷はバシュラール等を引用しつつ、太宰文学における「個の内的煩悶を解脱し、一切の自意識を無化するときにあらわれる」〈水〉と〈透明〉に着目し、作品を「死の想念に彩られ、非在のものへのロマンチックな渇仰を秘めている作品」と読んでいる。

確かに主人公達は、現実の世界での行き場のない自意識の苦しみから旅に立ち、ユートピアを捜しあて、その体験によってひと時の苦悩からの脱出を体験するのだが、「死の想念へのロマンチックな渇仰」まで云々するのは、やや飛躍した作品理解かもしれない。私は、確かに一歩を越えれば未生あるいは死の世界に辿り着いてしまうような危さをもちつつ、現実離脱の志向が求めた夢想の世界、と言うにとどめたい。後述するが、主人公達はこのユートピアにも自足しえず現実の世界に再び帰ってくるのである。

「竹青」の魚容もまた二度にわたってユートピアの体験をする。それはたとえば、

竹青に手をひかれて奥の部屋へ行くと、その部屋は暗く、卓上の銀燭は青烟を吐き、垂幕の金糸銀糸は鈍く光つて、寝台には赤い小さな机が置かれ、その上に美酒佳肴がならべられて……

というように描写されている。「お伽草紙」三編の主人公達は人間界を離れ異類と親和するのだが、「竹青」の魚容は異類そのものに変身してそのユートピアを体験するのである。

こう四編を読んでいってみると、たとえば「冬の花火」などのユートピア願望（とその挫折）を余りに太宰の戦後体験ばかりから見ることはやはり危険である。ことはむしろ、終戦末期、追いつめられた時点で生れた願望が、戦後状況の中で実質を換えて再生されていった、と見る方が妥当なのではあるまいか。

「お伽草紙」で、ユートピアに関連して興味深いのはその女性像についてである。家庭にあって主人公達を苦しめる女性たちの思いきった戯画化の反極として、家の外の女性達は、何も喋らずただ笑って首肯く存在であり、「無限に許す」存在である。そしてそれは戦後の無頼の〈家庭小説〉における妻へと繋がっていく。

たとえば「ヴィヨンの妻」（昭22・3）の妻は、「人非人でもいいぢやないの。私たちは、生きていさえすればいいのよ」という言葉によって、神を恐れている（らしい）夫を救済する存在となっている。「おさん」（昭22・10）の妻の場合もまた、「やりきれない男性の悲しい弱点に似ている」、「義」なるものに苦しむ夫に対し「恋心」ひとつを支えに向ってゆく、優しく大きな救済者になっている。「義」によっても夫たちが救われないとしたら、それを救うのは「無限に許す」女しかない。「父」（昭22・4）において、寒風の吹きさらす中、配給米の列に子を連れて並び、女と一緒の父を見ても気づかぬふりをする妻の姿こそ、そういう存在の象徴である。

もちろん、こういう無頼の〈家庭小説〉は戦後的文脈の中で読まれなければならない。また、こういう妻を賢夫人として知られる美知子夫人に重ねてはならない。あくまでも夢想なのであって、抽象的な憧憬の対象なのである。だとすれば「浦島さん」の乙姫、「舌切雀」のお照さんや「竹青」の竹青などと如何ほどの違いがあろうか。

〈六〉　現実への回帰

しかし言うまでもなく、「竹青」も「お伽草紙」も単純なユートピアの物語なのではない。主人公達は結局そこから帰ってこざるをえない。「瘤取り」の爺さんは一夜明ければ相も変らず「荘重」な阿波聖人の挨拶をうけなければならなかったし、婆さんの慇懃無礼さにも向いあわねばならなかった。「舌切雀」の爺さんは、婆さんの「色」と「欲」とに再び苦しめられねばならなかった。しかし彼等は帰ってくる。なぜ彼等が帰ってこざるをえなかったかは「浦島さん」と「竹青」とが最もよくその事情を語っているであろう。「浦島さん」の太郎の思いは次のように書かれている。

さうして、浦島は、やがて飽きた。許される事に飽きたのかも知れない。陸上の貧しい生活が恋しくなつた。お互ひ他人の批評を気にして、泣いたり怒つたり、ケチにこそこそ暮してゐる陸上の人たちが、たまらなく可憐で、さうして、何だか美しいもののやうにさへ思はれて来た。

「竹青」の魚容は、思わず呟いた「ああ、いい景色だ。くにの女房にも、いちど見せたいなあ」という一語で、ようやく「神の試験には見事に及第」してその刑罰を免れ、故郷に帰ってくる。神女の竹青は魚容に向って、

人間は一生、人間の愛憎の中で苦しまねばならぬものです。のがれ出る事は出来ません。忍んで、努力を積むだけです。……やたらに脱俗を衒うのは卑怯です。もつと、むきになつて、この俗世間を愛惜し、愁殺し、一生そこに没頭してみて下さい。

と諭すのだが、そこには太宰自身の現実容認の姿勢がある。亀井勝一郎は戦争末期に書かれた「佳日」（昭19・1）、「散華」（昭19・3）、「雪の夜の話」（昭19・5）、「東京だより」（昭19・8）等を挙げて、

当時の戦時色といったものが、一庶民の心として、ごく控え目に語られている。戦時中らしい激越さも興奮も誇張もない。……小さな日常性と、日常性のうちにひそむささやかな哀歓を、太宰はひっそりと描いてみせた。（筑摩旧版全集第九巻解説）

と述べているが、より私小説なこういう作品群に見られる作家の心境と、「お伽草紙」の帰って来る主人公達の心境とは重なっているのではなかろうか（この時期の書簡の文面もまたそうである）。

「お伽草紙」は一読して明らかなように、結末に共通してひとつの捻り・反転がある。それは概ね、

まず教訓的な読みを否定し、物語で展開してきた解釈をも否定し、最後にアフォリズム風の解釈で締め括る、という構造。その「捻り」は様々だが、その技法の巧みさに太宰の才のひらめきが窺えるのは確かとしても、そのアフォリズム風の言辞に対し、几帳面に意味ばかり見つけ出そうとするならば、それは作者の失笑を買うばかりであろう。が、その才にさえまどわされなければ、その結末に共通するひとつの志向が見えてくる。「竹青」の魚容は、

ただ黙々と相変らずの貧しいその日暮しを続け、親戚の者たちにはやはり一向に敬せられなかったが、格別それを気にするふうも無く、極めて平凡な一田夫として俗塵に埋もれた。

というし、「浦島さん」の太郎も「それから十年、幸福な老人として生きた」という。「舌切雀」の爺さんの、宰相になってからの「いや、女房のおかげです。あれには、苦労をかけました」という文脈上判りにくい言葉も、「お伽草紙」全編に流れる現実容認の志向の中で考えてみると必ずしも難解ではなかろう。「舌切雀」の爺さんのこの一語を、磯貝は、

夫人のイメージや、これまで彼を助けてきた長兄やその他のイメージが複合してくるのを覚えずにはいられなかったはずで、雀大臣の謝意は、暗にそれに向けられていると見てもよいだろう。

と見ている（前掲論文）。こういう私小説的な読みが妥当かどうか随分問題はあるにせよ、やはり太

宰の現実の受けいれの姿勢を磯貝も見ているようである。

こう見て来ると、「お伽草紙」の作者はいわゆる中期前半の、生活を受けいれようとしつつ、なかなか受け入れ得ぬというような状況（注6）から一歩、歩みを進めた、ということになる。それを後退と受けとるかどうかという評価の問題になると、評者の立場が前面に出よう。現実受容という作品の現象は、太宰の時流への迎合と映らぬでもないし（注7）、太宰の「純粋」を愛する評者は後退とも取ろう。迎合、という捉え方については私は〈三〉で私見を述べてきた。また「純粋」の後退ともし言うならば、少くともこの時期の太宰の文学は無防備な「純粋」の上に立っているものでは決してないのだから、それは有効な批判の牙をもたぬ、と言うだけである。

〈七〉「カチカチ山」の位相

「カチカチ山」が転に位置する作品だとはしばしば言われてきたことだが、それは具体的にはどういうことなのか、以下、あまり触れて来なかったこの部分について、このような視点から考えてみたい。

「カチカチ山」は様々な意味において転の部分である。それはまず何よりもユートピアという他の作品総ての眼目となっているものの不在に如実にあらわれている。救済が全くないのである。「アルテミス型の少女」のほとんど原初的と考えられるような執拗な残酷さ、それによってひたすら傷つくばかりの「中年の狸」、それらが毒々しいまでに誇張されて描かれていく。

作者自身、結末で「評論家的」として排除しているが、兎の狸への嫌悪は何よりも深く生理に根ざしている。狸は兎に恨まれる理由は他に何もない。生理、という如何ともし難い次元で呪われているのである。兎が狸に浴せかける言葉は一貫している。「きたないわよ」、「くさいぢやないの」、「あなたのにほひは、ただのくさみぢやないんだから」等々。兎の狸への嫌悪はこういう次元から発しているだけに、その奸計はどぎつく容赦ないものとなる。そのどぎつさの端的な例が、唐辛子入りの膏薬を貼られても尚気づかずにやって来る狸に向けられた、

〈兎は　注付加〉ひどく露骨にいやな顔をした。なあんだ、あなたなの?といふ気持、いや、それよりもひどい。なんだつてまたやつて来たの、図々しいぢやないの、といふ気持、いや、それよりもなほひどい。ああ、たまらない!厄病神が来た!といふ気持、いや、それよりも、もつとひどい。きたない!くさい!死んぢまへ!といふやうな極度の嫌悪。

というような漸層的な手法でたたみかけられているところであろう。こういう毒々しい思念が徹底すればするほど、いかにも無力で愚かな狸の〈狂態〉とお人好ぶりが浮び上ってくる。語り手はその調子を、いかにしてこの対照をくっきりとさせうるか、の一点にしぼっている。倫理や価値体系からではなく、生理から発する好悪感の如何ともし難い深さ、それを狸は最後に泥舟に沈められる段になって「惚れたが悪いか」と、ようやく自覚の糸口に辿りつく。しかしそれに対しても兎は「おお、ひど

い汗」と言うばかり。兎と狸は終始つながりうるべき一本の糸さえつかむことができない。作品はことさらに「アルテミス型の少女」と愚鈍な中年男、という風にパロディー化されている。しかし、このパロディーの奥には、やはり作者の他者との色濃い不調和の感がこめられている。「存在次元の、どうしようもない人間と人間との断層が、笑いのなかにぽっかりと口を開け」とは磯貝の言（前掲論文）だが、「カチカチ山」のこういう面によって、逆に他の四作のユートピアが相対化されていることを見逃してはなるまい。

転たる証しは、「無限に許す」女性像の欠如にもあらわであるが、言葉をめぐってもまたくっきりと対照を見せている。くり返しになるが、「舌切雀」のお照さんとの親和にはただ幽かなほほえみがあったばかりであった。「瘤取り」の鬼達との一夜も決して言葉を通してのそれではなかった。「浦島さん」の乙姫も言葉を一切発していなかった。それは言葉というものが「生きている事の不安」、「生命の不安」から発せられる「腐った土」から生れる「赤い毒きのこ」であることを、意識・無意識を問わず、その人物達が感じていたからであった。

それとは全く対照的に、「カチカチ山」では、空転する言葉が氾濫するばかりなのである。言葉が「生きている事の不安」から生れるとすれば、狸の空転する冗舌の背後には、狸自身にもしかと自覚しえない、狸自身の存在の不安がこめられている。「人間失格」の大庭葉蔵は生きていくこと、存在することの不安から道化を生み出し、その道化が不安を再生する、という限りない悪循環の果に〈人間失格〉していくわけだが、葉蔵の道化は狸のこの冗舌と本質的に別構造のものではない、と言ったら恣意的であろうか。

「お伽草紙」は決して軽いフモールだけの文学ではない。ユートピア志向に見られるものも、たとえば「カチカチ山」に典型的に見られる個と他の断絶を視野に入れなければ読みきれるものではないし、帰って来る主人公達の現実の受けいれ方の評価にしろ、この断絶の認識を無視してしまうと空転してしまう。

〈八〉 おわりに

「お伽草紙」の魅力は、まず何と言っても、物語をパロディーに組立てつつ、自由に自身を象験していく、その鮮やかさにある。太宰の作品史において奥野の言う如く、この作品が「最高峰」だとすれば、その評価の基準は、まず何よりも、太宰自身が模索し続けてきた〈私〉の表現に見事な一解答を提出しえた、という点にあると言っていいと思う。戦後作品においては、再び自他（あるいは実と虚）の表現にバランスを失し、苛烈なまでの自らへの執着に向っていく。もちろん、それゆえ戦後作品を優位に置く見方もあるのだが、しかし、物語としては、それはやはりその均衡を失していると見るべきであろう。

「人間失格」が物語としてのプロットを十全に持ちえず、一種のアフォリズム集成になり終っていることは、既に多くの論者の述べるところであるが、「お伽草紙」の自己表現は、自他をそれなりに相対化した上でのそれであって、決してあらわな自己の突出にはなっていないと思うのである。

この作品が確かに戦中下の作品であることの証しは、たとえば桃太郎談議に見てきたような、微妙な、権威や強者への反感・批判という点にあり、ユートピア志向も、〈帰ってくる主人公達〉の問題も、その文脈で読まれねばならないだろう。けれども、この作品をあまりに戦中下の作品とするのも問題が残るだろう。

「お伽草紙」には戦後作品の実質に接続する確かなポイントもある。「カチカチ山」のありようと「人間失格」の大庭葉蔵について、また主人公達が夢みた女性像と無頼の〈家庭小説〉における妻の像との重なりは既に述べてきた。更に言えば、「お伽草紙」のユートピア志向とその相対化、という作品構造は、「冬の花火」の主人公数枝が「支那の桃源境みたい」な「おのれを愛するが如く隣人を愛して、さうして疲れたら眠つて」というような願いを持ちつつ、しかしその願いが崩壊していくありようと、同じ構造とは言えぬまでも大きな重なりがあろう。

しかしまた逆に、あまりにも戦後作品との重なりを強調しすぎても問題が残る。「人間失格」にしろ「ヴィヨンの妻」にしろ、「冬の花火」にしろ、すべて戦後的諸要素を勘案しなければ理解しえないことは、当然のことである。ただ、私としては、あまりに戦中と戦後を分断して考えるのは作品の実質に沿わないだろう、と言いたいだけである。磯貝の言を再三借りれば、〈戦中作品と戦後作品の分水嶺に立って、両要素を微妙に融合させた独自の高峰〉だと私も思うのである。太宰の場合も、戦中下で胚胎した認識の上に戦後的諸要因が重なって戦後の小説が書かれていくのであって、「お伽草紙」はその戦中末期の太宰の認識をフモールに粧いつつ端的に語る小説だと考えたいのである。

〈注〉

（1）他に小山清の「『お伽草紙』の頃」（八雲版全集附録第五号　昭23・1）がある。小山宛の書簡と併せると夫人の手になるものよりも執筆過程が詳しい。なお、全編完成を夫人は六月末と言い、小山は七月上旬と言う。わずかだがずれがある。

（2）たとえば「ア、秋」には「芸術家ハ、イツモ、弱者ノ友デアッタ筈ナノニ」とあり、「善蔵を思ふ」には「芸術は、命令することが、できぬ。芸術は権力を得ると同時に、死滅する」とある。その他にもこれに類した言辞は多い。

（3）もっとも、坂口安吾や織田作之助はもちろん、石川淳や唐木順三の好意的な理解もあるようである（久保田芳太郎「作品辞典「如是我聞」」『解釈と鑑賞』昭49・12）。太宰の志賀批判がいつから顕著になったのかよくわからぬが、たとえば「美少女」（昭14・10）には「ひとりまへのからだになつた時、女は一ばん美しい」という志賀の随筆に触れ、「いま眼のまへに少女の美しい裸体を、まじまじと見て、志賀氏のそんな言葉は、ちつともいやらしいものでは無く」とある。ことはやはり〈大家〉達の太平洋戦中下のありように対する反発と見るべきであろう。

（4）書簡など（たとえば、昭21・1・25付、堤重久宛）にも同じような言い方のものがある。

（5）鳥居邦朗「ナンセンスの美」（『国文学』昭51・5）など。

（6）たとえば「春の盗賊」（昭15・1）で「現世には、現世の限度といふものがあるらしい」と言い、あるいは、「富嶽百景」（昭14・2）等の作品を書きつつ、一方では己の世界を「真暗闇」（「八十八夜」）と語ってもいる。堅実な生活者たろうとしていたのは確かだとしても、「八十八夜」（昭14・8）・「俗天使」（昭15・1）等から窺えるように、生活をそのまま受け容れ得ていたわけでは決してない。

（7）直接作品についてではないが、津川武一は、戦争末期の太宰に、軍国主義権力への屈伏を見ているし（「太宰と私」『太宰治文学批判集』所収　審美社　昭42）、小田切秀雄も、昭和十九年に書かれた「佳日」等を「ひとさまの戦争責任どころではない太宰自身の戦争下の作品」として批判している（「太宰にたいしての志賀」『文芸』昭23・11）。

※補論

「竹青」は言うまでもなく『聊斎志異』を原拠としている。太宰がいつぐらいから『聊斎志異』に興味を持ち始めたのか、今は不明としておくしかないが、「清貧譚」（昭16・1）を書いたことが「竹青」執筆の契機となっていることは疑いがない。その冒頭には「以下に記すのは、かの聊斎志異の一編である。……その古い物語を骨子として、二十世紀の日本の作家が、不逞の空想を案配し、かねて自己の感懐を託し以て創作也と読者にすすめても、あながち深い罪にはなるまい」とある。

ただし、「竹青」執筆の直接的契機は「惜別」（昭20・2脱稿）の「小手調べ」ということに発しているらしい。堤重久宛書簡（昭19・8・29付）に「そろそろ魯迅に取りかかる。いまは小手調べに支那の怪談などを試作している。これは支那語に翻訳される筈」とある。

原典との関係で言えば、プロットそのものは比較的原拠に近く、プロットはあまり変えずに、性格描写を思いきって戯画的にふくらましていっている点、「竹青」は「お伽草紙」よりむしろ「新釈諸国噺」に近い。「竹青」は、本文に記したように、根本的には「お伽草紙」と一体のものだが、ただし、①小説中の〈私〉の位相という点で「お伽草紙」の様な複雑さはなく、作者と作中人物の間は、より直線的につながっているにすぎないし、②結末も「お伽草紙」のような捻り・反転・相対化がなく、極めて直接的に主題提示を行っている。

太宰は方法意識の強い作家だが、その点「竹青」は「お伽草紙」に遠く及ばない。やはり「竹青」は「お伽草紙」の試行的作品というべきであろう。

第五章　「わたくしのさいかく」
――太宰治「吉野山」――

〈一〉　はじめに

太宰治が既に書きあげていた、西鶴に原拠を持つ五つの短編に、新たに七編を書きおろして『新釈諸国噺』をまとめたのは、戦局もおしつまった昭和二十年一月のことであった。夫人によれば（『回想の太宰治』）、刊行元の生活社に原稿二百五十枚を渡したのは、前年の十九年十月の中旬であるというが（十月十三日付小山清宛書簡にも「私は西鶴の仕事も一段落で」とある）、敗戦の色濃い状況の中で、ほとんど思いきり自由に己の才能を開花させていった、その軌跡は、あらためて時代や社会へのこの作家固有の関わり方を示しているようで興味深い（注1）。

時代への関わりと言えば、太宰は単行本刊行の際つけた凡例の中で、この仕事も、書きはじめてからもう、ほとんど一箇年になる。その期間、日本に於いては、実にいろいろな事があつた。私の一身上に於いても、いついかなる事が起るか予測出来ない。この際、読者に日本の作家精神の伝統とでもいふべきものを、はつきり知つていただく事は、かなり重要な事のやうに思はれて、私はこれを警戒警報の日にも書きつづけた。出来栄はもとより大いに不満であるが、この仕事を、昭和聖代の日本の作家に与へられた義務と信じ、むきになつて書いた、とは言へる。

と語っている。「日本に於いて」も「私の一身上に於いても」先がどうなるのか全く「予測出来ない」状態の中で、己に課した作家の宿命を懸命に生ききろうとした姿勢が、王朝以来の文学伝統ではなく、リアルで強靭な目を持つ西鶴に「作家精神の伝統」をつかませるに至り、それをバネに「わたくしのさいかく」(「凡例」)を営々として太宰は書き綴っていくことになったわけである。

そこで、太宰が西鶴をどう見ていたのか、が問題となる。凡例には「西鶴は、世界で一ばん偉い作家である。メリメ、モオパッサンの諸秀才も遠く及ばぬ」とあるのみで、メリメとモオパッサンを挙げているところからすれば、短編作家としての西鶴の技倆を高く評価しているのであろうが、それにしても「偉」さの内実がはっきりしない。

この短編の名手という評価については、鳥居邦朗が「十五年間」(昭21・4)を挙げつつ、「昭和二一年の時点では、太宰が短編小説の大家として西鶴を見ていることはいえる」と述べているが(「『新釈諸国噺』論」『批評と研究　太宰治』芳賀書店　昭49)、周知の通り、太宰はこの他にもしばしば西鶴を語っている（注2）。その中でここで注目したいのが「古典龍頭蛇尾」（昭11・5）である。そこで太宰は西鶴を結局悪しき日本文学の伝統の規矩から離れられない作家として、

思索の形式が一元的であること。すなはち、きつと悟り顔であること。われから惑乱している姿は、たえて無い。一方的観察を固持して、死ぬるとも疑はぬ。真理追求の学徒ではなしに、つねに、達観したる師匠である。かならず、お説教をする。最も写実的な西鶴でさへ、かれの物語のあとさきに、安易の人生観を織り込むことを忘れない。

と批判している。もちろんこの随筆の書かれた年代が重要な条件としてあり、とりわけ、意外に前期の「惑乱」の文学が方法意識に支えられていることの、ひとつの徴証ともなるだろうが、それは別として、この西鶴観は『新釈諸国噺』全編に徴してみると、結局中期の末においても大きくは動いてはいないように思われる。原拠とのプラス、マイナスの測定の上で言って、やや大まかだが、西鶴批判の目がそのまま『新釈諸国噺』となっているように思われる。西鶴が素材そのもの、あるいは素材の組合せによって「達観した」、「一元的」ユーモアを醸し出しているのに比し、太宰の場合は「われから惑乱」したユーモアを登場人物の形象を通してねらっているのである。

太宰が試みているのは登場人物の徹底的な戯画化であり、パロディーを通した諷刺であり、自虐の果てに生動してくる諧謔である。そして言うまでもなく、「一元的」ではないそういう操作の底に、「安定の中期」と簡単に言えない、他者への脅え、弱者の自衿等、太宰固有の自意識がヨコネのようになっ

て潜んでいるはずである。そういう点にこそ太宰が平がなで強調した「わたくしのさいかく」たる所以があると思われるのである。

〈二〉自意識というヨコネ――「貧の意地」――

例を「貧の意地」にとって簡略に考えてみる。西鶴が「大晦日はあはぬ算用」で、説話的な手法、すなわちただひたすら事件の展開によって、金銭の障害を越えていく武士の人間像を描いていくのに比し、太宰は綿密に性格心理的な解釈を、思いきったパロディーによって付していく。いかにも彼固有の警句で導きつつ。たとえば十一両の小判を巡って西鶴は、ただ亭主の、

九両の小判、十両の僉義するに拾一両になる事、座中金子を持あはせられ、最前の難義を、すくはむために、御出しありしはうたがひなし。此一両我方に、納むべき用なし。御主へ帰したし。

という言葉を書いているのみだが、太宰の筆は、事件や事件の処理自体ではなく、むしろ事件に直面した亭主の心理の解剖へと向う。すなわち、

気の弱い男といふものは、少しでも自分の得になる事に於いては、極度に恐縮し汗を流してまご

つくものだが、自分の損になる場合は、人が変つたやうに偉さうな理屈を並べ、いよいよ自分に損が来るやうに努力し、人の言は一切容れず、ただ、ひたすら屁理屈を並べてねばるものである。極度に凹むと、裏のはうがふくれて来る。つまり、あの自尊心の倒錯である。

というように。亭主の言動がここでは「自尊心の倒錯」とされているのだが、こういう解剖が、原拠の「彼是武士のつきあい、各別ぞかし」という「お説教」を根本から覆すものであることは言うまでもない。「古典龍頭蛇尾」に言う「われから惑乱」した姿を摘出しようという志向と軌を一にするわけである。そういう改竄の方法で、太宰は己を語ろうとしているのである。

太宰の小説が特異な私小説であることは平野謙の「私小説演技説」の指摘以来、ほとんど定説となっているが「貧の意地」に即して言えば、たとえば冒頭から

この原田内助も、眉は太く眼はぎよろりとして、ただものでないやうな立派な顔をしてゐながら、いつかうに駄目な男で……人のおだてに乗つて、狐にでも憑かれたみたいにおろおろして質屋へ走つて行つて金を作つてごちそうし、みそかには朝から酒を飲んで切腹の真似などして掛取りをしりぞけ、草の庵も風流の心からではなく、ただおのずから、そのやうに落ちぶれたというだけの事で、花も実も無い愚図の貧、親戚の持てあまし者の浪人であつた。

と、どぎついまでにその「愚図」ぶりを、いやでも印象づけられている読者にとってみれば、「自尊

心の倒錯」なるものが他ならぬ太宰自身の内面の意識のありようだと読まざるを得ないのであり、そしてそこのところを作者は十二分にも計量し尽して描いているとしなければならないだろう。

こういう方法は次作の「お伽草紙」において、さらにつき進められていくのだが、これは中期の太宰を貫く「私の表現」という方法的課題に対する模索のひとつの帰結だったと言ってよかろう。「鷗」（昭15・1）、「春の盗賊」（昭15・1）、「女の決闘」（昭15・6完）等、中期のいわゆる芸術家小説と呼ばれるものは、常に、たとえば、

私は、いまは人では無い。芸術家といふ一種奇妙な動物である。この死んだ屍を、六十才まで支へ持つてやつて、大作家といふものをお目にかけて上げやうと思つてゐる。（「鷗」）

というように虚構の中に生の私を持ち込み、いわば楽屋のオチを物語に交錯させており、それはつまり、物語の枠の中でいかに私のリアリティーを保証していくかという、昭和十年代作家に共通の課題に太宰もまた鋭く直面していたことを窺わせる好箇の事例なのだが、それにしても作品の構造はやはり諒解しにくく、〈私〉のほとんど放縦な突出は作品の完成を損ねていると言わなければならない。そういう中期の早い頃の方法的な様々の試みが、『新釈諸国噺』においては、物語の展開に即して、物語中の人物に即して〈私〉を語る、という風に変化してきている。これが、単に原拠を持つか持たぬかによるものではないことは、たとえば「女の決闘」一編に比して明らかである。

しかし以上考えてきたことはこの時期の太宰におけるいわばヨコネの問題であり、方法の問題で

あって、『新釈諸国噺』における太宰の意図の問題ではない。以下節を改めて『新釈諸国噺』における太宰のひとつの意図について考えていってみたい。問題は、「惑乱」の先に作家が何を見ているかにある。

〈三〉 無残な夢――「吉野山」――

『新釈諸国噺』を方法のみならず意図や主題を含めて総体として論じることはかなりむずかしい。それはまず第一に、十二の短編がいわば十二の主題に拡散し、この後、空襲で居所を転々としながら書かれた「お伽草紙」のようにいくつかのものがひとつの主題にむけて配置され、あるいは収斂していっているのとは大分様相を異にしているからであり(注3)、第二に西鶴の原拠との距離が等し並でないことから来る。『新釈諸国噺』には、一方ではたしかに「西鶴の現代訳というようなもの」ではなく、「大いに私の空想を按配」した「わたくしのさいかく」たりえている作品も多いが、一方では、結局西鶴の作品の枠をいくらもはみ出してはいないものも決して少なくない。そういうむずかしさを越えて、一挙に作品の総体をつかむ技倆は今の私にはないが、以下、作品の基底を流れていると思われるひとつの問題を巡って、考察を進めていってみたいと思う。

厚いパロディーに粧われてはいるが、『新釈諸国噺』の底を貫くもののひとつは「無残な夢」とでも呼ぶべきものである。若さに伴う行為が大人へと成熟した主人公達によってなんともやるせのない恥と意識されたり、破滅に至ったりするありようを、太宰はこの作品において営々と書き綴っている。そこに三十六才を通過した他ならぬ太宰自身の「生活の労苦」に直面した姿勢が顕著に窺えるのであるが、そうしたありようを『新釈諸国噺』中の二、三篇、特に「吉野山」の分析を糸口にして考えていってみたい、ということである。

「吉野山」は単行本として上梓された際に書き下され、一冊の巻末に収められた作品である。原拠は『万の文反古』巻五の第四「桜よし野山難義の冬」を中心として、同作巻四の第三「人のしらぬ祖母《ばば》の埋み金」がかなりとりいれられ、同じく巻二の第三「京にも思ふやう成事なし」も一部とりいれられていることが、寺西朋子や田中伸によって既に指摘されている（注4）。「つづれ織り」の代表的なものであり、太宰の勉強のあとがかなり残されている作品だとも言えるものである。

原拠は言うまでもなく書簡体のものだが、暉峻康隆によれば、このスタイルは当時の『薄雪物語』の大流行（十種以上の刊本がある）という背景と連関しているという（『西鶴』日本古典鑑賞講座第17巻　角川書店　昭46）。しかし、暉峻によれば、これは艶書々簡体であり、それ以外の、たとえば金銭に絡む、人間の恥多い生態を描いたところに西鶴の面目があるという。西鶴はその序で兼好の言をひきつつ、

見ぐるしきは今の世間の状文なれば、心を付て捨つべき事ぞかし、かならず其身の恥を人に二たび見さがされけるひとつ也

と書いているが、彼にとって書簡体とは、単にスタイルとして目新しかったのみならず、恥多い人間の正体を暴くのに格好の方法であった、というのである。太宰が『万の文反古』から一編をとったのも、おそらくそういう面からであろう。

太宰はなかなかに方法意識の強い作家であり、生涯にわたって多くの書簡体小説を作りあげているが、『万の文反古』に接した時、あるいはまた「吉野山」を書きつつ、例の中毒時代の借銭に絡む、自身の若い日の「恥多い生態」を苦々しい思いで想起させられている、というようなことも考えられないではない(注5)。

原拠との差異の根本もそこにある。原拠を貫くものは、人間にとっての「色欲」の根深さであり、西鶴はそこを意地悪く凝視しているのであるが、太宰は大枠を西鶴に借りつつも、その肝心のものをきれいさっぱりと排除してしまっている。西鶴は「色欲」にふり廻される人間のあり様を、たとえば、

殊更近年、世上に女出家のはやり、都より人の娌子《よめ》、親にふそく、あるひは男嫌ひ、又は不義の言分《いひわけ》に、うき世坊主の形とは成候へども、むかし残りて美なる面影をつくろひ、たま〳〵まことある法師も、是にひかれて一大事を取うしなひ、又若びくにのきどくに勤めすますを、悪僧たよりて、いつの程にかそゝのかし、山を立のき、げんぞくする人数をしらず。

というように描いていく。若い比丘尼に懸想し、駈け落ち還俗していく出家者など、吉野の山中で展開される「色欲」の劇を冷静にみすえていく作者は、さらに「此中にまぎれて、我ひとりすまし」て

いる主人公その人に、その焦点をあてていく。眼夢なるこの出家者は、うわべとは別に結局は他の人々と同様で、

是（生活の難儀　注付加）は勘忍いたし候へども、いかにしても寝覚淋しく候。近此中兼候へども、年比は十五六、七までの小者一人、御かゝへなされ、御越頼み申候。見よき生れ付なるは、中〳〵山家へはおよびなく候。髪の風よく、すこし備《こえ》たるを望みに御座候。色白にさへ候へば、たとへ物かゝずとも、口上あしくとも、あほうにてもくるしからず候。

というありようである。西鶴は意地悪く巧みである。出家の身ゆえ女色に溺れるわけにはいかず、かわりに衆道を求める、そういう、人の性を、どこまでも暴いていこうとしているのである。西鶴のこういう志向は、「随分世は捨て候へども、はなれがたきものは色欲に極まり候」という一文で強調され、さらに「魚鳥は堪忍なれども、色はと書しは、あり事成べし」と解説・注解されることによって、決定的なものとなっている。

太宰は、「桜よし野山難儀の冬」を貫く、こうした色欲の世界を、凡例の中で「所謂、好色物は、好きでない。そんなにいいものだとも思へない。着想が陳腐だとさへ思われる」と述べている通り、徹底的に排除した。そしてそれに対置するに、現実の視点を用意するのである。「現実の視点」は、たとえばまず第一に出家離俗の経緯において、第二に吉野山中の住いの心もちにおいてあらわになっている。出家の経緯について西鶴のテキストの語り手は何も語らない（だからこそ集中性という短編

作法第一則に照して西鶴の方が巧いとも言えるのだが)。

それに対し「吉野山」の主人公は「先年おろかな無分別を起し」とする視座をはっきりと持っている。彼が出家したのは結局、他人の目を意識した、つまらぬ「自尊心」の倒錯にすぎず、あるいはまた、一度言い出したことに歯止めがきかなかったからにすぎない。茶屋遊びにいっこうもてもせず、窮余の「男は女にふられるくらいでなくちゃ駄目なものだ」という一言も女に「「本当にそのお心がけが大事ですわね」と真面目に感心」されてしまい、知己兄弟に諫められても、「とめられると尚更、意地になつて是が非でも出家遁世しなければならぬやうな気持にな」ってのこと、つまらぬ意地にすぎない、と語り手はしているのである。

山中のわび住いにおいても事は同様である。西鶴の目は鋭く堕落しきった吉野山中の出家僧達のありようにと向けられていく。西鶴は、

大かたは世間僧、是非なくさま替し者なれば、世の噂咄しもつぱら、四、五人寄ては読がるた、精進も落鮎のしのび料理、大酒のうえの言葉とがめ、付髪こしらへて、芝居の奴の口まね、かつて仏の道は、外より見るもかまはず候。

と書いていくのだが、そういう面を太宰はさっぱりと切り捨て、あるいは改竄し(落鮎の件)、それにかわって原拠の「夏は蚊といふ身をいため、冬は夜嵐神に吹込」とあっただけの生活の労苦を思いきって拡大していくのである。たとえば、

まことに山中のひとり暮しは、不自由とも話にならぬもので、ごはんの煮たきは気持もまぎれて、まだ我慢も出来ますが、下着の破れを大あぐら掻いて繕ひ、また井戸端にしやがんでふんどしの洗濯などは、御不浄の始末以上にもの悲しく……立ち上つて吉野山の冬景色を見渡しても、都の人たちが、花と見るまで雪ぞ降りけるだの、春に知られぬ花ぞ咲きけるだの、いい気持で歌つてゐるのとは事違ひ、雪はやつぱり雪、ただ寒いばかりで、あの嘘つきの歌人めが、とむらむら腹が立つて来ます。このように寒くては、墨染の衣一枚ではとてもしのぎ難く、墨染の衣の上にどてらをひつかけ、犬の毛皮を首に巻き、坊主頭もひやひやしますので寝ても起きても頬被りして居ります。

　遁世してこのやうにお金がかかるものとは思ひも寄らず、そんなにお金も持つて来ませんでしたので、そろそろ懐中も心細くなり……また、ここを立ちのくにしても、里人への諸支払ひがだいぶたまつて居りますし、いま借りて使つてゐる夜具や炊事道具を返すに当つてもまた金銭のややこしい問題が起るのではなからうかと思へば、下山の決心もにぶります。

というふうに。こうして生活の労苦という視点から総てが見られているのが太宰の「吉野山」の性格で、そのやりきれなさが「既に出家していながら、さらにまた出家したくなつて何が何やらわからず」という混迷へと、主人公を陥しこめるのである。その場まかせの離俗が、かくて無残なものとなって、主人公に復讐していっているわけである。かなりどぎついパロディーを粧いつつ、無方向に狂奔した過去からの因果、その果ての姿を太宰はこのように描いている。こういう形で太宰は、かつての「惑乱」の青春を苦々しい思いで捉え、塵労にまみれながら着実に人生を生きていくしかない、ということの時期の思念を語りかけているのである。

こういう「吉野山」のモティーフは、西鶴が描かなかったもうひとつのものを付加していく。すなわち、原拠には全くない、周囲の里人や京の友人達の苛烈さを。それはたとえば、

本当に、この山の下の里人は、たちが悪くて、何かと私をだましてばかり居ります。諸行無常を観じて世を捨てた人には、金銭など不要のものと思ひのほか、里人が持つて来る米、味噌の値段の高い事、高いと言へば、むつと怒つたやうな顔をして、すぐに品物を持帰るやうな素振りを見せて、お出家様が御不自由していらつしやるかと思つて一日ひまをつぶしてこんな山の中に重いものを持ち運んで来るだ、いやなら仕方が無い、とひとりごとのように言ひ、私も、この品が無ければ餓死するより他は無いし、山を降りて他の里人にたのんでも同じくらいの値段を言ひだすのはわかり切つてゐますし、泣き泣きその高い米、味噌を引きとらなければならないのです。

というような調子である。西鶴は出家者の堕落ぶりこそ描いたけれど、周囲の人物の苛烈さ、その苛烈ぶりに翻弄される主人公の姿は全く描かなかった。太宰はこの点を強調するのに躍起になっている。落魄の話は改竄だし、加うるに白黒のぶちの犬の毛皮を月の輪熊の毛皮だと強弁する里人の話をもってし、さらに別の原拠から、摺鉢を富士山の置物だと強弁する里人の話を採る、といった勉強のあと

さえ見せてもいる。この凄まじさは「桜よし野山難義の冬」とは根本的に無縁で、パロディーに任せて思うまま冗舌を揮うこういう部分にこそ作者の実質があると見なければならないと思うのである。

かつて太宰は『新ハムレット』（文芸春秋社　昭16・7）の序で、「ひまで困るといふやうな読者は、此機会にもういちど、沙翁の「ハムレット」と比較してみると、なお、面白い発見をするかもしれない」と何気なく語ってみせているが（この太宰の「ハムレット」もシェークスピアと坪内逍遥の徹底的なパロディーの底に真意を隠しているのだが）、「吉野山」の場合も「わたくしのさいかく」たる所以を十全に把えるためには、やはり西鶴を傍において読むしかないわけである。

他者の苛烈さとそれに翻弄される主人公を描く、という姿勢は、九郎助等、京の友人達との関係においても強調されている。

さて、待てども待てども人ひとり訪ねて来るどころか、返事さへ無く……ひどいぢやありませんか。九郎助に限らず、以前あんなに私を気前がいいの、正直だの、たのもしいだのと褒めてゐた遊び仲間たちも、どうした事でせう、私が出家したら、ぱつたり何もお便りを下さらず、もう私が何もあの人たちのお役に立たない身の上になつたから、それでくるりと背を向けたといふわけなのでせうか、それにしても、あまり露骨でむごいぢやありませんか。こんなに皆から爪はじきされるとは心外です。私はいつたいどんな悪い事をしたのでせう。

というように。太宰中期の方法が特異な私小説であることは縷々諸家によって説かれているが、それを肯った上で言えば、ここにあるものは、かつての友人達との交渉を惑乱と酷薄の友情としてとらえようとする作者の眼である。

　しかしこの主人公は、むろん、現実の生活の定点を持っているわけではない。むしろ、客観的に言えばその定点を持たざるをえないような条件下なのに、なおかつ富籤などに一縷の期待を持ってしまわざるを得ないような不安定さこそが主人公の実相である。あるいは酷薄に離反していく昔の遊び仲間とそれでも縁を断ち切れぬ柔弱さが。

　言うまでもなく主人公と作者（話者と作者）とは自から別である。作者は主人公九平太眼夢の「浮世の辛酸を嘗め」ても結局は質実な生活をなしえない、その不安定さを描くことによって厳しく見据えているのであり、「昔の遊び仲間の方々にもよろしくお伝え下され、陽春の頃には、いちど皆様そろって吉野へ御来駕のほど、ひたすら御待ち申し上げます。頓首」なる結びは作者の主人公に向けた大いなるイロニーと見なければならないだろう。

　再三繰り返せば、この作品のパロディーと冗舌の奥底には「やたらに脱俗を衒うのは卑怯です。もつとむきになつて、この俗世間を愛惜し、愁殺し、一生そこに没頭してみて下さい」（「竹青」昭20・1）という、醜悪は醜悪としつつも、現実の中で質実な生活を生きてゆかねばならぬとする決意が潜流している。

〈四〉　夢のはて――「猿塚」と「遊興戒」――

述べてきたようなモティーフは「吉野山」に限らず、『新釈諸国噺』の基底を貫くひとつの伏流である。たとえば「猿塚」。運命によって破滅へと向っていく原拠の奇異譚の世界（『懐硯』巻四の四「人真似は猿の行水」）を、太宰はその枠組はそれとして踏襲しつつ、実質を「世の中の厳粛な労苦」一色に塗り潰していっている。その改変のあり様については小泉浩一郎の周到な分析があるが（注6）、太宰はまず恋の成り立ちについて、西鶴の踏まえた王朝からの伝統の「色好み」の世界を「縁は異なもの馬鹿らしいもの」と改竄し、続いて、主人公お蘭、次郎右衛門を矮小化し、さらにその駈け落ち行を「愚行」としつつ、「分別浅い男女の、取るにもたらぬふざけた話」として展開させていっている。

そしてパロディーにどぎつく粧われた前半の世界の調子を「物語はここで終らぬ」の一句で転換させて、真の意図を提示していく。即ち「世の中の厳粛な労苦」に徐徐に巻きこまれ、そのことを意識さえしない夫婦の描写へと。恋を青春に固有の盲目の熱情とする作品前半の作者太宰の視座が拡大されて後半の世界が形成されていくのである。駈け落ち後のわびしい生活も原拠では二人の「和理なきかたらひ」で救抜されていたが、「猿塚」ではただひたすらわびしさだけが拡大される。夫婦のかつての夢が、

わずかな土地を耕して、食膳に供するに足るくらゐの野菜を作り、ひまひまに亭主は煙草を刻み、お蘭は木綿の枷といふものを繰つて細々と渡世し、好きもきらひも若い一時の阿呆らしい夢、親にそむいて家を飛び出し連れ添つてみても、何の事はない、いまはただありふれた貧乏世帯の、

とと、かか、顔を見合せて、をかしくもなく、台所がかたりと鳴れば、鼠か、小豆に糞されては
たまらぬ、と二人血相かへて立ち上り、秋の紅葉も春の菫も、何の面白い事もなく、

というように無残にも風化していってしまっているありようを太宰は描いていく。原拠改変の視点、その基軸、は明らかであろう。襲いかかる生活による恋の無残な風化が「好きもきらひも若い一時の阿呆らしい夢」の一句で見事に収斂されている。

太宰が描きたかったのは、この夢の無残なれの果てであったのである。したがって、結末近くに起る惨劇の理由も、作者は原拠の偶然の出来事というあり方を変えて、わざわざ二人が「もうけ話」に呼ばれて家を留守にした間の出来事、としているのである。悲劇は偶然ではなくて世の中の労苦に巻きこまれた夫婦のありようの、必然的な帰結として起るのである。こういう作者の姿勢は結末のつけ方にもつながっている。原拠は「二人も発心をとげ、あの庵にたへず題目唱て、法華読誦の声やまず、跡弔らはれしと、かたりぬ」となっているのだが、そこに作者はわざわざ、

作者は途方にくれた。お念仏かお題目か……徳右衛門の頑固な法華の主張がこんなところに顔を出しては、この哀話も、ぶちこはしになりそうだ。困つた事になつたものである。

と注を打っている。その上で、「ふたたび、庵に住むも物憂く、秋草をわけていずこへとも無く二人旅立つ」と、無明の旅へと二人を追いやっている。こういう改変にはおきまりの発心・出家の哀話な

どで作品を収束したくないという作者の思いの表出があるはずであり、若い一時の夢がかくして生活の塵労を経て、無残なものへと変貌していく姿をこそ作者は作品の主題としておいているということになろう。

冒頭の「心猿飛んで五欲の枝にうつり、風は無常を告ぐる鐘ケ崎」という色濃い無常観と呼応して「二人も発心をとげ……跡弔らはれしと、かたりぬ」とまとめられた原拠の運命の哀話は、青春の狂態の果ての「無残な夢」という、この時期固有の太宰の主題へと変換されているのである。

「遊興戒」の場合もまた、同様のモティーフで書きあげられた一編である。この作品の場合、さほど原拠（『西鶴置土産』巻二の二「人には棒ふり虫同前におもはれ」）との距離はない。しかし西鶴の作品が、利左衛門の零落しても意地を忘れぬ姿や、かつての評判の名伎であり今は利左衛門に請け出された吉州の、亭主への「まこと」に焦点をあわせ、

生きて甲斐ない事ながら死なれぬ身の果てをながらえる蕩児の意地と誇りが、遊女であった昔の意気地をそのままに保つ女房の意地と結びついて、陋巷に生きる庶民の哀切な詩情を原作は伝えている。（檜谷昭彦「作品論「新釈諸国噺」」『国文学』昭42・11）

のに対し、「遊興戒」の場合、焦点は「庶民の哀切な詩情」ではなく、むしろ、夢も無残に打ち砕かれ「世の中の厳粛な労苦」に呻吟する夫婦像にこそあてられている、と言うべきであろう。たとえば

西鶴の利左衛門が妻子について、

けいせいもまことの有時あらはれて、四年あとより男子をもふけ、「と丶さまか丶さま」といふをたよりに、けふまでは暮しける

と語る部分を太宰の利左衛門は、

「悪い事は言はねえ。お前たちもいい加減に茶屋遊びを切りあげたはうがいいぜ。上方一と言はれた女も、手活けの花として眺めると、三月経てば萎れる。いまぢや、長屋のかかになつて、ひとつき風呂へ行かなくても平気でゐる。」
「親にも似ねえ猿みたいな顔をした四つの男の子が、根つからの貧乏人の子らしく落ちついて長屋で遊んでゐやがる。見せてやらうか。少しはお前たちのいましめになるかも知れねえ。」

という風に語る。このような改変が「吉野山」や「猿塚」改変の意図とほとんど全く同じ水平にあることは、改めて述べるまでもないだろう。

かくして太宰は『新釈諸国噺』の二、三編で、青春の狂熱にうかされた主人公達の、その時期を過ぎた後の無残な姿を描き続けたわけだが、それは単に『新釈諸国噺』におけるものにとどまらず、中期の（特に中期後半の）生き方そのものに関わっていた、と言っていいかと思う。「浦島さん」の太

郎は「泣いたり怒つたり、ケチにこそこそ暮している陸上の人たちが、たまらなく可憐で、そうして、何だか美しいもののやうにさへ思われてきた」のだったし、「竹青」の魚容は「極めて平凡な一田夫として俗塵に埋もれた」けれど、そのことに全くこだわりを見せなかった。

〈五〉 おわりに

『新釈諸国噺』の魅力は、西鶴の作品の枠組みの中で、パロディーを粧って自由自在に太宰そのひとの想念を象嵌していく、その鮮かさにある。西鶴の世界を借りながら「勝手な空想」（「凡例」）を飛翔させ、思う存分警句を揮う、その鮮かさに。あるいはまた、作者の自意識の展開と西鶴の人物の行為との、全く恣意的で、同時に自然な一体化に。

しかしそういう作家の才能にまどわされさえしなければ、生の現実を「たまらなく可憐で、そうしてなんだか美しいもの」（「竹青」）として捉えなおし、「この俗世間を愛惜し、愁殺し、一生そこに没頭してみ」（同）ようとする太宰の奥処の想念を見ることができよう。

『新釈諸国噺』は確かに全体として主題が拡散し、「お伽草紙」の集中性と比し、完成度において格段の差があると思うが、しかし、「猿塚」・「遊興戒」・「吉野山」といった蕩児を扱った系列の作品を「無残な夢」の相で捉え、太宰自身の過去と現在という視点をそこに重ねる時、拡散は拡散のままに、この時期の太宰の思念がそれなりにはっきりと浮び上ってくると思うのである。

〈注〉

（1）磯貝英夫に「戦争という大状況の圧倒的な支配下において、かれは、自分の個人的な運命を思いわずらうことから多分に解放されたはずで、その気楽さが、この期の、前後期とは異質の文学的豊饒を生みだしたと考えることができるのである。ユーモアを含んだ虚構作りにいそしんでいる、かなり幸福そうな戦時下のかれの姿は、基本的に、そういう観点に立つとき、最もよく理解できると言ってよいのである」という指摘がある（「「お伽草紙」論」『作品論 太宰治』双文社 昭49）。

（2）「古典龍頭蛇尾」の外に「金銭の話」（昭18・10）、「革財布」（昭19・1）等がある。

（3）その様相については、第Ⅲ部第四章「醞醸された別箇の物語―太宰治「お伽草紙」をめぐって―」参照。

（4）田中伸「太宰治と西鶴―「吉野山」を中心に―」（『解釈と鑑賞』昭47・10）、寺西朋子「太宰治『新釈諸国噺』出典考」（『近代文学試論』昭48・6）。

（5）そのことは全集第十一巻にまとめられている書簡に徴してあきらかだが、個別的な事実への還元に対しては、私は反対である。考えたいのは個別的事実がどうこうということではなく、この時期の太宰に青春が総体としてどう見えていたか、ということである。

（6）小泉浩一郎「『新釈諸国噺』考―「猿塚」をめぐり―」（吉田精一博士古稀記念『日本の近代文学』角川書店 昭53・11）。

補記――本論中、西鶴の本文は『対訳西鶴全集』（全18冊 明治書院 平4－19）に拠った。太宰が取材した西鶴作品の原拠は次の通りである（『西鶴諸国はなし』目次により、ふりがなを省略した）。なお、本論に関連しては、拙稿「〈引用〉の織物としての「赤い太鼓」」（『太宰治研究』第11号 和泉書院 平15・6。後、『文学の風景 都市の風景』〈蒼丘書林 平23・3〉所収）及び「『新釈諸国噺』「吉野山」」（『太宰治研究』第22号 和泉書院 平26・6）を参照されたい。

貧の意地	（江戸）	諸国はなし、西鶴四十四歳刊行
大力	（讃岐）	本朝二十不孝、四十五歳
猿塚	（筑前）	懐硯、四十六歳
人魚の海	（蝦夷）	武道伝来記、四十六歳
破産	（美作）	日本永代蔵、四十七歳
裸川	（相模）	武家義理物語、四十七歳
義理	（摂津）	武家義理物語、四十七歳
女賊	（陸前）	新可笑記、四十七歳
赤い太鼓	（ 京 ）	本朝桜陰比事、四十八歳
粋人	（浪花）	世間胸算用、五十一歳
遊興戒	（江戸）	西鶴置土産、五十二歳（歿）
吉野山	（大和）	万の文反古、歿後三年刊行

終　章　一九四〇 堀 辰雄
――古典受容の位相――

〈一〉はじめに

一九三五年末、婚約者矢野綾子を失った堀辰雄は、その綾子との日々を素材として「風立ちぬ」を発表するが、終章が書けずそのまま追分で冬を越すことになる。一九三七年初夏、「空虚」な気持から逃れるため、心をひたすら日本の古い美しさに向け始め、王朝文学に親しみ始めた（「風立ちぬ」あとがき）。こうして「かげろふの日記」が書かれ、それが呼び水となって「ほととぎす」「姨捨」「曠野」という王朝テキストが連続的に生みだされていくことになり、さらにこれらの王朝小説が『大和路信濃路』などの戦中戦後のエッセイの根底を築くことにもなっていく。

堀の王朝小説を貫く特徴の一つは、その間に構想され書かれた現代小説を含め、一つのテキストが必然的に次のテキストを生み出していくという、テキスト間の主題の一貫性・発展性という点にある。

結局文学は、あくまでも〈個〉の内面の問題に帰着するしかないという原理は、激しく変転する時代であったから、より明瞭な形で昭和の作家に共通する結論であったが、誰よりも堀辰雄の文学にあらわな形で作用した原理であった。堀辰雄は一貫して〈個の内面〉を描き続けた作家だったが、しかし、はたして時代と無縁な「〈個〉の内面の問題」と限定しきっていいいか。

堀の王朝小説を貫く特徴の第二は、日本の伝統への視点が、リルケやモーリャックなどヨーロッパ現代文学への深い共感の上になされているということである。一九三五年前後の文化的な「日本回帰」は様々な層において展開されたが、堀辰雄の「日本回帰」は、西洋と日本という対立構造において演じられているのではなく、その意味で堀の「モダニスト」としての姿勢は終始一貫しているのだが、時代のイデオロギーとなっていった西洋的近代の〈超克〉とは別の、独自の自己の〈超克〉の課題にどう立ち向かっていったか、そのことが問題とされなければならない。

特徴の第三は、堀辰雄の王朝小説の研究は「菜穂子」に収斂する現代小説の層と交錯させなければその本来の姿が見えてこないということである。そもそも「風立ちぬ」の終章「死のかげの谷」と「かげろふの日記」の成立は双生児のような関係にある。「ほととぎす」の氷のように冷え冷えとした女性像は菜穂子の姿のようでもあり、「更級日記」のいかにも素直な女性像は、それとして保持されつつ、「物語の女」としての「姨捨」に形象化されていった。さらに「曠野」のロマネスクは、折口民俗学などを経由した古代の「イデー」への憧れから生まれた『大和路信濃路』との関連を無視して読むことはできない。

以上のように考えるならば、堀辰雄の王朝小説について記述するということは、堀辰雄文学一九三五―一九四五全体を視野に入れなければならず、ひいては『昭和文学の位相　1930―45』に及んでいく。ここでは概略的にならざるをえないが、堀辰雄の王朝小説を個別に眺望しつつ、そういう困難な課題に向かう端緒としたい。まずは、王朝小説執筆・発表の前後を全集年譜から確認することから始めてみたい。

一九三四年（三〇歳）
　9月9日　矢野綾子と婚約。
　10月　「物語の女」（『文藝春秋』）。
一九三五年（三一歳）
　12月6日　綾子、八ヶ岳南麓の富士見のサナトリウムで死去。
一九三六年（三二歳）
　5月　「更級日記など日本の古典に就いての若干の問に答へて」（「文藝懇話会」）。
　10月　「風立ちぬ」の「序曲」の章、「風立ちぬ」の章を執筆。
　11月　「風立ちぬ」の「冬」の章を執筆。
　12月　最後の章を書き継ごうとするが成らず。
一九三七年（三三歳）
　4月　「風立ちぬ」の「婚約」の章（『新女苑』。後に「春」と改題）。
　6月　はじめて京都を訪れ百万遍の龍見院に一カ月ほど滞在して古都に親しむ。

夏　加藤多恵を知る。
9月　新しい仕事として王朝日記文学から「蜻蛉日記」を選ぶ。
11月18日　「かげろふの日記」脱稿。12月『改造』に発表。
11月19日　滞在先の信濃追分油屋旅館火災。「蜻蛉日記」のノートを焼失。クローデル「マリアへのお告げ」、リルケ「レクイエム」などを読む。
12月　「死のかげの谷」を書き、「風立ちぬ」のエピローグとして、完成をみる（発表は翌年3月『新潮』）。國學院大学で折口信夫の講義をはじめて聴く。
一九三八年（三四歳）
4月　『風立ちぬ』刊行（野田書房）。同月17日　室生犀星の媒酌で加藤多恵と結婚。
8月　加藤多恵子と恩地三保子宛の書簡を、「山村雑記」（『新潮』。後「七つの手紙」）として発表。
9月　関係資料の焼失で中断されていた「かげろふの日記」続編（「ほととぎす」）の稿を起こす。12月に脱稿。
9月　「幼年時代」（「むらさき」）を翌年4月にかけて断続的に発表。
一九三九年（三五歳）
2月　「ほととぎす」（『文藝春秋』）。
3月　立原道造死去。
5月　神西清と大和路の旅。
6月　単行本『かげろふの日記』刊行（創元選書）。

9月　多恵夫人と野尻湖に遊ぶ。
12月　「旧友への手紙」（『文藝』。窪川稲子との往復書簡、後「美しかれ、悲しかれ」と改題）。
一九四〇年（三六歳）
6月　「姨捨」執筆（発表は『文藝春秋』7月）。「魂を鎮める歌」（『文藝』。後、「伊勢物語など」と改題）。
9月　「晩夏」（『婦人公論』。原題は「野尻」）。
一九四一年（三七歳）
2月　「菜穂子」脱稿（発表は『中央公論』3月、単行本は11月、創元社）。
5月　夫人同伴で更級に姨捨を見に行き、木曽にも足をのばす。
8月　「姨捨記」（「文学界」後に「更級日記」と改題）。
9月　「目覚め」（『文学界』。後の「楡の家」第二部）。
10月　奈良への旅（ほぼひと月、いったん帰京し、12月に再び奈良に引き返す）。
12月　「曠野」（『改造』）。野辺山に遊ぶ（「斑雪《はだれ》」）。

〈二〉　愛する女（1）――「かげろふの日記」――

「風立ちぬ」（とりわけて終章「死のかげの谷」）と「かげろふの日記」の成立が密接不可分の関係

にあることは、詳しく述べるまでもなく、こういう略年譜からも明瞭である。「一つのテキストが必然的に次のテキストを生み出していくという、テキスト間のロマネスクの主題の一貫性」は、現代小説と王朝小説というジャンルの相違を超えてあらわな姿で現前しており、堀辰雄の王朝小説が自身の内的な歩みの道程を忠実にたどっての結果であることを証しだてている。

堀辰雄は王朝文学に親しんだ経緯を角川版作品集『風立ちぬ』あとがきで、

さうして翌年の春になり、それまで張りつめてゐた自分の気持ちが急に弛むと、私は何かいひしれぬ空虚な気持に襲はれ、それから逃れるために、ひたすら心を日本の古い美しさに向け出した。さうしておもに王朝文学に親しんだ。六月には、生れてはじめて京都へも往つて、そこの古い寺の一室でひと月ばかり暮らしたりした。

と記している。「何かいひしれぬ空虚な気持」とはやや抽象に過ぎて解りにくくもあるが、年譜から見れば、矢野綾子と共にあった日々の喪失感や、それに関連しての、未だ終章を欠く「風立ちぬ」への不満によるものであることは自明のように思われる。それを埋めるもの、あるいは超克するものが必要であった。京都で親しんだ王朝文学が何であったかが、全体として不明だとしても、「死のかげの谷」でリルケを経由して発見した、「死」を超えて存在し、「死」を超えて輝く永遠の「生」を「愛」の営みの中で結実させ昂揚させるというテーマに沿うものとして、「蜻蛉日記」を現代に生き返らせる試みが見え始めてきたということである。

「かげろふの日記」の成立に関連するのはリルケばかりではない。リルケが作用したのは「鎮魂」としてであったが、より積極的には「ぽるとがる文」であったようだ。堀辰雄は常に己のテキストに対しててていねいな注を打ち続けてきた作家であり、堀辰雄のテキスト分析の第一は常に堀辰雄自身によって行われてきたのだが、「かげろふの日記」に発見した〈意味〉については、「七つの手紙」がよく物語ってくれている。よく知られた一文だが、やはりこのテキストに関しての第一の文献だから、長くはなるが、引用せざるを得ない。

私の前に現はれたその「蜻蛉日記」といふのは、あの「ぽるとがる文」などで我々を打つものに似たものさへ持つてゐる所の、――いはば、それが恋する女たちの永遠の姿でもあるかのやうに――愛せられることはできても自ら愛することを知らない男に執拗なほど愛を求めつづけ、その求むべからざるを身にしみて知るに及んでは、せめて自分がそのためにこれほど苦しめられたといふ事だけでも男に分からせようとし、それにも遂に絶望して、自らの苦しみそのものの中に一種の慰藉を求めるに至る、不幸な女の日記です。

「唯生きて生けらぬと聞こえよ」――さう、その生きた空もないやうな思ひで男に訴へ続けた歎かひにも拘らず、彼女があの葡萄牙尼同様に、「いと物はかなく、とにもかくにもつかで」、いたく老ゆるまで生きながらへてゐたらしい事、しかし彼女らの死後さういふ皮肉を極めた運命をも超えて、彼女らの生《いのち》の激しかつた一瞬のいつまでも輝きを失せないでゐる事、常にわれわれの生はわれわれの運命以上のものであること、――「風立ちぬ」以来私に課せられてゐる一つの主題の発展が思ひがけず此処において可能であるかも知れないのを見、私は何か胸がわくわくするのを覚えてゐる位です。

「アベラールとエロイーズ」と並んで愛の書簡集として高名な「ポルトガル文」は、今日ポルトガルの尼僧マリアナ・アルコフォラード自筆のものではないと推定されているようだが、堀辰雄蔵書目録には佐藤春夫訳の竹村書店版（一九三四）があげられており、また「マルテの手記」でも触れられているので、なじみのテキストであったはずである。ただし、はたして堀辰雄の「解釈」が妥当であるかどうか。「蜻蛉日記」同様、検討が必要なところであろう。しかし重要なのは「解釈」ではなく、こういうテキスト群から堀辰雄が「いひしれぬ空虚」を超える、「われわれの生はわれわれの運命以上のものである」という理念のひとつの具象を発見したことにある。

リルケや「ポルトガル文」ばかりではない。中村真一郎は「物語の女」からの連続性を言い（創元文庫解説　一九五二）、福永武彦もリルケ受容（したがって「死のかげの谷」）を含めての「物語の女」からの連続性を主張している（新潮社普及版全集　第三巻月報）。「物語の女」と「風立ちぬ」という二つのテキストの中挫のあわいにこの「かげろふの日記」が書かれたという、微妙で重要なテキストの位置の問題があるわけである。細木夫人（「聖家族」）に端を発し、作家森於兎彦への愛を自らに禁じ、自分の不幸な運命を作って行く型の女、「物語の女」三村夫人の悲劇は、大変わかりにくく、そのロマネスクの超克はやがて「菜穂子」に試みられることになるが、その中間項として「かげろふの日記」があったというのである。

「かげろふの日記」はその一からその八まで、全八節で構成されている。一から四までが比較的原テキストに沿った彼女の不如意な日常生活の記述、五から八までが物語的なクライマックスである西山詣で、そして七、八に創作部分が集中しており、兼家との関係が逆転し、「自分を苦しめた男を今はかえつて見下してゐられるやうな昂揚した心の状態」が描き出される。

「元来原文は変にくどくどとして、いつも同じ嘆きばかり繰り返していて、本文にも錯簡や乱れが多く」、また、「女主人公は時にヒステリックで意固地なところがあり、恋敵に対する憎悪や妄執は人一倍」で、「アクの強い個性」の持ち主だが、「女流日記の中でこれほど自我の内面を客観的に観察したものはなく、これほど赤裸で切実な人間記録はない」（吉田精一「堀辰雄と王朝女流日記」『現代文学と古典』一九六一　至文堂）という評はやや厳しいものの、妥当なところであろうが、堀辰雄は、原文の持つ「心理的秩序（psychologicalorder）」を「論理的秩序（logicalorder）」（「七つの手紙」）によって組み替えていったのである。

原文の一種朦朧とした文体はきわめて明瞭に訳される。例えば「かくありし時過ぎて、世の中にいとものはかなく、とにもかくにもつかで世に経る人ありけり」という冒頭部は、「半生も既に過ぎてしまつて、もはやこの世に何んのなす事もなく生きながらへている自分だが、」と訳出される。「かく」とか「いとものはかなく」、あるいは「とにもかくにもつかで」という女流日記特有の曖昧な記述は内容を明示した文体に変換され、論理的にたどりやすいものへと生まれ変わっている。〈部分〉はこういう明瞭さによって生かされているのだが、しかし全体としてみると「かげろふの日記」は、大きく体裁を変えて、原文とは相当落差の大きいテキストに変えられていった。

例えば、一、兼家が求婚した頃、足繁く通ったころの話題は一切切り捨てられ、二、室生犀星がこだわった坊《まち》の小路の女の出産や長歌という上巻中の白眉とされるところもひたすら排除され、三、初瀬詣でや石山詣で、あるいは唐崎の祓いなどという、これ自体原テキストの山場をなす部分も堀は一切の関心を向けない。四、むろん「史実」、村上天皇の崩御、安和の変（源高明の配流）も排除し、五、母の死や姉の消息も必要最小限に絞り込まれている。六、家集・歌集としてのテキストの性格もほとんど無視される。女主人公と兼家との、原テキストにあっては一四〇首を数える技巧をこらしためくるめくような求婚・新婚時代の歌の贈答は、わずか四首が残されるだけである。七、原テキストが持っている物語的側面――三人称は一人称に変えられた。八、高名な上巻の結び、「……あるかなきかのここちするかげろふの日記……」という、冒頭と呼応した部分も姿を消した。「かげろふ」という弱弱しいイメージとはむしろ対蹠的なところに堀のイメージがあるのである。吉田精一が指摘するものが本来多面的なものを持つ「蜻蛉日記」やその作者の実像だとすると、堀辰雄のイメージはかなり一面的に抽象化された、いわば「蜻蛉日記」の上澄みの上澄みといった様相を呈している。歌物語も紀行も史実も、まして技巧に終始する贈答儀礼も堀にとって全く意味をなさなかったと見るべきだろう。残ったものはひたすらに彼女の心理の「論理的秩序（logicalorder）」によるていねいな記述であり、決定的にはその心理記述を重ねての「愛する女」のイメージの造形であった。

「愛する女」の昂揚した心理を堀辰雄は「浪漫的反語」と名付けた。作者はテキストの結末（その七から八）に近付くにつれ、女主人公が「私のものになり出した」と感じつつ、

　その女主人公が男のために絶えず苦しんだ余り、いつかその苦しみなしには自分が生きてゐられぬかと思へるほどになつてゐる、そんなにまで自分にとつてはもはや命の糧にも等しく思へるほどな貴重な苦しみを、男は自ら与へながらそれには一向気づかうともしない、そんな情知らずをいまは反つて男のために気の毒な位に思ふ、——そういふ一種の浪漫的反語とでも言へば言へないこともなさそうな、自分を苦しめた男をいまは反つて見下ろしてゐられるやうな、高揚した心の状態を、私がその苦しい女主人公のために最後に見つけてやつたことは、この作品を私のものとして世に問ふ唯一の口実ともなりませう。（「七つの手紙」傍点ママ）

と、テキストの核心についての自信を深めていった[注1]。「愛する女」の「浪漫的反語」は、テキストの記述に沿えば、典型的には、例えば以下のような部分に顕著になっている。

•が、そのうちに、私はそれにもめげずに、ぢつと空中に目を注いだなり、いつか知らず識らずの裡に自分自身をその稲光がさつと浴びせるがままに任せ出してゐた。恰もさうやつて我慢をしてゐることだけが自分のもう唯一の生き甲斐でもあるかのやうに（その五）

•そんな心にもない乱暴なことをなさりながら、反つてあの方が私にお苦しめられになつてゐるのが、どうといふ事もなしに、只、さうやつてあの方のなすがままになつてゐるうちに、私には分かつて来たのだつた。しかし御自分ではそれには一向お気づきなされようともせずに入《ママ》らつしやるらしかつた。（その八）

・さうしてあくる朝になつて、やつと平生のいかにも颯爽としたお姿に立ち返へられながら、お帰りになつて往かれようとなすつてゐるあの方の後ろ姿を、突然、胸のしめつけられるやうな思ひで見入りだしてゐるのは、いつか私の番になつてゐた。（その八）

原テキストにない女主人公の心理描写で特徴的なものはいくつか挙げられるが、ここにあげた三つの例が、堀辰雄が作り上げた「かげろふの女」の心理的推移の中心軸であり、テキストの主題の展開ともなっているとみていいと思う。あらためて整理すれば、①苦悩自体による慰藉、②苦しむ／苦しめられる関係の逆転、③相手によって反照される己の感情のゆりもどし、というような展開である。原テキストをなじみ深いフランス文学風な心理的明瞭さに組み替えていったというところであろうか。

一夫多妻の招婿婚のなかで、どこまでも我慢と忍従とを強いられていく女主人公が、嘆きや苦悩を一身に保持し続け、回を重ねるごとに深みを増し、やがてあきらめの極致へと向かい、その中に一種の慰めに近いものを見出す。そしていつしか立場が逆転し、常に苦しめられていたはずの己が、苦しみの中に他者の苦しみを発見し、自己によって苦しめられている他者の発見が、それに反照される自己の切なさの感情となって揺り戻される。この甘美な痛感に己はまた切ない愛をこめて苦しみ始める。女主人公の赤裸々な愛の軌跡の告白が、こうして「愛する女」の誕生によって昇華される。堀辰雄は「蜻蛉日記」を舞台に、自分の生を持続し完成するような意志の強いいにしえの女の生涯を描いて、「われわれの生はわれわれの運命以上のものである」という「風立ちぬ」以来の文学的課題に立ち向かおうとしているわけである。

王朝日記文学研究の立場からは、上坂信男と竹西寛子が原テキストとの差異を論じている(注2)。上坂は〈あさまし〉の剥落から、「蜻蛉日記」の「作者の感情」の「無視」を例証し、竹西も原作の「本質」は、「素直な悔いや反省に程遠い憎しみや妬み」であり、「自己正当化へのありふれぬ欲求」であり、それを堀のテキストは「女の情の理不尽によく歯止めをかけて冷静であり、女らしくない印象さえ持たせてしまう」と指摘しつつ、さらに原作自体に作者の成長――憎しみや妬みさえも、他の事物と同じようにながめる訓練、無意識の中に目や耳を変えられること＝書くということの機能――があり、作者は「この変化を颯爽とすくい上げ、さらに確固とした作品の主題に昇華させている」という。

いかにも実作者らしい竹西の言う〈書くということの機能〉とは、池内照雄が〈一人称的二重視点〉と呼ぶものと関連しているように思える。池内は、「ほととぎす」を含めて、主人公に分からないもの、主人公が誤解するもの、しかし読者はわかる、誤解しない、そういうものとして他者(兼家や頭の君)を〈一人称の小説でありつつ〉、作者堀辰雄は造型しているという(『鑑賞現代日本文学』角川書店　一九八一)。こういう視点の発見は、堀自身がいう「他人への話しかけ」(「美しかれ、悲しかれ」)、他人との対話であり、堀辰雄にとっての「文学」が、「自己浄化のための道具」から他者との精神の深部における連帯という「人間存在の根本的な問題」へと肉薄しようとした結果であったと池内は言うのである。

「人間存在の根本的な問題」の追求とは、大仰なとも思わないではないが、竹西が指摘するように、「蜻蛉日記」の作者は「かげろふの日記」の作者ほど「強」くもなく、「気慨」のある女でもなかったであろう。むしろ心弱い「女の情の理不尽」のリアリティーにこそ「蜻蛉日記」の魅力もあるはずである。しかし、その魅力を削いででも、「不幸になればなるほどますます心のたけ高い」女として、堀辰雄は作り変えていったのである。

〈三〉 愛する女(2)――「ほととぎす」――

「かげろふの日記」脱稿直後、油屋旅館の火災で「蜻蛉日記」関係資料のすべてを堀辰雄は失ってしまった。リルケやプルーストのノートはほとんど「研究」レベルのものであり、そこから想像すれば、この「学匠」以上の「学匠作家」の相当のレベルのものが失われてしまったということだろうが、そういうこともあって、結末近く「蜻蛉日記」離れしていた「かげろふの日記」は、堀自身が「殆ど私のフィクション」（創元社版『かげろふの日記』あとがき）と述べているように（注3）、さらに大きな原典離れのなかで、まだ使われなかった「蜻蛉日記」下巻を素材に、「ほととぎす」を生み出していくこととなった。「かげろふの日記」結末部の昂揚した心的状態、リルケ風の「愛する女」のイメージは、ここに至って愛の呪詛にまで発展することとなった。

「ほととぎす」を「かげろふの日記」より「纏まりもよく、起伏もあり、また主題も鋭く表現されてゐ」ると高く評価する福永武彦は、このテキストを「聖家族」に端を発しての「物語の女」から「菜穂子」へという流れの中に位置するものと見ている。特に具体的に、頭の君の書簡に見える「をしむは君が名」という一文と「物語の女」（および「楡の家」）の「ただ憂ふ。君が名の」という一文の一

致を引いて、

この類似は、僕には、「蜻蛉日記」に仮託して、堀がここに三村夫人の心理を描いてゐた証拠のやうに思はれる。特に「楡の家」の改作で、引用の部分が殆ど等しいことは、作者の一種の自白なのではないだらうか。「物語の女」の続編は、結局彼女の娘の物語である「菜穂子」となるのだが、この母親の方、芥川龍之介の「越びと」と目された女性については、堀は遂に、現代小説の形では書くのを憚る心境に達して「蜻蛉日記」の枠の中に、やや強引に押し込めてしまつたやうに思われる。その点では「物語の女」の続編は、「菜穂子」であるとともに「かげろふの日記」特に「ほととぎす」であるとは言へないだらうか。

と論じている〈新潮社普及版全集　第三巻月報5頁〉。「現代小説の形では書くのを憚る心境に達して」という部分を除いて(注4)、堀辰雄の読者ならばすべて諾える指摘であろう。ただし、福永の指摘するテキスト群にあって、〈物語の女〉は謎めいた「すこしくすんだやうな中年の夫人」として、その内面が内面そのものとして直接に描き出されることはなく、堀文学の中核にありつつ解りにくさを伴っているのだが、「ほととぎす」は現実のモデルとは形態上隔絶しているゆえにか、女主人公の内面自体が、テキストの展開に沿って、より具体的で直接的な形で描かれている。

以下、その〈心理〉を「蜻蛉日記」との対照の中で検討してみたいが、その前に「ほととぎす」の展開自体を確認するところから記述を進めてみる。

その一は源宰相の女の子撫子の養育事情をプロットとする。兼家との交渉、葵祭の日の事件、志賀の女への思い、青年となった道綱と大和守の女との交渉などを媒介にしつつ記述は進行し、日記執筆の意図とほととぎすのイメージを終結部分とする。

その二は撫子と頭の君をめぐっての「私」の心のゆらめきをその内容とする。そのゆらめきは収束部にきわめて繊細に表現されている。若い美しさと老醜、きっぱりとしたもの言いと嗄れた声、こういう背反の中の心の揺らぎを「私」は、「しやうことなく揺らぐがままにさせてゐた」。

その三は頭の君との二つの出来事〈四月、花橘の香の中での出来事と、長雨の五月、殿の手紙をめぐっての出来事〉を中心にして、兼家との心理的関係を軸に記述は進行する。「私」は明らかに頭の君に魅かれているのだが、それは結末部にあらわなように「聖家族」以来の〈母と娘の主題〉の形で出ていて、ここにも堀文学の強い〈連続性〉がある。

その四は頭の君の山ごもりと行方知らずをプロットとするが、中心的内容は「私」の相当にマゾヒスティックな心情の記述にある。結末部は頭の君との一連の出来事を経ての心情。「その〈道綱との注付加〉長い沈黙は、私にとつては、何か心一面に張りつめてゐた薄氷がひとりでに干われるやうな、うすら寒い、何ともいえず切ない気持のするものだった」。

その一は内容自体はほぼ原テキスト通りだが、「かげろふの日記」の終わり近くの女主人公の変化をさらに進行させ、冷ややかさを増していっているところにその特徴がある。源宰相の女の子撫子の数奇な運命に周囲の人びとと同じく泣き出してしまう原テキストの女主人公は、「私だけはまるで涙ももう枯れてしまつたとでも云ふやうに、そしてそんな自分自身をも冷やかに笑つてゐるより外はないかのやうに見えた」と変えられた。また、兼家との交渉においても、ほぼ原文通りに記述を進めながら、最後に「私はいつか自分がいかにも気味よげにほほ笑み出しだしてゐるのを感じてゐた」と付け加えている。竹西が「女の情の理不尽によく歯止めをかけて冷静であり、女らしくない印象さえ持たせてしまう」（前記著述）と指摘している通りなのだが、女主人公のこの兼家への冷やかさは自己に対しても向けられ、平安朝の女というより堀が描き続けた「物語の女」の色彩を濃くしている。

原典離れが最も大きいのが頭の君。兼家の異母弟である藤原遠度は中年男性だが、「ほととぎす」では青年に替えられた。「蜻蛉日記」の彼は、端的に言って計算的で現実的な平安朝の君に過ぎない。この頭の君を、堀辰雄は「聖家族」から「物語の女」へと続く、純粋繊細で無垢な青年の姿として、「ほととぎす」に移植した。内に〈ロマネスク〉を抱える中年女性に魅かれ混迷に陥っていく青年という、堀文学の定型と言っていいような構図。「ほととぎす」のプロットはその構図に従って進行する。〈ロマネスク〉の予感から予覚へ、そして女の〈ロマネスク〉の復活へというプロセス。端緒は平凡なものに過ぎない。好色な頭の君の撫子への求婚。しかし兼家を巻き込んだその経緯の中で、女主人公は「急にすべての事がなんだか思ひもよらない方へ往つてしまいさうな危惧」を感じだす。まず「危険」の予感の段階である。その予感は「殿」の八月まで待てという頭の君への指示をめぐって「危険」の予覚へと進行する。「まだ八月までには大ぶ間がある、それまでに何かその殿の一言で決せられた運命から撫子をまぬがれしめるやうな事がなぜかしら起こりさうな予覚が私にしないこともない」（その三）と。「私」も頭の君もひたすらこの「危険」な「予覚」に囚われてしまい、肝心の撫子は既に脇役の位置すら失っているかのようである。

そういうなかで四月、花橘の香の中で「事件」が起こる。撫子を求める頭の君をはねつける「私」、その「私」への頭の君の混乱。

「何故、さう私にはつらくおあたりになるのでせう。（略）もう私はなんだか自分で自分が分りませぬ。せめて、その簾の中へでも入れていただけましたら……」だんだん興奮してきながら、何を言つてゐるのだか自分にも分らないやうな事を言ひ続けてゐるやうに見えた頭の君は、その時突嗟に――どうしてもさう考へてやつたとは思はれないほど突嗟に――ずかずかと簾の方に近づいて、それに手をかけさうにせられた。（略）「まあ、簾に手をおかけになるなんて、なんといふ事をなさいます？」と声を立てた。同時に私はその簾の外側から、それに近づいた頭の君と一しよに縁先きに漂つてゐたに違ひない橘の花の匂がさつと立つてくるのを認めた。私はその匂を認め出すと、急に自分の心持に余裕が生じでもしたやうに、一層きびきびと、「夜更けて、いま頃になると、いつも余所ではそんな事をなさるのでせうけれど――」といい足した。（その三）

むろんこの場面は古今集巻三の「五月待つ花橘の香をかげば昔の人の袖の香ぞする」を引用していると見るべきだが、王朝文学にあって多く、懐旧をそそるものとして花橘はあった。しかし、女主人公にとってと同時に、作家堀辰雄にあって「懐旧」とは言うまでもなく、落ち着いて冷静であるかに見える、「物語の女」以来の「くすんだ」「中年婦人」の甘美な〈ロマネスク〉そのものなのである。女主人公は厳しく頭の君をはねつけつつ、同時に「私はふと、その一瞬前の何んとも云へず好かつた花の匂を記憶の中から再びうつとりと蘇らせてゐた」(注5)。のみならず、

私は絶えてここ数年といふもの感じたことのなかつた、さういふ何処へも持つてゆき場のないやうな気もちを、撫子なんぞのために思ひがけず蘇らされたやうで、――しかし、今の私にはその昔日の堪へ難さそのものさへ、それと一しよにそれが自分の裡に蘇らせるもののためにか、反つて不思議になつかしい気のするものだつた。(その三)

と反芻すらしている。「どうかして縁の方から橘の花の重たい匂が立つて来たりすると、いつかその外に打ち萎れてゐた、若い頭の君の艶な姿が、ふいと私には苦しいほどはつきりと俤に立つたりするのだつた。……」とも。

現実の中に封じ込めてきた「愛する女」の〈ロマネスク〉は、彼女の感覚として残存し続ける。しかし、その〈ロマネスク〉は、素直にそのまま現実として発動することは決してなく、自己愛的な性格の強いリルケ的「愛する女」のイメージから一転した、サディスティックな〈苦しめる愛〉として動いていく。あたかもお互いをどこまで苦しめあうことができるかという、「聖家族」の細木夫人の再来であるかのようなかたちで。それは、「苦しんでゐるのが相手の方であるときいつも自分の内をひとりでに充たしてくる、一種言ふに言はれぬ安らかさを味ひ出してゐる自分を見出さずにはゐられ

なかつた」〈その四〉という、サディズムが濃厚に立ちこめる「愛」のかたちであった。その「愛」に巻き込まれた頭の君はきつすぎる「橘の花の匂い」に窒息し、自己喪失の果て出奔するしかない。

頭の君のその後の消息と、先に引いた女主人公の「何か心いちめんに張りつめてゐた薄氷《うすらひ》がひとりでに干われるやうな、うすら寒い、何とも云へず切ない気持」にもう一度反転してテキストは終わるのだが、こういう形で堀辰雄は現実に封じ込めた〈ロマネスク〉が常に自らを襲う、「愛する女」の生の形を、いわばテキストの結論として描き出しているわけである。頭の君の混乱の果ての出奔とは、「聖家族」の扁理の姿でもある。

こうテキストを読み進めてみると、原テキストはほとんど〈借景〉にすぎず、「ほととぎす」はむしろ、初期の「聖家族」の構図をそのままに、ただし、青年の視点からではなく、「すこしくすんだやうな中年の夫人」の視点からその〈ロマネスク〉をとらえ返したテキストと読むのが妥当であるように思う。

「ほととぎす」という表題はその四に頭の君からの文に詠まれた「嘆きつつ明し暮らせばほととぎすこの卯の花のかげに啼きつつ」（『日本古典文学全集』は「みのうのはなのかげになりつつ」としている）からきているのだが、作者道綱の母の歌としてはむしろ下巻の「われぞけにとけて寝らめやほととぎすもの思ひまさる声となるらむ」（『日本古典文学全集』による）の方がよく知られているはずである。ぐっすりと眠っていると魂が肉体から抜け出し、何かに乗り移るという古代の遊離魂の考えが背景にあるのだが、堀辰雄は自分でも自分を制御できない女主人公の〈ロマネスク〉の行方を、この遊離魂の行方としてのほととぎすに見立てたわけである（注6）。

〈四〉物語の女――「姨捨」――

堀辰雄王朝小説の第三作「姨捨」は、「こころのたけ」の高い「蜻蛉日記」の作者から一転して、おだやかさを特徴とする「更級日記」の作者を主人公とすることとなった。このテキストについても堀辰雄は「姨捨記」（一九四一・八「文学界」）というていねいな自註を残している。ここでもこの第一資料の内容を確認することから始めてみたい。

このエッセイは六節から成る。付せられていないノンブルを便宜的に付した。

①「異国の文学」にしか興味のなかった私を、「古い押し花のにほいのするやうな奥ゆかしい」このテキストへと「少年」のころ導いてくれたのは、松村みね子であり、それによって「日本の女の誰でもが殆ど宿命的に持つてゐる夢の純粋さ、その夢を夢と知つてしかもなほ夢見つつ、最初から諦めの姿態をとつて人生を受け容れようとする、その生き方の素直さ」を教えられた。しばらくこれから離れていたが、最近になって保田与重郎の「この日記への愛に就いて語つた熱意ある一文に接し」(注7)、「再びこの日記は私の心から離れない」ものとなっていった。

②ここ数年厳しい「信濃の山村」で暮らしたが、それは「私のもつて生れたどうにもならぬ遥かなるものへの夢」をそこの自然に寄せながら、「自分で自分に厳しく課した人生を生きんと試みて

ゐた日々」であり、その厳しさに呼応するように「強い心の持ち主」、「不幸になればなるほどますます心のたけ高くなる」、「蜻蛉日記」に魅かれていった。しかしその一方で「息づまるやうな苦しい心の世界からこちらの静かな世界へ逃れてきて」、「いかにも女のなかの女らしい」「更級日記」の作者に「何んといふこともない思慕を蘇らせて」もいた。

③「かげろふの日記」と「ほととぎす」を書きあげた「余裕のある心の裡」で、その余裕と山麓（浅間山）の古びた村（中山道の宿場である信濃追分）の面影が結びつき、「荒涼とした古い信濃の里が、当時の京の女たちには彼女たちの花やかに見えるその日暮らしのすぐ裏側にある生の真相の象徴として考へられてゐたに違ひない」と感じ、「信濃の更級の里あたりの侘しい風物、——さういふ読後の印象を一層深くするやうな結末を私は自分の短編小説にも与へたいと思つた」。それこそが私が書き換えるための「唯一のよりどころ」であった。

④「更級日記」の梗概に即しての私の感想の記述。この梗概は「私の詩人として」の「勝手」なものかもしれないが、そこに「人生の小さな真実」がちりばめられているこの女の「心像」は、「私にとつては如何んともなしがたいこと」である。

⑤結末部、女の信濃行は自分でも思いがけないことだったが、それは「信濃への少年の日からの私の愛着」が一つの理由であるが、もう一つは、「大和物語」や「無名抄」に引かれた「わが心なぐさめかねつさらしなやをばすて山にてる月をみて」という古歌の私のイメージによるものでもある。この歌が、女主人公が「自分の宿命的な悲しみをいだいた儘いつかそれすら忘れ去つたやうに見えてゐたが、或月の好い夜にそれをゆくりもなく思ひ出し、どうしやうもないやうな気持

にさせられてゐる時におのづから詠みだしたもの」と見えてきた。

⑥姨捨山の「現地踏査」に基づく考証。平安朝の姨捨山は現在の冠着山であること。さらに古くは「小長谷《をはつせ》山」と呼ばれた現在の篠山を指したこと。長谷は「初瀬即ち上古の葬所のあつたところ」の転訛で、それが棄老伝説と結びついたものと考証されていること。現在の姨捨山に移動したのは芭蕉「更級紀行」のやや前のことであること。この時の「現地踏査」の足は木曽にも及び、「われわれの女主人公たちがさまざまな感慨をいだいて（木曽路を　注付加）通つて往つた」ことに「切ない気もち」になった。

このテキストが「かげろふの日記」と対照的に接続することが、作者本人によって記述されている。自身の中にあった、ある「心弱さ」の克服の完了。「息づまるような苦しい心の世界」から「静かな世界」へ、「心のたけ高」い女性から「いかにも女のなかの女らしい」女性への関心の移動。「晩夏」（『婦人公論』一九四〇・九）は多恵夫人との野尻湖での静謐な「ツワイザアムカイト」を語ったエッセイだが、実生活上の堀辰雄もある落ち着きの中にあったようだ。書簡にも「けふは漸つと追分日和になつた。気持ちよく仕事の中にはひれたから安心なさい。」（多恵宛一九四〇・六・七）、「小説、いま漸つと形がついた。どうやら幾分満足したものになれさうだ。」（同六・九）などとある。

梗概という形で記述した、堀が原テキストに読んだものはただ一つ、平凡で迷い多く不安がちな女主人公の人生、「日記」によるその人生の〈物語化〉。作家堀辰雄の若い日からの「物語」希求の姿を日本古典のなかの一人の女のなかに読んだということであり、女主人公は最も懐かしく「血縁のある」

（「更級日記など」〈「文藝懇話会」一九三六・五〉）存在であるということである。

結末部の大きな改変の問題は別として、原テキストを微妙に変えていったその方向は、端的に言ってこの〈物語の女〉の造形にある。大変高名な上洛の旅をはじめとする、石山や初瀬などへのもの詣での旅などの省略（家のなかに封じ込められて見ることのなかった女房たちの、外の様々な「人生」の一端や、内に籠もってなかなか眼に触れることのなかった、「文化的」に濃縮化ないし希薄化された〈自然〉に直接触れたナイーブな感性が、原テキストのこういう部分の独自な魅力となっている）や、家集・歌集としてのテキストの性格がほとんど無視されたことも「かげろふの日記」と同様であり、必ずしも信仰による救済を求めなかったとは言えない「更級日記」の女主人公の性格も(注8)、「迷い多く不安がちな」平凡な女、「美しい村」に始まる「フローラ型」の女性のイメージに変換された。

物語への憧れは、「自分の身辺の小さな変化をもいくぶん物語めかしてでなければ見ないやうになる」（「姨捨記」④）という、〈物語の女〉としての方向で展開された。いくつかのこういう方向での原拠テキストの微妙な改変の委細はここでは省略せざるを得ないが、その頂点は右大弁（源資通）とのはかない出会いにある。

この時雨の夜の出会いの際の話題、春秋の優劣の語り合いという内容は、万葉集や源氏物語以来の、あまりにもの定型にすぎるということだろうか、省略された(注9)。「浅緑……」という後に「新古今和歌集」に採録された作者の代表歌も。「更級日記」における男への関心は、つつましい「私」の、少なくとも表面的には、琵琶への関心というふうに抑えられたものである。翌年の春の再びの出合いの際の、「あの方の御所への出仕の際」、私も局から「ゐざり出づるに」というような記述もあるのだが。こういう原テキストに替えて、「姨捨」は女のもの思いを大幅に付加した。

出仕してゐる間は、いままでよりも一層、他の女房たちのうちに詞少なになつて、一人でぼんやりと物など眺めてゐるやうなことが多かつた（略）気やすく老いた父母だけを前にしてゐる時は、一層心も空のやうにして、何か問ひかけられても返事もはかばかしくなかつたりした。そうして一向《ひとむき》になつて何かを堪へ忍んでゐるような様子が、其頃から女の上には急に目立ち出してゐた。（五）

原テキストに覆われて見えにくかった「姨捨」の主題、〈物語の女〉の開示であるが、「更級日記」ならぬ堀文学の読者からすれば、いかにも一貫したイメージでもある。こういう原テキストの「物語の女」化は、一方では、「日記」なのだから当然原テキストにはない、男＝右大弁の様相を、彼を視点人物として付加することとなるのだが、「姨捨」における、右大弁の、女に対するイメージもまた、「その女といかにもさりげなく話を交わしていただけで、何かかう物語めいた気分の中に引き摩《づ》られて行くやうな、胸のしめつけられる程の好い心もちのした事などはこれまでついぞ出逢つたことがなかつた」というように「物語の女」のイメージを受け止める形となっている。

原テキストにあって、出会いはほとんど未遂ないしすれ違いというようなものを含めて都合三回あった。それを「姨捨」ではすっきりと二度にした。二度目は最初の出会いの「翌年の春」。「丁子の匂が夜気に強く漂つてゐた」なかでの、「少し上づつたやうな」男の問いかけに対し、女は「なにさまで思ひ出でけむなほざりの木の葉にかけし時雨ばかりを」と応える。たちこめる濃厚な丁子の匂いはむろん創作であり、「かげろふの日記」の花橘の手法を襲ったものだが、全体として「フローラ」的な堀辰雄の文学の中にあって、官能的なエロティシズムを漂わせたものとなっている。しかし、むろん「事件」など起るはずもない。

右大弁とのはかない出会いは女に「物語の女であるかのやうな気持ち」を抱かせる。女は物語は非在であることを知っているゆえ、「いかにも切ない」が、「一方、その心の奥で一種の言ひ知れぬ満足」をも感じる。なぜ「切ない」か、なぜ「満足」か。大森郁之助は〈枠〉のなかでの満足、〈枠〉を外せば拡がりたいのだが、〈枠〉のなかでは、可能な限り生の欲望は充足しているのだという（「「姨捨」での救済」『堀辰雄の世界』所収　桜楓社　一九七二）。現実に封じ込めることによってむしろ生動してくる浪漫主義のエス・プリという堀文学の原理が、純粋な虚構ではなく、王朝女流日記の「書き換え」においてこそ、自然な形で実現していると言うべきだろう。

原テキストはこの「事件」の後、石山・鞍馬・初瀬・和泉と物詣などの紀行の記述が続き、「さしあたりて嘆かしなどおぼゆることどもないまま」に「同じ心に」「いひかたらふ人」＝かつての宮仕えの同僚との歌のやり取りなどを挟んで進行する。「家庭に定着していこうとする作者の姿勢を示すものである」（『日本古典文学全集』頭注）。

彼女の晩年は極めて平凡なものだった。「世の中にとにかくに心のみつくすに」という日々の中で「たのむ人のよろこびのほど」を待ち、「思ひしにはあらず、いとほいなくくちおし」ながら夫の任官に喜び、それも束の間、夫の死に呆然とし、というなかで、「昔より、よしなき物語、歌のことをのみ心にしめで、夜昼思ひて、いとかかる夢の世をば見ずもやあらまし」とテキストをまとめる。

こういう原テキストにおける女主人公の姿を堀辰雄は全く別の女人の姿に作り変えていった。まず、「女が、前の下野の守だつた、二十も年上の男の後妻となったのは、それ（「出来事」注付加）から程経ての事だつた」とした。原テキストにあって、出来事は結婚後の事であった。「それから程経て」という何げない表現は、むろん女の〈ロマネスク〉の強調である。夫橘俊通との六歳という年齢差（『日本古典文学全集』による）は二十に増幅された。

女の一向《ひとむき》になつて何かを堪へ忍んでゐようとするやうな様子は、いよいよ誰の目にも明らかになるばかりだつた。しかし、もう一つ、さう云ふ女の様子に不思議を加へて来たのは、女が一人でをりをり思ひ出し笑ひのやうな寂しい笑ひを浮べてゐることだつた。（六）

これはもう「更級日記」とは全く別なもので、例証は省略するが、むしろ、やさしい夫圭介の思念の枠の外で「何かを堪へ忍んでゐ」る菜穂子のイメージに近接したものだと言うべきだろう。

こうして「女は何か既に意を決したことのあるやうに」、京に留まるようにという父母の薦めを拒否し、逢坂山を越えていく。「私の生涯はそれでも決してむなしくはなかつた」と「目を赫かせながら」。女を信濃に向かわせるという展開は自分でも思いがけないことだったようだが、しかしこれが一方では、かなり確信を持って行われたのは、「姨捨記」に見た通りである。あるいは、富士見のサナトリウムを離れようとしない菜穂子も信濃へのこだわりの例の一つに加えていいのかもしれない。

原テキストの結末は、「たそがれの寂光に姨捨の日日をいたわる」（『日本古典文学全集』小題）「六らう」に向けての「月も出でで闇にくれたる姨捨になにとて今宵たづね来つらむ」という歌であったが、これを捨て、古今集よみ人しらずの「わが心なぐさめかねつさらしなやをばすて山にてる月をみて」を題詩として置き、比喩としての姨捨を、テキスト全体を覆う「よみ人しらず」ならぬ女主人公の心情の直接的表出へと、思いきって大胆に変換していった（注10）。

〈姨捨〉は「彼女たちの花やかに見える（京での　注付加）その日暮らしのすぐ裏側にある生の真相の象徴」であるのだが、姨捨に代表される信濃のさびしさは、〈物語の女〉の内なる〈ロマネスク〉を、玲瓏としたそのけざやかな月光によって鮮やかに照射する。堀辰雄にとってもテキスト自体にとっても、荒涼とした信濃の月のイメージは不可欠のものであったと言うべきだろう。

「更級日記」の女主人公は、例えば宮仕えの経緯において、周囲に流されるままその位置を定めているだけである。縁のある人からの薦めで女房となるが、父母に連れ戻され夫を迎える。姪に連れ添ってまた出仕する。結婚の経緯もなりゆきにすぎず、〈ロマネスク〉の断念というほどのものでもない。「素直」になりゆき（堀は「運命」というが）に流されながら生きてきた平凡な女を、平凡な人生のなかで観念的な物語的ロマネスクの想念だけは失うことのない、受動的に見えて己の夢を失わない、「かげろふの日記」や「ほととぎす」とはまた別の〈物語の女〉に堀辰雄は造形しようとしたのである。

偏狭であるかに見える、初期以来の己のテーマを執拗に守り育もうとするこういう作家の姿に一つの典型的な昭和文学の位相を見ることができる。多分に己にとっての好みにひきつけすぎた感もあるこの女主人公を、堀辰雄はさらに、ひとつの〈イデア〉にまで高めようと試みさえした。「曠野」の試みである。

〈五〉　聖なる女——「曠野」——

堀辰雄の最後の王朝小説「曠野」の発表は一九四一年十二月。「菜穂子」はすでに前月、単行本として刊行されていた。原テキスト『今昔物語集』巻三〇第四「中務大輔娘成近江郡司婢語」は父の零落によって婢に落ちぶれていく哀れな女の数奇な生涯を、ひたすら出来事の記述によって進めていく説話だが、堀辰雄は、男を「待つことの苦しみ」にも「一種の満足を見出し得た」、「かならずしも、まだ不為合せではなかつた」女をまず描きだした。「かげろふの日記」や「ポルトガル文」的段階である。しかし、事態は悪化し、時を経ての荒涼とした女の邸への男の訪れに、女は身を隠すしかなかった。「待つこと」の中に慰藉を求めていた女にとって、「すべては失はれてしまつた」。こうして女は近江に下ることになる。「これからの人生を運命にゆだね」という、説話とは異なった位相において。女は近江では思いに反して婢として扱われるしかなかった。女は「野分のあとの、うら枯れた、見どころもない、曠野のやうにしらじらと残つてゐるばかりであつた」という空虚にさらされながら生きるしかなかった。

こういう中で最後に男との出会いと死というドラマが生成する。説話を〈ロマネスク〉な心理小説に変換して。原拠のテキストでは女は男の詠んだ歌によって恥ずかしさに耐えずに死に至るのに比し、「曠野」は「婢として誰にも知られずに一生を終えたい」と常に何かを失ってばかりいた女が、最後に愛していた男の腕の中で息絶えるという形に変えていった。

荒涼とした近江の風景は言うまでもなく女を取り巻く環境であると同時に、女の心象の風景でもあり、その荒涼感の中にあってこそ女の〈ロマネスク〉が鮮やかに生動するという構図は、「姨捨」の〈信濃〉のヴァリエーションと見ていいだろう。

「曠野」は他の王朝小説と同じく、結末部に大きな「ドラマ」を置き、そこに向けてテキストを構成していくという、短編小説の最も基本的な形をとっているのだが、この結末は、独立したテキストとしてはやや通俗的あるいは観念的に過ぎるかもしれない。初期の「聖家族」にも言えることだが、唐突な結末に込めた象徴は相当に読みにくい。その結末については、例えば谷田昌平（『堀辰雄』五月書房　一九七八）の、

堀辰雄はこの女の死の瞬間に、彼女の女としての崇高な人生への尊敬と彼女の幸福への祝福を象徴しているかのようである。「常にわれわれの生はわれわれの運命より以上のものである」というリルケ的主題は、ここにおいてはじめて完全な形で形象化された。

というような受け止め方が一般的であろうが、一方では女の「いぶかしさうな眼」について、「彼女はこの理解し難さを表出したところでこと切れるのだから（略）、女主人公の愛は再会の段階で遂に発現することのないものに成り了せる、そういう愛なのである」（大森郁之助「「曠野」という終局」前掲書所収）という読みをも引き寄せている。つまり、現実の女から現実を超えた〈聖女〉に変貌し

ているということだろうが、いかにも解りにくい。

問題もわかりにくさも、大森の言う「いぶかしさうな眼」にある。やや観念に過ぎるとみる所以だが、これに対する答えは、すでに多くの論者が語っているように、やはり『大和路信濃路』に収録されたエッセイ「十月」（初出『婦人公論』一九四三・一―二）にあるように思われる。「十月」は「一九四一年十月十日、奈良ホテルにて」から「二十七日、琵琶湖にて」という日付がついたいくつかの断片で成り立っている。全体的に奈良の古仏や小村の雰囲気について、ゆったりとして夢見がちな感想を語ったものである。迂回するようだが、以下まずその叙述を追ってみたい。

奈良への旅での感想はまず「古代」への思いであった。「此處こそは私たちのギリシアだ」と（10・11　夕方、唐招提寺にて）。そのなかで「とにかく何處か大和の古い村を背景にして、idyll風なものが書いてみたい」（10・12　朝の食堂で）という欲求が起こってくる（注11）。

相変わらず旺盛な読書意欲はソフォクレェスにおよび、「自分も古代の物語を書くといふなら、さういふ気高い心を持つた娘の姿をこそ捉まえようと努力しなくては」とも思っている。が、それはなかなか書けないと思い、「こんどのかわいらしい仕事」、「小さき絵」に思いを致してもいる（10・13　飛火野にて）。日本古典文学研究の師折口信夫の『古代研究』を読み込んだりもしている（10・18）。

そうした奈良への旅の中での旺盛な読書のうち、「曠野」に最も深くかかわるのが既に「七つの手紙」においても言及していた、ポール・クローデルの「マリアへのお告げ」であった。「マリアへのお告げ」における「神的なるものの人間性のなかへの突然の訪れ」、「その女主人公のヴィオレエヌの惜しげもなく自分を与へる余りの純真さ」、「さうしてゐるうちに自分でも知らず知らず神にまで引き上げられてゆく驚き、その心の葛藤」に圧倒されつつ、しかし、「この戯曲の根本思想をなしてゐるカトリック的なもの、ことにその結末における神への賛美のやうなものが、この（東大寺戒壇院の注付加）静かな松林のなかで、僕にはだんだん何か異様なものに思へてならなかつた」と、その深い感動と違和感がつづられていく。その感想は月光菩薩像の「悲しみの深さ」とクローデルの「人間性への神性へのいどみ」の対照という形でも継続する（10・19）。

10・26「斑鳩の里」では、「厩戸の皇子」を想起しつつ、「さうだ、僕はもうこれから二三年勉強した上でのことだが、日本に仏教が渡来してきて、その新しい宗教に次第に追ひやられながら、遠い田舎のはうへと流浪の旅をつづけ出す、古代の小さな神々の侘びしいうしろ姿を一つの物語にして描いてみたい。それらの流謫の神々にいたく同情し、彼らをなつかしみながらも、新らしい信仰に目ざめてゆく若い貴族をひとり見つけてきて、それをその小説の主人公とするのだ。なかなか好いものになりさうではないか」と、神話的な古代世界の現代小説化に、なみなみならぬ意欲を燃やしている。

「曠野」の構想の叙述が記されるのは10・24からである。法隆寺の百済観音に、流離を哀しい運命とした「この像のまだうら若い少女のやうな魅力もその底に一種の犯し難い品を帯びてくる」などと感じつつ、小説のモティーフが浮かび上がってくる。

　こないだ折口博士の論文の中でもつて綺麗だなあとおもつた葛の葉といふ狐の話。あれをよんでから、もつといろんな狐の話を読みたくなつて、霊異記や今昔物語などを捜して買つてきてあつたが、けさ起きしなにその本を手にとつてみてゐるうちに、そんな狐の話ではないが、そのなかの或る物語がふいと僕の目にとまつた。
それは一人のふしあわせな女の物語。――自分を与へ与へしてゐるうちにいつしか自分を神にしてゐたやうなクロオデル好みの聖女とは反対に、自分を与へれば与へるほどいよいよはかない境遇に堕ちてゆかなければならなかつた一人の女の、世にもさみしい身の上話。――そういふ物語の女を見出すと、僕はなんだか急に身のしまるやうな気持ちになった。

と。10・24には奈良公園のはずれ、高畑の小径をたどりつつ、尾花に荒れた邸にすすり泣く女と女を求める狩衣姿の男の幻像を想像したりしている。10・25には「構想だけはすつかり出来た。いま細部の工夫などを愉しんでやつてゐる」とあり、二十七日には近江に着き、「ここでこんどの物語の結末――あの不しあはせな女がこの湖のほとりでむかしの男と再会する最後の場面――を考へてから、あすは東京に帰るつもりだ」と結んでいる。

こういう「十月」の記述の流れをさらにまとめてみると、①まず書きたいと思ったものはかわいらしい古代の idyll 風なものであったが、②ソフォクレスの壮大な悲劇から「気高い心を持つた娘」を書きたいとも思い返し、③また、クローデルの「マリアへのお告げ」への感動と違和感の中から徐々にテキストのイメージが形成された。④この間、古代の流謫の神と「新らしい信仰に目覚めてゆく若い貴族」の物語の構想を持ったこともあった。折口の著作を読みつつ、その影響も何らかの形で働いているらしい、とまとめられようか。

「曠野」のそもそもの直接の契機の一つは「折口博士の論文」にあった。堀辰雄における折口の影響の痕跡をたどる余裕も力も今はないが、とりわけてその「鎮魂説」に堀辰雄は深く触れているようである。「十月」にはあらわではないが、「伊勢物語など」（『文藝』一九四〇・六）に特にそれを窺うことができる。そこで堀辰雄はリルケの「ドゥイノの悲歌」（「第一の悲歌」）を引き、詩歌の発生は音楽の発生と同じく、「夭折者たちを哭し、その魂を鎮めんがためであつた」とし、しかし、

希臘人たち乃至リルケの考へ方が私たちの素朴な祖先たちのそれとやや趣を異にするのは、さうやつて愛する者の突如の喪失によつて其處に生じた空虚がはげしく震動し、それが遂に一つの旋律に変じてわれわれの恍惚となり、慰撫となり、救済となつたといふ、いかにも自らを基準とした、彼等の西洋流な受け入れかたであります。私達の祖先らは、人の魂といふものをどこまでも外在的なものと素朴に考へて居つたやうであります。それゆゑ、それが結局は自分の慰めとなり、救ひとなることを少しも思はずに、唯、死んだ相手の魂を鎮めることのみをひたすら考へてゐたものと見えます。

とし、さらに「追記」において、叙景歌の発生もまた「レクヰエム」にあるという折口の説を引き、「僕はこの頃折口先生の説かれるかういふ古い日本人の詩的な生活を知り、何よりも難有い気がいたしてゐる」と付け加えてもいる。

こういう結末の女の形象を田中清光は、河上徹太郎のカトリック的恩寵のない日本的風土の中で女の「純粋裸形の幸福」が絶対的なものとなるという説（「堀辰雄」『文藝』一九五三・六）を引きつつ、「堀のクローデル的な強引に対する反発も静かに超えられており、そこにこそ十月的な心境の一つの高みへと達している見事な結晶を見る。（略）悲惨さの極点でしか射してこない（略）ヴィジョンとして立ち現われた存在の聖化である」（『堀辰雄――魂の旅』明治書院　一九六八）とし、竹内清己も「キリスト教の神にかわるものの表出こそ、堀辰雄がめざしていたものであり、それが日本の古代的なものからさす光であるところに、それでもって現代を超えようとするところに「曠野」の近代小説たる、さらには現代小説たる所以があるものと思われる」とし、「クローデルの主題と照応する日本的聖女の物語」、西欧の神ならぬ日本の神との「一瞬の出合い」の「エクスタシー」を読んでいる（『堀辰雄の文学』桜楓社　一九八四）。「小じんまりとした」「idyll」をという当初の願望は、存在を浄化する「日本的聖女」というイデアの構築へという、「小さき絵」ならぬ大がかりなものへと転じていったということになるのだが、田中清光や竹内清己の述べるところは（そして私の述べるところも）、しかし、主として「十月」から引き出されたテキストの志向であって、テキストそのものがそのような「主題」を過不足なく実現しているかどうかということは、おのずから別の問題であろう。竹内もこれに継ぐテキストを堀辰雄はついに書けなかったと言う。

本来一回的なものでしかないのかもしれないこういう小説は、この後ついに書かれることはなく終わったが、戦中下から戦後にかけて書かれ、後に関係者によって編纂された『大和路信濃路』に収められたエッセイ群や、「雪の上の足跡」の諸エッセイに書き込んでいった、歴史を負った奈良の小村や信濃の里の「荒涼」たる「なつかし」さのなかに、ギリシャにも西欧にも立ち現われることのなかった存在を浄化する日本独自の〈イデア〉を追い求めた堀辰雄の軌跡を見ることは不可能ではない。

古代の面影を残す風景の中に日本的なイデアを求めようとした、堀辰雄の『大和路信濃路』や「雪の上の足跡」を昭和文学の位相としてどう読むか。「かげろふの日記」に始まった堀辰雄の古典文学受容の形は思いがけない方向に展開していったというべきであろう。〈愛する女〉、〈物語の女〉、〈聖なる女〉と、さまざまな女人たちの形象を通して〈イデア〉を追い求めていった堀辰雄の古典文学受容のかたちは、おのずから〈個〉の文学でありつつ、〈時代の文学〉の様相をも色濃くしていく。

〈六〉　おわりに

一九四〇年前後、外の「近代」は大きな変動期であった。文壇とて国家体制の動向にいやおうなしにかかわらざるを得なかった。堀辰雄といえどもそれに全く無関心というわけでもなかった。ここでは記述をあきらめるしかないが、日本浪曼派との関係も含め、時代の状況にテキストを置いてみれば、例えば「かげろふの日記」の女の「心のたけ高」さに、婚約者の死という〈個〉の問題を超えた、堀辰雄の時代の中にあって時代を超えようとする「志」を見ることも不可能ではない。「ほととぎす」の玲瓏たる女の、内なるロマネスクや、「姨捨」の「物語」に殉じようとする女のある安らかさや、やや分かりにくさも残した「曠野」に込めようとした〈イデア〉にもまた。

〈注〉

（1）ここに引いた「七つの手紙」の言説は「ポルトガル文」の次のような言説と酷似している。「あなたを忘れるぐらいなら、むしろ、もっと苦しみたいと思います。（略）あなたの冷淡さを恨みは致しません。あなたをお気の毒と思うようにさせてくださいましたのは、他ならぬあなたご自身でございます」「あなたが原因であるこの絶望に心から感謝して、あなたを知る前に私がもっておりました平穏な生活を憎んでいるのでございます」「無限に深い愛の喜びを失っていらっしゃるあなたをお気の毒に思いますのは、ただあなたへの愛の故でございます。（略）愛されるよりも、激しく愛することの方がどれほど幸福で、また、どれほど喜びを痛感させるものであるかをお感じいただけたことでございましょうに」（可児百合子・竹中静子編訳『ポルトガル文』金星堂　一九八一）。

「ポルトガル文」に、「蜻蛉日記」を「かげろふの日記」に書き換えていく、いわば現実的根拠を見出したという格好である。

（2）上坂信男「かげろふの日記」、竹西寛子「堀辰雄の王朝」（ともに『国文学』一九七七・七）。

（3）「七つの手紙」では「私がこんどの仕事に使つたのはこの日記の三分の二ばかりで、まだ三分の一がそつくり手をつけずに残つてゐるし、それにその部分の方が小説的なことはずつと小説的ですから、それを大いに役立てて、こんどの仕事ではいささか物足らなかつた私の小説的欲求をその方で十分満足させてやらうかと思つてゐます」と語りかけてもいる。「かげろふの日記」は、「それを書きだす前にあまり用意しすぎて、反つてそれに束縛されがちであ」（創元社版『かげろふの日記』あとがき）り、「小説的欲求」は十分満たされなかったという思いが、「ほととぎす」を書く堀辰雄の心的状態の前提としてある。

（4）「物語の女」から「楡の家」第二部にかけての記述と同じだとすれば、「現代小説の形では書くのを憚る心境に達して」ということにはならない。些細なことながら。

（5）「美しい村」でみせた、「匂い」の一種現象学的な把握。過去の恋人の「無意識の記憶」を引き起こした野薔薇の匂いというプルースト的認識の受容が、日本古典の受容において展開されている。「ほととぎす」では花橘、「姨捨」では丁子の匂いとして。

（6）本来、「研究」から生成する文学という性格が堀辰雄の文学には強いが、王朝小説には折口の影が特に著しい。遊離魂はその一つと言っていいだろう。「姨捨」では常陸に下った父が「京に残した女の事を思ひ出しつつ、一群の渡り鳥を「空けたやうに」「見続けてゐた」と、原テキストには全くない記述で「二」を結んでいる。

（7）「姨捨」は、「少年の日」からの「なつかしい」『更級日記』への愛着ゆえのものであったが、一方では、保田与重郎の『更級日記』に触発されてのものでもあった。杉野要吉が指摘しているように（「昭和十年代の堀辰雄」日本文学研究資料叢書『堀辰雄』所収）、堀辰雄が日本浪曼派から全く無縁であったということは不可能である。まぎれもなく堀辰雄は〈浪漫派〉をその本質とし、浪漫派堀辰雄がその「宗教的に荘厳なもの」に向かっていくのは「王朝小説」としては「曠野」から、随筆作品としては「大和路信濃路」あたりからであるとしても。ヒトラーの侵攻にさらされた東欧の大使館の少女に心を痛める堀辰雄は、現在の日本の庶民としての少女については何も語らない。そういう、現実の政治がもたらす局面においてはほとんど〈音痴〉というしかない堀辰雄は、しかし、戦後の「『古代感愛集』読後」（『表現』一九四八・九）において、「一自己のうちにある自己を超えた自己」を歌わなければならぬ」と書き、「一つの「物語」が単なる一つの「物語」であるだけでなく、それが「人間性」についても、同時に「国民性」についても、深く考えるところであらせたいと思ひます」とも語っている。「浪漫派」といえど、決して時代や「国民性」を超越しているわけではない。それは不可能なことである。

（8）　積極的ではないにせよ、法華経を習うように諭された夢の記述、大嘗会の御禊の時にもかかわらずわざわざ初瀬詣でに出向いていること、何よりも「修行者めきたれど」と語られる中年期の頻繁な物詣での日々、そして晩年の阿弥陀仏降臨の夢の体験など、「更級日記」の作者の人生もそれなりに信仰の人生であったと見るべきだと思う（安藤重和「『更級日記』の夢と信仰」〈『女流日記文学講座』第四巻　勉誠社　一九九〇〉参照）。『更級日記』では、「物語への傾倒と信仰や信仰の夢が交互に出てきて」それぞれを引き立たせている。

（9）　この場面、男の語る斎宮での逸話、「神さびた老女」が「よく調べた琵琶までもきかせてくれ」たという部分は、珍しく堀辰雄の誤りであろう。『日本古典文学全集』頭注には源資通について、「代々音楽を持って著名な家柄であり、琵琶・和琴・笛の名手」とある。「神々しいまでに年老いた風貌のお方」（犬養廉訳『新編日本古典文学全集』以下同）に「よく調べた琵琶」をさし出され「一曲所望」されたのである。「私」もこの出会いの後も、「なんとかその琵琶が聞きたくて、適当な機会を待っていた」。やや大きいミスであろう。

（10）　堀辰雄は「かげろふの日記」「ほととぎす」にしろ「姨捨」にしろ、本来家集としての性格も持つ王朝女流日記から、かなり徹底して歌を排除した。近代小説として現代に蘇らせるという志向ゆえのことだが、だからといって和歌の持っている強力なイメージ形成力を無視したわけではない。あまりにも多すぎる和歌から主題に沿って中心的なものを選択し、それに集中して小説世界としてのイメージを形成しようとしているのである。

(11)「idyll」についてさらに、「ケーベル博士によると、イディルといふのはギリシア語では「小さき絵」といふほどの意ださうだ。そしてその中には、物静かな、小じんまりとした環境に生きてゐる素朴な人達の、何物にも煩はせられない、自足した生活だけの描かれることが要求されてゐる。」「僕がそれよりほかにいい言葉がなかったので半ば間に合わせに使つてゐた「イディル」といふのが、思ひがけず僕の考へてゐるものとそつくりそのままなのだ」と続く。

あとがき

近年は〈都市・都市文化と日本の近代文学〉を研究テーマとしているが、私自身は昭和の作家を長い間読み続けてきた。社会主義とモダニズムの青年期、中年期・晩年期は戦時期に重なり、一転して戦後を迎え、彼らはそれぞれの〈成熟〉の姿を見せる。〈抵抗〉しても〈順応〉しても、最終的には「自己」に向かってゆくしかない、そういうところに文学も文学者のかたちもある。

「1930―45」は「文学的不毛」の時節などでは断じてない。「文化は安定した爛熟の中で育まれる」というのは、少なくとも「文学」においては、一面の真実でしかない。そういう私の判断が個別論考の中に流れているかどうかは、私自身にもよくわからないのだが、論稿を書きすすめるなかで感じ続けてきた思いであったような気がする。

冒頭に置きたかったのは、文学における〈農〉の問題であった。変転のなかで多くの作家たちは〈ふるさと〉としての〈農〉への回帰願望をみせてきた。それについて若干の資料や論稿を集め始めはしたが、とても書けるまでには至っていない。とりわけプロレタリア作家に顕著なのだが、モダニズムの果てに、いわば〈自然〉の形で〈農〉の問題が浮上してくる。たとえば、「斬られの仙太」と「生活の探求」の結末は、テキスト表層の相違にもかかわらず存外近いところにある。

なぜ〈農〉かという問題は、「1930—45」だけではなく、日本の近代そのものの問題でもあり、西洋化する近代を生きた日本人の根底にそのメンタリティーとして流れ続けた問題でもある。忘れ去られたかに見える農本主義は、農業国家であった戦前の日本の問題であるだけでなく、現在でも変形しつつ私たちの感覚のなかに、ある「憧れ」として残存し続けている。がんじがらめの制度の中を生きるしかない人間に、最後に残された〈自由〉として。「都市」と同義であるかに見える「近代」は、奥深いところで〈農〉を抱え込んでいた。そしている。これは今もなお〈農〉への憧れを捨てられない私個人の感覚の問題でもある。

一九四〇年前後は「日本回帰」の季節でもあった。文学においては「古典回帰」とほぼ同義語である。今でも手に余るこの問題に、残された時間を前にすると、ため息をつくしかないのだが、いい加減ため息にも疲れてしまった。なかなか書けず、出版が遅れてしまった所以だが、ともかく今書ける事だけはという〈蛮勇〉を振り絞って終章を書いた。

最も西欧的と目される堀辰雄一人に限定し、「かげろふの日記」に端を発した日本古典への関心の動きをともかく追おうとすることで精一杯ではあるが、この論を起点にして、例えば、本書に収録した太宰治の西鶴受容の姿をもう一たび考え直してみたいなどという願望も生まれてきている。「日本回帰」といっても、コスモポリタン小熊秀雄が「日本の土の上でオギァと鳴いたものは／みな日本的だ」と歌っているように、その「日本」は一様ではない。

ここに収めたものの多くは旧論文だが、「序章」と「終章」は現在の論考。「終章」は別としても、「序章」は前著『文学の風景　都市の風景』に直接接続する。私の〈過去〉と〈現在〉がクロスする唯一の論考である。「１９３０―４５」の都市池袋というトポス、その風景のなかで展開された小熊秀雄の〈自由〉への意思。現在の私の関心は、そういう〈風景〉へと向かっているが、それは本書に収録したような「研究」を前提としている。〈都市・都市文化と日本の近代文学〉を研究テーマとして論稿を書き続ける中で、このテーマをもっと早く若い時から手掛けていればという嘆きに、「勉強の蓄積」にたっての研究なのだからと励ましてくれる、心やさしい人たちにも恵まれて現在の私の「研究」がある。それを頼みに歩みを進めたい。

本書収録の諸論文は、とりたてて「研究計画」に従って書いてきたわけではない。時に応じて書きたいものをというふしだらな私の「研究」の歩みだったが、しかし目次そのものが、おのずから私の関心のあり方を語っていると思う。

たとえば、第Ⅱ部「島木健作」は、私の最初期のもので、その〈若書き〉を今読み直すと〈汗顔の至り〉だが、そう読んだ自分の記憶は査読してくれた分銅惇作先生の相貌とともに、確かなものとしてよみがえってもくる。思慮の足りなさは恥ずかしい限りだが、だからといって封殺したいとは思わない。これでも私の〈思想〉だったのであり、その延長の中に現在の私がいるのだから。明治大学文学部にあって苦楽を共にしてきた、内村和至教授がそう言ってくれたことだけを頼りに（そればかりではなく、ぐずぐずする私に業を煮やして編集を進めてくださった。のみならず、索引や文献目録さえ作ってくださった）、一冊の本にまとめる気持ちになった。

『昭和文学の位相　１９３０－４５』と風呂敷を広げるには、いまさらいちいち列挙するまでもなく空白だらけだが、現在の研究テーマのなかで少しずつ埋めていくしかない。まだまだ〈農〉に回帰するわけにはいかない。

最後になってしまったが、昨今の厳しい出版事情の中、優れた研究書を刊行し続けている雄山閣から本書を刊行できることは望外の喜びである。出版をお引き受けいただいた雄山閣の宮田哲男社長には、心より御礼申し上げたい。

二〇一四年七月七日

佐藤　義雄

初出一覧

序　章　原題「千早町三十番地東荘はどこなりや――小熊秀雄と〈自由空間〉池袋――」
『文芸研究』一一八号　明治大学文芸研究会　二〇一二・一〇

第Ⅰ部　プロレタリア文学の行方

第一章　原題「三好十郎『斬られの仙太』の周辺――実感主義戯曲への歩み――」
『東京成徳短期大学紀要』九号　東京成徳短期大学　一九七六・〇四

第二章　原題「「白夜」と「村の家」その周辺」
『稿』第一号　稿の会　一九七七・一二

第三章　原題「中野重治『歌の別れ』私箋」
『国語教材研究　小説』　桜楓社　一九八一・〇四
＊本書収録に当たって一部を削除した。

第四章　原題「本多秋五『転向文学論』ノート」
文芸理論研究会編『本多秋五の文芸批評』　菁柿堂　二〇〇四・一一

第Ⅱ部　島木健作

第一章　原題「島木健作初期短編小説をめぐって」
『言語と文芸』七八号　東京教育大学国語国文学会　一九七四・〇五

第二章　原題「島木健作『生活の探求』の思想――その転換をめぐって――」
『近代文学論』第六号　東京教育大学日本文学研究科分銅研究室　一九七四・〇九

第三章　原題「島木健作の晩年、その覚書」
『稿』第二号　稿の会　一九七九・〇三

第Ⅲ部　井伏鱒二と太宰　治

第一章　原題「飛翔する大鷲――井伏鱒二戦中下の〈社会〉――」
『明治大学人文科学研究所紀要』第三九冊　明治大学人文科学研究所　一九九六・〇三

第二章　原題「なつかしき現実――初期井伏文学の世界（1）――」
『文芸研究』七一号　明治大学文芸研究会　一九九四・〇二

第三章　原題「井伏鱒二　漂流者の理想――覚丹・万次郎・閑聞重松など――」
『明治大学人文科学研究所紀要』第三四冊　明治大学人文科学研究所　一九九三・一二

第四章　原題「醞釀された別個の物語――太宰治「お伽草紙」をめぐって――」
『京都教育大学紀要　A人文・社会』第五五号　京都教育大學　一九七九・〇九

第五章　原題「わたくしのさいかく――太宰治「吉野山」覚書――」
『京都教育大学紀要　A人文・社会』第五七号　京都教育大學　一九八〇・〇九

終　章　原題「堀辰雄　古典文学の受容一九四〇年前後」
『文芸研究』一二三号　明治大学文芸研究会　二〇一四・〇三

▽略年表

▽本年表は、本書で言及した作品・評論・随筆・事件を中心としてまとめた。
▽本書の主要テーマとなる作品や、引用を行った作品はゴチック体で示した。
▽社会的事件は、本書の関連事項を中心に掲出し、原則的に日付は省略した。
▽囲み文字の語は、「「転向文学」事項補説」に、五〇音配列で説明を施した。
▽本書との関連記事がない年は省略し、その前後を点線で区切って区別した。

年号	西暦	事項
大正13	一九二四	6月『文芸戦線』創刊（昭6・1『文戦』と改題。〜昭7・7） 10月『文芸時代』創刊（〜昭2・5）
14	一九二五	1月 梶井基次郎「檸檬」 4月 治安維持法公布 12月 京都学連事件発生
15 昭和元	一九二六	11月 プロ芸創設 12月25日「昭和」改元
昭和2	一九二七	7月「プロ芸」から労芸が分離 11月「労芸」から前芸が分離
3	一九二八	2月 井伏鱒二「鯉」 3月 三・一五事件発生　ナップ結成 4月 左翼劇場結成 5月『戦旗』創刊（〜昭6・12）　蔵原惟人「プロレタリア・レアリズムへの道」 8月 **三好十郎「疵だらけのお秋」**（〜11月） 11月 小林多喜二「一九二八年三月十五日」（〜12月）

4	一九二九	2月 ナルプ結成　プロット結成 3月 **井伏鱒二「朽助のいる谷間」** 4月 島木健作、転向声明 5月 井伏鱒二「山椒魚」 7月 **三好十郎「プロレタリア詩の内容」**（『プロレタリア芸術教程』第1輯） 8月 **井伏鱒二「炭鉱地帯病院」**　宮本顕治「敗北の文学」　小林秀雄「様々なる意匠」 11月 井伏鱒二「屋根の上のサワン」・「シグレ島叙景」 12月 徳永直『太陽のない街』刊
5	一九三〇	3月 井伏鱒二「逃げて行く記録」（「さざなみ軍記」第一部。〜昭13） 4月 井伏鱒二『夜ふけと梅の花』刊（第一作品集） 5月 **井伏鱒二「十二年間」** 7月 **井伏鱒二『なつかしき現実』刊**（第二作品集） 9月 横光利一「機械」　『ナップ』創刊（〜昭6・11）
6	一九三一	2月 **井伏鱒二「丹下氏邸」** 9月 満州事変　蔵原惟人「芸術的方法についての感想」（〜10） 11月 コップ結成 12月 『プロレタリア文化』創刊（〜昭8・12）
7	一九三二	1月 『プロレタリア文学』創刊（〜昭8・10） 3月 島木健作仮釈放　コップ大弾圧　『コギト』創刊（〜昭19・9） 4月 村山知義逮捕 5月 五・一五事件　「労芸」解散　コミンテルンの32年テーゼ　林房雄「作家のために」 7月 **井伏鱒二「大空の鷲」**　林房雄「文学のために」 8月 宮本百合子「一九三二年の春」（加筆＝昭8・1〜2） 9月 林房雄「作家として」 10月 宮本顕治「政治と芸術・政治の優位性の問題」（〜昭8・1）
8	一九三三	1月 小林多喜二「右翼的偏向の諸問題」（〜4月）

		2月20日 小林多喜二虐殺 4月 小林多喜二「党生活者」（〜5月） 5月 三好十郎「せき」 6月 久保栄『五稜郭血書』刊 佐野学・鍋山貞親共同被告同志に告ぐる書 『文化集団』創刊（〜昭10・2） 7月 滝川事件を機に、「大学自由擁護連盟」「学芸自由同盟」結成 9月 **三好十郎「バルザックに就ての第一のノート」** 徳永直「創作方法上の新転換」 10月 『プロレタリア文学』終刊 『文学界』創刊（〜昭19・4） 『行動』創刊（〜昭10・9） 11月 『文芸』創刊（〜昭19・7） 徳永直・渡辺順三・藤森成吉らナルプ脱退 12月 **三好十郎「打砕るる人」** 小林多喜二「同志林房雄の「作家のために」「作家として」それにたいする同志亀井勝一郎の批判の反批判」 村山知義保釈出獄 宮本顕治検挙
9	一九三四	2月 鹿地亘「ナルプ解体の声明」発表 3月 井伏鱒二「青ヶ島大概記」 『文学評論』創刊（〜昭11・8） 4月 **三好十郎『斬られの仙太』刊 島木健作「癩」** 5月 **村山知義「白夜」 三好十郎『斬られの仙太』初演** 6月 プロット解散 7月 **島木健作「盲目」**・「鰊市場」 村山知義「帰郷」・「椿の島の二人ハイカー」 8月 村山知義「何田勘太ショオ」 立野信之「友情」 9月 村山知義「新劇団大同団結の提唱」 板垣直子「文学の新動向」（転向論争の端緒） 10月 **堀辰雄「物語の女」** 島木健作『獄』刊 11月 **村山知義「作家的再出発」** 12月 貴司山治「文学者に就て」 宮本百合子「一九三四年におけるブルジョア文学の動向」
10	一九三五	1月 **島木健作「批評についての感想」** 中野重治「第一章」（転向五部作1） 久保栄「迷へるリアリズム」 2月 **中野重治「「文学者に就て」について」 島木健作「黎明」** 『世界文化』創刊（〜昭12・10） 天皇機関説事件起こる

10　一九三五

4月　中野重治「鈴木・都山・八十島」（五部作2）
5月　**中野重治「村の家」**（五部作3）　**島木健作「再会」・「県会」**　**小熊秀雄『小熊秀雄詩集』刊**
村山知義「劇場」　久保栄・「社会主義リアリズムと革命的リアリズム」
6月　**島木健作「一過程」「一風景」**　**小熊秀雄『飛ぶ橇』刊**　横光利一『上海』刊　細田源吉「長雨」
7月〜8月　コミンテルン第七回大会開催
10月　**中野重治「現在可能な創作方法」**　**島木健作「一つの転機」**　**細田源吉『転向作家の手記』刊**
12月　久保栄「リアリズムの一般的表象」

11　一九三六

1月　『文学界』に島木健作・村山知義などが参加　**島木健作「四人の農民」「第一義の道」**
中野重治「一つの小さい記録」（五部作4）・「小説の書けぬ小説家」（五部作5）
2月　**島木健作「転向者の一つの場合」**　中野重治「横行するセンチメンタリズム」　高見順『故旧忘れ得べき』刊　野坂参三・山本懸蔵「日本の共産主義者への手紙」　二・二六事件
3月　『人民文庫』創刊（〜昭13・1）
6月　**島木健作「若い学者」・「舟橋君へ一言」**
8月　**島木健作「壊滅後」**・「仕事のことその他」・「文学的自叙伝」
9月　島木健作「終章」・「ある嘆願書」（9月頃）
11月　**島木健作「三十年代一面」**　**三好十郎「水尾」（詩）**
12月　**堀辰雄「風たちぬ」脱稿・「かげろふの日記」**

12　一九三七

6月　**島木健作『再建』刊**　中野重治「汽車の罐焚き」
7月　盧溝橋事件
9月　井伏鱒二「素姓吟味」
10月　**島木健作『生活の探求』刊**（生活の探求論争起こる）
11月　**井伏鱒二『ジョン万次郎漂流記』刊・「槌ツァと九郎治ツァンは喧嘩して私は用語について煩悶すること」**
11月　**中野重治「探求の不徹定」**　唯物論研究会一斉摘発、『世界文化』グループ検挙
12月　**堀辰雄「かげろふの日記」**　**島木健作「作品批評の性格」**　久保栄「火山灰地」
第一次人民戦線事件

		＊11月以降、中野重治「島木健作氏に答え」（未発表。昭27・6公刊）
13	一九三八	2月 井伏鱒二「琵琶塚」 島木健作『地方生活』刊 第二次人民戦線事件 4月 **井伏鱒二『さざなみ軍記』刊** **堀辰雄『風立ちぬ』刊** 5月 「国家総動員法」施行 6月 **島木健作『続・生活の探求』刊** 8月 **山之口貘『思辨の苑』刊** 10月 **窪川鶴次郎「島木健作論」正・続**（～11月）
14	一九三九	1月 **島木健作「人間の復活」**（～昭15・12） 2月 太宰治「富嶽百景」 **堀辰雄「ほととぎす」** 5月 伊藤整『街と村』刊 6月 **堀辰雄『かげろふの日記』刊** 7月 井伏鱒二『多甚古村』刊 8月 太宰治「八十八夜」 島木健作『随筆と小品』刊 11月 **島木健作「嵐のなか」**（～昭15・11）
15	一九四〇	1月 島木健作「青服の人」 太宰治「鷗」・「春の盗賊」・「俗天使」 4月 **井伏鱒二「へんろう宿」** 6月 **三好十郎「浮標」**（～8月） 井伏鱒二「円心の行状」 太宰治「女の決闘」 7月 **島木健作「運命の人」**（～昭16・6） **堀辰雄「姨捨」** 8月 **宮本百合子「昭和の十四年間」** 新劇関係者大量検挙（村山知義・久保栄・千田是也ら） 11月20日 **小熊秀雄没**
16	一九四一	1月 **中野重治「古今的新古今的」** **井伏鱒二「増富の谿谷」**・「小間物屋」 太宰治「清貧譚」 3月 堀辰雄『菜穂子』刊 4月 **島木健作「出発まで」** 林房雄「転向に就いて」 5月 **島木健作「帰還兵士の平常心」** 8月 **堀辰雄「姨捨記」** 島木健作「雨期」 9月 **井伏鱒二「隠岐別府村の守吉」** 島木健作「煙」

16	一九四一	10月　島木健作「芽生」 12月　日米開戦　**堀辰雄「曠野」**
17	一九四二	6月　**中野重治『斎藤茂吉ノート』** 8月　井伏鱒二「花の町」（〜10月）
18	一九四三	6月　井伏鱒二「御神火」（〜8月） 10月　井伏鱒二「吹越の城」 11月頃　**井伏鱒二「鐘供養の日」**
19	一九四四	3月　太宰治「散華」 5月　太宰治「雪の夜の話」 7月　東條英機内閣総辞職 8月　太宰治「東京だより」 10月　レイテ沖海戦開始 11月　**島木健作『礎』刊**　B29、東京を初爆撃
20	一九四五	1月　**太宰治『新釈諸国物語』刊**　島木健作「背に負うた子」 2月　島木健作「蒲団」　太宰治「惜別」（脱稿） 3月　東京・名古屋・大阪大空襲 4月　**太宰治「竹青」** 8月6日　広島原爆投下　9日　長崎原爆投下　15日　ポツダム宣言受諾 8月17日　**島木健作没** 10月　**太宰治『お伽草紙』刊** 11月　**島木健作「黒猫」**（遺稿） 12月　島木健作「病間録」（絶筆）
21	一九四六	1月　雑誌『近代文学』創刊（〜昭39・8） 1月　**島木健作「赤蛙」** 3月　**島木健作『出発まで』刊**　太宰治「苦悩の年鑑」 4月　太宰治「十五年間」

		6月 太宰治「冬の花火」
		9月 太宰治「春の枯葉」
22	一九四七	4月 太宰治「十五年間」
		5月 **小熊秀雄『漂民詩集』刊**
27	一九五二	6月 中野重治『鷗外その側面』
31	一九五六	4月 井伏鱒二『漂民宇三郎』刊
32	一九五七	8月 **本多秋五『転向文学論』刊**
36	一九六一	8月 井伏鱒二「武州鉢形城」（～昭37・7）
40	一九六五	1月 **井伏鱒二「黒い雨」**（～9月 翌年刊）

▽「転向文学」事項補説

共同被告同志に告ぐる書――通称「転向声明」。昭和八（一九三三）年六月一〇日に、獄中にあった日本共産党幹部の佐野学と鍋山貞親が、共産主義離脱を表明した声明書。党幹部や党員に甚大な影響を及ぼし、以後、共産主義からの転向が相次いだ。

京都学連事件――大正一四（一九二五）年一二月以降、京都帝国大学などでの左翼学生運動に対して行われた検挙で、日本内地における最初の治安維持法適用事件。関西学生連合会の活動が、成立したばかりの治安維持法に違反するとの理由で、大正一五（一九二六）年三月末に京大の学生を中心として四〇名近くが捕えられた。

コップ――「日本プロレタリア文化連盟（Federacio de Proletaj Kultur Organizoj Japanaj）」の略称。KOPF。昭和六（一九三一）年一一月、「ナップ」の発展改編として組織された。しかし、昭和八（一九三三）年二月の小林多喜二虐殺に代表されるような弾圧を受け、同年一二月で機関誌『プロレタリア文化』が刊行停止、翌年には「ナルプ」の解散をうけて、「コップ」の活動も停止した。

コミンテルン――ロシア語「共産主義のインターナショナル」の略称。別名「第三インターナショナル」。共産主義政党の国際組織で、一九一九年三月に結成され、一九三五年までに七回の大会を開催した。前身組織に、「第一インターナショナル」「第二インターナショナル」がある。

人民戦線事件――山川均など労農派系の知識人が、コミンテルンの呼びかけに応じて人民戦線結成を企てた嫌疑で、検挙された事件。昭和一二（一九三七）年一二月一五日の第一次検挙で四五〇名弱が、翌年二月一日の第二次検挙で四〇名弱が検挙された。その多くは、昭和一九（一九四四）年九月二日の二審で無罪が確定し、有罪判決を受けた者も、敗戦により昭和二〇（一九四五）年に免訴となった。

左翼劇場――「東京左翼劇場」とも。前身は「前芸」傘下の「前衛劇場」と、「プロ芸」傘下の「プロレタリア劇場」。一九二八年四月、佐々木孝丸・村山知義・佐野碩らによって結成された。一九三四年、「中央劇場」と改称された後、同年六月に解散。

三・一五事件――昭和三（一九二八）年三月一五日に発生した社会主義者・共産主義者への弾圧事件。昭和三（一九二八）年二月、第一回普通選挙の際、社会主義的政党の活動に危機感を抱いた田中義一内閣が、三月一五日、治安維持法違反容疑により全国で一斉検挙を行い、日本共産党・労働農民党などの関係者約一六〇〇名が検挙された。

32年テーゼ――「日本における情勢と日本共産党の任務に関するテーゼ」の通称。一九三二年五月、コミンテルンで決定され、同年七月一〇日『赤旗（せっき）』特別号に掲載された。以降、「日本の共産主義者への手紙」がモスクワにおいて発表されるまで、日本共産党の綱領的文書とされた。

生活の探求論争――島木健作『生活の探求』（昭12・10）をめぐる一連の論争。まず、中野重治「探求の不徹底」（『日本読書新聞』昭12・11・8）が批判し、これに島木が「作品批評の性格」で反論、さらに中野は「島木健作氏に答え」を書いた（当時は検閲で未発表）。青野季吉や中村光夫の高評価もあったが、窪川鶴次郎・宮本百合子の島木批判でしめくくられる形となった。

前　芸――「前衛芸術家同盟」の略称。昭和二（一九二七）年一一月、山川均論文の『文芸戦線』掲載をめぐって、否定派の蔵原惟人らが「労芸」を脱退して発足させた団体。後、「プロ芸」と共に「ナップ」へ発展解消した。

滝川事件――昭和八（一九三三）年に京都帝国大学で発生した思想弾圧事件。「京大事件」とも。四月、内務省が京都帝国大学法学部教授滝川幸辰の著書を発禁とし、五月二六日、文部省が滝川の休職処分を強行した。これに対して抗議行動がまきおこり、それが他大学へも波及して、七月に「大学自由擁護連盟」が、また、文化人による「学芸自由同盟」も結成された。総合誌・新聞も京大支援の論陣を張ったが、次第に抗議運動は終息し、「自由擁護連盟」は弾圧によって解体、「学芸自由同盟」も翌年には活動停止状態となった。

転向論争――「転向」をめぐる一連の論争。板垣直子「文学の新動向」（『行動』昭9・9）が口火を切り、それに貴司山治「文学者に就て」（『東京朝日新聞』昭9・12・12－15）が反論し、その貴司への批判として中野重治「「文学者に就て」について」（『行動』昭10・2）が出るなどして、展開された。

天皇機関説事件――昭和一〇（一九三五）年二月一八日、貴族院で菊池武夫が美濃部達吉の天皇機関説を国体に背くとして非難、これを契機に軍部や右翼の攻撃が始まり、美濃部の著書は発禁、不敬罪で告発された。美濃部は、貴族院議員を辞職し、翌年、右翼暴漢に襲われ重傷を負った。

ナップ――「全日本無産者芸術連盟」の略称。エスペラント表記「Nippona Artista Proleta Federacio」の頭文字「NAPF」の音読み。昭和三（一九二八）年三月結成後、同年一二月に、「ナップ」の名称はそのままに、「日本無産者芸術団体協議会」に再編され、昭和六（一九三一）年一一月に、「コップ」に発展的解消を遂げた。

ナルプ――「日本プロレタリア作家同盟」の略称。昭和四（一九二九）年二月、「ナップ」に拠る作家が結成した同盟。弾圧下で全国的に組織をひろげ、昭和六（一九三一）年二月、機関誌『プロレタリア文学』を創刊。しかし、昭和七（一九三二）年三～四月の弾圧で、中野重治・蔵原惟人・中條百合子らが検挙され、小林多喜二・宮本顕治らは地下に潜行した。その動きの中で、徳永直や林房雄らが組織を離れ、組織維持が困難となって、昭和九（一九三四）年二月二二日付で、書記長鹿地亘が「ナルプ解体の声明」を発表した。

日本の共産主義者への手紙――一九三六年二月に、野坂参三と山本懸蔵が岡野・田中の変名でモスクワから日本に送った日本共産党の政治綱領。一九三五年七～八月のコミンテルン第七回世界大会における「反ファシズム人民戦線」の決議を基に、「天皇制打倒」から「ファシスト軍部反対」への戦術転換を示したもの。

プロ芸――「日本プロレタリア芸術連盟」の略称。大正一四（一九二五）年発足の「日本プロレタリア文芸連盟（プロ連）」が発展して結成された団体。「労芸」・「前芸」へ分裂の後、昭和三（一九二八）年三月、「前芸」と共に「ナップ」へ発展解消した。

プロット――「日本プロレタリア劇場同盟」の略称。昭和四（一九二九）年二月、「左翼劇場」が、大阪の「戦旗座」などとともに結成した団体。後に、「日本プロレタリア演劇同盟」に改編され、昭和九（一九三四）年六月解散した。

労芸――「労農芸術家連盟」の略称。「プロ芸」内で鹿地亘や中野重治らに批判された蔵原惟人や葉山嘉樹らが、「プロ芸」から分離して結成した団体。蔵原は後に、「労芸」からも分離して「前芸」を組織した。「労芸」に残った葉山らは、「ナップ」に対しても距離を取り、『文芸戦線』を機関誌として活動したが、昭和七（一九三二）年五月に解散した。

索　引

【凡例】

▽人名索引は姓・名で立項し、一方の場合も姓・名で採録した。
　例：井伏→井伏鱒二　西鶴→井原西鶴　操→三好操
▽本書でテーマとした主要作家は頻出する頁数を太字で示した。
▽人名索引には、小説作品中の登場人物名等は立項しなかった。
▽書名索引は、単行書・雑誌・作品・論文を無差別に立項した。
▽書名中の『　』「　」と副題は、例外的な場合を除き省略した。

1：人名索引

2：書名索引

【タ】

【ナ】

参考文献

【凡例】

▽作品名・論文名等は「　」で、雑誌名・単行書名等は『　』で区別した。
▽刊行年は本書の内容に合わせ年号で記載し、冒頭に西暦対照表を掲げた。
▽全集・単行書収録の作品・論文で初出によったものは、初出を記載した。
▽単行書とその収録論文も、レファランスの便を考慮して、重複採録した。
▽主要雑誌は刊行年月で判断できるので、巻号までは特に記載しなかった。
▽同著者の作品・論文は、発表年順に配列した。
▽共著・共編著の場合は、筆頭者名で立項した。
▽単行書は、場合により刊行年のみを記載した。

＊年号・西暦対照表＊

年号	西暦	年号	西暦	年号	西暦	年号	西暦	年号	西暦
大正10	1921	昭和14	1939	昭和33	1958	昭和52	1977	平成8	1996
11	1922	15	1940	34	1959	53	1978	9	1997
12	1923	16	1941	35	1960	54	1979	10	1998
13	1924	17	1942	36	1961	55	1980	11	1999
14	1925	18	1943	37	1962	56	1981	12	2000
15	1926	19	1944	38	1963	57	1982	13	2001
昭和元	〃	20	1945	39	1964	58	1983	14	2002
2	1927	21	1946	40	1965	59	1984	15	2003
3	1928	22	1947	41	1966	60	1985	16	2004
4	1929	23	1948	42	1967	61	1986	17	2005
5	1930	24	1949	43	1968	62	1987	18	2006
6	1931	25	1950	44	1969	63	1988	19	2007
7	1932	26	1951	45	1970	平成元	1989	20	2008
8	1933	27	1952	46	1971	2	1990	21	2009
9	1934	28	1953	47	1972	3	1991	22	2010
10	1935	29	1954	48	1973	4	1992	23	2011
11	1936	30	1955	49	1974	5	1993	24	2012
12	1937	31	1956	50	1975	6	1994	25	2013
13	1938	32	1957	51	1976	7	1995	26	2014

1：全集・選集—著者名50音順—

『井伏鱒二作品集』全5巻　創元社　昭28
『井伏鱒二全集』全13冊　筑摩書房　昭39-40
『井伏鱒二全集』増補版　全15冊　筑摩書房　昭49-50
『井伏鱒二自選全集』全14冊　新潮社　昭60-61
『小熊秀雄全集』全5巻　創樹社　昭52-53

『久保栄全集』全 12 巻　三一書房　昭 36 - 38
『島木健作全集』全 14 冊　創元社　昭 23 - 27
『島木健作全集』全 15 冊　国書刊行会　昭 41 - 56
『対訳西鶴全集』全 18 冊　明治書院　平 04 - 19
『太宰治全集』全 15 冊（第 12 巻未刊）　八雲書店　昭 23 - 24
『太宰治全集』全 12 冊　筑摩書房　昭 30 - 31
『定本太宰治全集』全 12 冊　筑摩書房　昭 37 - 38
『中野重治全集』全 20 冊　筑摩書房　昭 34 - 38
『中野重治全集』全 29 冊　筑摩書房　昭 41 - 55
『日本プロレタリア文学大系』全 9 巻　三一書房　昭 29 - 30
『堀辰雄全集』全 7 巻　新潮社　昭 29 - 32
『堀辰雄全集』全 10 巻　角川書店　昭 38 - 41
『堀辰雄全集』全 8 巻別巻 2 巻全 11 冊　筑摩書房　昭 52 - 55
『三好十郎作品集』全 4 巻　河出書房　昭 27
『三好十郎の仕事』全 3 巻・別巻 1　学藝書林　昭 43
『三好十郎著作集』（孔版）全 63 巻　三好十郎著作集刊行会　昭 35 - 41
『村山知義戯曲集』上下　新日本出版社　昭 46

2：単行書・論文—著者名50音順—

【ア】

青木恵一郎『日本農民運動史』　日本評論社　昭 24・06
青野季吉「解説」　『島木健作全集』第 12 巻　創元社　昭 24・09
秋枝美保「井伏作品における社会と個の問題」『井伏鱒二研究』渓水社　昭 59・07
荒　正人「解説」　『現代日本小説大系』第 48 巻　河出書房　昭 24
安藤重和「『更級日記』の夢と信仰」
　『女流日記文学講座』第 4 巻　勉誠社　平 02・11
家永三郎『太平洋戦争』　岩波書店　昭 43
磯貝英夫「「お伽草紙」論」　『作品論　太宰治』　双文社　昭 49・06
磯貝英夫編『井伏鱒二研究』　渓水社　昭 59・07
磯貝英夫「井伏鱒二の位置」　『井伏鱒二研究』　渓水社　昭 59・07
磯田光一「転向文学試論」　『新思潮』　昭 37・11
板垣直子「文学の新動向」　『行動』　昭 09・09
井筒　満「丹下氏邸」　『井伏文学手帖』　みずち書房　昭 59・07
伊藤眞一郎「「丹下氏邸」考」　『井伏鱒二研究』　渓水社　昭 59・07
伊藤信吉「山之口貘」　『日本近代文学大事典』第 3 巻　講談社　昭 52・11
犬養廉校注『更級日記』　『新編日本古典文学全集』第 26 巻　小学館　平 06・09
井上晴丸・宇佐美誠次郎『危機における日本資本主義の構造』　岩波書店　昭 26・12
井上良雄「新刊『檸檬』」　『詩と散文』　昭 06・06

井伏鱒二「解説」『井伏鱒二集』新日本文学全集　第10巻　改造社　昭17・08
井伏鱒二「『さざなみ軍記』の資料」『文学』　昭28・02
岩田　宏『小熊秀雄詩集』解説　岩波文庫　昭57・09
上坂信男「かげろふの日記」『国文学』　平09・07
上田　進「ソヴェート文学の近状」『プロレタリア文学』　昭08・02
浮橋康彦「屋根の上のサワン」『日本文学』　昭48・01
臼井吉見『近代文学論争』上下　筑摩書房　昭50・10
宇津美承『池袋モンパルナス』　集英社　平02・06
梅本宣之「「丹下氏邸」論」『帝塚山学院短期大学研究年報』第37号　平01・12
大久保典夫「島木健作ノート　一－三」『文学者』　昭35・08－10
大久保典夫「島木健作の転向」『現代文学序説』第3号　昭39・09
大久保典夫「『津軽』論ノート」『作品論　太宰治』双文社　昭49・09
大越嘉七「井伏鱒二と抵抗文学」『井伏鱒二の文学』法政大学出版局　昭55・09
大森郁之助「「姨捨」での救済」『堀辰雄の世界』桜楓社　昭47
小笠原克「私小説論の成立をめぐって」『群像』　昭37・05
小笠原克『島木健作』　明治書院　昭40・10
小笠原克『昭和文学史論』　八木書店　昭45・02
岡本　潤『襤褸の旗』　真善美社　昭22・01
小熊秀雄『流民詩集』　三一書房　昭22・05
桶谷秀昭「『歌のわかれ』」『文学界』　昭55・07
奥野健男「解説」『お伽草紙』改版　新潮文庫　平03・02
小田切秀雄「太宰にたいしての志賀」『文芸』　昭23・11
小田切進「島木健作」『小説』現代日本文学講座　第7巻　三省堂　昭37・02

【カ】

片岡　懋「何をどのように教えるか・近代文学」『国語と国文学』　昭31・04
可児百合子・竹中静子編訳『ポルトガル文』　金星堂　昭56・08
神谷忠孝「解説」『近代の短編小説』双文社　昭53
亀井勝一郎「解説」『太宰治全集』第9巻　筑摩書房　昭31
亀井秀雄「日本浪漫派と昭和十年代」『日本浪漫派研究』第2号　昭42・07
河上徹太郎「堀辰雄」『文芸』　昭28・06
河盛好蔵「鑑賞」　日本短篇文学全集　第36巻　筑摩書房　昭43・03
貴司山治「文学者に就て」『東京朝日新聞』　昭09・12・12－15
熊谷　孝「井伏鱒二「増富の渓谷」補説」『文学と教育』第108号　昭54・05
熊谷　孝『井伏鱒二〈講演と対談〉』　鳩の森書房　昭54・07
熊谷孝編『井伏文学手帖』　みずち書房　昭59・07
木村幸雄「『歌のわかれ』論」『中野重治論　作家と作品』桜楓社　昭54・05
久保　栄「迷へるリアリズム」『都新聞』　昭10・01
久保　栄「社会主義リアリズムと革命的(反資本主義)リアリズム」『文学評論』　昭10・05

久保　栄「リアリズムの一般的表象」　『都新聞』　昭 10・12
久保　栄「日記」　『久保栄全集』第 11 巻　三一書房　昭 38
窪川鶴次郎「島木健作論」正・続　『文芸』　昭和 13・10 − 11
久保田芳太郎「三好十郎論」　『プロレタリア文学研究』　芳賀書店　昭 41・10
久保田芳太郎「作品辞典「如是我聞」」　『解釈と鑑賞』　昭 49・12
蔵原惟人「プロレタリア・レアリズムへの道」　『戦旗』　昭 03・05
蔵原惟人「芸術的方法についての感想」　『ナップ』　昭 06・09 − 10
小泉浩一郎「『新釈諸国噺』考—「猿塚」をめぐり—」
　『日本の近代文学』　角川書店　昭 53・11
小林多喜二「右翼的偏向の諸問題」前　『プロレタリア文学』　昭 08・01
小林多喜二「右翼的偏向の諸問題」後　『プロレタリア文化』　昭 08・04
小林多喜二「同志林房雄の「作家のために」「作家として」それに
　たいする同志亀井勝一郎の批判の反批判」　『プロレタリア文学』　昭 08・12
小山　清「『お伽草紙』の頃」　『太宰治全集』附録第五号　八雲書店　昭 23・01

【サ】

佐伯彰一「井伏鱒二の逆説」　『新潮』　昭 50・03
佐々木基一「中野重治論」　『近代文学』　昭 24・03
佐々木基一「「文芸復興」期批評の問題」　『文学』　昭 29・06
佐々木基一・谷田昌平『堀辰雄』　現代作家論全集 第 9 巻　五月書房　昭 33・07
佐藤嗣男「井伏文学、初期の相貌」　『日本文学』　昭 55・10
佐藤義雄「転向文学の成立に絡む一問題」　『近代文学論』　昭 53・11
佐藤義雄「屈託からの反噬」　『文芸研究』第 67 号　平 04・02
佐藤義雄『文学の風景　都市の風景』　蒼丘書林　平 22・03
佐藤義雄「〈引用〉の織物としての「赤い太鼓」」
　『太宰治研究』第 11 号　和泉書院　平 15・06
佐藤義雄「『新釈諸国噺』「吉野山」」
　『太宰治研究』第 22 号　和泉書院　平 26・06
宍戸恭一「三好十郎」　『試行』22 号　昭 42・09
宍戸恭一『三好十郎との対話』　深夜叢書社　昭 58・12
思想の科学研究会編『共同研究　転向』3 冊　平凡社　昭 34・01 − 37・04
島木健作「座談会「新文学のために」」　『行動』　昭 10・08
杉浦明平「解説」『井伏鱒二 上林暁集』　現代日本文学大系 65　筑摩書房　昭 45・08
杉野要吉「「村の家」論」　関東女子短大『短大論叢』第 34 集　昭 42・06
杉野要吉「昭和十年代の堀辰雄」　『堀辰雄』　有精堂　昭 46
杉野要吉「『歌のわかれ』論」　『中野重治の研究』　笠間書院　昭 54・06
助川徳是「井伏鱒二の「庶民」」　『井伏鱒二』　尚学図書　昭 56・05
相馬庸郎「『歌のわかれ』試論」　『日本文学』　昭 46・05
祖父江昭二他「政治と文学」　『シンポジウム日本文学』18　学生社　昭 51・04

【タ】
高見　順『昭和文学盛衰史』　文藝春秋新社　昭 33・03 ／ 33・11
高橋春雄「島木健作作品年表」　『現代文学序説』第 3 号　昭 39・09
高橋春雄「北海道開拓使ものと島木健作」　『現代文学序説』第 4 号　昭 41・05
竹内清己『堀辰雄の文学』　桜楓社　昭 59・03
竹西寛子「堀辰雄の王朝」　『国文学』　平 09・07
立野信之「友情」　『中央公論』　昭 09・08
田中清光『堀辰雄—魂の旅—』　文京書房　昭 53・09
津田洋行「井伏鱒二「へんろう宿」讃」　『論究』　昭 63・12
綱澤満昭『農の思想と日本近代』　風媒社　平 16・08
ティエン・ファム「井伏鱒二『黒い雨』」『井伏鱒二研究』　明治書院　平 02・04
寺西朋子「太宰治『新釈諸国噺』出典考」　『近代文学試論』　昭 48・06
寺横武夫「『黒い雨』注解」　『井伏鱒二研究』　渓水社　昭 59・07
暉峻康隆『西鶴』　日本古典鑑賞講座　第 17 巻　角川書店　昭 46
東郷克美「戦争下の井伏鱒二」　『国文学ノート』第 12 号　昭 48・03
東郷克美「『お伽草紙』の桃源境」　『日本近代文学』　昭 49・10
東郷克美「井伏鱒二『さざなみ軍記』論」　『井伏鱒二・深沢七郎』　有精堂　昭 55・11
東郷克美・渡部芳紀編『作品論　太宰治』　双文社　昭 49・06
徳永　直『太陽のない街』　戦旗社　昭 04・12
徳永　直「創作方法上の新転換」　『中央公論』　昭 08・09
徳永　直「三四年度に活躍したプロ派の新人達」　『文学評論』　昭 09・12
豊島区史編纂委員会編纂『豊島区史』通史編 2　豊島区　昭 58・11
鳥居邦朗「『新釈諸国噺』論」　『批評と研究　太宰治』　芳賀書店　昭 49
鳥居邦朗「ナンセンスの美」　『国文学』　昭 51・05
【ナ】
永平和雄「初期三好戯曲の世界」　『古典と近代文学』　昭 45・10
中野重治「素朴ということ」　『新潮』　昭 03・10
中野重治「「文学者に就て」について」　『行動』　昭 10・02
中野重治「第一章」　『中央公論』　昭 10・01
中野重治「鈴木・都山・八十島」　『文芸』　昭 10・04
中野重治「村の家」　『経済往来』　昭 10・05
中野重治「一つの小さい記録」　『中央公論』　昭 11・01
中尾重治「小説の書けぬ小説家」　『改造』　昭 11・01
中野重治「探求の不徹底」　『帝大新聞』　昭 12・11・08
中野重治「トルラーと小熊秀雄」　『文学者』　昭 15・03
中野重治「小熊秀雄について」　『現代文学』　昭 15・12
中野重治「『流民詩集』序」　『流民詩集』　三一書房　昭 22・02
中野重治「島木健作氏に答え」　『政治と文学』　昭 27・06

451

中野重治「小熊秀雄の詩」　『小熊秀雄詩集』　筑摩書房　昭 28・03
中野重治「『小熊秀雄詩集』について」　『小熊秀雄詩集』　筑摩書房　昭 30・09
中野重治「健康な眼」
『小熊秀雄その人と作品』　旭川小熊秀雄詩碑建立期成会　昭 42・05
中野重治「小熊の思い出」　『旭川市民文藝』　昭 42・11
中野重治「一九三五年の小熊の詩一編」　『ちくま』　昭 45・01
中野重治「死後三三年に」　『三彩』　昭 48・08
中野重治「小熊秀雄」　『日本近代文学大事典』　講談社　昭 52・12
中村真一郎「解説」　『かげろふの日記』　創元文庫　昭 27・10
中村光夫「島木健作の文学―『赤蛙』について―」　『座右宝』　昭 21・09
中村光夫『中村光夫作家論集』　講談社　昭 32
中村光夫「井伏鱒二論」　『文学界』　昭 32・10－11
長与善郎「序文」　『千家元麿詩集』　一燈書房　昭 24
西崎京子「ある農民文学者―島木健作」　『共同研究　転向』上巻　平凡社　昭 34・01
西田　勝「井伏鱒二の知られざる一面」　『文学的立場』第 3 号　昭 45・12
沼田卓爾「解説」　『井伏鱒二作品集』第 2 巻　創元社　昭 28・05

【ハ】

八田元夫『三好十郎覚え書』　未来社　昭 45・07
花田清輝・佐々木基一・杉浦明平編『日本抵抗文学選』　三一書房　昭 30
林　房雄「作家のために」　『東京朝日』　昭 07・05
林　房雄「文学のために」　『改造』　昭 07・07
林　房雄「作家として」　『新潮』　昭 07・09
伴　俊彦「井伏さんから聞いたこと　その四」
『井伏鱒二全集』第 6 巻月報 6　筑摩書房　昭 40・02
久松潜一他編『現代日本文学大事典』　明治書院　昭 40
檜谷昭彦「作品論「新釈諸国噺」」　『国文学』　昭 42・11
平野　謙「解説」　現代日本文学全集　第 46 巻　筑摩書房　昭 30・04
平野　謙「島木健作」　『現代の作家』　青木書店　昭 31
平野　謙・小田切秀雄ほか編『現代日本文学論争史』3 冊　未來社　昭 31－32
平野　謙「島木健作」　『近代日本文学辞典』　東京堂　昭 32
平野　謙『昭和文学私論』　毎日新聞社　昭 52・03
広川勝美編『民間伝承集成』2「遍路」　創世記　昭 53
福田恒存「仮装の近代性」　『群像』　昭 23・10
福永武彦「第三巻解説」　普及版『堀辰雄全集』第 3 巻月報　新潮社　昭 33・08
藤田満雄「戯曲仙太について」　『テアトロ』　昭 09・07
古沢岩美『美の放浪』　文化出版局　昭 54・06
文学批評の会編『批評と研究　太宰治』　芳賀書店　昭 47・04
分銅惇作「『人間の復活』の位相」『島木健作全集』第 7 巻月報　国書刊行会　昭 56

細田源吉「長雨」　『中央公論』　昭 10・06
細田源吉『転向作家の手記』　健文社　昭 10・10
堀田昇一『自由が丘パルテノン』　大觀堂　昭 14・10
堀　辰雄「更級日記など」　機関誌『文芸懇話会』　昭 11・05
堀　辰雄「あとがき」　『かげろふの日記』　創元社　昭 14・09
堀　辰雄「伊勢物語など」　『文芸』　昭 15・06
堀　辰雄「姨捨記」　『文学界』　昭 16・08
堀　辰雄「『古代感愛集』読後」　『表現』　昭 23・09
本庄陸男『石狩川』　大観堂書店　昭 14・05
本多秋五「村山知義論」　『批評』　昭 12・06－07
本多秋五「小林秀雄論補遺」　『近代文学』　昭 21・10
本多秋五「発育期の記念―蔵原惟人著『芸術論』について―」『近代文学』　昭 22・03
本多秋五『物語戦後文学史』正・続・完結編　新潮社　昭 35－40

【マ】

前田貞昭「井伏鱒二の戦時下抵抗のかたち」『井伏鱒二研究』　渓水社　昭 59・07
正宗白鳥「牛部屋の臭ひ」　『中央公論』　大 05・05
真山青果『南小泉村』　今古堂書店　明 42・10
満田郁夫「『歌のわかれ』について」　『中野重治論』　新生社　昭 43・05
満田郁夫『中野重治論』　新生社　昭 43・05
満田郁夫「書評『三好十郎の仕事』」　『日本文学』　昭 44・06
宮井進一「島木健作と私」　『現代文学序説』第 4 号　昭 41・05
宮本百合子「昭和の十四年間」　『日本文学入門』　日本評論社　昭 15・08
三好十郎 詩「棺の後ろから」　『戦旗』　昭 03・07
三好十郎「疵だらけのお秋」　『戦旗』昭 03・08－11
三好十郎「プロレタリア詩の内容」『プロレタリア芸術教程』第 1 輯　世界社　昭 04・07
三好十郎「せき」　『中央公論』　昭 08・05
三好十郎「バルザックに就ての第一のノート」　『文化』　昭 08・09
三好十郎「打砕るる人―バルザック論 (2)」　『文学界』　昭 08・12
三好十郎『斬られの仙太』　ナウカ社　昭 09・04
三好十郎「水尾」　詩誌『麺麭』　昭 10・11
三好十郎「浮標」　『文学界』昭 15・06－08
三好行雄「赤蛙」　『作品論の試み』　至文堂　昭 42・06
村山知義「白夜」　『中央公論』　昭 09・05
村山知義「新劇の危機」　『新潮』　昭 09・09
村山知義「新劇団大同団結の提唱」　『改造』　昭 09・09
村山知義「作家的再出発」　『新潮』　昭 09・11
村山知義『ありし日の妻の手紙』　桜井書店　昭 22・10
村山知義『演劇的自叙伝』1－4（未完）　東邦出版　昭 45・02－52・04

森山　啓「島木健作論」　『新潮』　昭 20・01
【ヤ・ラ・ワ】
山之口泉『父山之口貘』　思潮社　昭 60・08
横山正幸「『さざなみ軍記』論」　『井伏鱒二研究』　渓水社　昭 59・07
吉田精一「井伏鱒二と漂流記物」一・二　『解釈と鑑賞』　昭 36・04－05
吉田精一「堀辰雄と王朝女流日記」　『現代文学と古典』　至文堂　昭 36
吉本隆明「転向論」　『芸術的抵抗と挫折』　未来社　昭 38・04
ロースン、J・H／岩崎昶・小田島雄志訳『劇作とシナリオ創作』岩波書店　昭 33・09
湧田　佑『井伏鱒二―作家の思想と方法―』　明治書院　昭 61・09

〈著者略歴〉
佐藤 義雄（さとう よしお）
東京教育大学大学院修了。明治大学文学部教授。
著書：『文学の風景 都市の風景』（蒼丘書林　2010）。
共編著：『近代への架橋　明治前期の文学と思想をめぐって』（蒼丘書林 2007）・『文芸と言語メディア』（蒼丘書林　2005）・『都市空間を歩く』第1・2輯（明治大学リバティアカデミー　2005・2007）・『ことばの織物』第1・2集（蒼丘書林　1990・1998）・『国語教材研究　小説』（桜楓社　1982）ほか。

平成26年9月10日 初版発行　　《検印省略》

昭和文学《しょうわぶんがく》の位相《いそう》 1930－45

著　者　佐藤義雄
発行者　宮田哲男
発行所　株式会社雄山閣
〒102-0071　東京都千代田区富士見2-6-9
TEL 03-3262-3231　FAX 03-3262-6938
振 替 00130-5-1685
http://www.yuzankaku.co.jp
装幀・組版　内村和至
印刷・製本　株式会社 ティーケー出版印刷

ISBN978-4-639-02325-8　C0071
472p 22cm